KB021353

바람만이
아는
대답

바람만이 아는 대답

1판 1쇄 찍음 2019년 11월 21일
1판 1쇄 펴냄 2019년 11월 29일

지은이 | 안정원
펴낸이 | 고운숙
펴낸곳 | 봄 미디어

기획 · 편집 | 김민지, 김지우
표지 디자인 | 우물

출판등록 | 2014년 08월 25일 (제387-2014-000040호)
주소 | 경기도 부천시 길주로 64, 1303(굿모닝 오피스텔)
영업부 | 070-5015-0818 편집부 | 070-5015-0817 팩스 | 032-712-2815
E-mail | bommedia@naver.com
소식창 | http://blog.naver.com/bommedia

값 9,000원

ISBN 979-11-5810-820-5 03810

바람만이
아는
대답

Blowin
in the
Wind

안정원 장편 소설

목 차

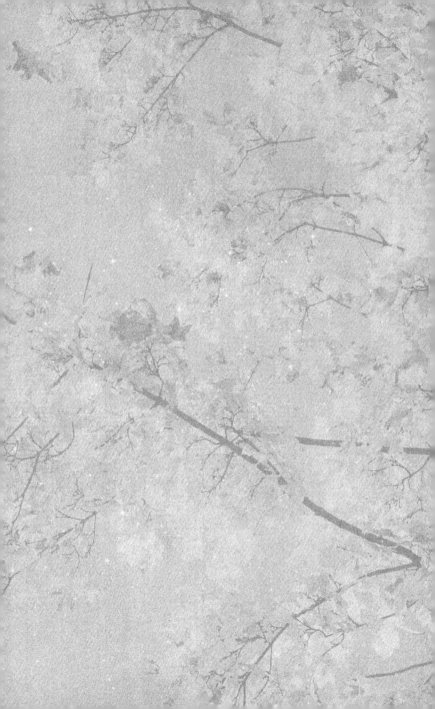

너는 나의 영원한 친구야.

우린 너무 많이 컸지만 넌 나의 진실한 친구야.

세월이 흐른 지금도.

우린 함께 운 적도 있잖아.

내가 울면 또 네가 울던, 우린 그런 친구였잖아.

차 안에 울려 퍼지던 노래 소리가 뚝 끊어졌다.

영원한 친구. 세련되고 맑은 목소리의 DJ가 소개한 곡치고는 한참 예스러운 노래였다.

운전대를 부여잡은 지민의 하얀 손가락이 미세하게 떨렸다.

영원한 친구라는 게 과연 존재하기는 하는 걸까. 우정이란 사랑 앞에선 바람 앞의 촛불처럼 한순간에 꺼져 버리는 것이 아닐까. 아니, 아빠를 생각하면 또 그런 것도 아니었다.

사랑과 우정, 모두를 지키기 위해 자신의 인생을 다 태웠던 남자. 아빠를 떠올릴 때면 늘 목이 메고 가슴이 아려 왔다. 그와 동시에 또 어김없이 누군가를 향한 원망과 분노로 가슴에 불길이 타올랐다.

"우욱……!"

갑자기 느껴지는 심한 구토감에 지민은 호흡을 가다듬었다. 그러나 태영의 집에서 나누었던 대화가 귓가를 맴돌며 빈속을 타고 역한 기운이 울컥 올라왔다. 설상가상으로 눈앞이 깜깜해지는 현기증에 그대로 브레이크를 밟아 버렸다.

끼이익!

그녀의 차가 요란한 소리를 내며 멈추기가 무섭게 어디선가 귀를 찢는 듯 거친 타이어 마찰 소리가 잇따라 들렸다.

❖ ✛ ❖

지혁은 앞차와의 충돌을 피하기 위해 급브레이크를 밟았다. 다행히 차를 들이박지는 않은 듯했다.

겨우 한숨 돌린 그가 조수석을 돌아보며 말했다.

"괜찮아?"

"응. 괜찮아. 하아, 이게 무슨 일이야?"

조수석에 앉아 있던 정윤이 사색이 된 얼굴로 겨우 고개를 들어 올렸다.

그 모습에 안도한 것도 잠시, 지혁은 차 문을 거칠게 열고 내렸다. 어느 정신없는 인간이 차를 이따위로 세우는 건지 짜증이 치밀었다.

두 차는 불과 3, 4cm도 안 되는 간격을 두고 있었다. 조금만 늦었다면 모처럼의 휴진 날, 골치 아픈 일을 겪을 뻔했다.

앞차에 다가가도록 운전자는 여전히 차창도 내리지 않은 채였다. 화가 난 그가 성큼 다가가 운전석 창문을 두드렸다.

"이봐요."

짙은 선팅으로 인해 운전자의 모습은 보이지 않았다. 지혁의 목소리가 다소 거칠어졌다.

"지금 안 내리고 뭐 합니까?"

창문이 스르르 열렸다. 핸들에 머리를 기대고 있던 여자가 힘겹게 고개만 옆으로 돌렸다.

운전대를 쥐고 웅크려 있는 모양새가 둥지 속의 작은 새를 연상케 했다. 동그란 눈에 고여 있는 물기로 인해 홍채는 흐릿했고, 그를 향한 눈빛은 끊임없이 흔들려 초점을 찾을 수가 없었다.

귀밑머리 아래로 흘러내리는 땀방울과 파리한 입술을 보는 순간, 지혁의 가슴에 솟아오르던 열기가 조금은 누그러졌다.

그러나 하마터면 사고가 날 뻔했다. 그냥 지나칠 수만은 없었다.

"이렇게 차를 세우면 어쩌자는 겁니까. 사고라도 나면……"

낮은 목소리에 뒤늦게 여자의 차 비상등이 켜졌다. 앞서 달려가던 차도 없었고, 사고도 아니었다. 차의 결함이나 운전 미숙이 아니고서는 있을 수 없는 일이었다.

신도시 아파트 단지이고 마침 차량도 별로 없어 도로는 한적했다. 그러나 2차선 보도블록 옆으로 주차되어 있는 차가 있어 한 차선으로만 통행되고 있는 터였다.

여자는 그를 한 번 힐끔 쳐다본 뒤 느린 동작으로 옆자리에 놓여 있던 지갑에서 명함을 한 장 꺼내어 내밀었다.

"미안합니다. 다치신 데 있으면 연락 주세요."

여전히 힘든 표정으로 제 할 말을 마친 여자는 다시 시동을 걸었다. 지혁이 뭐라고 할 새도 없이 움직여 나가던 여자의 차는 이내 1차선과 2차선 사이에서 다시 멈췄다.

심상치 않은 상황에 차에서 내린 정윤이 다가오며 물었다.

"도대체 무슨 일이야?"

"하. 지금 뭐 하자는 거야? 설마 운전 연습 중인 건 아닐 테고."

어이없는 듯 지혁이 걸음을 옮기며 목소리에 날을 세웠지만 여자는 멍한 시선으로 핸들만 바라보고 있었다.

"……못 하겠어요."

"뭐?"

여자의 낮은 웅얼거림을 제대로 알아듣지 못한 그의 미간이 찌푸려졌다. 그때, 옆으로 다가와 차 안을 들여다보던 정윤은 땀으로 젖어 있는 여자의 이마와 새하얗다 못해 파리해진 안색을 알아채고 심상치 않음을 느꼈다.

"선배. 이분, 지금 몸이 많이 불편하신가 봐."

정윤이 앞문을 열고 침착한 목소리로 말을 건넸다.

"잠깐 내려 보실 수 있겠어요? 저희가 저쪽 도로가로 차를 대 드릴게요. 안색이 안 좋으신데, 조금 쉬어 가셔야겠어요."

말을 제대로 알아듣지 못한 듯 잠시 가만히 있던 여자가 조심스레 내렸다.

지혁은 얕은 한숨을 내어 쉬고 여자의 차에 올라타 아직 영업이 시작되지 않은 맥줏집 앞 2차선 도로가로 차를 주차했다.

그 순간 정윤의 놀란 목소리가 들려왔다.

"어머, 저기요! 정신 차리세요."

지민은 이따금씩 상경과 들르던 맥줏집 앞에 자신의 차가 세워지는 걸 보며 정신을 잃었다.

저를 부르는 상경의 목소리를 들은 듯도 했고, 아빠의 목소리를 들은 듯도 했다.

1. 두 개의 태양

"두 개의 태양이라……."

나쁜 꿈을 꾼 듯 화들짝 깬 지민은 천장 불빛에 눈이 부셨
다. 얼른 고개를 돌리기 무색하게 천장에 달린 커튼으로 이루
어진 경계 너머의 형광등 빛에 다시 눈살을 찌푸렸다.

"아가씨 사주에는 태양이 두 개야. 아주 고달픈 삶이 되겠어. 생
각해 봐. 태양이 두 개면 세상천지가 빛이라 식물도 잘 자라고 좋
을 것 같지? 아니야. 태양이 두 개면 지구는 쉬지도 못하고 타 죽을
거야."

대학 때 며칠을 함께 가자고 조르던 소진을 따라 사주 카페

에 간 적이 있었다.

　신점이 용하다는 주인은 자리를 비우고 며칠 아르바이트 삼아 앉아 있던 반백의 할머니에게 들은 이야기였다.

　"그래도 두 태양이 동시에 비추지는 않으니, 타 죽지는 않을 거야. 새 태양이 떠오르면 자연히 다른 태양은 소멸할 거야. 아니, 태양 하나가 죽으면 새 태양이 떠오른다고 해야 하나? 어찌되었든 태양이 질 때마다 그 끊어져 나가는 심장은 애달파서 어쩌누."

　지금껏 무시해 왔던 그 말이 낯선 병원 불빛 아래 정신을 차린 지민의 의식을 붙잡았다.

　응급실 곳곳에서 들려오는 울음소리, 이리저리 뛰어다니는 간호사들의 발소리와 의료진들이 오더 내리는 소리가 섞여 시끌벅적했다.

　한쪽 벽을 보니 시각은 벌써 자정에 가까웠다. 살며시 몸을 일으켜 앉자, 머리 위편에 얌전히 놓여 있는 휴대폰과 가방이 눈에 들어왔다.

　가지런히 놓인 신발을 찾아 몸을 일으키던 지민이 순간 비틀거리며 침대 위에 주저앉았다.

　몇 분이나 흘렀을까. 천천히 몸을 일으킨 지민이 조용히 왼쪽 팔에 꽂힌 링거를 빼고는 커튼을 열어젖혔다.

✤　　✤　　✤

"41번 병상 환자 상태는?"

"한지민 환자, 아직 안 깨어났습니다. 피 검사 말고는 다 괜찮은 것 같은데……."

지혁은 예정대로 피트니스 클럽에서 수영을 하고 저녁을 먹은 후 정윤을 집으로 데려다주었다.

그러고도 네 시간이 지난 시각인데 낮에 응급실로 데려다준 여자에 대해 어떤 연락도 오지 않았다. 결국 다음 달 발표 예정인 학회 논문 자료도 챙길 겸 병원에 온 참이었다.

"한지민?"

"네. 지갑 안에 운전 면허증이 있었습니다."

"보호자는?"

"그게, 보호자와 연락이 안 됐어요. 두어 군데 연락했는데 모두 받질 않고 바로 배터리가 나간 상태입니다."

레지던트 3년차인 현식을 바라보는 지혁의 눈빛이 한순간에 날카로워졌다.

"그걸 말이라고 해? 환자 신상 명세서에 번호 하나 따서 적어 넣는 거, 기본 아닌가?"

"아, 선생님이 데려온 환자분이기도 하고……."

현식이 말끝을 흐리며 지혁의 눈치만 살폈다.

"아시는 분 아니셨어요?"

차가운 지혁의 눈빛에 움찔해서 되지도 않는 말로 변명을 했지만, 심각한 환자들이 불시에 들이닥치는 응급실이다 보니 육안상 멀쩡하고 촉진 상 그리 급해 보이지 않는 환자에게 절로 무신경해졌다.

무엇보다 지혁과 소아과 김정윤 선생이 데리고 온 환자여서 마음이 놓인 것도 사실이었다.

"그래서, 분명히 보호자한테 연락하라고 내가 직접 말했는데도 보호자 란에 내 이름과 연락처를 적어 놓은 거고?"

"죄송합니다. 환자분 깨는 대로 다시 작성하겠습니다. 그런데 선생님, 그 여자분 얼마 전에 우리 병원에서 건강 검진하고 가셨나 봐요. 기업 검진 대상자 차트 기록이 있어요."

점점 싸늘해지는 지혁의 목소리에 현식이 긴장을 하며 급하게 화제를 돌렸다.

"그럼 회사로라도 연락해 봐."

"아이, 오늘은 휴일이잖아요. 우리 강 선생님도 깜빡하실 때가……."

날짜, 요일 감각이 없는 응급실이지만 이런 기회가 아니면 지혁에게 말대꾸할 기회가 없었다.

"혹시 알아? 너 같은 녀석이 휴일 날 출근했을지 모르지. 딴말 말고 전화해 봐."

"네! 어? 이 환자분 그새 깨어나셨나? 김 샘. 여기 환자분 어디 가셨어요?"

41번 침대 커튼을 열어 보던 현식이 큰 소리로 맞은편 스테이션에 있는 간호사를 불렀다.

환자의 가래를 뽑기 위해 휴대용 석션기를 서둘러 준비하던 그녀가 저를 부르는 쪽을 바라보았다.

"아까 응급실 수납처가 어딘지 물으시던데요."

✤   ✤   ✤

─지민아, 휴대폰 두고 잠깐 슈퍼에 다녀오는 사이 전화했네. 근데 어딜 간 거야? 왜 연락이 안 돼? 오후에 너희 실장 집들이 선물 살 겸 우리 회사 창립 리셉션에서 입을 옷 쇼핑하러 같이 가기로 했잖아. 설마 잊은 거야?

삐.

─야, 한지민! 도대체 어디로 사라진 거야? 폰은 계속 꺼져있고, 집에도 없고. 너 지금 어디 있어? 상경 오빠한테 전화했는데 그쪽도 연락이 안 되고. 둘이 같이 있어? 아닌데. 상경오빠 요즘 정신없다고 했는데. 어휴, 참. 얘가 어디 있는 거야. 하여튼 얼른 연락해.

삐.

─지민아, 무슨 일 있어? 자정이야. 아침까지 연락 없으면 신고한다.

집 전화, 휴대폰 할 것 없이 친구 소진의 애 닳은 목소리가 연이어 흘러나왔다. 병원 응급실에서 그녀에게 전화를 한 모양이었다.

한나절 연락이 안 된다고 성화를 부리며 걱정해 주는 사람이 아직 남아 있다는 게 다행이었다. 우정을 비웃었지만 그녀라도 없다면 이젠 늦은 밤 누가 응급실까지 달려와 줄까.

잠깐 얼굴 좀 볼 수 없겠냐는 태영의 전화를 받고 다녀오던 길이었다.

그리고 조용필도, 이미자도 아닌, 정수라를 좋아한다고 지민에게 놀림 받을 때마다 얼굴을 붉히던 아빠의 아이돌, 가수 정수라의 목소리를 듣다가 그대로 브레이크를 밟았다.

담당 의사가 내려올 때까지 기다리라던 간호사의 말을 무시한 채 지민은 수납처에 진료비를 계산하고는 택시에 몸을 실었다.

응급실이 구비된 병원이 택시로 5분 거리 안에 있는데 왜 하필 세진 병원이었을까.

그나저나 뒤따라오던 차에 탄 사람들도 괜찮아야 할 텐데. 간호사에게 확인을 하니 병원으로 같이 실려 온 사람은 없다고 했다.

집까지 바로 가지 못하고 혹시나 하는 마음에 옆 단지의 호프집에 내렸다. 그러나 차는 가게 문을 오픈한 사장이 이미 견인을 시킨 뒤였다.

영업이 시작되면서 어쩔 수 없었다는 사장에게 잘하셨다고 했다. 사장의 평소 인품을 잘 알고 있었다. 아마도 영업을 시작하고도 한동안은 창밖을 힐금거리며 차주를 기다렸을 터였다.

집에 도착한 지민은 엄습해 오는 오한에도 불구하고 찬물 한 잔을 들이켰다.

너는 나의 영원한 친구야. 우린 너무 많이 컸지만.

귓가에 떠나지 않고 맴도는 노래에 고개를 힘껏 저었다. 울컥, 터진 눈물이 소파에 앉아 깊숙이 머리를 대는 그녀의 볼을 타고 흘러내렸다.

고개를 떨 군 채 읊조리듯 뱉어 내던 태영의 목소리가 머릿속을 헤집었다.

"나, 너만큼은 아니지만 지금껏 오빠만 바라봤어. 드러낼 수 없어서 더 숨죽이며 아팠어. 미안해, 지민아. 그런데…… 네가 포기해 주면 안 되겠니? 우리가 행복할 수 있도록 도와줘……."

양팔로 끌어안은 지민의 두 무릎이 눈물로 완전히 젖어 들었다.

이대로 두 사람의 행복을 빌어 주기만 하면 되는 건가.

그러면 나는?

상경이 자신에게 어떤 사람이었는지 한 번도 생각해 본 적 없었다. 철이 들기 전부터 제 곁에 있었고, 오빠이자, 친구였으며 아빠가 돌아가신 후론 유일한 가족이었다.

누군가 세상 끝날 때까지 허락된 남자는 여보, 당신밖에 없는데 그땐 어쩔 거냐고 물어오면 그 이름으로라도 상경의 옆에 있어야 하지 않을까 생각했다.

아니. 생각해 봤다는 건 거짓말이다.

늘 함께하고 있음이 당연하다고 믿었으니까.

아빠는 돌아가시는 그 순간조차 한 손으로 상경의 손을, 한 손으로 제 손을 잡아끌어 쥐며 서로의 손을 놓지 말라고 당부했다. 아빠를 보내야 한다는 두려움에 정신이 없던 자신과 달리, 그는 큰 소리로 그러겠다고 답했다.

과연 아무 일 없는 듯 세상을 살아갈 수 있을까.

지민이 고개를 크게 가로저었다. 선택의 여지가 없는 순간이었다. 눈앞에 두고도 뻔히 뺏겨야 되는 이 순간이 오니, 주변으로 퍼졌다가 순식간에 사라져 버리는 물보라처럼 무섭게 깨닫고 만 자신의 마음이 원망스러웠다. 차라리 영원히 모르고 말 것을.

언제나 그랬다. 아빠를 보낼 때도, 심지어 어린 마음에 원망이란 것밖에 심어 주지 않은 엄마를 보낼 때조차 한 걸음 앞에서 놓쳐 버리는 듯했다.

손으로 쓰린 가슴을 움켜잡으며 소파 한편으로 몸을 묻었다.

기어코 입술 사이로 새어 나오는 울음소리가 애끓기 그지없었다.

"한 팀장, 무슨 일이야? 자기가 지각을 다 하고."

월요일 오전. 지민은 한 시간이나 늦게 출근하는 바람에 주간 회의에 불참했다. 자리에 토트백을 올려놓고 바로 실장실로 몸을 돌리자, 언제 왔는지 희수가 지민의 앞에 버티고 서 있었다.

"……죄송합니다, 실장님."

"죄송이고 뭐고, 지난 5년 동안 누구보다 가장 일찍 출근하고, 가장 늦게 퇴근하던 사람이 대체 무슨 일이냐고. 아니, 얼굴은 왜 이렇게 부었어. 어디 아파?"

지민이 아무렇지 않은 척 고개를 돌리며 말했다.

"아니에요. 어제 집 앞에서 작은 사고가 나서 정신이 없었나 봐요. 늦잠을 자 버렸어요."

"어머나, 괜찮아? 많이 안 다쳤어?"

희수가 옆자리 이 대리에게 파일 하나를 건네주려다 말고 화들짝 놀란 소리를 내며 돌아보았다.

"괜찮습니다. 간발의 차이로 큰 사고는 면했고, 몸은 멀쩡해요. 경황이 없어서 도로변에 주차한 차가 견인되는 바람에 버스를 이용하느라 더 늦었어요. 차는 점심시간에 찾아오면 되고요."

그냥 머리가 아파 늦잠을 잤다고 할 걸 그랬다.

대학 3년, 입사 5년. 근 10년이 다 되어 가는 세월 속에 좋은 일, 나쁜 일을 함께 나누었던 학교 선배이자, 지금은 직장 상사인 희수의 정 많은 성격을 잠시 깜박했다.

놀란 눈으로 그녀를 바라보던 희수가 입술을 약간 삐죽거렸다.

"알았어, 한 팀장. 단, 앞으로 질문 하나에 대답 하나로 대화를 해. 그러지 않으면 사적인 용무는 봐주지 않겠어. 흥!"

이 대리의 책상 위로 역삼동 신축 건물 기획안 파일을 던져 놓고 자기 방으로 들어가는 그녀의 등 뒤로 지민이 작게 한숨을 내쉬었다.

오랜 세월 덕에 이제 말하는 모양새만 보아도 잠시 기다려야 할 때임을 알아주는 희수가 새삼 고마웠다.

두 사람의 대화를 듣고 맞은편에 있던 영은이 지민에게 허브티 한 잔을 건네었다.

드림 가든. 따뜻한 회사의 이름처럼 이곳에서 함께하는 이들은 모두 서로를 위해 주는 마음으로 일했다. 그들 덕분에 지민은 지난 5년간 단 한 번도 세상에 동떨어져 있다거나 혼자라는 생각을 하지 못했다.

사과 향을 닮은 캐모마일 한 모금을 입안에 머금고 자리에 앉았다. 데스크 위에 '친구 소진 전화, 9시 5분'이라고 적힌 메모 한 장과 '세진 병원' 로고가 찍힌 봉투 하나가 놓여 있다.

차 한 잔을 다 마시도록 지민의 시선은 그곳에 머물렀다.

"이게 무슨 소리야?"

지민은 벨을 누르지 않고 바로 소진의 집 비밀번호를 누르고 들어섰다.

신발을 채 벗기도 전에 소진이 주방에서 마시던 물 잔을 식탁에 쾅 하고 내려놓는 소리가 들려왔다. 빠른 걸음으로 달려 나온 그녀는 잔뜩 흥분한 모습이었다.

태영을 만났는지, 상경을 만났는지 소진으로부터 부재중 전화가 열 번이 넘게 들어와 있었다. 당장 회사로 찾아오겠다는 말에 지민은 집으로 찾아가겠다고 했다.

제집은 싫었다. 이야기를 끝내고 그녀가 돌아간 집에 혼자 남은 자신이 무슨 짓을 할지 몰랐다.

"결혼이라니? 대체 무슨 소리야!"

아무래도 태영을 만난 모양이었다. 마음을 정한 그녀의 행동력은 그동안 지민이 알던 모습과 너무나 달랐다. 그만큼 상경을 절실하게 원한다는 뜻일 것이다.

"이게 무슨 자다가 날벼락 떨어지는 소리냐고! 가만히 있지만 말고, 얼른 말해 봐."

소진의 닦달에 지민이 손에 들고 있던 가방을 테이블 밑에 놓고 소파에 앉으며 입을 열었다.

"나 물 한 잔만 줘."

급한 발걸음 소리가 요란하게 거실을 울렸다. 소진은 가져온 물 잔을 지민을 향해 건네고는 마실 틈도 주지 않고 득달같이 말을 퍼부어 댔다.

"상경 오빠가 너 지난주부터 계속 연락이 안 된다고 찾아왔어. 집으로 가도 없고, 전화도 안 받는다던데. 도대체 지난주부터 어디서 출퇴근하고 있는 거야? 나하고 연락할 때 집에 있는 척한 거야?"

제 목소리가 들리지도 않는지 다 마신 물 잔을 테이블 위로 천천히 내려놓는 지민의 침착함이 못마땅해 소진은 미간을 찌푸렸다.

"그러고 보니 너 지난주 일요일에 어디론가 사라졌다가 나타난 후로 계속 이상하다 싶어서, 오빠한테 무슨 일 있었냐고 물었더니 그 말엔 답도 안 하더라. 그냥 너랑 연락되면 꼭 자기 좀 만나게 해 달라는 말만 내뱉곤 전화 끊더라고. 콱 잠긴 목소리가 다 죽어 가는 사람처럼. 아이, 참!"

기어코 소진이 아무 소리 없이 물 잔만 만지작거리고 있는 지민의 손에서 잔을 뺏어 테이블 저편으로 치워 버렸다.

"혹시나 해서 창립 리셉션 물건 의논도 할 겸 태영이 가게에 들러 물어봤더니, 그렇게 떠들잖아. 곧 날 잡을 거라고. 기가 막혀서, 내가……."

소진이 지민의 팔을 끌어와 제 옆에 앉히며 말을 이었다.

"김상경한테 당장 달려갈까 하다가 송태영, 그게 원래 음흉한 구석이 있으니 그 말을 다 믿을 수가 있어야지. 그런데 넌 왜 종일 전화를 안 받아!"

"응, 결혼해. 아니, 해야지."

갑자기 사방이 쥐 죽은 듯이 고요해졌다.

"그래, 해야지. 김상경이랑 너랑! 갑작스럽긴 하지만 말이 안 되는 건 아니지. 그런데, 송태영이 하는 말이 무슨……."

"두 사람."

단호한 지민의 목소리에 소진의 말이 잘렸다.

"송태영과 김상경. 결혼할 거야."

"지민아!"

그래, 소진아. 그렇게라도 나 대신 소리 높여 질러 줘.

자신은 상경을 위해 아무것도 한 게 없었다. 그저 받기만 했을 뿐. 당연하다는 듯 옆에 있기에 본래부터 제 것인 줄 알고 귀한 줄 몰랐다.

그래서 보내야겠다고 결심하면서도, 아니, 보낼 수밖에 없으면서도 지민은 제가 억울하다고 소리 지를 자격조차 없다고 생각했다.

"태영이, 아기 가졌대. 김상경 아이."

소진의 턱이 툭하고 아래로 떨어졌다. 몇 번이나 달싹거리다 마는 친구의 마른 입술을 바라보는 지민의 얼굴에선 영혼의 빛이라곤 조금도 볼 수 없었다.

분함을 참지 못한 소진은 진작부터 음흉한 싹을 알아봤다며 태영을 욕하다가, 말도 안 되는 이 사실을 믿어야 하냐며 진열대에 오랫동안 장식해 놓았던 양주를 단번에 따서 스트레이트로 마셨다.

지민은 조용히 냉동고에서 얼음을 꺼내 와 엷은 호박 색깔이 나는 것을 보고 천천히 들이켰다. 그러고는 영문도 모른 채 상경을 양다리 걸친 몹쓸 놈으로 만든 소진이 훌쩍이는 걸 보고 소파에 기대어 잠이 들었다.

눈을 뜨고 보니 시간이 얼마나 흘렀는지 주변은 어두웠다. 참 달고 깊게 잤다고 생각하며 불빛이 나는 쪽으로 시선을 옮기니 소진은 언제 왔는지 모를 상경과 주방 식탁에 마주 앉아 조용히 잔을 기울이고 있었다.

소진의 얼굴빛이 심상치 않았다. 지민이 잠든 줄 알고 억하심정을 누르고 있는 듯했다.

"그러니까, 딱 한 번. 술 때문이었는데 임신이 됐다고?"

"……."

"그게 어떻게 가능해? 아무리 술 때문이라고 해도!"

"……지민인 줄 알았어."

이건 또 무슨 소리인지. 듣고 싶지 않은 마음과 달리 두 귀가 저절로 그 소리를 따라갔다.

"뭐?"

"두 달 전. 지민이 일본 출장 갔을 때, 그날 승진 축하 기념으로 회식이 있었어."

상경이 국내 굴지의 기업에 입사한 지 5년, 대리로 승진한 지 3년 만에 팀장으로 승진한 날이었다. 지민은 뒤늦게 일본 출장에서 돌아온 주말, 소진과 함께 그를 축하해 줬다.

"회식이 너무 길어졌고, 술을 많이 먹어서 나도 모르게 지민이 아파트로 갔나 봐. 아침에 손님방 침대에서 눈을 떠 보니…… 태영이가 옆에 있었어."

그날 일을 떠올리는 상경의 미간에 깊은 주름이 파였다.

지민은 눈을 질끈 감았다. 일본 출장으로 하루 집을 비우게 된 그날, 태영으로부터 국제 전화를 받았다. 보일러가 터져 밖에서 하루 묵어야 된다고, 그녀의 집에서 하루 머물면 안 되겠냐고 했다. 하필이면 그날, 그런 일이 생길 줄이야.

손님방이라 그나마 다행인가. 내 침대에서 둘이 함께 눈을 뜬 게 아니니. 부질없는 생각이 이어졌다.

"만약 옆에 지민이가 있었다고 해도, 오빠가 그럴 리가 없어. 그랬다면 벌써 애가 몇 명은 됐다. 이제껏 둘이 키스도 제대로 못한 거 내가 모를 줄 알아? 송태영, 그게 미친 거야. 작정한 게 분명하다고!"

더는 듣기 괴로운 말들에 지민이 일어나 자신의 존재를 알렸다.

"그만해."

그러자 소진이 벌떡 일어나 거실로 달려 나왔다.

"뭘 그만해? 이 바보 같은 계집애, 너 상경 오빠 원망하지 마. 원망하면 안 돼. 그리 망부석을 만들더니 이렇게 되려고 그랬어?"

소진이 뒤돌아 상경의 뒷모습을 힐끗 바라보았다. 축 처진 어깨가 더없이 초라해 보였다. 원망스런 마음 뒤로 저 심정은 어떨지 생각하니 억장이 무너졌다.

"애달파하는 거 내 눈에도 보이고, 누구 눈에도 보이고, 세상 사람 눈에 다 보였는데, 네 눈엔 안 보였어? 그래서 여태 애 끓게 하다가, 너희 집에서 밥상 차려 남 줬어? 그렇다고 너도 원망하지 마. 이제 와 후회한다고 스스로 망가지고 그러면…… 너도, 태영이도 내가 정말 가만히 안 둘 거야!"

소진이 기어코 분에 못 이겨 주저앉아 엉엉 울었다.

두 사람의 인연은 중학교 1학년, 짝꿍이 되면서부터 시작되었다. 소진은 반장, 지민은 부반장이었는데, 장사로 바쁜 소진의 엄마는 학교에 신경 쓸 여유가 없었다. 무슨 일인지 지민의 엄마도 담임의 호출에 단 한 번도 학교에 얼굴을 비춘 적이 없었다.

소진은 동질감에 마음이 놓이면서도 지민의 얼굴에 드리워진 그늘이 늘 신경 쓰였다. 친구들은 사교성 좋고 활달한 자신이 지민의 친구가 되어 준다고 여겼지만 실상은 제가 지민에게 의지하기 일쑤였다. 남동생이 둘이라 선머슴처럼 자란 저와 달리 차분하면서도 겸손한 그녀가 좋았다.

중학교 2학년 때 지민이 엄마를 잃은 후 소진은 그녀의 집에 살다시피 했다. 그것 역시 그녀의 적적함을 달래 준다는 게 이유였지만 소진은 북새통 같은 제집보다는 지민의 집에서 함께 공부하고 라면을 끓여 먹는 게 즐거웠다.

당시 고등학생이던 상경은 누구보다 좋은 과외 선생이 되어 주었다. 제 공부가 바쁜 시기인데도 일주일에 두 번은 일찍 집으로 와서 두 사람의 공부를 봐주었다. 대학에 가고 나서도 마찬가지였다. 소진은 어린 마음에도 상경이 얼마나 지민을 아끼는지 알 수 있었다.

옆에서 그 덕을 톡톡히 본 사람은 저였다. 내로라하는 대학에 간 것도, 집에 많은 보탬이 될 수 있는 회사에 들어가게 된 것도 모두 그의 덕이라고 생각했다.

소진에게 있어 지민과 상경은 이미 가족이었다.

같은 친구이지만 태영은 조금 달랐다. 태영은 소진의 고등학교 동창이자, 동아리 친구였다. 두 사람은 1학년 때, 같은 동아리 활동을 하며 가까워졌다.

다른 고등학교에 배정받게 된 지민이 간혹 동아리 행사에 놀러오면서 서로 알게 되었다.

행사가 파하고 지민과 영화라도 보러 갈라치면 샘이 많은 그녀가 꼭 따라붙었다. 처음엔 귀찮았지만 언젠가부터 세 명이 함께하는 게 자연스러워졌다. 일이 이렇게 되고 보니 모든 게 제 탓인 생각이 들어 소진의 울음소리가 더욱 커졌다.

눈물을 쏟아 내는 소진을 보며 지민은 아무 말도 할 수 없었다. 오랜 시간 상경만큼이나 힘이 되었던 친구였다. 제 슬픔이, 고통이 그녀에게도 크나큰 아픔이 되리란 걸 모르지 않았다.

"지민아……."

상경이 식탁에서 일어나 지민에게 다가갔다. 지민이 제 팔을 잡으려 하는 그의 손을 뿌리쳤다.

"제발 나 좀 봐. 내 얼굴 좀 봐. 그동안 어디서 지냈어? 집에도 없고."

"오빠."

늘 '김상경' 하고 부르던 지민이 '오빠'라고 부르자 상경의 심장이 쿵 하고 내려앉았다.

그녀가 자신을 오빠라고 부를 때는 지극히 한정적이었다. 여지를 두지 않고 세상과 단절하고자 마음먹은 때였다.

갑작스러운 사고로 엄마를 잃고 떨고 있던 그녀에게 손을 내밀었을 때, 지민은 '오빠, 나 괜찮아' 하며 그의 손을 밀어내고 일주일이 되도록 방에서 나오지 않았다.

몇 년 후, 대학 합격의 기쁨을 누릴 사이도 없이 아버지의 병을 알게 되고 1년도 채 못 되어 보내드렸던 날도 지민은 '오빠, 나 좀 잘게' 라는 말과 함께 상경의 팔을 밀어냈었다.

"태영이랑 결혼해. 태영이, 오빠 좋아했대. 쭉 오빠만 바라봤대."

지민의 말에 그의 얼굴이 무섭게 굳어 갔다.

"지민아, 안 돼. 그거 안 되는 일인 줄 알잖아."

"그럼? 아기는 어쩔 건데?"

"내가…… 나쁜 놈 될게."

"그 아기, 오빠나 나처럼 만들면 나 죽을 때까지 오빠 원망할 거야."

그의 눈가가 붉게 변하는 걸 보며 지민이 조용히 일어서서 현관으로 향했다. 소진이 벌떡 일어나 그녀를 잡았다.

"어딜 가려고? 나가서 무슨 짓을 하려고! 여기, 내 눈앞에 있어."

상경의 눈가에 맺혀 있던 눈물 한 방울이 끝내 얼굴을 적셨다. 말없이 지민에게 다가간 그는 그녀를 소파에 앉히고 조용히 떠났다.

✢　　　　✢　　　　✢

　─팀장님, 총무과 인사 담당이랍니다.

　지민은 전화벨이 울리는지도 모른 채 멍하니 앉아 있었다, 그녀를 대신해 전화를 당겨 받은 영은이 다시 연결시켰다.

　"한지민입니다. 네, 확인해 볼게요. ……알았습니다."

　전화기를 내려놓은 지민은 고맙다며 영은에게 눈인사를 했다.

　"팀장님, 요즘 어디 안 좋으세요? 안색도 영 어둡고."

　영은이 걱정스레 물으니 옆자리의 이 대리도 하던 일을 멈추고 거들었다.

　"그러게 말입니다. 카리스마 팀장님이 요즘 퇴근도 일찍 하시니, 저희들은 좋지만…… 왠지 팀 분위기가 영 가라앉네요."

　"팀 분위기 운운하기 전에 네 할 일이나 제대로 해 놓고 떠드시지요. 역삼동 옥상 정원 건 새로 기획안 내라고 한 지가 언젠데, 자기 책상 위에는 청담동 호텔 자료만 펼쳐져 있을까? 꼭 공부 못하는 인물들이 이거 찔끔, 저거 찔끔거리지."

　어느새 나타난 희수가 못 말리겠다는 듯 고개를 저으며 말했다. 그러고는 지민의 책상 옆 작은 의자에 걸터앉았다.

　"총무과에서 재검 받으라고 그러지?"

　"응."

　지민이 그제야 구석에 꽂혀 있던 정기 검진 결과지를 펼쳐

봤다. 회사에서 단체로 했던 검사에서 세부 검사 2차 대상자로 진단 받았다.

"그거 내가 올려놓았어. 뭐, 나도 지난해 2차 재검 다녀와서 별일 없었지만 요즘 네 안색도 안 좋고, 너무 피곤해 보이니까 좀 걱정된다."

희수가 염려하는 눈빛으로 그녀를 물끄러미 바라보았다.

"괜찮아. 요즘 신경 쓰는 일이 좀 있어서 그런 거야."

지민의 목소리가 한없이 가라앉아 있었다. 희수는 지민의 검진 결과지의 조그마한 네모 칸에 체크되어 있는 재검사 항목을 보며 불안을 떨쳐 버리듯 고개를 가볍게 저었다. 그리고 지민에게 바싹 다가갔다.

"신경 쓰는 일? 무슨 일인데."

"실장님께서 걱정하실 일 아닙니다. 그것보다 역삼동 옥상 정원은 말이 옥상 정원이지, 웬만한 건물 야외 정원 면적과 맞먹어요. 또 외부 연결로 이어질 신축 건물 옥상과 조화를 이루어야 되는 만큼, 양식을 완전히 새로 해서 설계하는 게 낫지 않을까요? 지금 있는 걸 갈아엎고."

"김상경이랑 무슨 문제 있지?"

희수는 지민의 말은 잘라 버리고 이번엔 그냥 넘어가지 않겠다는 듯 다부진 표정으로 그녀를 바라보았다.

"그 인간, 여기 얼굴 안 보인 지 2주째야."

종종 사무실에 야식을 들고 나타나거나 점심시간에 넉살 좋은 웃음으로 지민을 만나러 오던 상경이었다. 그런 남자가 어떻게 된 건지 2주가 지나도록 얼굴을 보이지 않았다. 희수는 무언가 심상치 않음을 느꼈다.

"……요즘 결혼 준비로 바빠. 앞으로 여기서 얼굴 보기 힘들 거야. 2절은 나중에. 선배, 합정동 요양원 면적 부지 시찰 갔다 올게. 그리고 병원 예약되는 대로 나 연가 쓴다."

희수는 입을 다물지 못한 채 이게 무슨 일인가 싶어 얼빠진 눈으로 벌떡 일어났다.

가방을 들고 나가 버리는 지민을 잡으려던 손을 다시 움켜쥐며 아무 말도 하지 못한 채 그녀의 뒷모습만 쳐다보았다.

잠을 자다가도 벌떡 일어나고, 길을 가다가도 우뚝 멈춰 섰다. 자신을 멈춰 세우는 것들이 미움 때문인지 분노 때문인지, 스스로에 대한 원망 때문인지 알 수 없었다.

몇 주째 손이 하는 일이 무엇인지, 걸음이 향하는 곳이 어딘지조차 몰랐다. 정신을 차리고 주변을 두리번거리면 모든 것이 낯설고, 금세 하던 일을 다시 하려면 무얼 하고 있었는지 기억에 없었다. 지난밤 집에 언제 어떻게 들어왔는지조차 기억이 가물가물했다.

지민은 눈을 뜨자마자 평소에 즐기지 않는 커피 한 잔을 내렸다. 그러고는 손에 든 커피가 다 식어 가도록 소파 한편에 웅크린 채 멍하니 앉아 있었다.

문득 정신을 차리고, 맞은편 벽시계를 바라보니 11시가 다 되어 갔다. 한 시간이 넘도록 멍하게 있었던 모양이었다. 이 시간에 회사에 있지 않는 이유를 겨우 생각해 냈다.

힘겹게 몸을 일으켜 세수와 양치를 끝내고 비비크림으로 가볍게 준비를 마무리했다. 소파에 팽개쳐진 숄더백을 어깨에 걸치고 신발을 신으려던 순간, 뒤늦게 어제와 같은 차림이란 것을 깨달았다.

급하게 옷을 갈아입은 뒤 머리를 하나로 질끈 묶었다.

입사 이래 한 번도 쓰지 않은 연가를 일주일이나 내 놓고도 그동안 무엇을 했는지, 연가 마지막 날인 오늘에서야 병원에 갈 채비를 끝내다니. 그나마 오늘 병원 예약이 가능했기에 다행이었다.

밖으로 나온 지민은 들고 있던 자동차 키는 그대로 가방에 집어넣고 때맞춰 도착한 엘리베이터에 급히 올라탔다.

차 사고를 떠올린 지민은 지하 1층을 누르려던 손을 멈춰 도로가로 나와 택시를 잡았다. 목적지를 말한 지민이 가방에서 휴대폰을 찾아 꺼냈다.

지혁은 오전 11시가 다 되어서야 병원으로 출근했다. 학회 일정을 끝내고 새벽 무렵, 집으로 돌아온 터였다. 연구실로 오르기 전 3층 간호사 스테이션에 먼저 들렀지만 모두들 회진 중인지 스테이션은 비어 있었다. 주말도 아닌데 간 센터 36병동이 웬일인지 조용했다.

연구실로 올라와 고요함이 주는 여유로움에 가운도 입지 않은 채 커피를 내리려던 순간, 데스크 위의 전화벨이 다급함을 알리듯 크게 울려 퍼졌다.

—죄송해요, 강 선생님.

내과 외래 최 간호사가 미안해하면서도 어쩔 수 없다는 무언의 당당함을 섞어 내용을 전해 왔다. 오전 마지막 진료를 앞두고 호진이 급한 일이 생겼다며 환자를 강지혁 선생에게 부탁하라는 말을 남기고 사라졌다고 했다.

전화기를 내려놓으며 지혁은 호진을 향해 욕지기를 내뱉었다. 별다른 처방이 필요치 않는 회사 정기 검진 결과를 통보하는 일이니, 소화기 내과 레지던트가 대신해도 되는 일이었다.

지난해 병원의 오랜 숙원 사업이었던 암센터 병동이 따로 생겼다. 간암 클리닉 다학제 진료가 생기면서 소화기 내과 동기인 호진과 지혁이 같은 팀이 되었다. 그때부터 그는 저를 맘 편하게 부리고 있었다.

"한지민……?"

호진을 대신한 최 간호사의 말을 되새기던 지혁의 고개가 갸웃거렸다. 한지민이라는 환자가 예전에 지혁의 진료를 한번 받은 기록이 있으니 쉽게 결과를 찾을 수 있을 거라는 것이라는 말이었다.

정기 검진 결과 통보라면서 간암 전문의인 자신에게 진료를 받은 기록이라니, 지혁은 무슨 소리인지 도통 알 수가 없었다.

컴퓨터를 켜고, 진료 확인란에 환자의 이름을 입력하려는 순간, 파리한 얼굴로 굵은 땀방울을 흘리던 여자가 생각났다.

며칠 전 세탁물 수거 청년이 그의 옷에서 나왔다며 건네주던 명함에서 발견했던 이름이기도 했다.

이런 우연으로 그 여자를 또 보게 될 줄이야.

모니터를 확인한 지혁의 한쪽 눈썹이 꿈틀거렸다.

"죄송합니다."

"뭘 말입니까."

지민은 의사의 말투와 얼굴에 드러난 무심함에 괜한 말로 첫인사를 했나, 하고 잠시 후회했다. 그러나 곧 남자의 냉랭한 눈길을 알아차리고 뒤이어 답할 말을 찾지 못해 난감해졌다.

저도 이런 일은 처음이었다. 거래처 뿐 아니라 친구들과의 작은 모임마저도 약속 시간은 정확하게 지켰다. 그런데 하물며 의사를 기다리게 하다니, 그것도 두 번씩이나.

정확히 말하면 지난주는 바람을 맞혔다. 병원에 오지 않은 것은 아니었다. 52병동 진료실 앞까지 왔다가 잠시 기다리라는 간호사의 말을 듣고 화장실에 들러 손을 씻었다. 다시 진료실로 향하던 중 그 사람을 보았다.

의사 서넛과 이야기를 주고받으며 그녀를 향해 걸어오던 그, 김영철.

대학 졸업을 앞둔 무렵 본 뒤로 5년 만이었다. 세월을 비껴갈 수 없다고 해도 예순을 바라보고 있는 그는 여전히 건강해 보였다. 세 사람 중 벌써 두 사람은 이 세상 사람이 아님에도 그만은 유일하게 제 인생을 제대로 살아가고 있었다.

그 사람을 발견한 순간 지민은 그대로 몸을 돌려 병원을 나와 버렸다. 그가 이곳에서 일한다는 건 알고 있었다.

왜 하필 이 병원인지. 1년마다 받는 정기 검진을 위해 이곳을 드나들 때면 회사를 그만둬 버릴까 하는 말도 안 되는 생각을 했었다. 그러던 것이 결국 입사 5년 만에 기어코 병원에서 그를 본 것이다.

오늘 아침 일찍 눈을 뜨고서도 병원으로 나설 채비를 하는 지민의 동작은 더뎠다. 게다가 지난번 택시로 올 때와 달리, 운전 시간이 더 걸려 결국 늦고 말았다.

미안함을 표하는 지민에게 52병동 소화기 내과 간호사는 도리어 미리 알리지 못해 죄송하다는 말과 함께 36병동으로 진료실이 바뀌었으니 그곳으로 가라고 했다.

지난주 담당의의 급한 사정으로 다른 선생님께 일부러 협진 부탁까지 드려 놓았는데, 갑자기 사라져서 난처했다고 덧붙여 오는 말에 지민은 불편함을 내색하지도 못했다. 그저 병동이 바뀌었으니 지난번 바람맞힌 의사가 아닐 거라며, 평소답지 않게 가벼이 생각했다.

그렇게 36병동에 도착하니 예약 시간보다 30분이 훌쩍 지나 있었다.

병동에 들어서서야 그녀는 이곳이 간 클리닉 센터인 걸 알아차렸다. 피검사 수치에 변화가 생긴 걸까. 번번이 기다리게 한 건 잘못한 일이지만, 자신의 사과에 돌아온 다소 냉소적인 답변에 지민은 뭐라고 해야 할지 잠시 할 말을 잃고 의사의 얼굴만 물끄러미 바라보았다.

남자는 데스크 위로 보이는 상반신으로 미루어 키가 꽤나 클 듯했다. 희고 맑은 피부, 단정하고 곧게 뻗은 입매, 덥수룩한 수염 따윈 어울리지 않을 듯 매끄럽게 뻗은 턱선. 세련된 이미지에 남자다움까지 갖추었다.

흰색 가운이 잘 어울렸지만 병원에서 의사라는 직업으로 앉아 있기엔 이질감이 느껴질 정도로 눈에 띄는 외모였다. 그 이유때문인지, 순간 그에게 인간미를 기대하는 건 무리일 거라는 생각이 들었다.

반면 지혁은 눈을 위로 살짝 치켜뜬 채 멍하니 자신을 주시하는 지민의 모양새에 이유 모를 갑갑함과 짜증을 느끼고 있었다.

도로에서의 황당했던 사고. 말없이 응급실에서 사라진 일. 호진을 대신해 검진 결과 통보를 위해 진료를 준비하며 기다리던 자신을 바람맞힌 일. 좋은 일도 아니고 번번이 일과에 작은 지장을 초래하는 귀찮은 우연 앞에서 마냥 초연해질 수가 없었다.

게다가 앞으로 나눌 이야기의 무게 역시 무시할 수 없었다.

지난주, 호진의 진료실 앞에 지민이 대기 중이라는 연락을 받았다. 제가 전해야 할 것이 가벼운 결과가 아닌 것을 뒤늦게 알아차리고 잠시 기다려 달라는 말을 전했다. 그것을 끝으로 그녀가 사라진 것이었다.

그리고 오늘, 약속된 시각에도 그녀는 나타나지 않았다. 온다는 보장이 없어 마냥 기다릴 수만도 없었지만 모니터의 결과가 그를 선뜻 자리에서 일어나지 못하게 했다.

"기다리게 해서 죄송합니다."

그녀가 다시 사과했다. 무덤덤한 말투였지만 얼굴엔 피곤한 기색이 역력했다.

혈색 없는 하얀 얼굴에 옅은 핑크빛을 띤 입술과 단정히 뒤로 묶은 머리. 살짝 쇄골이 보이는 블라우스에 세련됨이 가미된 와이드 팬츠 대신 환자복을 입는다면 영락없는 입원 환자였다.

운전석에 앉아 상처 입은 작은 새처럼 파리하게 떨던 모습이 겹쳐져 왔다. 지혁은 여러 차례 겹친 황당했던 일들로 인해 솟아오르던 언짢음을 드러낼 수 없게 만드는 그녀의 묘한 분위기에 작은 피로감을 느꼈다.

"한지민 씨."

"네."

"지각, 결석 자주 하십니까."

"결석……. 아, 지난주 일도 죄송합니다."

변명도 없는 사과에 그는 짧은 호흡을 한 후 군더더기 없이 말했다.

"2차 검진 결과 보러 오신 거죠?"

"네."

"위는 1차 검진 때 CT상에 보이던 용종을 걷어 내서 조직 검사 의뢰해 두었습니다. 그게 2주 전이군요. 지난주에 진료를 받으셨어도 결과는 듣지 못했을 겁니다. 다행히 나쁜 놈은 아니네요. 문제는 피 검사인데…….”

말을 끊은 그가 모니터의 화면을 끌어내려 보고 그녀에게 말했다.

“B형 간염 보균자인 거, 알고 계시죠?”

“네.”

“모태 감염이십니까?”

그녀가 말없이 고개를 끄덕거렸다.

“만성 보균자는 3개월, 적어도 6개월마다 검사를 받아야 한다는 것도 알고 계셨고요?”

“정기적으로 검사받았어요. 그러다가 비활동성이라는 소리도 듣고…… 조금 무신경해진 차에 회사에서 1년마다 하는 정기 검진으로 대신했습니다.”

“지난해는 회사 검진도 안 받으셨나 봅니다. 기록이 없는 걸 보니.”

“하필 그날 해외 출장이 있었어요.”

“하필 그 하루를 보충 못해서…….”

지나치게 건조하던 그의 말이 잠시 멈췄다. 다시 입을 여는 그의 미간이 약간 찌푸려졌다.

“앞으로 짧지 않은 시간을 투자하셔야겠습니다. 한지민 씨 건강을 위해.”

지민의 말간 눈매가 잠시 치켜 올라가다 제자리를 찾았다.

지혁은 그것이 상대의 말뜻을 알아채지 못할 때 보이는 지민의 버릇인 모양이라고 생각했다.

"단도직입적으로 말해 주세요."

"1차 검진 결과 AFP(α —fetoprotein)* 수치가 높아 2차에 피검사에 PIVKA—II(Protein Induced By Vitamin K Absence II)*까지 같이 했습니다. 두 수치상으로 모두 상한선을 한참 넘었습니다."

마지막 검사 확인을 끝으로 2년. 출장이다 뭐다 정신없이 살긴 했지만 최근 상경의 일 말고는 그다지 스트레스를 받는다고 생각하지 않았다. 회사 일이야 열심히 하는 만큼 결과가 드러나기에 더더욱 그랬다. 간혹 피로를 느끼기는 했지만 컨디션이 좋지 않다고 느낀 적도 없었다.

간염 보균자의 일상이 얼마나 조심을 요구하는지 모르는 건 아니었다. 하지만 설마 갑자기 안 좋아지기야 하겠냐며 안일하게 생각했던 것도 사실이었다.

"어디까지 보고 계시나요."

간경화? 그것도 아니면. 지민은 뭐라고 말을 이을 수가 없었다.

"정확한 건 CT와 MRI를 찍어야 알겠습니다."

---

*α —fetoprotein:알파태아단백질. 태아의 혈청에 함유된 당단백질로, 간 계통의 종양표지자.
*Protein Induced By Vitamin K Absence II :비타민K결핍유도단백. 비타민 K가 결핍되었을 때 생산되는 단백질로, 비타민 K결핍, 간세포함 종양표지자의 하나.

남의 일을 말하듯 담담한 말투에 지혁은 모니터에서 눈을 떼고 지민을 바라보았다.

여자의 초점 없는 눈빛에 그 역시 할 말을 잃었다. 당황한 환자들은 대부분 앞뒤 없이 많은 것을 물어오며 불안감을 나타냈다. 그러고는 결국 그날 주고받은 것들을 기억하지 못한 채 보호자를 동반하고 다시 나타났다.

한순간에 모든 것을 놓아 버린 듯 망연자실해 하는 환자에겐 앞으로 싸워 나가야 되는 전투 일정을 알려 주면 되었다. 하나, 자신의 가느다란 생명줄을 두고도 남 일인 듯 담담하게 앉아 있는 사람에겐 무슨 말을 건네야 할지 알 수 없었다.

얼마간의 침묵을 깨고 그가 말했다.

"……검사 날짜 잡고, 보호자와 함께 내원하시죠."

그의 말에 어떤 대답도 없이 고개까지 숙이며 깔끔하게 인사하고 나서는 지민에게 지혁은 더 이상 지각, 결석은 안 된다고 덧붙이려던 말을 삼켰다.

미진하게 남은 감정의 한 자락이라도 쓸어버리듯 지혁은 망설임 없이 모니터를 꺼 버렸다.

불과 한 시간도 안 되어서 식사를 함께하기로 한 호진의 진료실로 향하던 길이었다.

안내 데스크에서 직원과 실랑이하는 지민을 다시 보았다. 무언가 고집을 피우고 있는지 그녀를 향해 직원이 연신 고갯짓을 해 가며 안 된다는 뜻을 피력하고 있었다.

이내 그는 고개를 돌려 버렸다. 고집을 피운다? 왠지 여자와 어울리지 않는 말 같았다. 무상무념. 세상을 놓은 듯한. 두어 번의 짧은 만남을 통해 느낀 지민의 이미지가 그랬다.

저도 모르게 시선이 다시 한번 데스크를 향했다. 때마침 그를 향해 오던 호진이 지민을 보고는 그쪽을 향해 다가가더니 거리낌 없이 인사를 나누고 왔다.

"오래 기다렸어?"

기다리게 해서 미안하다 덧붙이곤 성큼 앞장서는 호진에게 지혁이 물었다.

"아는 사람이야?"

"응?"

"한지민 씨."

"네가 지민이를 어떻게 알아?"

호진의 눈이 한순간에 커졌다.

"그러는 너는 어떻게 알까?"

"뭐, 뭐야?"

평소답지 않은 지혁의 말장난에 호진이 그를 못마땅하게 바라보았다.

"내 환자, 네가 지난주에 넘긴."

지혁이 툭 내뱉듯 말했다. 잠시 걸음을 멈춰 상황 판단을 하려는 호진에게 그가 한마디 덧붙였다.

"설마, 환자 이름 확인도 안 하고 넘긴 거야?"

"봤지."

그 한지민이 이 한지민이라고 생각이나 했었던가. 멍하던 호진의 얼굴 위로 순식간에 어둠이 깔렸다.

✢   ✦   ✢

며칠 뒤, 늦은 시간에 학회 논문을 정리하고 있는 지혁의 연구실로 호진이 찾아왔다.

소화기 내과 회식에서 이미 한잔 걸친 호진은 막무가내로 그를 이끌고 자주 가던 바(Bar)로 향했다. 그러고는 줄곧 말없이 잔만 채워 나갔다.

지혁은 며칠 전 한지민이라는 여자 일 때문이겠거니 짐작만 할 뿐이었다.

"도대체 누구야?"

호진이 갑자기 무슨 말이냐는 듯 그를 흘긋 쳐다봤다.

"그 여자, 한지민."

"아. 친구 여자."

"네 여자가 아니고 친구 여자? 그런데 그렇게 상심이 커?"

"지민이가 아니라, 정윤이 일이라고 해도 똑같을 테니까 섭섭해 마."

상대하고 싶지 않은 듯 툭 내뱉은 호진이 다시 술잔에 입을 댔다.

"번번이 말하지만 정윤이, 내 여자 아니야. 그리고 지금 네 얼굴은 꼭 좋아하는 여자가 죽을병 걸린 상이야. 아니면 친구 여자에게 마음이라도 있었던 거야?"

"누구한테 맞아 죽을 소리 하고 있다. 하긴, 참 괜찮은 사람이라고 여러 번 생각은 했었지. 오랫동안 진전을 안 보이는 녀석한테 농담으로 뺏어 버리겠다고 했다가 코피까지 쏟았지만. 뭐, 그놈이 반응하는 게 재미있어서 일부러 짓궂게 굴었는지도 모르고."

과거를 회상하는 호진의 얼굴에 착잡한 미소가 일었다. 또한 잔을 들이켠 그가 지혁에게 잔을 내밀며 말했다.

"너한테 정윤이는 여자가 아닐지 모르겠지만, 넌 정윤이 남자 맞아. 너 딴 여자한테 가면 정윤인 병이 없어도 그 자리에 쓰러질 거다. 그러니까 그 애 앞에서 그런 말은 하지 말고, 처신 잘해."

"쓸데없는 소리 그만하고. 한지민 씨, 오늘 낮에 병원 다녀갔다."

"정밀 검사 날짜 잡았어?"

호진이 그제야 잔을 내려놓고 지혁에게 눈길을 주었다.

"검사는 무슨. 앞서 했던 검사 결과 사본과 소견서 한 부 달라고 왔어."

지혁이 호진의 잔에 술을 따르고 자신의 잔도 채웠다.

"병원을 옮기겠다는 말이야?"

"딴 병원이라도 가면 다행일 테고."

"무슨 소리야?"

호진의 목소리가 점점 커졌다.

"무슨 소리인지 모르겠다만, 얼굴 마주 보면서 결과 말하는 동안 이 여자는 도대체 자기 건강에 관심이 있는 건가 싶었어. 2년이나 정기 검진을 안 받은 것만 봐도 그렇고."

호진의 얼굴에 낭패감이 어렸다.

"그래서 줬어? 환자를 설득해서 검사 받도록 하지 않고?"

지혁이 어이없는 듯 호진의 얼굴을 가만히 바라보았다.

"오늘 진료가 있는 날이 아니라, 소견서 발부는 안 된다고 간호사가 돌려보냈나 보던데."

"한지민, 딴 병원 보내면 절대 안 돼."

"환자가 가고 싶은 병원 찾는다는데, 내가 무슨 권리로. 그리고 나, 그 여자 별로야."

"이건 또 무슨 소리야?"

"글쎄."

지혁은 더 이상 상대하기 싫다는 듯 호진의 잔과 자신의 잔을 채우며 건성으로 답했다.

첫 만남부터 신경 쓰이게 하더니, 아무리 가까운 지인이라 해도 호진부터 의사답지 않게 환자를 두고 지나치게 감정을 드러내고 있었다.

"쓸데없는 소리 하지 말고, 너 지민이 딴 병원으로 보내면 나하고 센터장 바뀌는 줄 알아."

호진이 유치하게 간 클리닉 팀 교체를 협박으로 들고 나왔다.

"뭐라는 거야?"

"잔말 말고 불도저 들이닥치기 전까지 우리가 잘 치료하고 있어야 돼."

"불도저?"

"있어. 한지민 일에 있어 불도저인 놈."

"언제 들이닥치는데?"

"곧. 그놈 결혼 끝나고 신혼여행 잘 다녀오면. 아마 그걸 바라고 있을 테지."

도대체 모슨 소릴 하는 건지.

지혁은 좀처럼 알아듣기 힘든 말을 하고 연신 술잔만 들이켜는 호진에게 아무것도 물을 수 없었다.

2. 오지랖 넓은 남자

"소견서, 적어 드릴 수 없습니다."

"왜죠?"

회사에서 바로 오는 길인지 지민은 깔끔한 블라우스에 슬랙스 차림이었다. 피하지 않고 마주 오는 눈빛엔 상대에 대한 도전이 담겨 있었고, 말투마저 전에 볼 수 없는 다부짐이 묻어 있었다.

"적어 드릴 소견이 없어서요."

"지난번 진료 때 제게 하신 말씀 그대로 적어 주시면 돼요."

약간 올라가는 지민의 입꼬리가 비웃음일지, 아니면 화를 참고 있는 건지 문득 궁금해진 지혁은 그녀를 약간 시험해 보고 싶어졌다.

"소견서 내용까지 알려 주셔서 고맙지만, 저는 그런 허접한 소견서는 작성할 수 없군요."

"선생님."

목소리는 여전히 높지 않았지만 확연히 짜증이 묻어났다. 그러나 빠르게 치켜 올라가는 그의 눈썹을 보고 그녀는 숨을 고르더니 부드럽게 말을 이었다.

"이해가 잘 되지 않네요. 환자가 원할 때 소견서는 적어 주게 되어 있지 않나요?"

만난 이후 처음으로 감정을 드러내는 지민을 보며 그는 아주 잠깐 다행이라는 생각을 했다.

"저도 이해가 잘 되지 않는군요. 왜 병원을 옮기시려는지. 제가 믿음이 안 갑니까?"

"알았습니다. 다른 병원에서 초진 받는 게 빠를 것 같네요. 시간 내어 주셔서 감사합니다."

이런 실랑이가 피곤한지 그녀는 짧은 한숨을 내쉬고는 자리에서 일어섰다.

"앉으세요."

차분하면서도 단호한 목소리가 이어졌다.

"김호진 선생이 이리로 온다니 잠시 여기서 기다리시죠."

순간 지민의 표정이 빠르게 굳어 가는 것을 그는 놓치지 않았다. 혹시 몰라 호진에게 검진 시간을 알려 주었다. 일반적으로 소견서 작성을 거부한다는 것 자체가 말이 되지 않았다.

"그전에 우린 주고받을 게 있지 않나요?"

그녀가 무슨 소리냐는 듯 물끄러미 쳐다보자, 지혁이 고개를 한번 갸웃거렸다. 지민의 얇은 입술이 움직인 것은 몇 분이나 지나서였다.

"……그날, 정말 죄송했어요."

읊조리듯 지나치게 낮은 목소리에 지혁은 제대로 들은 건가 싶었다.

"많이 놀라셨죠? 다친 곳이 없나 걱정했어요. 의사라는 걸 알고 그나마 다행이다 싶었어요."

의문이 담긴 그의 눈빛을 읽고 그녀가 말을 이었다.

"지난번에 소견서 때문에 잠깐 들렀을 때 로비에서 두 분 같이 계시는 걸 보고 알았어요."

지민이 그들을 처음부터 알아본 건 아니었다. 진료가 없는 날이라 그날은 소견서 발급이 안 된다는 간호사에게 어떻게 안 되겠냐고 묻고 있었다. 어느 여의사가 옆으로 와서 강지혁 의사를 찾았고 간호사는 연구실에 있다고 답했다.

돌아서는 여의사가 휴대폰 너머 상대방을 향해 '선배' 하고 부르던 목소리가 귀에 익었지만 의식에 두지 않았다.

그러나 그동안 무시했던 호진의 부재중 전화가 신경 쓰여 그를 만나고 갈까 망설이고 있던 사이, 지혁과 함께 병원 로비를 가로지르는 정윤을 보고 그날의 기억을 떠올렸다.

"피해 보상 청구는커녕 병원까지 모셔 드렸으니 고맙다는 말도 하셔야지 않겠습니까."

이제껏 데스크 한편을 향해 있던 그녀의 눈이 그의 눈을 찾아 시선을 맞추었다.

"미안하지만 그건 고마워할 수 없군요. 전 이 병원에 만 원짜리 한 장도 보탤 의향이 없었거든요."

호진에게 재차 콜을 하려던 그의 손이 생각지도 못한 말에 움직임을 멈췄다.

"혹시 병원을 옮기는 이유가 그거였어요?"

고집스럽게 꾹 다물고 있는 그녀의 입술을 보며 지혁은 입꼬리에 걸려 있던 황당한 헛웃음이 설핏 터져 나왔다.

"그럼 별 문제도 아니네요. 꼭 여기여야 한다는 사람이 진료비를 지불하면 되겠네. 아, 그리고 그날은 죄송했습니다. 미처 쓰러지기 전에 병원을 물어 두지 못해서."

빈정거림을 남기고 지혁은 방을 나왔다. 호진이 간호사 스테이션을 돌고 있다니 곧 올 것이었다.

끝까지 마음에 들지 않는 여자였다. 아니, 마음에 들지 않는다기보다 마주하고 있는 것만으로도 어딘가 신경을 긁어 오는 여자였다.

그 조용한 침묵이 거슬려 말이 많아졌다. 입 밖으로 튀어나온 말들이 자신답지 않아, 지혁은 짜증이 스멀거리고 올라왔다.

문득 그날의 일이 궁금해졌다.

작은 사고가 있었던 날, 그녀는 왜 도로에서 갑자기 쓰러졌던 걸까. 장시간 의식을 잃을 정도의 스트레스는 무엇일까.

그 남자의 결혼 때문인가. 불도저 같은 사랑이라. 그런 사랑을 버리고 딴 여자와 결혼한다는 남자는 또 뭔지.

여자에 대한 자신의 뜬금없는 관심이 스스로도 우스웠다. 그 순간, 가운 호주머니 안에서 벨이 울렸다. 정윤이었다.

―선배, 어디야? 오전 진료 끝났어?

"호진이 하기 나름이야."

―무슨 소리야? 지금 내려올 수 있어? 같이 식사하자.

"호진이 환자랑 이야기 중이야. 아무래도 조금 기다려 봐야 할 것 같다."

―뭐야? 자꾸.

"오후 진료 있지? 저녁에 콜 할게."

지민과 호진이 나누고 있을 뒷이야기가 발목을 붙잡고 있는 탓에 채근하는 정윤의 소리가 귀 밖으로 멀어졌다.

✦　　　✦　　　✦

지글거리던 태양이 많이 식어 있었다. 어느새 해가 저무는 모습도 달랐다. 해질녘의 기온 역시 사뭇 다르고 거리엔 스산한 가을 내음이 한껏 깔려 있다.

지민은 언제나 가을의 초입에 서면 무언가와 이별하는 듯 서러움을 느꼈다. 드러나 있는 두 팔 위로 스치고 지나는 바람을 느끼며 저도 모르게 몸을 움츠렸다. 속도 없이 걷던 걸음을 멈추어 잘 닦여진 강가 벤치에 앉았다

길가엔 가장 좋아하는 꽃. 어떤 바람도 맞서지 않고 흔들려

주지만, 꽃잎 한 장 놓치지 않는 가녀리고도 강한 꽃줄기의 코스모스가 흐드러지게 피어 있었다.

지하철에서 내려 한참을 걸었다. 덕분에 얼굴에 퍼져 나가던 해사한 표정도 잠깐, 바람에 날리는 꽃잎 위로 엄마의 얼굴이 겹쳐 오면서 그녀의 낯빛은 금세 어두워졌다.

말을 걸어도 언제나 대답이 없던 엄마.

간절하게 엄마를 찾던 어린 딸을 눈앞에 두고 어딘가를 바라보던 초점 잃은 눈빛.

그런 엄마에게 태어나 처음으로 색연필을 잡으면서 그려 주던 것이 코스모스였다.

어떤 반응도 해 주지 않는 엄마 때문에 지민은 결국 참고 참았던 울음을 터트려야만 했다.

그럴 때면 어김없이 아빠가 달려 나와 '우리 착한 공주님, 이 많은 꽃을 엄마 주려고 그렸어? 고맙기도 해라'며 번쩍 들어 목말을 태워 주곤 했다.

그러면 엄마는 뒤늦게 '미안해' 하며 희미하게 웃어 주었지만, 그 얼굴은 여전히 슬퍼 보였다.

엄마를 생각하자 가슴이 갑갑해져 왔다. 지민은 긴 숨을 들이마시며 주변을 둘러보았다. 강둑 블록 위로 자전거를 타는 사람, 경보를 하는 사람, 애완견의 종종걸음에 이끌리듯 걸어가는 사람이 보였다.

손을 맞잡고 걷는 젊은 연인을 바라보는 지민의 눈에 상경의 얼굴이 아른거렸다.

못 본 지 벌써 3주가 되었다. 매일 음성 메시지에서 그의 목소리를 들을 때마다, 전화를 걸고 싶은 마음을 참느라 휴대폰을 거머쥔 손마디가 붉어졌다.

당장이라도 가방에 있는 전화기를 꺼내고픈 충동을 억누르며 오늘 낮 병원에서 나눈 호진과의 대화를 떠올렸다.

"여기서 검사 받고 입원해. 그리고 외과 강 선생과 내가 진료 보게 하고."

"더 좋은 병원 찾아 치료받을 거예요."

"더 좋은 병원 없어. 1분이라도 지민 씨를 더 살펴봐 주는 병원에 있으라고."

"그게 세진 병원이란 말인가요?"

이어지는 실랑이에 짜증스럽기만 했던 지민의 얼굴에 냉소가 떠올랐다.

"할 수 있는 한, 최선을 다 할 거야."

"그럴 필요 없어요."

"나 역시 싫어. 나도 아픈 너 옆에서 지켜보고 싶지 않다고. 지금이라도 당장 상경이에게 달려가고 싶어. 달려가서 너 챙기라고 말하고 싶다고."

그녀가 대학을 졸업한 이후 언제나 '지민 씨'라고 불러오던 그였다. 그런 호진이 지민을 '너'라고 불렀다. 어린 날 만나긴 세월을 보아온 호진에게 있어서도 지민은 상경의 여자이기 이전에 동생 같은 존재였다.

"너는 네 아픈 것만 힘들어서 상경이가 불쌍하지도 않지?"

지민의 상황이 안타까운 건 말할 것도 없었다. 그러나 그 이상으로 속이 시꺼멓게 타들어 가고 있을 친구의 가슴앓이에 호진의 마음은 무너져 내렸다.

"그렇게라도 안 하면 제 여자가 자기를 평생 안 보겠다는 상경이 말이야. 나, 너 위해서 이러는 거 아니야. 나중에 상경이가 알고 가슴 칠 거 생각하면 자다가도 벌떡 일어나 달려가고 싶은 걸 겨우 참고 있다고."

절로 높아지는 목소리를 낮추고 그가 돌연 애원하듯 다시 말을 이었다.

"그러지 말고 우리 상경이한테 솔직하게 이야기하자. 그 녀석 어떻게 나올지 아니까 네가 이러는 거 알아. 하지만 아이가 중요한 만큼 너희 세 사람 행복도 중요한 거잖아?"

그의 붉어지는 눈을 지민은 차마 마주하지 못하고 바로 외면했다.

"더 이상 내 인생에서 오빠까지 싸우게 하고 싶지 않아요. 힘들어하는 오빠 보면…… 어쩌면 싸우고 싶은 생각마저 잃을지 몰라요. 도와줘요, 호진 씨."

호진이 그녀의 애끓는 목소리를 물리치며 단호히 말했다.

"그럼 검사 일정 잡아 놓을 테니까 그날 와서 정밀 검사 받아. 그렇지 않으면 바로 상경이한테 연락할 테니까."

우습게도 지금 당장 상경에게 달려가고 싶은 건 자신이었다.
억울하다고, 무섭다고, 어떡하면 좋겠냐고 그 품에 파고들면 모든 게 해결될 것 같았다. 가슴 밑바닥에서부터 올라오는 서러움에 지민의 얼굴은 금세 젖어 들었다.
엄마 역시 이 공포와 서러움에 오랜 시간 참아 왔던 이성을 누르고 첫사랑에게로 달려간 걸까.
첫사랑이자 연인이었던 사람을 만나러 가던 길, 엄마는 교통사고로 목숨을 잃었다.
학교에서 돌아온 지민은 그날 대문도 잠그지 않고 집을 비운 엄마가 걱정이 되어 아빠에게 연락을 했다. 아빠는 보육원에서 약 15분 떨어진 집으로 돌아오기도 전에 경찰서로부터 걸려 온 전화를 받았다.

무슨 일인지 중앙선을 약간 넘은 엄마, 유경의 차를 마주 오던 컨테이너 차량이 미처 보지 못하고 들이박았다고 했다. 운전석 범퍼 일부를 박았지만 무시하지 못한 속력 탓에 차는 그대로 갓길 아래로 미끄러져 떨어졌다.

약속 장소에서 한참을 기다렸던 엄마의 첫사랑은 발인에 참석하고서야 그날 일이 잘못되었다는 것을 알았다.

장례와 모든 절차를 치르고 유경의 물건을 정리하면서 아빠 용우도, 지민도 사고 나기 불과 2주 전에 그녀가 간암 진단을 받은 것을 알게 되었다. 지민이 중학교 2학년 때 일이었다.

태영의 아이는 외롭지 않을 것이다. 비록 상경이 얼마간은 힘들어하겠지만, 아니, 힘들어하는 동안에도 상경은 언제나 아기와 그 아이의 엄마를 향해 따스한 눈빛을 줄 사람이었다.

그는 첫사랑을 못 잊어 자식조차 버려진 아이처럼 외롭게 만들던 엄마와는 다른 사람이었다.

그런 상경이 옆에 있었기에 엄마의 부재에도 맑은 웃음을 지닐 수 있었고, 하늘이 두 쪽 나는 슬픔에 비할 바가 안 되는 아빠의 죽음 속에서도 견딜 수 있었으니까.

상념을 갈무리한 지민의 눈가가 다시금 붉어졌다.

"아, 선배님. 너무하시는 거 아닙니까."

지혁은 투덜거리는 창훈의 손에 들린 술병을 빼앗아 들고 그의 잔에 따라 주었다.

초저녁 무렵, 대학 1년차 후배이자 다른 병원 외과의인 창훈이 한잔하자며 오랜만에 연락을 해 왔다. 벌써 집이라 다음에 하자고 적당히 거절했더니 기어코 집 앞으로까지 찾아왔다.

"뭘 너무해, 인마. 이 동네에 들이닥친 네 탓이지."

술병을 잡은 김에 자신의 잔도 채운 지혁이 말했다. 오늘은 기어코 논문을 마무리할 생각이었건만 맨입으로 돌려보낼 수는 없겠다 싶었다.

"이 동네라고 괜찮은 곳이 없겠습니까. 여기까지 왔는데 너무하시네요. 선배 아니면 언제 저 같은 월급쟁이 의사가 카드값 걱정 없이 마셔 보겠습니까."

"누구는 월급쟁이 아니고?"

"왜 이러십니까. 꼭 제 입으로 말해야 합니까. 세진 병원……."

지혁이 안주를 하나 집어 창훈의 입에 밀어 넣었다.

"술 마시러 왔으면 술이나 마셔. 동네 술집이라 해 봐야 네 녀석 구미에 차지도 않으니까 네 덕분에 내 입이나 호강하자."

지혁이 연구 협약차 1년을 미국에서 보내고 돌아온 3개월 전 즈음이었다.

그의 모친이 이곳 김포 신도시에 사 두었던 집의 전세 입주민이 갑자기 집을 빼려 한다며, 집 상태를 보고 와 줄 수 있겠냐고 했다. 그때 들렀던 동네가 마음에 들었다. 여기 와 있겠다는 그의 말에 모친은 흔쾌히 그러라고 했다.

새로 조성된 쾌청한 신도시가 마음에 들어 한 채 사 두었지만, 들고 나는 입주민이 귀찮아 비워 놓을까도 하던 참이었다.

병원과 거리는 좀 되지만 어차피 많은 시간을 병원에서 보내던 그였다.

이곳은 거주라기보다는 논문을 작성한다든지, 며칠이고 환자와 사람을 떠나 잠깐 쉬는 곳으로 여겼다.

높은 층에서 멀리 내려다보이는 강둑을 산책하는 이들의 여유로움도 보기 좋았고, 늦은 밤 한강을 가로지르는 대로의 야경도 보기 좋았다.

인근에 아는 사람이 없으니 사우나 하러 오가는 길에 밥집이나 한 군데 알아 두었을 뿐, 가 본 가게도 별로 없었다. 그런데 이곳 실내 포장마차는 꼭 한번 들러 볼까 하던 참이었다.

지난여름 반투명의 두터운 비닐 가리개 안쪽에서 새어 나오던 매콤한 안주 냄새가 그 앞을 지나가던 그의 시장기를 자극했다.

서넛의 젊은 남자가 잔디가 예쁘게 깎인 공터에 놓인 원목 탁자와 의자에 앉아 어찌나 시원하게 술을 마시던지, 그날 저녁 집에 돌아온 그는 씻기도 전에 맥주부터 꺼내 마셨다.

제법 바람이 선선해지면서 바깥에 놓인 의자엔 사람이 거의 없었다. 실내 포장마차 안의 네모난 원목 탁자와 나무의자는 손으로 다듬은 듯 고급스럽고 정감이 있었다.

사장 아주머니의 입담도 마음에 들었고, 유리장 안에 들어 있는 해산물도 싱싱해 보였다.

지혁은 누군가 이 동네에 들른다면 꼭 한번 오겠다는 계획을 실행시킨 것에 만족하고 있었다. 앞치마를 두른 소박한 인상의 중년 여성이 이 공터의 주인이라고 했다.

무슨 상가를 낼까 고민하다가 간이 실내 포장마차를 내어 단골도 생기고, 아프면 쉬기도 좋은 것이 마냥 이러고 있는 것도 나쁘지 않다고 했다. 그러나 계획 도시로 예쁘게 늘어선 3층 상가들 사이에서 언제까지 포장마차를 유지하기란 어려울 것이었다.

"아니, 부잣집 아드님이 잘 못 드시고 사십니까. 이런 안주가 호강이게."

창훈의 입이 연신 불만으로 닫힐 줄 몰랐다.

"아이구야. 너무한 건 젊은 양반이네. 우리 단골들은 모두 2, 3차로 오면서 여기 안주가 제일이라 하는데. 총각인지, 아저씬지 우리 가게 너무 무시하는 거 아냐?"

문어 숙회를 한 접시 내어오던 사장님이 그를 타박했다.

"아, 그러게요. 2, 3차로 오면 딱이지 않습니까. 근데 저희는 여기가 출발점이라고요, 사장님."

사람 좋은 웃음으로 마무리하는 창훈의 붙임성은 어딜 가든 좋았다.

"그래서, 병원은 그만두고 메디컬 병원 설립에 투자해서 빠져나오고 싶다고?"

지혁이 얼마 전 창훈이 전화로 물어 오던 일을 언급했다.

"작은 메디컬 병원에 외과의가 자리를 얼마나 차지하겠습니까."

"내 생각도 그래. 차라리 인지도를 더 쌓은 후에 지난해 승민 선배가 차린 여성 외과처럼 수술 위주 병원을 설립하는 게 낫지 않겠어?"

"그러게 말입니다. 그냥 매달 꼬박꼬박 월급 받는 게 최고인 줄 알았더니, 제 병원이 탐이 날 줄 누가 알았겠습니까. 이제 와서 과를 바꿀 수도 없고. 그렇다고 밀어줄 와이프도 없고."

지혁은 융통성 없는 성격처럼 소주 한 잔에 안주 하나 집어 먹으며 말하는 창훈의 이야기가 진심이 아닐 거라 생각했다.

의사 남편을 감당할 자신이 없다던 지금의 아내에게 창훈이 얼마나 구애를 펼쳤는지 잘 알고 있었다.

창훈보다 세 살 연상의 간호사로, 10년 넘게 병원 생활을 한 그녀는 공부밖에 할 줄 몰랐던 의사들보다 아들을 의사로 만든 어머니들의 끝없는 도도함과 자만심을 잘 알고 있었다.

결국 창훈의 어머니가 그녀를 찾아가 제발 우리 아들 좀 빨리 데려가 달라고 했다는 소문이 간호사들의 입을 통해 지혁이 있는 병원까지 전해지기도 했다.

"시끄러워. 제수씨한테 전화해서 당장 일러 주기 전에 내 입이나 막아."

지혁이 빈 소주잔을 그의 앞으로 내밀려는 순간 어딘가에서 귀에 익은 목소리가 들려왔다.

"이모, 여기 한 병 더 주시라니까요."

"아, 글쎄. 거기 어묵 다 먹고 국물 다 마시면 내 가져다준 다니까."

칼질을 하는 사장은 여자의 말에 아랑곳하지 않고 자기 할 일을 하며 말을 받았다.

지혁이 소리 나는 쪽을 향해 보니 지민이 손도 안 댄 안주 와 깨끗이 비워진 소주 두 병을 앞에 두고 혼자 앉아 있었다.

소주 한 병만 더 달라고 떼를 쓰던 지민이 비틀거리듯 자리 에서 일어섰다. 그리고 벽 쪽에 세워진 작은 냉장고에서 가서 직접 꺼내어 자기 자리로 돌아갔다.

"거참, 올 때마다 소주는 못 한다고 맥주만 마시더니 오늘 은 왜 그럴까. 늘 같이 오던 양반은 어쩌고. 안주랑 같이 안 마 시면 내가 가서 뺏을 거야!"

안면이 있는 사이인지 사장의 말에 걱정이 잔뜩 묻어 있었 다.

"네, 네. 저 사랑해 주셔서 감사합니다, 이모님."

지민이 일어나 사장을 향해 넙죽 인사하더니 시원하게 병뚜 껑을 열었다. 그 모습을 지켜보던 지혁의 미간이 절로 구겨졌 다.

참 성가신 여자였다. 잊을 만하면 뜻하지 않은 곳에서 뜻하 지 않은 모습으로 눈에 띄었다.

지난번에 길에서 사고가 날 뻔했던 곳이 이 근처였고, 오늘 여기서 또 우연치 않게 만난 걸 보니 아마도 이 신도시 단지에 사는 듯했다.

호진이 어떻게 설득했는지 며칠 전에 초음파 검사와 MRI 검사를 하고 갔다고 들었다.

영상 의학과에 내려가 어떤 협박을 했는지 초고속으로 나온 결과지를 들고 연구실로 들이닥친 호진의 얼굴이 떠오르자 지혁은 속 깊은 곳에서부터 무언가가 끓어오르기 시작했다.

바보 같은 놈. 정작 당사자는 검사 하나 해 놓고 저러고 있는데 저 혼자 애가 타고 있다니.

"아는 여자예요?"

지혁의 표정을 살피던 창훈이 조심스럽게 물었다.

"너 어떻게 왔냐. 차 몰고 왔어? 서울까지 대리비 더블이다."

여자로부터 관심을 끊고자 화제를 돌렸다.

"어차피 택시비나 대리나 똑같아서 병원에 두고 왔죠."

"거참, 안주도 같이 좀 먹으라니까."

사장이 기어코 지민의 테이블로 가서 술병을 뺏으려는 찰나 지민이 술병을 꼭 잡고 놓지 않았다.

"아이, 이모. 그러지 마세요. 이거 제 거예요. 제 거는 뺏으면 안 되죠. 저기 많은데 왜 제 걸 들고 가시려고 그래요."

"에구, 이거 봐. 취해도 한참을 취했어."

두 사람이 실랑이를 벌이고 있는 술병을 바라보니 병뚜껑연 지가 언제라고 벌써 반이나 비어 있었다.

지혁이 자리에서 일어나 그들 쪽으로 성큼 다가섰다. 그녀의 손에서 순식간에 술병을 뺏어 들고 바닥으로 쏟아부었다.

"어머나, 어째."

"죄송합니다. 사장님. 이 술값 제가 계산하겠습니다. 그리고 이 아가씨 이제 술 주시면 안 됩니다."

당황해하는 사장에게 짧은 사과를 건넨 지혁은 빈 술병을 들고 와 자신의 테이블에 올려놓았다.

"선배. 왜 그래요. 이게 무슨 실례……, 아는 여자예요?"

창훈은 얼떨떨한 표정을 지우지 못했다.

"지금 뭐 하는 거예요."

지혁에게 술병을 뺏기고 한동안 멍하게 서 있던 지민이 정신을 차렸는지 테이블로 다가왔다.

"지금 뭐 하시는 거냐고요."

들은 척을 않고 안주에만 손길을 주는 지혁을 바라보는 그녀의 얼굴이 확 구겨졌다. 지민이 그들이 마시고 있던 소주병을 잡아들려 하자, 지혁이 그녀의 팔을 낚아챘다.

"취했어요. 이제 그만 마시고 들어가시죠."

흐릿한 시선으로 남자의 얼굴을 바라보던 지민의 미간이 조금씩 찌푸려져 갔다. 곱지 않은 시선과 못마땅한 표정이 낯이 익었다.

"아, 오지랖 넓은 의사 선생."

말끝을 똑 잘라 먹는 그녀의 말에 지혁의 입매가 살짝 굳었다.

"이거 주제넘는 짓 아니에요?"

"내가 주제넘는 사람 되는 게 여러 사람 덜 피곤하게 한다면야."

그의 손에서 풀려난 지민이 그를 뚫어질 듯 쏘아보았다. 그러다 맥이 빠진 듯 혼잣말로 중얼거렸다.

"평생 한 번 있을까 말까 한 날이네. 내 사람 뺏겨, 내 술 뺏겨."

그 뜻을 헤아리기도 전에 창훈이 자리에서 벌떡 일어섰다.

"아이, 왜 이러세요들. 오해가 있으면 풀고 좋게 이야기해요. 여기 앉으세요. 낮은 천장 무너지겠습니다."

창훈이 그녀를 끌어와 의자에 앉혔다.

"선배가 너무했어요. 아무리 그래도 남의 술을 그렇게 버리는 법이 어디 있습니까. 세진의 젠틀맨 강지혁 선생님께서."

분위기를 풀고자 하는 창훈의 음성이 드높고도 빨라졌다. 지민은 창훈이 제 앞으로 잔을 놓고 채워 주기 무섭게 그대로 들이켰다. 그리고 깨끗하게 비운 잔을 지혁 앞으로 건네며 고개를 꾸벅 숙였다.

"젠틀맨 강지혁 선생님, 한 잔 받으시고 앞으로 잘 부탁합니다."

여전히 무시한 채 창훈의 잔만 채우고 있는 지혁을 한참 바라보던 지민은 팔이 아픈 듯 빈 잔을 내려놓았다.

두 사람의 눈치만 보고 있던 창훈이 조심스레 술병을 들어 그녀의 빈 잔을 다시 채우려는 순간이었다.

"한지민 씨 간수치 임상 관리 중이야."

"네? 그런데 이렇게 술을 드시면 어떡해요."

창훈이 깜짝 놀라며 술병을 내려놓았다.

"한 달 전엔 몰랐던 일이에요. 내일 알았다고 생각하면 되잖아요. 그러니까 저 오늘도 모르고 마시는 거예요."

창훈을 향해 생긋 웃음을 날린 지민이 제 잔을 찾는 듯 테이블 위를 두리번거렸다.

손을 들어 사장을 부르나 했던 그녀의 입에서 보일 듯 말듯 숨은 하품이 새어 나왔다. 한쪽 손에 턱을 괴고는 눈을 감았다. 어느새 그녀의 몸이 스르르 테이블 쪽으로 기울어지기 시작했다.

주제넘은 오지랖에도 불구하고 결국은 피곤한 일이 생겨 버렸다.

지혁의 입에서 절로 한숨이 터져 나왔다. 창훈은 슬그머니 자리를 떴고, 사장은 지혁과 지민이 아는 사이라 연신 다행이라는 말만 하며 자기 일에 바빴다.

여자는 집에서 나온 길인지 편안한 옷차림에 가방도, 휴대폰도 보이지 않았다. 혹시나 해서 뒤져 본 얇은 카디건 호주머니엔 지폐 몇 장과 카드 한 장이 들어 있었다. 병원에 전화해 오늘도 응급실 당직을 서고 있는 현식을 찾아 그녀의 주소를 물었지만 회사 주소가 전부였다.

하는 수 없이 받지 않는 호진의 단축 번호를 다시 눌렀다. 두 팔을 베개 삼아 잠들어 있는 그녀를 바라보는 그의 눈빛이 여전히 싸늘했다.

—여보세요.

여섯 번의 울림 끝에 드디어 받은 호진의 음성에서 술기운이 확 묻어났다.

"너 어디야?"

지혁이 앞뒤 없이 물었다.

—어, 집에 가는 중.

"이리로 좀 와야겠다."

자초지종을 듣던 호진이 난감한 듯 팔목의 시계를 보았다. 자정이 다 되어 가는 시각이었다.

—사정은 알겠는데, 나 지금 대리 불러서 집에 들어가는 중이야. 오늘 불도저 결혼식이었거든. 지민이보다 내가 배는 마셨을걸. 한지민 주치의님, 우리 지민이 잘 부탁합니다.

전화가 뚝 끊어져 버렸다. 지혁은 황당함에 휴대폰에서 한동안 시선을 떼지 못했다.

"젠장."

그의 입에서 작게 터져 나온 욕을 들었는지 도마질을 하던 사장이 이쪽으로 힐긋 눈길을 주었다.

서울 시내와 달리 한적한 신도시 밤거리엔 지나는 택시가 없었다. 실내 포차와 그의 집까지의 거리 때문인지 콜택시도 잡히지 않았다.

결국 지혁은 지민을 등에 업었다. 상대도 모르고 제 목을 꼭 여며 오는 두 팔에 그가 어이없는 듯 짧은 헛웃음을 터트렸다. 더 이상 화를 낼 기력도 없었다. 제 등에서 스르르 힘없이 미끄러져 내리는 것보다 이편이 수월했다.

처음으로 등에 여자를 업었다. 대학 시절 의료 봉사차 내려 갔던 시골 마을에서 더위를 먹고 쓰러진 할아버지를 업고 뛴 기억은 있었다.

그러고 보니 한지민은 여자가 아니라 제 환자였다. 그렇게 생각해서인지 그녀를 받치고 있는 두 손에 힘이 더 들어갔다. 동시에 그녀의 머리가 지혁의 어깨로 파고들었다.

목덜미에 닿는 살결에 지혁이 움찔거렸다. 이내 그녀의 볼 이 젖어 있는 걸 알아차렸다. 여몄던 팔에 힘이 빠지는 것으로 봐서는 다시 곤히 잠이 든 상태였다.

"평생 한 번 있을까 말까 한 날이네. 내 사람 뺏겨, 내 술 뺏겨."

오늘이 불도저의 결혼식이라는 호진의 말이 뒤늦게 그녀의 말뜻을 헤아리게 했다.

뺏긴 사랑이 가슴 아파서 술을 마신 건가. 머리 위로 저 먼 치 높게 뜬 달이 보름인지 자정을 넘어가는 하늘이 밝기도 밝 았다. 지민이 잠에서 깰까 지혁은 저도 모르게 발걸음에 강약 을 조절했다.

집에 도착한 지혁은 어쩔 수 없이 지민을 위해 제 침대를 내어 주었다. 역시나 그녀의 얼굴은 눈물로 얼룩져 있었다.

혈압이 낮고 맥박이 지나치게 늦었다. 직업적인 손놀림으로 그녀의 카디건을 벗겨 편하게 해 주었다. 서재에 있는 의료 상자를 들고 와 수액을 놓았다.

"후……."

피곤한 하루가 끝이 났다. 작은 숨을 내어 쉰 지혁이 침대 보조 등을 끄려던 손을 멈칫하며 내려놨다. 지민이 작게 인상을 쓰며 몸을 뒤척이고 있었다.

붙박이장으로 가서 베개 하나를 들고 침대로 다가왔다. 지민의 어깨에 긴 팔을 넣어 몸을 약간 앞으로 일으킨 뒤 어깨 뒤로 베개를 넣어 주었다. 자세가 편해졌는지 그녀의 입에서 고른 숨결이 새어 나왔다.

술기운에 체온이 오른 이마에 땀방울이 송골 맺혀 있었다. 손등으로 그녀의 이마를 살며시 훔쳐 내던 지혁이 그런 제 손길에 놀란 듯 흠칫하며 손을 거두었다. 그 자리에서 굳은 채 거머쥔 제 손을 바라보았다.

"이거 주제넘는 짓 아니에요?"

아무리 방법이 없었다 해도 제 침실로 데려와 눕히다니.

그가 긴 한숨을 내뱉을 때였다. 지민의 귓불 뒤로 굵은 물방울이 또르르 흘러내리는 것이 보였다. 무슨 꿈을 꾸고 있는지 긴 속눈썹이 금세 다시 젖어 들었다.

앞머리를 한 번 쓸어 넘긴 지혁은 천천히 몸을 돌려 욕실로 향했다. 따뜻한 물에 얇은 면수건 하나를 적시어 침대로 다가

섰다. 부드럽게 닦아 내린 그녀의 눈가가 다시 적셔 내렸다.

"……오빠."

처음엔 짧게 벌어졌다 닫히는 입술 사이로 새어 나오는 단어를 알아들을 수 없었다. 지혁은 꿈틀거리던 입술이 뱉어 낸 단어를 세 번 만에야 알아들었다.

이렇게 놓기 힘든 사람을 왜 보냈는지 그로선 이해할 수 없었다.

"하긴. 이해할 필요도 없는 일이지."

그녀에게 이유 없이 향하는 제 마음을 끊어 내듯 지혁은 침실 문을 야무지게 닫고 나와 서재로 향했다.

"잘 살아. 태영아."

차마 축하한다고는 말할 수 없었다. 그렇다고 잘 살길 바란다는 말도 왠지 제가 할 말이 아닌 것 같아 지민은 입술을 살짝 깨물었다.

"고마워, 지민아."

늘 미안하다고 하던 태영이었다.

"미안하다는 말은 이제 그만할게. 미안함 속에서 태어나는 아기는 불쌍하게 느껴져서."

아기를 지키고 싶다고, 아기를 위해서 상경을 보내 줄 수 없겠냐고 물어오는 입술은 떨렸지만 표정만은 결연했던 그녀였다.

그 표정이, 눈빛이 너무 이기적이라 분노로 몸을 떨기도 했었다. 아기를 지켰다는 안도감인지, 제 사랑이 결실을 맺은 것에 대한 여유로움인지 태영은 여느 신부보다도 화사하고 고왔다.

"고맙다는 말도 더는 안 할게. 난 너도 잃고 싶지 않아, 지민아."

어쩌면 태영이 상경과 사는 내도록 자신에게 일말의 가책을 지니고 있길 바랐는지도 몰랐다. 또한 상경에게는 자신이 죽는 그날까지 우선일 거라는 자만심을 품고 있었는지도.

그러나 오랜 시간 친구의 남자에 대한 사랑을 남 몰래 키워 온 태영은 이젠 자신의 남자이자, 아이 아빠인 상경을 위한 마음을 거리낌 없이 드러냈다.

지민은 가책이든 무엇이든 태영이 자신에게 나누어 줄 마음 따윈 없다는 것을, 수줍은 듯 살며시 행복에 젖어 있는 그녀를 본 순간에야 알아차렸다.

이제 모든 미련을 떨쳐 버려야 했다. 하지만 식장 앞에서 하객들에게 인사를 하고 있는 상경의 굳은 모습을 접하는 순간, 꼭 다물고 있던 어금니 사이를 뚫고 새어 나오는 오열을 막아 내지 못했다.

결국 다가가 인사도 하지 못한 채 식장을 떠났다. 제 모든 것이었던 사람을 이젠 바라볼 수도 없게 되어 버렸다.

흑흑. 누군가의 울음소리에 지민이 저도 모르게 눈을 떴다. 명확하지 않은 의식, 흐릿한 눈에 들어오는 사물의 모양새와 위치가 전혀 익숙하지 않았다.

지나치게 환한 방, 자신의 집이 아니었다. 오른팔을 들어 빛을 가려 보던 지민이 젖어 있는 제 얼굴을 알아차렸다. 눈을 가린 팔엔 주삿바늘이 꽂혀 있었다.

고개를 돌리자 긴 옷걸이에 흰색 액체가 들어 있는 작은 병과 수액이 걸려 있었다. 침대 맞은편으로 블랙과 화이트가 믹스된 모던한 붙박이장이 보였다.

낯선 광경, 낯선 공기에 지민이 이맛살을 살짝 찌푸렸다. 벽에 걸린 시계를 보니 8시 반을 가리키고 있었다. 점점 뚜렷해지는 정신과 함께 당황함도 커져 갔다.

그때, 바늘이 꽂힌 팔 밑으로 메모지 한 장이 보였다.

다 맞지 않고 빼 버릴 경우, 어제의 진상을 그냥 넘기지 않겠습니다.

무의식적으로 읽어 버린 메모지가 팔랑거리며 바닥으로 떨어져 내렸다. 반창고를 떼려는 순간 굵고 힘 있는 필체의 글씨가 뜻하는 바를 깨달은 지민이 손을 멈췄다.

강지혁. 그 남자의 집인가 보다. 눈을 감아 봤자 사라질 기억도 아니었다.

질끈 감은 그녀의 눈가로 미세한 주름이 짙어졌다. 다시 몸을 눕힘과 동시에 흘러나오는 깊은 한숨을 어쩔 수 없었다.

고개를 들어보니 수액 절반이나 남아 있었다. 똑똑 떨어지는 속도를 보아하니 아직 한 시간은 더 누워 있어야 할 듯했다.

지민은 불편한 몸을 움직여 수액이 떨어지는 속도를 조금 더 빠르게 했다. 포장마차 사장과 술병을 잡고 벌이던 실랑이가 떠올랐다. 남자가 술을 바닥에 쏟아부었고, 잠시 술이 깨는 듯했는데.

그러고 보니 오지랖이 넓다고 빈정거린 기억도 났다. 그의 오지랖이 아니었다면 아마도 모텔, 그도 아니면 더 허름한 여관방에 누워 있는 자신을 발견했을지 모를 일이었다.

밀려오는 수치심에 벌떡 몸을 일으켜 바늘을 빼려다가 울렁이는 속을 부여잡고 침대에 쓰러지듯 다시 누웠다.

"그래 줄 수 있지? 우리 아기의 좋은 고모가 되어 줄 거지?"

태영의 말이 떠올랐다. 좋은 이모가 아니라 고모라. 그 말을 내뱉는 태영의 표정이 어떠했는지 알 수 없다. 상경과의 관계에 분명한 선을 그어 주는 그녀의 얼굴을 제대로 바라볼 수가 없었다.

베개에 얼굴을 묻는 지민의 입에서 작은 실소가 터져 나왔다. 별 뜻 없을지 모를 단어 선택에 이렇게 예민하다니.

거친 손길로 주삿바늘을 떼어 버리고 침대에서 몸을 일으켰다. 시트를 걷고 내디딘 발아래서 떨어진 메모지를 주워 올렸다. 미처 읽지 못한 마지막 문장이 눈에 들어왔다.

아. 그리고 더 이상의 결석은 곤란합니다.
—오지랖 넓은 의사

지민은 밥을 얻어먹어도 같은 사람에게 두 번은 안 된다고, 언제나 베푸는 쪽은 자신이여야 한다던 아빠의 말을 떠올렸다. 평생 어려운 사람은 물론이고 자신보다 형편이 나은 사람에게조차 늘 베풀던 아빠였다.

호진과 단순한 동료 사이로만 보이지 않던 남자에게 빚이 많았다. 앞으로 안 보고 살 사람이면 얼마나 좋을까.

다시 한번 밀려드는 부끄러움에서 도망치듯 방을 빠져나왔다. 이내 지민의 눈길이 거실 콘솔 위로 놓인 여러 액자에 머물렀다.

그중 하나에 낯익은 이가 있었다. 그를 선배라고 부르던 여자.

그리고 그 여자 옆에 선 그 남자, 김영철. 엄마의 첫사랑이었다.

유난히 힘들던 오전 진료가 끝났다. 일주일에 한 번 있는 외래 진료였다.

수술대 위에서 환자를 만날 때 이상으로 지혁은 진료가 있는 날 제 컨디션에 신경을 썼다. 마주하는 환자의 기민한 동작부터 스치는 소리까지 귀를 기울이고 싶었다.

환자도 많지 않았는데 평소보다 피곤했다. 지난 밤 창훈과 주고받았던 술잔 때문이 아니었다. 더 늦도록 마시는 날도 무리가 없었다. 제 침실에 누워 있는 존재가 무던히 신경 쓰였던지 저도 모르게 잠을 설친 탓이었다.

출근 전 잠깐 들른 침실에서의 그녀는 지난 밤 자신이 방을 나올 때와 같은 자세로 잠들어 있었다. 꿈틀거리는 속눈썹으로 여전히 편치 않을 심경을 짐작하게 했다.

알부민(Albumin)*과 수액 하나를 더 꽂아 주고 집을 나섰다. 시계를 보니, 수액이 모두 들어가고도 남을 시간이었다. 표정 없던 하얀 얼굴이 아침에 눈을 뜨면 어떻게 변할지 자못 궁금했다.

"어머님, 편찮으셔?"

혼자만의 생각에 빠져 연구실로 들어온 지혁은 정윤의 목소

---

*Albumin:생체 세포나 체액 중에 넓게 분포되어 있는 단순단백질.

리를 듣고서야 그녀의 존재를 알아차렸다.

"언제 왔어?"

"출근하자마자 수액 챙겨 갔다며."

정윤은 모처럼 좋은 콘서트 티켓에 아침 일찍 그를 찾았다가 외과 간호사로부터 지혁이 이른 새벽에 출근하자마자 다시 나갔다는 소리를 전해 들었다.

"어머니가 아니라, 친구."

"친구가 아파?"

"술을 너무 마셔서."

"무슨 술을 얼마나 마셨는데? 호진 선배랑 같이 마신 거야?"

가운을 벗어 옷걸이에 건 지혁은 정윤이 앉아 있는 소파로 와 앉았다.

"호진이?"

"응. 아침에 커피 한 잔 달라고 내 방에 들렀어. 술 냄새 가득 풍기면서."

호진이 아직 자신을 찾지 않는 걸 보니 귀갓길의 전화 통화를 기억하지 못하는 것이 분명했다.

"선배!"

딴생각에 빠진 그를 정윤이 불렀다.

"호진인 어제 고등학교 동기 결혼식 간다고 한 것 같은데."

그때 노크 소리와 함께 문이 벌컥 열렸다.

"야, 강지혁. 너 어제……."

급하게 들어오던 호진이 정윤을 발견하고는 말을 멈췄다.

"김 선생 여기 있었어?"

"응. 좀 괜찮아?"

정윤은 쓰린 속에 무슨 커피냐며 오전에 잡혀 있는 소아과 브리핑을 핑계로 호진을 쫓아낸 게 마음에 걸렸다.

"나 점심 약속 있어. 용건은?"

호진을 향한 지혁의 목소리가 지나치게 퉁명스러웠다. 눈짓으로 이유를 묻는 정윤에게 호진이 모르는 일이라는 듯 두 어깨를 으쓱해 보였다.

"우리 사이에 용건은 무슨. 식사하러 가자고. 팀장님이 호출하셨지?"

호진이 지혁의 팔을 잡아채며 정윤을 돌아보았다.

"김 선생, 이 과장님 기다리셔서. 나중에 봐."

"지혁 선배, 잠깐만. 오늘 저녁……. 아, 참."

정윤은 부리나케 지혁을 끌고 사라지는 호진 때문에 콘서트 건은 말도 꺼내지 못한 채 연구실을 나왔다.

엘리베이터 앞까지 온 호진이 정윤이 반대편 로비로 가는 것을 확인하고서야 지혁에게 급히 물었다.

"어떻게 됐어?"

"뭘?"

"지민 씨."

호진을 바라보는 지혁의 눈빛이 싸늘했다.

"아, 미안. 어제 내가 과음을 하는 바람에 전화 끊고 차 안에서 그대로 잠들었어. 아침에 눈을 뜨고도 아무 생각 없었는데 통화 목록 보고야 정신이 확 들더라. 지민 씨는 집에 잘 들어갔어?"

엘리베이터가 1층에 도착하자, 지혁은 대답도 없이 앞질러 내려 버렸다.

"강 선생, 왜 이래. 사실 내가 갔다고 해도 답이 없었잖아. 주소를 알아, 뭘 알아? 맞다. 어떻게, 지민 씨 집은 알아……."

"우리 집에 데려다 두고 출근한 길이야."

지혁의 한마디에 호진의 시끄러운 입이 한순간에 닫혔다.

"너희 집?"

놀란 호진이 한 걸음 멈췄다가 빠른 걸음으로 지혁을 따라잡았다.

"하긴, 집을 모르니 그 방법밖에 없었겠네. 얼마나 마신 거야?"

"소주 세 병 가까이. 알부민하고 수액 한 병 맞혀 놓고 나왔는데 제대로 맞고는 있는지 모르지."

지혁은 지민이 지난번에 응급실에서 반도 채 들어가지 않은 약을 빼 놓고 사라진 일을 떠올렸다.

"친구 여자 돌본다고 이 병원에 잡아 놨으면……."

지혁의 차가운 목소리가 갑자기 멈췄다. 그의 시선을 따라가니 그곳에 지민이 서 있었다.

"어, 지민 씨. 몸은 좀 괜찮아? 더 쉬어도 되는데 오전부터 병원에는 무슨 일……. 지혁, 아니, 강 선생 만나러 왔어?"

"두 분 다 뵈려고요."

그녀가 호진을 향해 작은 미소를 보였다.

스치듯 짧았던 네 번의 만남. 그리고 다섯 번째인 오늘, 지혁은 처음으로 지민의 미소를 보았다. 하얀색 도화지 같던 얼굴에 떠오른 이색적인 표정이었다.

"너무 빨리 왔나요? 무슨 약인지 효과 좋네요. 진작 알았으면 자주 애용했을 텐데."

지민은 쑥스러운 듯 발아래를 살짝 내려다보다가 고개를 들었다.

"지난밤은 고마웠습니다. 그리고 죄송했어요."

"지민 씨가 뭘 죄송해. 당연히 주치의라면 그냥 지나치면 안 되지."

멋쩍어 하는 지민을 살피며 호진이 팔꿈치로 아무 말도 않고 서 있는 지혁을 툭, 건드렸다.

"생각보다 출석이 너무 빠른데요?"

"얼른 수습해야죠. 마음이 불편한 데는 좀 예민한 편이거든요."

해사한 지민의 웃음에 지혁의 눈썹이 미세하게 꿈틀거렸다.

"숙제도 다 하셨고요."

"네."

"그러면 지난밤 일은 깨끗이 잊어 드리죠. 그리고 앞으론 절대 한지민 씨 것은 건드리지 않겠다고 약속도 드리고요."

그의 표정이 한결 부드러워졌다. 지민은 모처럼 소리 내어 웃었다.

"뭐야, 이거. 10년 넘은 친분이 이렇게 무시와 외면을 당하다니."

호진이 투덜거렸다.

"여기서 이러지 말고 같이 식사나 하러 가자."

"아니에요."

"시간 되시면 같이 가죠. 더 오실 분도 한지민 씨 치료에 함께하실 분입니다."

오늘 지혁과 호진은 간 클리닉 팀장인 이관식 소화기 내과 과장에게 지민의 일을 상의할 겸 자리를 마련한 것이었다.

"아니에요. 원무과에 알아볼 일이 있어요. 검사 결과는 나왔나요?"

"그럼 일단 올라가시죠."

"괜찮아요. 제가 기다릴게요."

"김 선생, 팀장님과 식사해. 한지민 씨 검사 결과랑 추후 대략적인 절차 알려 드리고 갈 테니."

지혁의 말에 호진이 짧게 고개를 끄덕여 보였다.

그의 집이 집주인의 세련됨을 닮은 모던한 인테리어가 인상적이라면, 4층 연구실은 꼭 작가의 작업실 같은 편안함이 묻어났다.

데스크 뒤로 열린 창에는 푸른 하늘이 보였고, 한쪽 벽면 전체가 붙박이 형태의 책장으로 의학 서적과 기타 서적들이

꽉 차 있었다.

맞은편 벽면으론 아득히 먼 고향을 떠올리게 하는 풍경화가 한 점 걸려 있었고, 그 아래로 상패가 놓인 낮은 장식장 안의 진열품들이 보였다.

컴퓨터를 켜는 그를 바라보며 지민은 이곳이 병원이 아니라 대학의 어느 연구실에 와 있는 착각이 들기도 했다.

"차 한잔하시겠습니까?"

"괜찮습니다."

"아직 숙취가 꽤 남았을 텐데."

"깨끗이 잊어 주신다면서요."

그녀가 얼굴을 살짝 구기며 원망 담은 눈으로 지혁을 바라봤다. 큰 눈이 더 커 보였다. 지혁은 저 눈에 희로애락이 담기면 어떨까 하는 생각을 했다.

"내부 상황만 잊으면 되는 거 아닙니까."

"아뇨. 어제의 만남 자체를 잊어 주세요."

"좋아요. 단, 앞으로 술은 안 됩니다."

"당연하죠."

지민이 또 생긋 웃었다. 어딘가 달라졌다. 지난밤의 술기운 때문인지, 오랜 연인이었다는 남자의 결혼식 때문인지 오늘의 그녀는 어딘지 낯설었다.

"종양이 있습니다. 들어가 봐야 더 명확히 볼 수 있고 숨은 놈도 찾을 수 있겠지만, 일단 좌엽에 있는 단일 결절성일 가능성이 있습니다. 그럴 경우 예후가 좋을 가능성이 큽니다. 헤파

토마(Hepatoma)*라고 해도."

지민이 옅은 웃음소리를 뱉었다. 지혁이 뭐가 잘못되었냐는 듯 눈빛으로 되물었다.

"제가 아는 의사 선생님들은 모두 스스로에게 보험 들기 바쁘시던데."

그녀가 작은 어깨를 살짝 들썩였다.

"예측할 수 없다, 상황을 지켜봐야 된다, 예후가 나쁘다 등. 그러다 수술이 잘 되면 모두 본인의 공으로 돌리죠. 혹시 공부 못하는 학생을 칭찬해서 성적 올리게 하려는, 뭐 그런 것 아니시죠?"

지혁의 눈을 마주 보고 말하는 지민의 목소리는 차분했다.

"선생님, 전 가능성 없는 목표를 향해 무작정 뛰는 스타일이 아니에요. 그러다 실망하면 그동안 매달려 온 것도 모두 던져 버리는 스타일이니까 최악의 상황을 알고 달리는 게 더 나아요."

지혁은 그녀가 이렇게까지 말을 길게 할 줄 아는 여자라고 생각하지 못했다. 지금까지의 만남에서 한 모든 말을 합해도 저 말의 반도 되지 못할 듯했다.

"불안하십니까?"

진지하게 들어 주던 그의 한마디에 지민의 눈빛이 미세하게 흔들렸다.

---

*Hepatoma:간암. 간세포에서 기원한 악성 종양.

"예측할 수 없다, 상황을 지켜봐야 된다는 말은 앞으로 수 없이 듣게 될 수도 있습니다. 다만 그렇게 되지 않길 바랄 뿐이죠. 지난번 초음파와 MRI 소견은 말씀 그대롭니다. 거기서 제가 다시 정정을 해야 한다면 제 판단이 잘못된 거고."

그녀의 불안함을 배려한 것인지 그의 목소리 톤은 낮고도 부드러웠다.

"이것 하나는 약속드리죠. 제 자신을 위해선 어떤 보험도 들지 않고 있는 그대로 말씀드린다는 것. 잘 싸워 이긴다면 그건 모두 한지민 씨 공이라는 것."

조용하면서도 단호한 그의 말에 지민은 가슴 밑바닥에서 몽글거리고 올라오는 묘한 감정을 느꼈다. 인간미 따윈 기대할 의사는 못 될 거라고 성급하게 생각했던 게 조금 미안해졌다.

마주한 강지혁이라는 남자의 인간미까지는 모르겠지만, 그는 차라리 꺾여 부러질지언정 비굴한 타협과는 거리가 먼 사람처럼 느껴졌다.

"나쁜 놈이 아닐 가능성은 없나요?"

이 젊은 의사는 자신이 판단할 수 없는 것엔 답을 하지 않은가 보다고 생각했다.

"수술이 가능하다는 말이죠?"

"좌우엽 한쪽에 있을 경우 간 절제술이 가능합니다."

"입원은 어느 정도 생각할까요?"

대답 대신 조용히 웃는 그를 향해 이번엔 그녀가 두 눈을 크게 떠 보였다.

"이제 한지민 씨 병과 싸울 맛이 나겠는데 싶어서요. 오늘 한지민 씨를 만나기 전엔 자기 일인 듯 상심하는 김호진 선생 뒤통수를 한 대 때려 주고 싶었거든요. 정작 당사자는 자기 목숨 들고 가시죠, 하는 표정이라."

가만히 듣고 있던 그녀가 들릴 듯 말 듯 작은 목소리로 입을 열었다.

"……저 잘못되면 안 돼요. 제가 잘못되면 가슴 치며 살아가야 될 사람이 있어요. 아직은."

지혁은 오늘에서야 알았다.

지민의 눈이 사슴과 닮았다는 것을.

그리고 눈망울이 촉촉해지면 웃음조차도 처연하게 느껴진다는 것을.

3. 불도저 같은 사랑

"창문 좀 닫아 주면 안 될까?"

4인 병실. 옆 침대에 누운 소연의 간병인이 창가 자리의 지민에게 부탁했다. 방충망을 열어 밖으로 난 창을 당긴 지민이 창밖을 쳐다보고 섰다.

빗줄기 소리가 시원했다. 덕분에 어제까지도 남아 있던 한낮 더위를 까마득하게 잊어버렸다. 매사가 그러면 좋을걸.

지난 두 달간의 기억들이 파노라마처럼 떠올랐다.

희수에게 사정을 이야기하고 사표를 제출했으나, 그녀의 고집으로 퇴사가 아닌 무한 휴직 처리가 되었다. 회사의 대표가 희수의 작은아버지이기에 가능했다.

병원에 들어온 지민은 일주일이 넘도록 조직 검사를 비롯한 각종 검사로 시간을 보냈다.

지난 시간을 통틀어 이런 여유로움은 처음이었다. 정신없이 살아온 시간들을 잠시 멈추고 보니 다른 많은 것들이 그녀를 괴롭혀 왔다.

볼 수 없는 것은 보고 싶어 하지 않고, 들을 수 없는 건 듣고 싶어 하지 않으면 좋을 텐데. 사람이란 얼마나 간사하고 어리석은지 절대 가질 수 없을 때, 온 마음에 간절함을 담는다.

소진을 통해 상경이 신혼여행을 다녀오기 무섭게 지혁을 만나고 갔다는 소리를 들었다. 눈 뜨고 볼 수가 없더라는 말만 하는 소진에게 차마 그의 안부를 묻지 못했다.

병원까지 와 놓고도 자신을 보고 가지 않는 마음을 모를 수가 없었다. 소진 역시 아직 제 얼굴을 똑바로 보지 못해 지하 편의점에 필요한 물품 몇 가지 사러 간다고 하고서는 올라올 생각을 않고 있었다. 아마 어디선가 또 울고 있을 터였다.

어느새 상경을 생각하는 지민의 입술 사이로도 짠맛이 느껴졌다.

"선생님, 그럼 저 다음 주엔 퇴원할 수 있는 거예요?"

"피 검사 결과 봐서. 소연이 벌써 병원이 힘들어? 이번에 들어 온 지 얼마 안 됐는데?"

2층 검사실로 내려갔던 열두 살 소연이 엄마가 미는 휠체어에 앉아 지혁과 이야기를 나누며 들어왔다. 지민이 얼른 눈물을 훔치고 침대 옆 협탁으로 가서 휴지 한 장을 뽑아 소리 안 나게 코를 풀었다.

"조금 쉬다가 어린이 병동 놀이방에 가도 돼요?"

"엄마 좀 쉬시게 하고, 조금 있다가 나랑 가자."

간병인이 간이침대에서 일어나 소연을 맞았다.

"선생님요. 저는 언제까지 병원에 있어야 합니꺼."

"할머니도 이틀 전에 병원에 오셨지 않습니까. 검사 좀 더 받으시고 의사 선생님 말씀 잘 듣고 있으시면 금방 집에 가실 겁니다."

"에구. 의사 선생님요. 저는 더는 병원 밥도 못 먹겠고, 침대가 딱딱해서 잠도 못 자겠습니더. 그냥 매일 집에서 치료받으러 다니면 안 되겠습니꺼. 간호사 선생님한테 아무리 이야기해도 의사 선생님과 이야기하래서 밤새 기다렸구만, 어째 의사 선생님 만나기가 이리 힘듭니꺼. 내는 여기 더 있으려면 차라리 죽어 뿔랍니더."

밤새 집에 가겠다고 보채던 지민의 맞은편 할머니가 지혁을 보자마자 부여잡고 집에 보내 달라고 떼를 쓰며 울기 시작했다.

"할머니, 할머니 연세가……. 음, 예순여섯이시네요. 이번에 치료 잘 받고 나가셔야 100세까지 건강하게 사십니다."

지혁이 침대 앞에 붙어 있는 환자 신상에 적힌 나이를 보며 할머니를 위로했다.

"뭐라, 예순여섯? 야가, 아직 한참 어리구만. 밤새 찔찔 짜기에 얼마나 아픈 할망구가 저리 울어 샀나 했더니. 시끄럽다 마. 아직 팔팔할 때구만."

옆자리에 있는 듯 없는 듯 조용하게 있던 팔순이 넘은 백발의 할머니가 벌떡 일어나 앉으며 소리쳤다.

"맞아요. 아직 한참은 젊으신 할머니가 투정 부리시면 어떡해요. 옆자리의 선배 할머니도 점잖게 참으시는데."

소연의 간병인이 웃으며 거들었다.

"그래요, 어머니. 지난번에 수술받은 곳이 괜찮은지 검사만 잘 받고 가시면 돼요. 이렇게 잠도 안 주무시고 우시기만 하시면 몸 상하세요. 제가 다리 마사지 해 드릴 테니 눈 좀 붙이세요."

지난밤에 딸이 밤을 새고 가더니 오늘은 며느리가 할머니의 곁을 지키고 있었다. 살가운 며느리의 목소리에 지민이 저도 모르게 흐뭇한 미소를 띠고 고개를 들다가 지혁과 눈이 마주쳤다.

"한지민 씨도 지난밤에 못 잤습니까."

그가 그녀의 침대가로 다가왔다.

"네?"

"지난밤에 잠 좀 못 잤다고 이 시각까지 토끼 눈일 리가 없는데."

지혁이 빨갛게 충혈 된 그녀의 눈을 빤히 쳐다보았다. 지민이 고개를 창가로 돌렸다.

"혹시 저 기다린다고 못 잔 겁니까? 어? 코도 루돌프네."

"선생님!"

어이없는 지민이 큰 소리로 그를 불렀다.

"언니 코 루돌프 코다. 코끝이 빨개."

소연이 커튼 사이로 고개를 살짝 열어 보고 웃었다.

"저는 원래 내 사람 되면 놀리는 거부터 시작합니다, 한지민 씨."

그가 짓궂게 웃어 보이며 병실을 나가다가 다시 돌아보았다.

"그리고 아침 회진 때 자리 지키고 있으세요. 주사 피해 도망 다니는 거 아니면."

벙긋, 절로 떨어지는 아래턱을 어쩌지도 못한 채 지민은 그의 등만 한참을 바라보았다.

입원 첫날 저녁, 레지던트와 함께 온 지혁이 여러 가지 입원 사항과 앞으로 있을 일정을 전했다. 어디 불편한 곳이 없는지 이것저것 물어오는 말투며 표정이 전에 없이 부드러웠다.

갑자기 달라진 분위기에 어색함을 숨기고자 지민이 명랑함을 가장하며 말한 것이 화근이었다.

"선생님은 자기 사람 되면 잘해 주는 타입인가 봐요. 갑자기 친절해져서 몸 둘 바를 모르겠네요."

그리고 들릴 듯 말 듯 혼잣말로 덧붙였다.

"차도남 이미지도 나쁘지 않았는데."

"수술도 받기 전에 김호진 선생에게 가실래요? 저는 떠나보낸 환자에게 더 친절할 수 있는데."

지혁이 킥킥거리는 레지던트를 향해 날카로운 눈빛으로 날리며 한 말이었다. 지민도 수술 뒤엔 소화기 내과로 옮겨진다는 것은 들어 알고 있었다. 벌써 한 주나 더 된 일인데, 뒤끝 한번 긴 남자였다.

✦　　　✦　　　✦

병실을 나서는 마음이 가볍지 않았다. 울었을 게 분명했다. 언젠가부터 지민의 얼굴에 드리워진 감정의 잔상들이 그의 마음에 파동을 일으켰다.

처음 만났을 때, 그녀는 어딘가에 온통 마음을 뺏긴 사람처럼 시종일관 무심했다. 그러더니 선선히 치료를 받겠다며 병원을 찾은 이후로 지민은 마주하는 사람이 불편할 만큼 명랑한 얼굴이었다. 그런데 오늘은 코끝까지 발개지도록 혼자서 운 것 같았다.

김상경이 다녀간 이야기를 들었을까.

어제 오후 늦게 호진이 연락을 해 왔다. 지금 김상경이라는 남자를 만나 줄 수 있겠냐고 했다. 연구실로 찾아온 장신의 남자는 체격이 다부지고 선이 굵은 남자였다.

한번 여자를 품으면 결코 옆은 돌아보지 않을 듯 순정과 순박함이 엿보였다. 그럼에도 둔해 보이지 않는 도회적인 느낌도 갖추고 있어 같은 남자가 보기에도 느낌이 좋았다. 그러나 남자의 얼굴엔 짙은 어둠의 그림자가 깔려 있고, 어깨는 한없이 처져 있어 상심이 온몸으로 느껴졌다.

간암을 초기에 발견하면 95% 이상의 생존율을 보인다는 말에 그의 얼굴에 살짝 안도감이 일어나는 듯했으나 말기 암의 생존율을 듣는 얼굴은 마치 저승사자를 마주한 듯했다.

"건강한 사람의 간을 이식 받을 경우 예후가 더 좋지 않을까요."

"간 이식을 할 때는 간암의 상태뿐 아니라 여러 가지 사항을 고려해야 합니다. 건강한 간을 제공할 수 있는 제공자와 많은 의료비 등."

담담하게 일반론을 설명해 가던 지혁이 문득 든 생각에 잠시 말을 끊었다.

"혹시 김상경 씨 본인이 공여자가 되겠다고 말씀하시는 겁니까?"

"비용은 얼마가 들어도 상관없습니다."

"한지민 씨가 받아들일 거라고 생각하십니까."

사무적이던 지혁의 목소리가 절로 딱딱해졌다.

"간 이식이 최선이라면 저희 의료진이 그렇게 결정했을 겁니다. 기능이 지나치게 저하된 상태라면 절제술보다는 비수술적 요법이

나 간 이식을 고려했겠지요."

여전히 슬픔을 넘어 절망감까지 담고 있는 상경의 눈빛을 마주하자 깊은 피로감이 느껴졌다. 긴 호흡을 한 후 짧은 숨을 토해 내고서야 지혁의 목소리가 조금 차분해졌다.

"정상 간의 75%까지 절제해도 재생이 잘 일어나기 때문에 살아갈 수 있습니다. 안을 들여다봐야 알겠지만 초기일 경우에는 말씀드렸다시피 생존율이 높습니다. 전이가 일어나지 않았다면 개복하지 않는 복강경하 간 절제술을 생각하고 있습니다. 현재로선 간 이식을 논의할 단계가 아닙니다. 비록 그렇다 하더라도."

지혁이 잠시 말을 멈췄다.

"얼마 전에 가정을 이루셨다는데, 아내분과도 충분히 의논하셔야 될 입니다."

지혁은 결국 하지 않아도 되었을 한마디를 덧붙였다. 밑바닥에서 솟아오르는 부아를 어떻게 설명해야 할지 스스로도 몰랐다.

"김상경 씨 마음이 변치 않는다면 살면서 지민 씨의 보험이 되는 것도 나쁘지 않겠군요. 아까도 말씀드렸지만 재발을 염려하지 않을 수 없는 병입니다."

텅 빈 연구실에 혼자 남은 지혁이 상경에게 마지막으로 했던 말을 스스로 되돌아보았다.

보험. 제 모든 것을 주고 싶은 여자를 곁에 두지 못하고 멀리서 바라만 봐야 하는 남자의 심정은 어떤 걸까. 그 여자의 보험이 되기 위해서라도 제 남은 삶을 제대로 살아 낼까.

튼튼하고 힘이 센 엔진이 달려 있다는 불도저. 높은 곳의 흙을 깎아서 밀고 나가, 낮은 곳을 메우기도 하고, 나무, 그루터기, 큰 돌 할 것 없이 모든 장애물을 제거하여 고른 땅을 만들어 준다는 불도저. 그 불도저와 같은 사랑으로 한평생 그녀를 모든 장애물로부터 보호해 주며 살 것인가.

그런 사랑을 하는 남자가 왜…….

자리에서 벌떡 일어난 지혁이 그대로 연구실을 나섰다.

언제 시간이 그렇게 되었는지 엘리베이터에서 내려서자 환자와 내원객으로 북적이던 평소와 달리 한산한 로비와 수납처가 눈에 들어왔다. 대형 스크린 TV가 걸려 있는 구석진 곳에 저녁 드라마를 보고 있는 환자와 보호자 몇 명이 앉아 있었다.

세진 병원의 로비는 고급 호텔에 온 듯 상쾌함이 있었다. 로비에 들어서면 가장 먼저 눈에 띄는 것이 그랜드 피아노였다. 바로 옆 벽면에는 우리나라에서 이름을 대면 누구나 알 만한 유명한 화가의 작품이 한 점 걸려 있고, 기다란 복도 모퉁이에는 그림과 조각이 전시되어 있었다. 로비에 배치된 의자는 모두 쿠션이 달려 안락했다.

무엇보다 세진 병원의 자랑은 병원 로비를 들어오면 오른편으로 보이는 문을 통하여 이어지는 옥외 정원이었다.

옥외 정원은 왼쪽 산책로를 따라 들어가면 호스피스 병동과 연결되어 있고, 오른쪽 산책길을 따라 깊이 들어가면 나지막한 동산과 이어졌다. 인공 내천을 내고 그 위로 나무 돌다리를 만들어 옆으로 작은 벤치를 두었다.

진료를 기다리는 사람, 처방 약이 나오기를 기다리는 사람, 아무것도 모른 채 병원을 방문했다가 청천벽력 같은 선고를 받고 돌아서야 하는 여러 환자와 보호자의 마음을 위로하고 싶어 했던 김희정 이사장이 오랜 공을 들인 곳이었다.

지혁의 모친인 그녀는 남편인 태진이 부친으로부터 받은 선산 일대의 땅을 모두 처분하면서까지 병원 조경에 신경을 썼다. 그때 지민의 회사 드림 가든이 시공을 한 것이 인연이 되어 세진이 드림의 협진 의료 병원이 되었다.

그가 조용한 로비를 가로질러 병원 정문을 향할 때였다. 정문 왼편에 위치한 카페에서 걸어 나오는 여자의 카디건 색이 눈이 익었다. 지민이 양쪽 호주머니에 손을 집어넣은 채 슬리퍼를 약하게 끌며 나오고 있었다.

뒤늦게 지혁을 발견한 그녀의 눈이 한순간 동그래지더니 그를 향해 걸음을 옮겼다. 슬리퍼 코만 바라보고 걷던 지민은 그의 앞에 서서야 겨우 고개를 들고 어물거리듯 입을 열었다.

"친구가 커피 생각이 난다고 해서 운동도 할 겸……."

겨우 건넨 인사말이 스스로도 궁색하게 느껴졌는지 그녀가 미간을 살짝 구겼다.

"운동 좋죠."

낮에 병실에서만 해도 장난기 다분하던 그의 입에서 무뚝뚝한 말이 흘러나왔다. 조금 무안해진 지민이 머뭇거리듯 뭔가를 불쑥 내밀었다. 병 커피, 카페라테였다.

"뭡니까?"

"보다시피 커피요."

"그래요. 친구 커피."

"이건 선생님 거예요."

지민이 호주머니에서 캔 커피 하나를 더 꺼내 흔들어 보였다.

"제가 선생님 홍보 열심히 하고 다니는 거 모르시죠? 아, 홍보가 아니라 편들어 드린다고 해야 하나?"

말을 바꾸는 지민의 표정에 수줍음이 살짝 묻어났다

"할머니들이 젊은 선생이 집에 안 보내 준다면서 융통성이 있네, 없네 할 때도 그렇고. 펄펄한 젊은 의사다 보니 늙은 사람 마음도 모르고 자꾸 운동하라고 잔소리한다고 할 때도 그렇고. 하여튼 제가 신세 진 것도 있고 해서 선생님 편 많이 들어 드리고 있어요. 그거, 꼭 아셔야 해요."

"어떻게 편듭니까."

"할머니, 까칠해도 우리 선생님 잘생기셨잖아요. 병원 어딜 돌아도 아픈 사람뿐이라 눈 둘 데도 없는데 잘생긴 우리 선생님 보면 입이 벌어지지 않으세요, 하고. 병원 죄다 둘러보세요. 모두들 나 의사네 하면서 거들먹거리지, 선생님처럼 환자 챙기느라 잔소리하는 사람 있더냐고."

칭찬 받을 일을 한 아이처럼 해맑게 쫑알거리는 그녀의 볼에 옅은 홍조가 떠올랐다. 새하얗던 얼굴에 묻어난 생기에 얼굴이 한층 앳되어 보였다. 그런 지민을 지혁이 물끄러미 바라보았다.

"그리고 좀 생긴 남자 중에 성격 괜찮은 사람 없어요. 그러니 까칠한 성격은 모른 척하고 그 얼굴만으로 모든……. 흠, 정리하자면 우리 주치의 선생님이 제일 멋있고 잘생기셔서 기분이 좋다, 뭐 그런……."

그의 무반응에 말이 길어지던 지민이 결국 실수를 해 버렸다. 낭패감을 감추지 못해 절로 인상을 찌푸리는 표정이 귀엽기까지 했다.

"선생님."

설마, 이정도로 화가 난 건가. 지민이 물끄러미 제 얼굴만 바라보고 있는 지혁을 조심스레 불렀다.

"그럼 제가 한지민 씨께 커피를 사 드려야죠. 제 홍보 대사인데."

속을 알 수 없는 담담한 말투에 지민은 자신의 슬리퍼에 시선을 내리깐 채 조심스레 입을 열었다.

"저, 실은 선생님 친절한 거 좋아요. 그러니 삐치지 말라고 드리는 거예요."

"사람 보는 눈은 있는데, 센스는 좀 부족하네요. 저처럼 멋있고 잘생기고 까칠한 남자가 카페라테 마실 것 같습니까?"

지혁이 그녀의 반대쪽 손에 들려 있던 아메리카노를 순식간에 앗아 들고 스치듯 지나갔다.

"아, 그건 소진이 건데."

"그리고 제 친절을 사기엔 좀 약합니다."

지혁이 돌아보며 커피를 들어 흔들어 보였다. 싱긋 웃어 보이기까지 하고 제 길을 가는 그를 지민이 황당한 듯 바라보았다.

그와의 만남이 늘어날수록 때론 까칠하게, 때론 능글거림으로 사람을 어이없게 만드는 강지혁이라는 남자가 살짝 얄미워졌다.

가만히 돌아보니 첫 만남부터 그에게 이만저만 폐를 끼친 게 아니었다. 그것부터가 마음에 안 들었다. 지금껏 상경이 아닌 누군가에게 그렇게 민폐를 끼쳐 본 적이 없었다. 처음엔 앞으로 볼 일이 없을 거라 여기며 신경 쓰지 않으려 했지만 이런 인연으로까지 이어지자, 그저 고맙다고 넘기기엔 개운치가 않았다.

사회에서 만났다면 밥이라도 여러 번 사야 할 일이었다. 본인이야 의사의 도리로서 다른 환자와 같은 마음으로 안부를 묻고 치료를 해 나가겠지만, 지민은 이제 와 처음 만난 환자처럼 그의 친절을 받아 삼키기 민망했다.

불편한 마음이 농담으로 묻어났고 혹여나 그 말이 빈정거림으로 들렸을까 신경이 쓰였다. 이런저런 마음 대신 커피 한 잔이라도 사고 싶었다. 준비하긴 했는데 건네줄 수나 있겠나 하던 차에 우연치 않게 로비에서 만난 것이었다.

피곤해하는 의사 선생님들이 좋아하는 음료를 추천해 달라고 했더니 카페 직원이 내밀었던 것이 카페라테였다. 남자 의사라는 말을 못 한 자신의 잘못은 짐작도 하지 못하고 괜스레 카페의 젊은 직원만 원망했다.

지민은 털레털레 다시 카페로 향했다.

✢　　✢　　✢

"말해 봐."

지혁은 점심 무렵, 퇴근 후 한잔하자고 청해 온 호진의 권유를 내일 잡힌 수술을 이유로 단칼에 거절했다. 그런 그가 저녁 무렵 호진을 다시 호출했다.

바에 들어설 때부터 어딘가 평소와 다른 분위기였던 지혁이 위스키를 스트레이트로 세 잔을 비우고서 뜬금없이 한 말이었다.

"뭘?"

"불도저."

"불도저? 아, 어제 상경이 만났지. 왜? 불도저답게 또 막무가내야?"

"두 사람, 왜 헤어진 거야?"

호진이 대답을 하기 전에 앞에 놓인 잔을 들어 입을 축였다.

"아이를 가졌어. 지금 부인이."

막 술잔을 들던 지혁이 호진을 흠칫 쳐다봤다.

"술에 취해 엉뚱한 여자를 안은 거지. 아마 꿈에선 상대가 한지민이었을 거야. 불쌍한 놈. 아니, 아이 엄마가 제일 불쌍한 건가. 그놈한테 한지민이 어떤 존재인지 너도 느꼈지?"

선뜻 이해가 가진 않았으나, 전혀 있을 수 없는 일도 아니었다.

"두 사람은 어떻게 만난 거야?"

이번엔 호진이 그를 흘깃 쳐다봤다.

"웬일이야. 남의 연애사는 물론이고 자기 연애조차도 관심 없는 녀석이."

"자기 간을 이식하고 싶다던데."

"뭐? 그거 완전 미친놈 아냐? 아니, 새삼 흥분할 일도 아니지……."

흥분한 호진이 들고 있는 잔을 소리 나게 내려놓았다.

"그래서 뭐라 그랬어?"

"뭐라 그러긴. 그럴 필요 없다고 했지. 정 생각 있으면 미래를 위해 보험 들어 놓는 셈 치고 대기하라고."

"보험? 그걸 말이라고 해? 충분히 그러고도 남을 놈이야."

지혁 스스로도 왜 그런 말까지 했는지 알 수 없었다. 그 사랑이 얼마나 깊은지, 어디까지 가는지 지켜보겠다는 심산이었을까. 아니면 나름대로의 위로였을까.

"둘이 보육원에서 같이 자랐어. 둘 다 고아는 아니었고. 지민이 부모님이 운영하시던 보육원이었어. 원장님 친구였던 상경이 아버지가 돌아가시고 어머니께서 녀석을 잠깐 부탁하셨나 봐."

호진이 지혁의 빈 잔에 잔을 채우고 제 잔에도 위스키를 조금 더 부었다.

"그곳에 정이 들었는지, 오빠라고 부르며 따르는 지민이에게 정이 들었는지, 어머님이 재혼하고 얼마 안 있어 데리러 왔는데도 안 따라갔대. 처음엔 함께 갔는데 두 달쯤 뒤인가 되돌아왔단다. 초등학교 4학년짜리가 서울에서 강원도까지 혼자서 시외버스를 타고."

대학교 2학년 때 상경에게 처음 들었던 이야기였다. 그땐 그저 사나이 순정이 그렇게 시작된 거냐고, 놀림 반 감탄 반으로 가볍게만 들었다.

그러나 아무리 세월이 흘러도 지칠 줄 모른 채 오직 지민만 바라보는 그를 지켜보며 이야기의 무게를 실감해 가고 있었다.

"고등학교 1학년 때 같은 반이 되면서 상경이를 알게 됐어. 그때 중학생인 지민이를 만났고. 아무 생각 없이 꼬맹이라고 불렀다가 된통 당했지. 눈을 치켜뜨고 또박또박 덤벼드는데, 어찌나 맹랑한지 그다음부터 말도 제대로 못 붙이고 있어."

그때 일이 눈앞에 선한 듯 호진이 소리를 내어 웃었다.

"그놈, 처음엔 오빠가 했더니 어느 날 보니 한지민 부모 노릇하고 있더라. 그러더니 또 연인이 되어 있고. 그러니 뭐 지민이 대학 들어가면서부터는 깍듯이 모셔 줬지. 언젠가 상경이 아내로 대할 날이 올 거라 막연히 생각하면서."

다시금 생각해도 이렇게 된 상황이 기가 안 차는 듯 호진의 얼굴에 씁쓸함이 묻어났다.

"두 사람과 함께 있으면 그 사이에 끼어들 수 없는, 뭐라 표현하기 어려운 뭔가가 있었어. 딱히 말이 없어도 묘한 전류가 흐르는 느낌이라고 해야 하나, 오랜 시간을 함께해서 그런가?"

호진이 팔꿈치로 제 잔만 내려다보고 있는 지혁의 팔을 툭치며 호응을 요구했다. 그러나 여전히 무심한 표정에서 감정을 읽을 수 없자 잔을 들어 위스키로 입을 축였다.

"그런데 이상하지, 다른 연인들 사이에서 보이는 찐한 그림은 볼 수가 없더라고. 그렇다고 지민이가 저 좋다고 쫓아다니던 남자들에게 눈을 돌리지도 않았고."

호진이 말을 멈추고 잡고 있는 잔을 가만히 돌렸다. 잔 속의 얼음이 달각거리는 소리를 냈다.

"요즘 들어선 이런 생각도 들어. 제 어머니도 같은 병이었으니 내심 불안했었던 게 아닐까 하는. 바보 같은 자식이 너무 위한다는 게 결국 일을 이렇게 만들어 버렸어."

"신파가 따로 없네."

말없이 듣고 있던 지혁이 낮게 읊조렸다.

"싹수없는 자식, 말하는 거 하곤. 너하고 정윤이 이야기라고 생각해 봐라. 나는 아직도 자다가 벌떡 일어난다. 상경이 자식 불쌍해서. 장장 25년이다, 25년! 머릿속에 한지민이라는 이름 하나 박아 놓고 산 게."

의사답지 않게 호진은 감성이 깊고 정도 많은 편이었다. 제 감정에 취한 호진이 과거의 회상에 빠져 지민과 상경이 살아온 이야기를 한없이 늘어놓았다.

호진이 말끝마다 데려와 비교하는 정윤과 지혁이 처음 만난 것도 초등학생 때였다. 세진 병원의 이사장인 지혁의 모친 희정과 병원장인 김영철의 아내, 진숙은 친구 사이였다.

희정의 부모와 진숙의 부친인 이세영이 세진 병원의 초창기 병원이었던 세한 메디컬을 세웠고, 재력가 집안의 차남인 태진이 희정과 결혼하면서 자금을 투자하여 지금의 세진 병원을 건립했다.

그때 정윤의 외할아버지 이세영 역시 개인 토지를 병원 부지로 내놓으며 전도유망한 김영철을 의사로 삼아 병원 일을 돕도록 하였다. 그렇게 세한 메디컬은 강태진과 이세영의 이름을 한 글자씩 따서 세진이란 이름으로 거듭났다.

그 후 30년, 지혁의 집안은 병원 경영을, 의사였던 진숙과 영철은 병원의 실선을 담당하면서 세진을 수도권 10위권 안에 드는 큰 규모의 대형 병원으로 키웠다.

동료 의사이긴 했지만 부부의 정이 별로 없었던 영철과 진숙 사이에서 어린 정윤은 말이 없고 눈치만 보는 아이로 자랐다. 그런 정윤이 지혁을 만나 차츰 밝아졌다. 동생이 없던 지혁도 그녀가 싫지 않았다.

태진은 여러 가지 사업 확장으로 바빴고, 가사만 돌보던 희정이 병원 일을 맡게 되면서 번창하는 병원 일에 재미를 붙여 갔다.

자연스레 집안일은 등한시하게 되었지만, 주말이면 희정은 아들과의 시간을 보충하기 위해 지혁을 데리고 교외에 있는 별장으로 갔다. 그럴 때마다 진숙을 불러 보트를 타거나 바비큐 파티 등으로 즐거운 한때를 보냈다.

정윤이 중학생 무렵 영철과 진숙의 사이가 더 벌어지면서 부부 동반이 잘 이루어지지 않았고, 희정과 진숙, 그리고 두 아이들만이 함께했다.

그러다 정윤이 고등학생일 무렵에 진숙이 돌연 심장마비로 죽음을 맞이한 뒤로 희정은 정윤을 자기 딸처럼 보살폈다. 지혁 역시 갑작스럽게 엄마를 잃은 정윤을 동생처럼 챙겼다.

남녀 공학이었던 고등학생 시절부터 지혁은 훤칠한 키와 눈에 띄는 외모에 종종 고백을 받았다. 교문엔 늘 그를 기다리는 인근 학교 여학생들로 붐볐지만 지혁은 도통 관심이 없었다. 사람들은 그 이유를 지혁의 마음과 상관없이 그의 옆에 항상 붙어 있는 정윤 때문이라고 여겼다.

그에게 정윤은 말 그대로 동생 같은 존재였지만, 그녀가 자신을 남자로 바라보고 있다는 것을 어느 정도 알고 있었다.

정윤이 지민처럼 고약한 병과 사투라니. 그런 상상조차 할 수 없을 만큼 정윤과의 정도 남다르지만, 그럼에도 알 수 없었다.

자신을 선뜻 내어 놓으려는 상경의 간절한 사랑을.

✤　　✤　　✤

"그래서?"

서늘한 목소리가 36병동 복도 바닥으로 떨어졌다.

"네. 그게, 그러니까……."

바싹 긴장한 현식의 이마 위로 굵은 땀방울이 맺혔다.

"그러니까."

서슬 퍼런 지혁의 목소리에 현식이 저도 모르게 부르르 몸을 떨며 고개를 치켜들었다.

"죄송합니다. 진동인 걸 전혀 몰랐어요. 부재중 확인을 하고 부리나케 뛰어 왔을 땐 벌써……."

현식은 어제 지혁에게 간 이식 수술을 받은 환자의 담당의였다. 당연히 의국에 남아 환자의 경과를 체크해야 하는 그는 같은 과 신입 레지던트의 환영회에 얼굴만 비춘다고 내려가고선 깜깜무소식이었다.

환자의 맥박이 빨라지고 심장 박동에 이상이 생기기 시작할 때부터 현식에게 콜을 하던 당직 간호사는 환자가 의식 저하와 호흡 곤란을 일으키자 하는 수 없이 지혁에게 연락을 해야 했다.

전이된 한쪽 신장의 절제까지 병행해야 했던 수술은 힘들고도 긴 싸움이 되었다. 밤늦게 귀가한 지혁이 욕실에서 샤워를 하고 나오는 순간 거실로 울리던 벨 소리가 끊어졌다.

주방으로 들어가 물 한 잔을 들이켠 후, 전화기를 확인하자 중환자실 무균 격리실 전화번호가 찍혀 있었다.

머리가 채 마르기도 전에 병원에 도착한 지혁은 이미 쇼크 상태에 빠져 있는 환자에게 기관 내 삽관 및 심폐 소생술을 시행해야 했다. 환자는 새벽 4시경이 되어서야 겨우 호흡과 맥이 안정되었다.

현식은 지혁이 목소리라도 높여 주면 차라리 마음이 편할 것 같았다. 어떤 변명이라도 다 들어 주겠다는 듯 육하원칙대로 묻는 그의 낮은 목소리가 마치 저승사자가 명부에 적힌 사람을 찾아와 신원을 묻는 것 같았다.

"일부러 휴대폰을 죽여 놓은 건 아닐 테고?"

"절대 그렇지 않습니다. 어떤 분의 하명 아래 받은 환자인데……."

현식의 이마 위에 맺힌 땀방울이 그의 귀밑머리를 타고 흘러내렸다. 스테이션에서 눈치만 보고 서 있던 간호사들이 병실 회전을 핑계로 슬금슬금 빠져나갔다.

"일단 씻고 맑은 정신으로 다시 이야기하지. 지금 기분 같아선 더 이상 널 이 병원에 세워 두고 싶지 않으니까."

하루도 거른 적 없는 아침 회진이었다. 그러나 꼬박 밤을 샌 탓에 눈을 깜박거리기 힘들 만큼 안구 건조증이 심해진 지혁은 환자 차트를 꼼꼼히 체크한 후 수간호사에게 내밀었다. 그리고 현식에게는 눈길도 주지 않고 돌아섰다.

간호사 스테이션 뒤편에서 모든 상황을 보고 있던 지민이 살그머니 지혁의 뒤를 따랐다. 여느 아침과 다른 살벌한 분위기에 새 침대 시트를 가지러 스테이션 쪽으로 다가가지도 못한 채 그 광경을 지켜본 것이다.

타악. 타악. 3층 복도에 울려 퍼지던 발소리가 갑자기 멈췄다. 그의 가운 끝을 잡고 있던 지민이 화들짝 몸을 일으켰다.

"선생님 가운이 접혀 있어서요."

피곤함이 배어 있는 그의 날카로운 눈길을 피해 얼른 다시 몸을 숙인 그녀가 삼각형으로 접혀 있는 가운 끝자락을 바르게 펴 주었다.

"이게 자꾸 눈에 거슬리더라고요."

뭐라고 한마디 할 법도 한데 지혁이 아무 말 없이 저만 바라보고 있었다. 지민이 무안한 듯 속없는 웃음을 지어 보였다.

"한 번 깔고 앉아 잡힌 모양이 아닌 거 같아요. 주름이 깊네요."

지혁이 그녀의 팔을 잡아 몸을 일으켜 세웠다.

"힘 빼지 말고 그냥 둬요."

"이게 힘까지 뺄 일인가요? 선생님이야말로 저 때문에 고생한 게 한두 번도 아닌데."

그는 지민의 얼굴을 빤히 쳐다보았다.

"커피는 너무 약하고, 식사 대접은 왠지 불편하실 것 같고,

호주머니 탈탈 털어 봐야 의사 선생님께 드릴 뇌물엔 턱없이 모자랄 것 같아서요. 그러니, 선생님 체면 떨어지지 않게 이렇게라도……."

"어제는 좀 잤습니까?"

무심한 표정과 다르게 목소리는 부드러웠다.

"네? 아, 뭐……."

"눈이 충혈 된 걸 보니, 못 잤나 봅니다."

"괜찮아요. 오후에 눈 좀 붙이면 돼요."

"오늘 혈관 조영술 때문에 어제 저녁부터 금식인 걸로 아는데."

걱정이 어린 그의 따뜻한 눈빛이 부담스러워 지민은 고개를 살짝 돌렸다.

"네."

뭔지 모를 불편함에 호주머니에 들어 있는 제 손가락만 꼼지락거렸다.

"식사도 못 하시고, 잠도 못 주무셔서 어떻게 합니까. 혈관 조영술 끝나고 나면 조영제 들어간 다리 올려놓고 네 시간은 꼼짝 못 한 채 누워 있어야 되는데, 우리 지민 씨 이러다 수술 받기도 전에 쓰러지는 건 아닌지 제가 걱정이 말이 아닌데요."

지민은 미간을 찌푸리며 침을 꼴깍 삼켰다. 다정함이 뚝뚝 떨어지는 그의 말투에 금식으로 비워진 위장에서 식도를 타고 신물이 올라오는 듯했다.

거기다 뭐? 우리 지민 씨?

간호사실 앞에서 들어보니 어제 수술 때문에 잠도 한숨 못 자고 큰 전쟁을 치렀다더니, 이 남자가 저승사자를 만나고 왔나. 갑자기 왜 이래?

순간 양쪽 팔에 우두두 오르는 닭살 때문인지 설핏 오한까지 느껴졌다.

"적응됩니까?"

그때, 조금 전 간호사실 앞에서 들었던 것과 다를 바 없는 그의 목소리가 들려왔다.

"전 한지민 씨가 다정한 남자들에겐 닭살 돋는 스타일이라고 생각했는데, 아니었나 봅니다. 소화가 가능하다면 앞으로 한지민 씨가 아주 좋아한다는 친절을 뇌물 없이도 보여 드리죠. 뭐 어려운 일이라고. 의사도 서비스업인데."

분명 입술은 친절하게 웃고 있는데, 눈매는 전혀 그렇지 않았다. 자신을 놀렸다는 사실을 뒤늦게 알아챈 지민은 뭐라고 받아칠까 고민하던 입술을 가만히 닫았다. 그리고 그의 옅은 호흡에서 묻어나는 노곤한 피로를 느끼며 모른 척 말을 꺼냈다.

"왜 그러세요, 선생님. 저의 순수한 친절을."

"단, 이렇게 아침 회진 시간마다 도망 다니지 않는다면 말입니다."

"도망이라뇨. 모두 아는 이야기 나누려고 환자들이 담임선생님 조례 기다리듯 나란히 앉아 있는 게 우습잖아요. 그 시간에 아침 산책이나 하는 게 낫지. 이 좋은 계절에."

학생을 훈계하는 선생님처럼 지민의 눈을 바라보는 그의 눈빛이 점점 엄해졌다.

"또 하나, 검사 시간 다 되어 가는데 병원 구석구석 뽈뽈거리며 돌아다녀서 간호사들이 찾게 하지 않는다면."

그녀의 얼굴이 순식간에 빨개졌다.

"뽈뽈거린다니요. 저 지금 완전 담임선생님한테 야단맞는 중학생이 된 기분이거든요."

"아, 구석구석은 아니네요. 늘 소아 병동 놀이방이 목적지였죠. 그런데 한지민 씨의 정신 연령을 이해하는 저는 괜찮지만, 성숙한 간호사 선생님들이 어디 이해가 되겠습니까."

순간 지민은 아랫입술을 질끈 깨물었다. 짓궂은 그의 말에 휩쓸려서는 안 된다. 그녀가 목소리를 한껏 내리깔았다.

"36병동의 꽃미남 강지혁 선생님. 오늘 제가 날을 잘못 잡아 피곤하신 선생님 앞길을 막았네요. 저의 순수한 뜻을 절대 곡해하지 마시고 가셔서 푹 쉬세요. 그럼 저는 이만 물러납니다."

꾸벅 인사를 한 지민이 한 걸음 떼기도 전에 그를 향해 다시 돌아섰다.

"요즘 병동에 생긴 유행어 아시죠? 한번 꽂히면 미친 듯이 물고 절대 놓아 주지 않는 남자, 꽃미남. 웬만하면 최현식 선생님 용서해 주세요. 성숙한 강지혁 선생님."

한번 꽂히면 미친 듯이 물고 놓아 주지 않는 남자?

돌아서는 지혁이 혼자 소리 내어 웃었다. 뭔가 할 말이 있어서 따라온 듯도 한데. 아직도 약이 올라 어쩔 줄 몰라 하는 그녀의 뒷모습이 귀여웠다.

✛　　　✛　　　✛

오전 진료를 겨우 마친 지혁은 점심도 거른 채 연구실 소파에 누워 잠이 들었다.

얼마나 지났을까. 희미하게 울리는 노크 소리에 몸을 뒤척였다. 뒤늦게 소리의 근원지를 알아차린 순간, 노크 소리는 더 커졌다.

끙, 하고 일어선 지혁이 마른 얼굴을 한번 쓸어내리고 문을 열었다. 병원장실의 김 비서가 서 있었다.

"혹시 쉬시는데 방해했습니까?"

"괜찮습니다. 무슨 일이세요."

"전화를 안 받으셔서, 한번 들렀습니다."

"원장님께 무슨 일이라도 있습니까."

문 옆으로 비켜서던 지혁이 걱정스럽게 김 비서를 돌아보았다.

"아닙니다. 시간 있으시면 좀 모시라고 하셔서요. 분명 병원에 계신 것 같은데, 피곤하시면 다음에……."

"아닙니다. 올라가세요. 바로 가겠습니다."

무슨 일이 있으면 언제든지 전화로 이야기하거나 그의 연구실로 선뜻 들어서는 영철이었다.

대부분이 정윤에 대한 안부였고, 때론 병원 사정 돌아가는 이야기를 듣고 싶다며 젊은 의사인 지혁을 찾곤 했다. 원장실로까지 부르는 일은 드문 일이라 지혁은 순간 긴장했다.

"어서 오게."

8층 병원장실에 들어서자 지혁을 맞는 영철의 표정은 여느 때와 별반 달라 보이지 않았다.

"어제 일은 전해 들었어. 내가 괜히 쉬는데 부른 것 아닌가 모르겠네."

"아닙니다. 곧 오후 회진 준비해야죠."

지혁이 겸연쩍은 듯 웃었다.

"피곤하긴 했나 봐. 낮잠을 다 자고. 한국 돌아오고 나서 시차 적응하기 무섭게 계속 강행군이었지?"

"긴장이 풀렸습니다. 원장님께서 군기 좀 잡아 주십시오."

"그럼 또 한 게임 할까?"

영철의 입에서 기분 좋은 웃음이 흘러나왔다. 세진 병원장인 그는 한 달에 한 번, 특별한 일이 없는 토요일이면 직접 대진표를 짜서 남자 의사들을 모아 족구 시합을 즐겼다.

참가자 전원에게 2만 원씩 의무적인 회비를 내게 하여 그 돈을 모아 우승팀에 시상금을 주었으며, 회식은 자신이 부담하여 전원 참석케 했다. 병원 임원진부터 젊은 의사들까지 만나서 회포를 풀 수 있는 자리를 자주 만들려는 노력 덕에 병원의 전체적인 분위기는 훈훈했다.

"언제든지 준비하고 있겠습니다. 다음번엔 긴장 좀 하셔야 될 겁니다."

지난번 시합에서 그의 팀 멤버 하나가 친구 부친상으로 빠지게 되었다. 그때 어쩔 수 없이 영입하게 된 레지던트가 문제였다.

어떻게 저러고도 군대에 다녀왔을까 싶을 정도의 힘없는 다리가 문어 다리를 연상케 했다. 급기야 한번 걷어차면 어김없이 선 밖으로 나가 실점을 하게 한 것이 참패의 원인이 되고 말았다.

"그러지."

다시금 영철의 입에서 웃음이 흘러나왔다. 대화를 이어 가던 중 지혁의 시선에서 호출의 궁금증을 엿보았는지 영철이 조심스럽게 용건을 꺼냈다.

"회진에 내가 동참 좀 해도 되겠나?"

"오후 회진 말씀입니까?"

지혁은 순간 잘못 들었나 했다.

"상관없습니다만, 오늘 오전에 회진 못 하셨습니까?"

"아니, 돌았네."

간암 클리닉 센터가 만들어지고 다학제 진료가 시행되면서 소화기 내과 과장이 일주일에 두 번 간암 센터 환자들의 오전 진료에 동참하게 되었다.

그러나 올해 소화기 내과 과장이 간암 클리닉 팀장이 되면서 일이 많아지자 진료에서 잠시 물러나 있던 영철이 자진해서 하겠다고 나섰다.

아직은 배울 것이 많다 보니 지혁뿐 아니라 다른 팀원들 모두 고마워했다. 그러나 병원장 일이 보통 일이 아닐진대 오후 회진까지 하겠다고 하니, 거기엔 무슨 이유가 있을 터였다.

"자네 환자 중에 한지민이라고 있지."

"네? 아, 네."

생각지도 못한 이름이 영철의 입에서 흘러 나왔다.

"요즘 컨디션은 어떤가."

"오늘 혈관 조영술을 했습니다. 오전에 간호사실 앞에서 잠시 봤을 때는 나쁘지 않아 보였습니다. 간간이 수면 유도제를 요구하는 날이 있지만 검사가 있는 날이 대부분이라 처방은 않고 있습니다만."

지민의 상태를 담담하게 설명하던 지혁이 끝말을 흐렸다. 영철이 묻고자 하는 것이 무엇인지 제대로 알 수 없었다.

"친구 딸일세."

지혁의 눈꺼풀이 자연스레 치켜떠졌다.

"그 아이 부모와 형제처럼 컸네. 대학 졸업 무렵 때 얼굴 본 게 끝이지만 마음만은 딸과 마찬가지야."

보육원에서 함께 자랐다는 말인가. 지혁은 언뜻 스쳐 지나 듯 들었던 부모님의 대화를 떠올렸다.

영철을 두고 비록 행복한 가정은 꾸리지 못했지만, 부모 없이 보육원에서 자라 의사가 되고 더불어 대형 병원의 원장까지 되었으니 그만하면 사회적으로는 성공한 인생이 아니겠냐며 칭송했다.

그래서인지 영철이 병원 내 어려운 형편의 인턴과 레지던트에 대한 직원 복지 부분에 꽤 신경을 쓰고 있다는 것도 알고 있었다.

"얼마 전에 김상경 군이 다녀갔어. 그 친구 부친 역시 지민이 아버지 친구라, 안면은 있는 사이지."

그날 지민이 아프다는 이야기를 듣고 영철은 밤새 잠을 이루지 못했다. 먼저 간 친구 부부를 생각하며 무심했던 자신이 죄스러웠고, 한참 젊은 나이에 혼자서 병과 싸우고 있는 지민이 안쓰러웠다.

"한동안 연락이 뜸하던 친구가 그 아이 고등학교 졸업 무렵에 찾아왔었지. 본인이 하던 보육원을 다른 사람에게 넘겨야 할 것 같은데 여전히 후원을 해 줄 수가 있겠냐고. 당연하지 않겠냐고 그랬지. 그 보육원은 내 고향이었으니까."

영철의 목소리가 조금씩 잠겨 가고 있었다.

"그리고 이참에 지민이 후견인이 되어 주었으면 한다고 했어. 조금 뜬금없긴 했지만 그 말에 기분이 좋았어. 서로 바빠 연락은 못해도 마음의 끈끈한 정과 유대감이 혈육 이상일 거라고, 홀로 달래던 서글픔이 한순간에 날아갔지."

영철의 어두운 얼굴 표정 위로 친구를 향한 아련한 그리움이 묻어났다.

"그때는…… 그 친구가 죽을 날을 받아 놓았다는 걸 몰랐어. 얼마 있지 않아 부고를 받고 간 장례식에서야 알고 얼마나 미안했는지 몰라. 난 그저 저나 나나 일가친척이 없다 보니 지민이에게 큰아버지, 작은아버지 하나 만들어 주는 일이라고 생각했어. 그렇게 미련할 수가 없었어."

영철의 입에서 후회와 자책의 긴 한숨이 새어 나왔다. 상경이 다녀간 이후 한시도 뇌리에서 떠나지 않던 친구 내외에 관해 이렇게라도 누군가와 이야기를 주고받을 수 있어 답답하던 숨통이 조금 트였다. 오랜 시간 아들처럼 지켜봐 온 지혁이 지민의 주치의라 고맙고 안심할 수 있었다.

"용우가 죽고 어떻게든 그 아이에게 도움이 되고 싶었는데, 지민이가 마음을 잘 열지 않았어. 그래서 대학 학비만 도와줬는데도 졸업할 무렵 그것을 갚겠다고 한 번 찾아오고는 연락을 해도 받지 않더군. 그래도 내심 잘 있겠지, 안심했었는데 이런 소식이 올 줄이야."

영철이 심란한 듯 숨을 길게 내뱉으며 소파 깊숙이 몸을 묻었다. 잠시 침묵이 흘렀다. 상심의 깊이를 짐작할 수 없는 지혁은 어떤 말도 건넬 수가 없었다.

"……아마 이런 일이 생기지 않았다면 상경이도 먼저 찾아오지 않았을 거야. 지민이 아버지가 죽고 나서 지민이 문제로 연락을 몇 번 했지만 그 애도 언제나 지민이 뜻이 우선이었지. 그런데 얼마 전에 결혼했다더군."

"그렇다고 들었습니다."

"모르긴 몰라도 두 사람이 결혼하지 않겠나 하는 막연한 생각을 했는데. 그래서 더 안심을 하고 있었는지도 모르고."

긴 이야기에 지치는지 영철이 잠시 말을 끊었다.

"지민이 먼저 알은체를 해 오지 않을 거라고 했어. 그 아이 부탁한다는 말을 하고 갔네. 용우가 세상을 뜨면서 그 아이에게 무슨 일이 생기면 꼭 나를 찾으라고 했다는 말도 전하더군."

어느덧 그의 이마가 땀으로 흥건하게 젖어 있었다. 지혁이 주머니에서 손수건을 꺼내어 영철에게 건넸다.

"내가 생각이 짧았어. 너무 무심했네."

이마의 땀을 닦으며 말을 이어 가는 영철이 힘겨워 보였다.

"당장 달려가 얼굴이라도 한번 보고 싶은데, 반응이 좀 걱정되네. 철저하게 날 외면하던 눈빛을 잊을 수가 없어. 몇 주째 아침 회진마다 자리에 없는 걸 보니 내가 회진하는 걸 알고 있나 싶기도 하고."

"오늘 아침에도 자리에 없었습니까?"

아침에 그녀와 복도에서 나눈 대화가 생각난 지혁이 물었다.

"없었네. 수간호사 말이 오전에 산책하는 걸 즐긴다고 하더군."

순간 극구 다른 병원으로 옮기겠다며 고집을 부리던 지민의 모습이 떠올랐다.

"부탁하네."

지혁이 고개를 들어 영철을 바라보았다.

"자네가 주치의라는 소리를 듣고 마음을 놓았어."

"수술을 받고 나면 소화기 내과 김호진 선생이 담당할 겁니다."

"그리로 옮기게 되더라도 자네가 신경을 좀 써 주었으면 해."

"한지민 씨 아니더라도 당연히 그렇게 해야 할 일입니다."

"알지. 자네가 수술 뒤에도 환자 관리에 얼마나 마음을 쓰는지 내가 왜 모르겠어."

기껏 어렵게 꺼낸 이야기 앞에서 무심하게 대꾸하는 지혁을 영철은 나름 흐뭇하게 바라보았다.

융통성이라고는 약에 쓰려고 해도 찾기 어려웠지만, 영철은 그런 지혁의 한결같이 올곧은 품성이 좋았다.

"정윤이 보듯 보살펴 줘. 병원에 있는 만큼은 날 봐서라도."

지혁을 향해 격의 없던 영철의 목소리가 더욱 다감해졌다.

"잘 알겠습니다."

어린 시절부터 때론 이웃집 아저씨처럼 때론 한 집안 식구처럼 연을 쌓아 온 영철이 애잔한 눈빛으로 마음을 전한 일은 처음이었다.

딸인 정윤의 일을 이야기할 때조차 드러내지 않던 마음이었다. 그렇다고 정윤에 대한 영철의 애틋함을 지혁은 모르지 않았다. 예전과 달리 세상에 두 사람 뿐인 지금은 영철도 정윤도 마음 깊숙이 서로를 측은해한다는 것을 잘 알고 있었다.

불운한 어린 시절을 보낸 영철과 마찬가지로 정윤 역시 부모 사이의 깊은 골로 인하여 충분히 사랑을 받지 못했다. 두 사람 모두 서로에게 마음의 정을 어떻게 보여야 할지 방법을 모를 뿐이었다.

지혁 역시 세상의 경험이 많지 않아 그저 옆에서 지켜보는 수밖에 없었다. 최근 들어 희정이 이런저런 일을 만들어 부녀의 자리를 만들어 주면, 열심히 동참하는 것이 그가 할 수 있는 최선이었다.

"정윤이도 곧 알게 되겠지만 굳이 말할 필요는 없을 걸세. 제 딸도 제대로 돌보지 않는 애비가 남의 딸을 챙긴다고 비웃을 거야."

"속이 깊은 아이입니다."

"그걸 내가 왜 몰라. 아직 제대로 보듬어 주지도 못했는데 또 상처를 줄까 싶어서네."

희미하게 웃는 영철의 입술 사이로 옅은 한숨 소리가 섞여 나왔다. 지혁은 그것이 자책과 회한의 한숨일 거라 생각했다.

4. 이별하기 좋은 계절

"한지민 씨, 괜찮으세요?"

화장실을 나서던 지민이 현기증에 벽을 짚고 서자 지나가던 수간호사가 다가와 그녀의 팔을 잡아 주었다.

"감사합니다."

"많이 어지러우세요?"

걱정스레 저를 바라보는 수간호사를 향해 지민이 괜찮다는 듯 고개를 가로저었다.

"꼼짝없이 누웠다 일어나시니 힘드시죠?"

혈관 조영술 이후 왼쪽 다리를 올려놓고 네 시간이 넘도록 같은 자세로 누웠다가 일어난 참이었다.

"또 할 거는 못 되네요."

애써 엷은 미소를 띠는 그녀의 안색이 파리했다.

"눈이라도 좀 붙이셨으면 좋았을 텐데."

밤에도 잘 들지 않는 잠이 낮이라고 들 턱이 없었다. 게다가 밤새 뻑뻑한 눈으로 어두운 병실 천장을 바라보고 있는 것이 고통스러워, 오늘 밤에는 어떻게든 잠을 자 보려고 낮잠을 피하고 있었다.

"병실까지 부축해 드릴게요."

"아니에요. 혼자 갈 수 있어요."

"곧 회진 시간이에요. 지민 씨."

여전히 미소를 머금은 수간호사의 말투는 부드러웠지만, 곧장 병실로 돌아가 침대를 지키고 있으라는 단호함도 묻어 있었다.

이렇다 할 대꾸 없이 느린 발걸음을 떼는 지민의 얼굴에 설핏 짜증이 서렸다. 형식에 불과한 의료진 회진에 환자 한둘이 자리를 지키지 않는 일이 무슨 큰일이라고, 지혁도 그렇고 너나 할 것 입을 떼는 것이 못마땅했다.

그녀의 옆 침대를 지키던 소연이 어린이 병동으로 내려가는 바람에 침대 하나가 비었고, 매일 집 타령만 하던 할머니 자리엔 중년 부인이 들어와 수술 날짜를 기다리고 있었다.

발랄함으로 병실에 웃음꽃을 피우게 하던 소연이 나가자 밤이면 맞은편 할머니의 앓는 소리가 더 크게 들렸다. 무슨 사연인지 중년 부인의 자녀들은 이틀을 걸러 드나들며 눈물을 보였다. 지민은 피곤함이 몰려들지 않는 한 병실에 있고 싶지가 않았다.

그러나 오늘만큼은 저녁 회진이 끝나면 수면제를 먹어서라도 잠을 자고 싶은 마음에 병실로 들어섰다.

"수술은 11시에 시작됩니다."

이미 회진을 하기 위해 병실에 들어와 있던 지혁이 중년 부인의 큰 아들에게 내일 있을 수술 일정을 전하고 있었다. 그의 뒤를 지나쳐 침대로 가려던 지민의 얼굴이 옆으로 서 있는 의료진을 보고 갑자기 굳어졌다.

"한지민 씨, 침대로 가세요."

엄한 지혁의 목소리가 병실 밖으로 다시 나가려던 지민의 발걸음을 세웠다.

"오전 회진도 자리 비우셨죠."

차갑게 한마디 더 붙이는 지혁의 등을 바라보는 지민의 입매가 딱딱해졌다. 어쩔 수 없이 제 침대로 향하는 그녀의 오른쪽 어깨 너머로 시선 하나가 따라왔다.

6시도 되지 않았는데 창밖 하늘은 그새 붉게 물들어 있고 비 온 뒤라 날은 더욱 선선해졌다.

"오늘 조영술 한다고 무리하셨을 텐데 좀 어떠십니까."

내리던 블라인드를 끝까지 마무리 하고 창문까지 야무지게 닫은 지민이 소리 나는 쪽을 향해 천천히 돌아보았다.

"좋아요."

지혁을 바라보는 그녀의 얼굴은 다시 무색의 도화지처럼 무심한 빛이었다. 지난 일주일 동안의 개구지고 수줍어하던 여러 감정의 색채들이 어디론가 숨어 버리고 없었다.

"오늘 조영술 마치고 검사 결과 나오는 대로 수술 일정과 브리핑 일정을 잡을 겁니다."

지혁이 함께 온 의료진에게 그녀에 대한 간략한 브리핑을 했다. 늘 따르던 담당 레지던트 대신 모두 처음 보는 얼굴이었다.

그 선두에 두 손을 허리 뒤에서 돌려 잡은 채 자신의 안색을 면밀히 살피는 영철이 있었다. 간호사에게 물어 월요일, 수요일 오전 진료만 함께한다는 그를 피하느라 지혁에게 듣지 않을 소리까지 듣고 있던 참이었다.

지민은 그가 왜 오늘 저녁 진료에 동참했는지 따위는 궁금하지 않았다. 그저 그의 시선을 참아내고 있는 게 무던히 힘들 뿐이었다.

"한지민 씨, 침대에 누우세요. 이제부턴 체력과의 싸움입니다."

지혁이 그녀의 거칠어진 숨소리를 알아채고 침대 시트를 직접 걷어 주었다.

"그래, 좀 누워야겠다. 안색이 좋지 않아."

영철이 지민의 곁으로 한 걸음 다가서자 지혁을 제외한 다른 의사들은 말없이 병실을 나섰다.

"오랜만이구나."

"……"

"왜 바로 찾아오지 않았어."

"찾아가면 뭐가 달라지나요?"

"적어도 어떻게 사는지 안부는 주고받았어야지. 5년 만에 이렇게 덜컥 나타나. 어떻게 이런 일로……."

지혁은 목소리를 떨고 있는 영철을 염려스러운 듯 바라보았다. 환자의 병은 단지 하나의 스펙일 뿐이라고, 감정을 철저히 배제한 채 여유와 편안함으로 환자를 대할 것을 강조하던 사람이었다.

무엇이 그런 영철의 마음을 이토록 무너뜨리는지 지혁은 알기가 어려웠다.

"잠을 못 잔다고 들었다. 1인실로 옮겨라. 간병인도 알아보라 할 테니."

"병원장님이시라는 소리는 들었습니다. 딱 그만큼만, 세진병원장님으로서만 호의를 보여 주세요. 그렇지 않으면 이 병원에 있을 수 없어요."

"한지민 씨."

영철이 한 손을 들어 한 걸음 앞으로 나서는 지혁의 말문을 막았다.

"상경 군이 다녀갔다. 얼마 전에 결혼했다더구나. 그런 아이에게 언제까지 네 보호자 노릇을 시킬 거냐."

지민의 눈빛이 한순간에 흐려졌다.

"그 사람이 상관할 일, 아닙니다. 더불어 원장님도요."

"5년 전에 분명 네 입으로 상경 군이 네 보호자라 하지 않았니."

"이젠 제 일입니다. 이만 가 보세요. 좀 쉬어야겠어요."

질끈 깨문 입술이 검붉게 변하자 화장기 없는 얼굴이 새하

얇다 못해 백지장 같아 보였다.

"그래, 쉬어라. 또 내려오마."

영철이 병실을 나서자 지혁이 뒤를 따랐다.

"역시 몸이 아프면 마음도 약해지는가 보네."

병실을 나선 영철의 얼굴은 한결 흐려져 있었다.

"안 그래도 힘든 아이 마음까지 아프게 하긴 싫지만 기가 죽어 있는 것보다 낫겠다 싶어서."

상경의 일을 꺼낸 게 마음에 걸리는지 영철이 혼잣말인 듯 읊조렸다.

"고맙네."

영철이 조용히 옆을 따르는 지혁을 향해 불쑥 말했다.

"아닙니다. 제가 뭘……."

"제 환자 마음 건드렸다고 부은 얼굴인 거 같은데?"

영철이 굳어 있는 지혁을 빤히 쳐다보며 말했다.

"아닙니다. 그저……."

지혁이 저도 모르게 쓰고 있던 인상을 펴며 당황한 듯 말했다.

"되도록이면 빨리 병실 좀 옮기지. 그리고 간병인, 아, 아닐세. 그럼 부탁 좀 하겠네."

"네, 원장님. 너무 걱정 마시고 올라가십시오."

엘리베이터로 걸어가는 영철의 어깨가 한없이 처져 보였다.

외면하기만 하는 그녀를 바라보던 영철. 그의 아득해 보이던 눈빛이 뇌리에서 지워지지 않는 지혁의 걸음도 가볍지만은 않았다.

✤   ✤   ✤

긴 목을 빼고 하늘을 올려다보았다. 팔을 뻗으면 한 움큼 뜯어 올 수 있을 것 같은 새하얀 뭉게구름이 머리 위로 낮게 걸려 있었다.

선선한 바람이 지민의 귀밑머리를 간질였다. 누그러진 햇살은 뜨겁기보다 따스한 기운을 품고 있다.

작은 수목원을 연상시키는 옥외 정원이었다. 한편에 흐드러지게 피어 있는 구절초가 좋아 그 앞에 걸음을 멈추고 앉았다.

고개를 돌려 병원 로비로 이어지는 대형 유리문 쪽을 보지 않는다면, 누구도 이곳을 삶과 싸우는 사람들의 전쟁터로 보지 않을 것이었다.

"여행 잘 다녀왔어?"

상경은 제 눈을 보지도 않은 채 묻는 지민의 얼굴을 말없이 바라보았다. 환자복에 가려져 있어 미처 몰랐는데 살이 많이 빠져 있었다.

"몸은 괜찮아? 수술한 곳 아프지 않아?"

그를 향해 배시시 웃어 보이던 지민이 갑자기 입술을 꾹 다물었다.

3주 만이었다. 군복무 이래 오래도록 얼굴을 보지 못한 건 이번이 처음이었다. 누가 보면 그를 환자로 여길 만큼 상해 있는 상경의 얼굴이 지민의 가슴 언저리를 묵직하게 눌러왔다.

"태영인 잘 있지? 입덧으로 힘들었겠다."

"잠을 잘 못 잔다면서."

서로의 얼굴만 찬찬히 살피는 그들의 대화가 계속 엇나가고 있었다.

"지금껏 바쁘게 살았잖아. 종일 아무것도 안 하고 편하게 있어 봤어야지. 그러니 잠이 오겠어?"

"너 원래 옆에 누가 있으면 잘 못 자잖아. 1인실 신청해 놨어. 병실 나면 바로 옮겨."

"나 그렇게 부자 아냐."

"병원비는 걱정 안 해도 돼."

가만히 상경의 눈을 바라보던 지민이 고개를 돌렸다. 넓은 호숫가의 분수가 물을 뿜었다.

"내 병원비까지 감당할 만큼 여유롭지 않잖아. 앞으로 태어날 아이도 있고. 이제 한 집안의 가장이야. 결혼 비용도 만만치 않았을 텐데 도와주지 못해서 오히려 내가 미안해."

조용히 입을 연 지민의 목소리는 차분하면서도 단호했다.

"걱정할 거 없어. 태영이 가게 처분하고 싶다고 해서 그 돈으로 함께 준비했어."

"그럼 앞으로 혼자 벌어야 되겠네. 그러니 병원비까지 신경 쓰지 마."

"네 병은 체력이 중요해. 잠이라도 푹 자야지. 병원비 생각은 하지 말고 내 말대로 해."

"내가 한 말, 못 알아듣겠어? 오빠가 신경 쓸 일 아니라고."

이어지는 실랑이가 피곤한지 지민의 목소리가 날카로워졌다. 그만 벤치에서 일어나려던 지민이 문득 든 생각에 상경을 돌아보았다.

"혹시 어머니 찾아간 거 아니지?"

눈을 피하는 상경을 보며 지민이 헛웃음을 터트렸다. 상경에게 있어 그의 어머니가 어떤 존재인지 잘 알고 있었다.

남편이 죽고 1년도 안 되어 재혼을 하고자 상경을 보육원에 맡겼던 여자였다. 비록 그곳이 죽은 남편의 친구가 운영하고 있던 곳이긴 해도 상경에겐 큰 상처가 되었을 것이다.

재혼을 하고 바로 아이가 생긴 그녀는 2년이나 지나서 상경을 찾아왔다. 상경이 처음 만난 새아버지와 할머니, 그리고 어린 동생 사이에서 얼마나 눈치와 소외감을 받았을지, 엄마라는 존재가 얼마나 바람막이가 되어 주지 않았을지는 어린아이가 보육원까지 먼 거리를 혼자서 찾아왔다는 것만으로도 충분히 짐작할 수 있었다.

그 후 그의 모친은 1년에 한두 번 전화로 용우에게 상경의 안부를 물어왔다. 그것도 상경이 고등학교에 들어가기 전의 일이었다.

상경을 직접 찾은 것은 딱 두 번이었다. 그 한 번은 용우의 장례식이었다. 상경이 자신과 지민의 대학 등록금을 마련하기 위해 밤낮없이 아르바이트 할 때도 찾지 않던 엄마였다.

아마 이번 일이 아니면 그는 죽을 때까지 그의 모친을 먼저 찾지는 않았을 것이다. 상경을 거두어 키워 준 용우를 생각하면 무리인 부탁도 아닐 테지만 지민은 비참했다. 이렇게까지 한 사람에게 짐이 되어야 하는 자신의 존재가 견딜 수 없었다.

"도대체 왜 이래. 날 얼마나 비참하게 만들 거야?"

"내가 네 병원비 내는 게 비참할 일이야?"

그의 흐린 눈빛이 짙어졌다.

"너라면, 내가 너 대신 이곳에 있다면 넌 어떻게 할 건데?"

상경의 갑작스러운 울분 섞인 목소리에 지민이 일순 할 말을 잃었다.

"지민아, 너야말로 왜 이래. 내가 너 여기 혼자 두고 뭘 할 수 있을 것 같아? 차라리 내가 여기 있는 게 낫겠다. 내가 아픈 게 낫겠다고. 왜 나는 네가 여기 있는데 같이 있어 줄 수도 없는 거야. 어쩌다 이렇게 됐냐고……."

기어이 상경이 눈물을 보였다. 무릎 위에 팔을 괴어 얼굴을 묻었다. 그의 어깨를 내려다보는 지민이 울음을 참으려고 입술을 힘껏 깨물었다.

"오빠, 그러지 마. 이제 더 이상 나를 위해 아무것도 하지 마."

벤치에 나란히 앉은 지민과 상경의 두 뼘 남짓한 사이를 가르며 바람이 스쳐 지나갔다. 환자복 사이를 비집고 들어오는 바람에 두 팔로 제 몸을 감싸려던 지민은 상경이 알아차릴까 멈칫거리며 팔을 내렸다.

"내가 오빠 버린 거야. 오빠가 날 떠난 게 아니라, 아무것도 해 준 게 없는 내가 너무 부끄럽고 힘들어서, 나 좀 편하게 살려고 오빠 버린 거라고. 그러니까 내게 미안해하지 마. 아파하지도 마."

작은 호수에서 뿜어져 나오던 분수가 멈추자 목 언저리에 닿는 바람이 조금 나아졌다. 그녀가 미루어 두려던 말을 꺼냈다.

"회사 입사하고 1년 좀 넘었을 때였어. 하루는 우리 부서에서 가장 인기 많던 남자가 고백을 해 왔어. 솔직히 그때 좀 두근거렸어. 그리고 이상하더라. 말도 몇 마디 안 섞은 남자한테도 설레는데, 왜 오빠한텐 그렇지 않은 걸까. 이게 정말 사랑인 걸까……."

말은 꺼내긴 했는데 더 이어 가기가 민망했던지 지민이 잠시 제 발등만 내려다보았다.

"사랑한다면 항상 같이 있고 싶고, 만지고 싶다고 하던데 나는 오빠가 손을 잡아 와도 아무렇지 않았어. 여동생 흉내 내며 뿌리치고선 이게 과연 사랑인가 고민했다고."

지민이 깍지 낀 상경의 손을 가만히 내려다보았다. 뼈마디가 붉어져 나와 있는 그의 손등을 가만히 쓸어 주고 싶은 욕구를 간신히 참아 냈다.

"못 보면 보고 싶어서 몇 날 며칠이고 잠도 못 자고 밥도 못 먹는다는 친구들 이야기를 들으며, 오빠와 내가 하는 게 과연 사랑인가 스스로에게 몇 번이나 물었어."

지난 3주, 그를 보지 못해 사무치게 그리워했던 마음을 그때 조금이나마 알았더라면.

안타까움에 지민은 저도 모르게 아랫입술을 지그시 깨물었다.

"한편으론 우쭐했어. 오빠에게 조금이라도 다른 눈빛을 던지는 여자들을 보고, 아무리 그래 봐야 저 사람 마음엔 나뿐일 거라고 자만했어."

상경이 천천히 고개를 돌려 바람에 날리는 지민의 귀밑머리를 바라보았다. 제가 말하고도 민망한지 저를 향한 눈길을 다시 피하며 그녀가 말을 이었다.

"시간이 더 지나면, 내가 더 성숙해지면 자연히 내 사랑도 커지겠거니 여겼어. 언제나 그렇게 오빠는 내가 자랄 동안 내 옆에 있을 거라고. 엄마한테도 사랑받지 못한 천덕꾸러기니까 아직 덜 컸겠지, 시간이 지나면 사랑도 크겠지 했어."

지민이 천천히 고개를 들어 가만히 내려다보고 있던 상경의 눈을 마주했다.

"왜 몰랐을까. 세상에 이런 바보가 또 있을까. 이제 와서 오빠의 따뜻한 사랑이 더할 수 없이 행복이었다는 걸 알아차리면……."

눈가로 뜨거운 눈물이 차오르는지 지민이 얼른 고개를 돌리며 콧물을 들여 마셨다.

"좀 일러 주지 그랬어. 너 나중에 후회할 거라고. 가랑비에 옷 젖듯 그 사랑에 젖어 있던 나한테 그게 더 무서운 거라고 일러 줬으면 좋았잖아."

지민이 기어코 볼을 타고 또르르 흘러내리는 눈물을 훔쳤다. 그리고 애써 밝은 표정을 지으며 상경을 흘겨보았다. 그러나 그의 붉어진 눈자위를 보고 이내 얼굴을 돌려 버렸다.

"오빠가 내게 어떤 사람인지, 오빠가 없으면 이 세상이 온통 지루한 다람쥐 쳇바퀴처럼 아무것도 아니라는 걸 왜 보내놓고 알게 해."

지민이 뜨거운 눈물을 흘리고 있는 상경의 손등을 가만히 쓸어내렸다.

"소진이 말처럼 나는 누굴 원망할 자격도 없는데, 아프다고 스스로 망가질 자격도 없는데, 그래도 너무 아파. 아무것도 해준 게 없어서, 그게 너무 아파서 내 몸의 통증 따윈 느껴지지도 않아. 그런데 오빤 아직도 내게 줄 게 있는 거냐고."

결국 지민의 입에서 울음소리가 새어 나왔다. 상경이 자리에서 일어나 지민을 끌어안았다.

"울지 마, 인마. 기운 빠져."

"나, 오빠에게 처음이자 마지막으로 해 줄 수 있는 게 뭔지 알고 있어. 잘 살아야 되는데, 잘 살고 싶은데 이렇게 돼서 미안해. 정말 미안해, 오빠……."

"그런 말 하지 마. 너와 함께여서 얼마나 행복했는데. 네가 없었으면 난 지금껏 살지도 못했을 거야."

이별하기에 더없이 좋은 계절이었다.

비로소 두 사람은 미뤄 왔던 이별을 했다.

✢   ✢   ✢

작은 구름다리를 건넌 호수 반대편엔 세진 병원 수련의들의 쪽잠 명당 자리인 오래된 왕벚나무 한 그루가 있다.

그 아래 벤치에 앉아 그들을 바라보고 있던 지혁이 손에 든 종이컵을 움켜쥐며 일어섰다.

다른 곳에 자기 여자를 따로 두고서 저리 어깨를 들썩이고 있는 상경이 못마땅했다. 그래도 다행이다 싶었다. 선선한 바람에 환자복만 입고 있는 지민에 대한 걱정스러운 마음이 스스로도 낯설어 지혁은 양 미간을 찌푸려졌다.

"선배, 듣고 있는 거야?"

"응?"

"뭘 멍하니 보고 있어?"

정윤이 그의 시선을 따라잡으려 호수 방향으로 눈을 돌렸다.

"……이제 들어가야지. 곧 저녁 회진 시간이네."

"어? 저기 한지민 씨다."

지혁을 따라나서던 정윤이 그제야 저쪽 벤치에서 일어서는 상경과 지민을 발견했다.

"어때, 지민 씨?"

지혁이 물끄러미 상경과 지민을 보고 있었다.

"선배, 오늘 좀 이상한 거 알아?"

"뭐라고 했어?"

"한지민 씨 검사 다 끝냈냐고."

지혁이 고개를 끄덕였다.

"참 신기하지."

"뭐가?"

그제야 그가 정윤을 돌아보았다.

"두 달 전에 수영장 가다가 우연히 지민 씨랑 사고 나고, 아무 생각 없이 우리 병원에 데려다 놓았더니 이렇게 병을 발견해서 입원까지 했잖아. 게다가 알고 보니 호진 선배의 절친한 후배라니. 이런 걸 인연이라고 해야겠지?"

말을 꺼내고 보니 생각지도 못한 인연이 더 신기한지 정윤의 발랄한 음성이 조금 더 높아졌다.

"그래서인가? 모처럼 선배랑 함께하는 시간을 허비하게 만들었는데도, 지민 씨가 귀찮거나 짜증 나지 않았거든."

정윤이 맑게 웃었다. 그녀는 지민을 호진의 단순한 후배로 알고 있었다. 거기다 지민을 향한 호진의 지나친 걱정과 호들갑스러운 챙김으로, 한때 두 사람 사이에 모종의 썸이 있지 않았을까 생각하는 듯했다.

그렇게 두는 것이 이래저래 편한 점도 있었다. 이야기하려 들면 길고, 또 그러기엔 다 끝난 일이었다.

"그런데 저 남자는 누구지?"

"……"

"호진 선배 말로는 가족이 아무도 없다던데. 그래서 더 걱정인가 싶었더니…… 보통 사이 같아 보이지 않네. 누군지 알아?"

"오빠. 같이 자란."

지혁의 말과 동시에 그의 호주머니 안에 들어 있던 휴대폰 진동이 급히 울렸다.

"나 먼저 가 봐야겠다."

중환자실이었다. 지혁이 큰 걸음으로 성큼성큼 뛰듯이 로비를 가로질러 가는 걸 바라보며 정윤이 중얼거렸다.

"같이 자란 오빠? 큰 병 앞에서 혼자 안됐네. 그나마 나는 행복한 건가. 그나마 선배하고 아빠가 있으니."

영철을 생각하는 그녀의 표정이 씁쓸해졌다. 아버지와 소원해진 것이 언제부터였는지 정확히 기억에 없었다.

엄마와 아빠 손을 붙잡으며 웃었던 기억은 정말이지 까마득했다. 더듬어 찾으면 그것도 아마 초등학교 입학 전인 것 같았다. 학교에 입학한 이후의 기억엔 언제나 지혁과의 추억뿐이었다.

언젠가부터 엄마는 아버지와 말을 섞는 일이 드물었다. 같은 병원에서 일을 하면서도 출퇴근이 달랐다.

중학생일 무렵, 큰 싸움이 난 이후로는 영철은 집보다는 병원에 머무르는 시간이 많았다. 어린 마음에도 어렴풋이 아버지의 여자 문제인가 싶었을 뿐 정윤은 관심을 두지 않았다. 그러다 고등학생 시절 심장마비로 갑자기 죽은 엄마의 유품을 정리하다가 일기장을 읽게 되었다.

젊은 날 아버지를 좋게 본 외할아버지의 주선으로 결혼을 했지만 엄마는 아버지를 사랑했던 것 같다. 열렬한 사랑은 아니지만 말이 통하는 좋은 동료였고, 고아였던 아버지는 가정을 소중하게 생각하는 좋은 배우자였다.

그러나 후원을 하던 보육원을 드나들며 우연찮게 아버지가 결혼 전에 좋아하던 여자가 있었다는 것을 알게 되면서, 배신감을 느낀 엄마는 아버지를 곱게 보지 않았다.

그렇게 멀어지기 시작했지만 지혁네 식구와 시간을 가지면서 다시 회복되나 싶었다. 하지만 그러기 무섭게 아버지가 그 여자를 만나러 가던 날, 여자가 교통사고로 죽었다는 것을 알게 되었다. 미친 듯이 화를 내던 엄마의 심장이 좋지 않아진 것이 그 무렵부터였을 것이다.

엄마가 죽고 정윤에겐 아버지뿐이었지만 다른 부녀 지간처럼 지내기엔 시간의 골이 깊었다. 정윤의 외할아버지는 죽기 전에 그녀를 어떻게든 의사로 만들기 위해 많은 노력을 했다. 좋은 과외 선생을 붙이고 그녀의 성적을 직접 관리했다. 그 일념으로 딸의 죽음에 대한 상실감을 극복하려 했다.

그 노력 때문이었을까. 정윤이 의대에 합격하는 것을 보고 편안히 눈을 감으셨다.

상념을 떨쳐 버리려는 듯 정윤이 고개를 흔들었다. 그러곤 같은 병원에 있는 아버지의 얼굴을 본 게 언제였던지 짚어 보려다 그것도 관두었다.

자신이 아버지의 연구실 문을 먼저 두드리는 일은 앞으로도 없을 것이다. 그녀가 병원장의 딸인 것을 아는 사람도 드물었다. 걸음을 빠르게 움직인 정윤이 막 닫히려는 엘리베이터 버튼을 눌러 급히 올랐다.

❖   ❖   ❖

병원의 아침은 이르다. 5시가 되면 아직 잠에서 깨지 않은 환자들을 위해 간호사가 조용히 의료 카트를 밀며 회진을 했다.

그것을 시작으로 벌써부터 깨어 있던 고령의 환자들은 자리를 털고 일어나 복도를 거닐며 걷기 운동으로 하루를 시작했다. 이른 식사가 끝나고 오전 9시를 조금 넘어 의사들이 회진을 다녀가면 다시 잠에 빠져 시간을 보내는 게 대부분이었다.

침대 옆 작은 사물함 위에 올려져 있는 탁상용 달력을 확인한 지민이 간호사 대기실로 향했다. 아침이면 새로 나와 있는 린넨 속에서 시트 두 장과 환자복 한 벌을 챙기는 그녀의 등 너머로 간호사의 말소리가 들려왔다.

"이 병원에서는 누구도 따라올 수 없는 엄친남이겠죠, 뭐."

"이 병원에서뿐이겠어? 게다가 여기가 동네 개인 병원도 아니고."

36병동에서 가장 어린 박 간호사의 말에 김 간호사가 타박을 주며 나섰다.

"그렇긴 하죠. 다른 스펙 갖다 붙이지 않아도 젊은 나이에 인근 병원 의사들 사이에서도 알아주는 외과 전문의에다, 세진 병원 이사장 아들이라니."

"게다가 이사장님 남편 분은 말하면 모두 알 만한 기업 아들이란다."

김 간호사가 새로운 정보를 하나를 덧붙였다.

"네? 그럼 강 선생님 재벌가 손자예요? 헐, 안 돼요, 안 돼. 어느 정도여야지 너무 넘치면 구색 맞는 여자 찾기도 힘들단 말이에요. 어떡해. 까칠한 우리 강 선생님 노총각 되면 그 성격을 누가 다 받아 줘? 생각도 하기 싫어."

박 간호사가 정말이지 걱정이 된다는 듯 몸을 부르르 떨었다.

"당신이 그런 걱정 해 줄 필요 없네요. 여자가 있어도 열은 있겠네요, 뭐."

"열은 무슨 열이야? 김정윤 선생 들으면 거품 물고 온다. 입 조심해."

대기실 안쪽에 있던 가장 연차가 높은 최 간호사가 생리 식염수 서너 통을 들고 나오며 거들었다.

"네? 소아과 김정윤 선생님 말하시는 거예요? 김정윤 선생님하고 우리 강 선생님하고, 그냥 선후배 사이 아니에요?"

"너희 강 선생님하고, 이사장님 더불어 김정윤 선생님까지 한 달에 두어 번은 알 만한 레스토랑에서 함께 식사한다는 걸 비서실 소식통으로 들었네요."

"헐. 우리 도도한 김 선생님이 까칠한 강 선생님 성격을 감당해?"

"까칠하기는 무슨. 병원 의사들, 특히 외과의들 중에 그렇지 않은 사람 어디 있어? 직업병이지. 그리고 강 선생님 알고 보면 츤데레야, 츤데레."

컴퓨터 모니터 화면을 훑어 내리며 36병동 환자들의 검사 일정을 비롯한 여러 스케줄을 챙기던 김 간호사의 말에 최 간호사가 물었다.

"츤데? 츤, 뭐라고?"

"겉으로 보기엔 까칠하고 퉁명스럽지만 내 여자에게는 잘 해 주는, 알고 보면 다정한 남자. 뭐, 그렇다고 하네요."

김 간호사의 말이 끝나자 스테이션 한편에 서서 언제 끼어들어야 할지 몰라 계속 듣고 있던 지민이 조심스레 말을 꺼냈다.

"저, 선생님. 그 츤데레 선생님께 연락 좀 될까요?"

"네?"

간호사 세 명이 놀라서 동시에 그녀를 쳐다보았다.

"강지혁 선생님 이야기 아닌가요?"

지민이 생긋 웃었다.

"아, 네, 맞아요. 죄송해요. 계시는 줄 몰랐네요."

최 간호사가 겸연쩍은 듯 웃었다.

"좋은 정보 재미있었어요. 내용은 돌아서는 순간 당연히 잊어버릴 거고요."

"그래 주시면 감사하죠. 그런데 강 선생님은 무슨 일로……?"

"오늘 외출 허가 좀 받을 수 있을까 해서요."

"무슨 일 있으세요?"

"수술 들어가기 전에 집에 잠시 다녀오려고요. 챙길 것도 있고. 그리고……."

"알았어요."

최 간호사가 말 안 해도 알아들었다는 듯 한쪽 눈을 찡긋 감으며 전화기를 들었다.

"네, 선생님. 네, 아침 첫 회진 때 보니까 깨어 있으시긴 했어요. 네, 잘 알겠습니다."

아마도 지혁이 지난밤에 지민이 잠을 좀 잤냐고 물은 듯했다.

"어떡하죠? 안 된다고 하시네요. 오후에 병실로 들르신다고 그때 이야기하자고 하시는데요. 그리고 내일쯤 병실을 옮기실 거예요. 이것도 무조건이라는군요. 오늘 1인실이 하나 비거든요."

짐작했었다. 지민도 예의상 허락을 구했을 뿐이었다.

병실에 돌아온 그녀는 침대의 시트를 갈아 놓고 화장실로 가서 옷을 갈아입었다. 이틀 전에 소진에게 부탁해서 조금 더 도톰한 옷 한 벌을 가져다 놓았다.

메모라도 한 장 남길까 망설이던 지민이 그대로 병실을 나섰다. 최 간호사의 얼굴이 눈앞에 살짝 스쳐 가며 미안해져 오는 마음을 애써 무시했다.

✦　　　✦　　　✦

"여기서 뭐 하는 겁니까."

불쑥 날아든 지혁의 목소리에 지민은 흠칫 몸을 떨며 고개를 들었다. 무슨 생각에 깊이 빠져 있었던지, 그를 향한 그녀의 눈동자는 아직 제자리를 찾지 못해 흔들리고 있었다.

어둠이 내려앉아 인적이 뜸한 옥외 정원엔 귀뚜라미 울음소리만이 정적을 뚫고 있었다. 벤치 의자에 앉아 야간 조명등을 받고 있는 그녀의 낯빛은 한눈에도 수척해 보였다.

가만히 저를 올려다보는 그녀에게서 기력이라곤 단 한 줄도 찾아볼 수 없자, 지혁의 미간이 확 찌푸려졌다.

"……강 선생님."

한참 만에 그녀의 입술이 열렸다.

"아직 퇴근 안 하셨어요?"

지민은 굳은 얼굴로 저를 내려다보고 있는 지혁을 위해 자리를 물리며 옆으로 앉았다. 그가 꼼작도 않은 채 입술을 꾹 다물고 서 있자 그녀가 의자를 톡톡 내리치며 웃어 보였다. 그의 입술에서 황당한 헛웃음이 절로 터져 나왔다.

점심을 먹고 연구실로 향하던 중 최 간호사의 연락을 받았다. 안 된다고 일러두었음에도 불구하고 지민이 멋대로 외출한 것 같다는 내용이었다. 그럴지도 모른다고 짐작했었기에 지혁은 알았다는 말만 하고 전화를 끊었다.

하지만 오후 회진에도 비어 있는 침대를 보고서 기어코 화가 올라오기 시작했다. 화인지, 걱정인지 알 수 없던 그는 그제야 그녀에게 아무도 없다는 것을 뼈저리게 실감했다. 상경에게 연락을 해 볼까 하다가 지난번 정원에서의 일을 떠올리며 생각을 접었다.

돌아오는 대로 연락을 하라고 간호사에게 지시를 해 두었건만 저녁 식사 때가 가까워질 때까지 아무런 연락이 없었다. 지혁은 환자 신상 기록부에서 자신의 집과 얼마 떨어져 있지 않는 그녀의 주소를 확인하고 그대로 차에 몸을 실었다.

아파트는 비어 있었다. 그럴 리가 없을 거라 여기면서도 혹시나 하고 들른 실내 포차에도 없었다. 무책임한 그녀의 행동에 결국은 화가 났다. 집으로 돌아가 샤워를 하고 서재로 들어가 책을 펼쳤다. 그러나 한 시간도 채 지나지 않아 지혁은 다시 병원으로 향했다.

"퇴근하셨다가 다시 들어오는 길이세요?"

지민은 그제야 평소와 다른 그의 옷차림을 알아차렸다. 출퇴근 시간 우연히 로비에서 마주칠 때면 언제나 가벼운 슈트 차림이었던 그가 지금은 면 티에 카디건을 걸치고 있었다.

"설마…… 저 찾으신 거예요?"

"시간이 늦었어요. 병실로 들어가요."

지혁이 그대로 몸을 돌려 한 걸음을 뗄 때였다. 팔을 잡아오는 그녀로 인해 발걸음이 제자리에 우뚝 멈춰 섰다.

"오늘이 기일이라 아빠한테 다녀왔어요."

지혁이 천천히 저를 향해 몸을 돌리자 지민은 무안한 듯 잡고 있던 그의 팔을 얼른 놓았다.

"미안해요. 허락도 없이 나갔다가 와서."

다시 의자로 가서 앉는 그녀의 쌕쌕거리는 숨소리서 피곤함
이 묻어났다.

"들어갑시다. 피곤할 텐데."

"이제 막 잠자리 드신 분들 잠 깨울지 몰라요. 조금 있다가
들어갈게요."

"그럴 필요 없어요. 지민 씨 병실 1인실로 옮겼으니까."

지민의 옆으로 앉으며 지혁은 심드렁하게 말했다. 뭐라고
한마디 대꾸해 올 법한데 아무런 소리가 없었다. 힐긋 돌아보
니 지민이 해사하게 눈웃음을 지어 왔다.

아버지에게 다녀와서일까. 분위기가 평소와 달리 평온해 보
였다.

"화 풀었어요?"

"화난 적 없어요."

무뚝뚝하게 뱉어 내는 그의 말에 그녀가 풋 하고 짧은 웃음
을 뱉었다.

"저, 조금 감동했어요."

또 무슨 말을 하려나. 지혁이 가만히 그녀를 바라보았다.

"말도 없이 사라진 환자가 걱정되어서 여기저기 찾으러 다
니는 선생님을 만났구나 싶어서 행복하기도 하고. 복 많은 딸,
복 많은 여자 친구는 못 되었어도 복 받은 환자 같아요."

쑥스러움을 숨길 수 없는지 그녀의 시선이 발끝으로 떨어졌
다.

"그게 뭐, 비록 세진 병원의 절대 권력자 때문이라 해도."

말끝에 씁쓸함이 묻어났다.

"복 많은 여자 친구이긴 했습니다."

지민의 고개가 갸웃거렸다.

"상경 씨가 한지민 씨에게 본인의 간을 주고 싶어 했어요."

지민의 동그란 눈이 더욱 커다래졌다. 지혁이 겉옷을 벗어 그녀의 어깨에 걸쳐 주도록 그녀의 입술은 굳게 닫혀 있었다.

"신이 준 최고의 선물이 망각이래요."

상경에 관한 이야기를 잘라먹은 지민이 한참 만에 뱉은 말이었다.

"그동안 많이 잊고 살았더라고요. 아빠를 떠나보낼 때의 괴로움도, 함께했던 추억들도."

지민의 속눈썹이 파닥거릴 때마다 그녀의 눈동자 속에 스며든 조명등 불빛도 함께 흔들렸다.

"모든 걸 다 담아 놓고 살 수 없으니 멋대로 '망각'이란 선물을 주신 거겠지만, 사람에겐 누구나 절대로 잊고 싶지 않은 것도 있다는 걸 모르셨나 봐요."

속눈썹에 감싸인 그녀의 눈빛이 애써 웃고 있었다.

"그래도 선생님과 한 약속 잊지 않았어요. 아빠께 약주 한 잔 걸치고는 절 유혹하는 소주병을 힘껏 밀어냈어요. 잘했죠?"

저를 향해 웃어 보이는 가냘픈 그녀의 얼굴을 보며 지혁은 저도 모르게 주먹을 그러쥐었다.

그때였다.

커졌다 작아졌다 하던 그녀의 두 눈에서 빛나던 불빛이 이내 사라졌다. 스르르 눈이 감기는 동시에 옆으로 픽 쓰러지는 지민을, 지혁이 두 팔로 받쳤다.

"한지민 씨! 정신 차려요."

빠르게 그녀를 등에 업은 지혁은 입원 전보다 가볍게 느껴지는 지민의 체중이 제 기우이길 바랐다.

6층 입원 병동의 간호사 스테이션을 지나 1인실로 향하는 그의 뒤를 김 간호사가 카터를 끌고 급히 따랐다.

당직인 김 간호사를 조용히 내보낸 지혁은 직접 주삿바늘을 꼽고 그녀의 바이털 사인을 체크했다. 산소 수치도 떨어지고 맥박이 지나치게 느렸다. 먹은 게 없는지 혈당 수치도 현저히 떨어져 있었다.

지민의 팔을 시트 안으로 밀어 넣어 주던 지혁이 갑자기 손을 멈추고 그녀의 환자복 소매부리를 걷어 올렸다.

그의 손 두 마디 정도 밖에 되어 보이지 않는 얇은 팔목 위쪽으로 푸른 멍이 들어 있었다. 혈관이 터진 줄도 모르고 바늘을 꼽고 있었나 보다. 그의 엄지가 조심스럽게 멍 자국을 쓸어 내렸다.

"사람에겐 누구나 절대로 잊고 싶지 않은 것도 있다는 걸 모르셨나 봐요."

아버지에 대한 기억을 잃고 싶지 않은 건지, 얼마 전 떠나

보낸 연인을 잊지 않고 싶은 건지 지혁은 궁금하지 않았다.

그녀의 말처럼 신이 주신 선물, 망각으로 고통이 말끔히 걷혀 있길 바랄 뿐이었다.

"복 받은 환자 같아요. 그게 뭐, 비록 세진 병원의 절대 권력자 때문이라 해도."

지혁이 내쉬는 숨소리가 조용한 병실 바닥으로 무겁게 가라앉았다.

그 역시 자신이 이 자리를 지키고 있는 이유가 그저 영철의 부탁 때문이기만을 바랐다.

5. 가슴 아픈 사람은 소리를

"좀 어때요?"

"좋아요."

지혁의 말 없는 시선이 길어지자 지민이 못마땅한 듯 고개를 들었다.

"하실 말씀 있으면 하세요."

"아무 말도 하지 말라는데 무슨 말을 하겠습니까."

"무슨……."

기력이 없는지 지민이 말을 꺼내려다 말았다.

"말하고 싶지 않을 때 쓰는 방어막이잖아요. 영혼 없이 내뱉는 '좋아요' 라는 말."

딱히 받아칠 말을 찾지 못한 지민의 입술이 꿈틀거리다 말았다.

"그럼 돈도 아낄 겸 오늘은 무통 주사 넣지 말까?"

지혁이 놀리듯 빙글거리며 주렁주렁 달려 있는 주사 줄을 보았다.

"수술한 지 하루밖에 안 된 사람 놀리고 싶으세요? 안 그래도 아파서 숨도 크게 못 쉬고 있는 사람을 불쌍히 여겨도 모자랄 판에."

지민의 인상이 한껏 구겨졌다.

"최 간호사님, 좀 전에 컨디션 좋다던 사람이 지금 우리 앞에서 울상 짓고 있는 한지민 씨 맞습니까?"

"강 선생님. 그만 놀리세요. 지민 씨 기운 빠져요."

무통 주사액과 수액 양을 조절하던 최 간호사가 웃으며 그를 말렸다.

"그러게, 처음부터 솔직하게 말하면 얼마나 좋습니까. 최 간호사 처치하기도 편하게."

"솔직하게 말한 거예요. 몸에서 암 덩어리를 잘라냈는데 좋지, 안 좋을 리가 있나요. 아무리 외과의라지만 아스트랄체(Astral Body)*를 너무 무시하시는데요."

"지민 씨 말이 맞네요, 선생님."

산소 수치와 맥박을 체크하던 최 간호사가 웃으며 판정승을 내렸다.

"제가 잘못 물었네요. 어쨌든 어제는 잠도 잤다고 하니 다

---

*Astral Body:감정의 몸. 물질로서의 인체를 둘러싼 영적 육체.

행이고."

그가 간병인을 돌아보며 말을 이었다.

"간호사 선생님께 주의 사항 잘 들으십시오. 그럼."

지혁이 짧은 목 인사를 끝으로 병실을 나섰다. 실컷 약만 올려놓고 제겐 마무리 인사도 하지 않는 그의 뒷모습을 바라보며 지민은 턱을 아래로 약간 떨어트렸다.

수술 이후 처음 보는 얼굴이었다. 적어도 수술 상태에 대해선 몇 마디 해 주고 가야 하는 거 아닌가?

그의 행태가 못마땅했지만 더 이상 앉아 있기도 힘에 겨운 지민이 생각을 떨쳤다.

"금식인 거 아시죠? 가스 나오고 나면 화장실까지 움직이셔도 돼요. 어지러울 수 있으니까 잘 잡아 주시고요. 내일부터 복도 거리를 넓혀 가며 걷기 운동하셔야 해요. 장이 유착되면 안 되거든요. 환자복 갈아입으실 때 주삿줄 안 꼬이게 조심하셔야 해요."

간병인에게 유의 사항을 하나씩 알려 주고 있는 최 간호사를 지민이 불렀다.

"퇴원은 언제쯤이면 되나요?"

"강 선생님이 말씀 안 하셨어요?"

"아까 보셨잖아요. 사람만 골려 놓고 저렇게 쌩하게 나가시는 거. 강지혁 선생님 입에서 의학적 이야기를 들어 본 게 언젠지 모르겠어요."

못마땅한 듯 구겨진 그녀의 미간을 보고 최 간호사가 소리

내어 웃기 시작했다.

"그러게요. 강 선생님께 저런 면이 있는 줄 몰랐어요. 하긴, 지민 씨도 이런 면이 있는 줄 몰랐으니까."

"네?"

"처음 입원했을 때 얼굴에 표정이라곤 하나 없어 저희가 얼마나 걱정했는데요. 그런데 저 까칠한 선생님을 이기시잖아요. 아스트랄체! 그때 강 선생님 표정은 저만 보기 아까웠다니까요."

생각만 해도 우스운지 최 간호사가 다시 소리를 내어 웃었다.

"제가 발끈하는 성격이 아닌데. 강 선생님께 첫 만남부터 체면을 구기다 보니."

말은 그렇게 해도 그의 앞에서 유독 감정이 절제되지 않는 제 자신이 스스로도 이해되지 않았다.

"처음 진료 받으러 오셔서 무슨 일 있으셨어요?"

"아니에요."

더 이상 말을 쏟아 내기에 체력이 딸렸다.

"그럼 쉬세요. 가스 나오면 말씀하시고요. 복강경인 경우 보통 열흘이면 하는데 지민 씨는……, 나중에 강 선생님께 직접 여쭈어 보세요. 그럼."

최 간호사가 나가고도 지민이 혼잣말처럼 투덜거렸다.

"순 쓸데없는 소리만 하고 그렇게 나갈 일이 뭐야."

"피곤하셔서 그러셨을 거예요."

지민의 베개를 고쳐 주며 간병인이 말했다. 수간호사가 추천한 정 여사는 살뜰하게 그녀를 챙겼다.

그 나이대의 아주머니들이 사람 좋은 양 이것저것 물어오는 사담이 없어서 지민은 정 여사가 마음에 들었다.

"어제 수술 마치고 집으로 퇴근 안 하셨던지 오빠 되신다는 분이랑 밤늦게 같이 오셨어요. 그리고 새벽 즈음에 간호사가 들어왔나 하고 봤더니 주사액 조절하시는 뒷모습이 강 선생님이더라고요. 수술도 늦게 끝나서 피곤하셨을 텐데. 오빠분이랑 친구신가 봐요."

혼잣말인 듯 덧붙이는 말에 지민은 굳이 대답하지 않았다. 자정을 한참 넘긴 무렵인 듯했다. 무통 주사를 맞고 있긴 했지만, 척추를 따라 올라오는 묵직한 통증에 비몽사몽인 상태에서 자신의 앓는 소리가 제 귀에도 들리는 듯했다.

부드럽게 이맛머리를 쓸어 주는 누군가의 손결을 어렴풋이 느낀 것도 같았다.

그럴 리가. 지민이 고개를 살그머니 내저었다.

맹장 수술도 아니고 '좋아요'라니. 아무렇지 않은 척 돌아섰지만 병실을 나서는 지혁의 표정이 좋지 않았다.

아스트랄체? 헛똑똑이 아니랄까 봐 어디서 주워들은 소리는 있어서.

'좋아요'와 '아파요', 말의 길이도 같은데 아프면 아프다고, 힘들면 힘들다고 하면 좀 좋을까.

지난밤 병실에서 이마에 땀이 송골송골 맺힌 채 끙끙대던 그녀의 얼굴이 다시금 지혁의 마음을 서걱대게 했다.

그녀도 그녀지만 어제 연구실에서 상경에게 들은 이야기에 대한 충격이 가시지 않아 지혁은 좀체 집으로 향할 수가 없었다.

수술을 마치고 그녀의 향후 일정에 대해 담담히 의논하는 동안 상경은 계속 집중하지 못 했다. 그녀의 일 앞에서 이렇듯 딴생각에 젖어 있는 상경이 낯설어 지혁은 하던 말을 멈췄다.

몇 초간의 침묵 뒤, 상경의 입에서 나오는 소리가 처음엔 무슨 말인지 몰랐다.

"이상했어요."

"네?"

"아까 수술 동의서에 서명할 때 읽었던 환자 신상서. 선생님, 지민이 혈액형, A형이 확실하죠?"

뜬금없는 질문에 지혁의 눈썹을 위로 치켜떴다.

"왜 이제야 그 생각이 든 걸까요?"

"무슨……."

"돌아가신 어머님 혈액형이 B형이셨어요."

"……?"

"어머니 큰 사고 나셨을 때 수혈할 피가 많이 필요했어요. 그래서 O형인 아버님과 B형인 제가 했습니다. 시험이 코앞인 학생이라 안 된다고 했는데 제가 괜찮다고 고집 피웠거든요. 지민이도 울면서 하겠다고 했는데 들은 척도 하지 않았죠."

불안한 듯 떨리고 있는 상경의 눈빛을 바라보고 있으려니 지혁은 이유 모를 불안감이 몰려들었다.

"그때 중학생인 지민이 혈액형은 뭔지 몰랐어요. 대학 다닐 땐가 지민이가 우스갯소리로 혈액형 성격 이야기하면서 제대로 알았지만, 어머니 사고 때 일은 까마득해서 떠올리지도 못했습니다."

말을 잇는 상경의 얼굴이 심상치 않았다. 그를 바라보던 지혁의 목울대가 울렁거렸다.

"오늘 지민이 수술받는 중에 혹시나 일이 생기면 내 피라도 나눠 주면 좋겠는데, 하고 막연히 생각하다가…… 가능하지 않지요?"

잠시 뜸을 들이던 상경이 지혁의 눈을 바라보며 조심스레 물었다.

가능하지 않다니. 뭐가? 지혁의 미간에 작은 주름이 잡혔다.

상경이 떨리는 목소리로 말을 이었다.

"아버님이 돌아가시기 전날에 저를 불렀습니다. 지민이를 잘 부탁한다고. 네가 잘하겠지만 혹시나 무슨 일이 있으면 꼭 김 원장님을 찾아가라고 하셨죠. 어머님과 세 분이 형제처럼 자랐다고 들었습니다."

지혁도 영철에게 들어 알고 있는 이야기였다.

"그런데 지민이는 원장님 이야기만 나오면 유독 예민해졌어요. 그저 두 분이 만나기로 한 날 어머님께서 사고로 돌아가셔서 감정이 안 좋은가 했는데, 나중에서야 알았어요. 김 원장님이 어머님의 첫사랑이었다는 걸."

조용히 이야기를 경청하던 지혁의 눈꺼풀이 빠르게 치켜떠졌다.

"어머니께선 우울증이 심하셨습니다. 아버님은 한없이 너그러운 분이셨는데, 어머님이 지민이를 잘 챙기지 못하는 점에서 언짢아하셨습니다."

늘 옆에 엄마를 두고도 늘 쓸쓸했던 어린 지민이 떠오른 상경의 말끝에 흐릿한 물기가 느껴졌다.

"어쨌건 모두 지난 일인데 김 원장님에 대한 지민이의 반응이 지나치게 날이 섰습니다. 김 원장님이 학교 측으로 대신 내주신 대학 등록금 갚으려고 지민이가 아르바이트를 얼마나 했는지 모릅니다. 꼭 그렇게까지 할 필요 있냐고 한마디 했더니 불같이 화를 내더군요. 그때도 그저 어머니에 대한 원망인가 보다 생각했어요."

상경이 말뜻을 헤아려 가던 지혁의 얼굴이 점차 어두워졌다.

"호진이에게 지민이가 이 병원에 입원해 있다고 들었을 때, 순간 잘못 들었나 했습니다. 지민이는 이 근처는 오고 싶어 하지도 않았습니다. 이곳이 회사 협진 병원이라는 이유로 회사까지 관둘까 하는 말을 할 땐 그저 농담이겠거니 했습니다만."

지혁은 더 이상 상경의 이야기가 귀에 들어오지 않았다. 머릿속이 복잡해졌다.

결국 상경의 말은 그녀의 친부가 영철이지 않을까 하는 생각이었다.

실없이 내뱉은 소리가 아니었다. 지민의 일에 유독 걱정을 보이던 영철이었다. 그러나 그것은 어디까지나 형제처럼 자란 친우에 대한 의리와 정 때문이라는 것을 느낄 수 있었다.

여전히 병원 일에 최선을 다하고 현재 후배 양성을 위해 지방 학회에 내려가 있는 그를 보면 잘 알 수 있는 일이었다.

정윤의 일이었다면 지금처럼 일상생활이 가능하지 않았을 터였다.

병원장님의 딸이라니. 있을 수 없는 일이었다.

그러면서도 지혁은 본능적으로 영철의 혈액형이 뭐였는지 떠올렸다.

정윤의 혈액형은 O형이었다. 정윤 역시 어릴 적 혈액형 성격으로 한참 재미 삼아 이야기한 적이 있었기에 잘 알고 있었다.

"지민이가 저러는 게 혹시……. 제가 심한 억측을 하는 걸까요."

"글쎄요. 지민 씨를 대하는 병원장님을 생각하면 억측 같기도 하지만, 제가 보기에도 한지민 씨가 병원장님을 대하는 태도에는 문제가 있었습니다. 지민 씨가 그렇게 경우 없는 사람 같아 보이진 않는데, 유독 원장님껜 달라 보였습니다."

"죄송합니다, 강 선생님. 확증도 없이 병원장님께 덜컥 찾아가기도 그렇고, 설사 그렇다고 해도 지민이 녀석 저렇게 입 꾹 다물고 있는데 물어볼 자신도 없고. 형제처럼 도와주는 호진이 녀석 안면만으로 제가 너무 환자의 사적인 문제까지 의논 드려서 곤란하게 하는 건 아닌지 모르겠습니다."

"……아닙니다."

지혁이 일어나 어딘가로 전화를 걸었다.

"그래. 고마워."

그를 바라보는 상경의 눈에 불안한 그림자가 어렸다.

"……원장님도 A형이라는군요. 일단 내일 아침에 유전자 검사 의뢰해 보겠습니다. 결과 나오면 연락드리겠습니다."

내일이면 확실해질 일에 대한 초조함.
만약 확실하다면 그 일이 불러올 파장에 대한 긴장감으로 뒷목이 뻐근해져 왔다.

✢　　✢　　✢

하루하루가 똑같은 병원의 일상이 지나가고 있었다.
병원 곳곳을 걷는 것으로 운동을 대신하는 지민은 오늘 지혁을 꼭 만나야겠다고 다짐했다. 퇴원에 관한 이야기를 마무리 지을 생각이었다.
본관 로비를 지나 오른쪽 긴 복도로 돌았다. 어린이 병동과 이어진 길로, 자신을 기다리고 있을 윤아를 만나러 가는 중이었다.
입원하고 며칠 지나서였다. 1층 편의점 앞에서 예닐곱 살 정도로 보이는 꼬마가 혼자 자지러지게 울고 있는 걸 발견했다.

고개만 힐끗거리며 돌아볼 뿐, 있는 힘껏 울어 젖히는 꼬마에게 아무도 다가가지 않았다.

잠시 지켜보던 그녀가 걱정되어 다가가 아이를 달랬다. 아이는 눈물을 겨우 멈추고 울먹이며 말했다.

"어제 입원해서 병실을 까먹었는데……."

울음소리로 인해 마디마디 끊어진 말이 안타깝게 들렸다.

"아무도 내게 관심이 없어요."

그리고 울어 버리는 아이의 말에 지민이 가던 발길을 멈추고 멍하게 서 버렸다.

아무도 자신에게 관심이 없다는 말이 그녀의 마음을 건드렸다. 서러움에 북받쳐 우는 아이와 함께 그녀도 울었다. 병원비를 위해 부모님이 종일 일을 해야 하는 윤아는 엄마가 교대하러 오는 저녁까지 간병인이 돌본다고 했다.

간병인이 잠깐 잠든 사이 심심했던지 잠깐 병실을 이탈했다가 병동까지 벗어나게 된 것이었다.

윤아는 태어날 때부터 신장이 좋지 않았다. 결국 두 돌이 되기 전부터 만성 신부전증을 앓고 있었다. 지민은 초롱초롱한 눈망울과 어린아이답지 않게 옹골진 윤아와 함께 있으면 세상 고민이 없어지는 듯했다.

병실 문을 똑똑 두드리며 들어서자 윤아가 함박웃음을 지며 달려왔다.

"언니!"

"우리 윤아, 잘 있었어?"

"왜 이제 와? 어제도 기다리고 그제도 기다리고⋯⋯."

아마 그제의 전날이 뭔지 고민하고 있으리라.

"매일매일 기다렸어?"

"응."

"미안해. 언니가 아주 조금 아팠어."

"이젠 괜찮아?"

윤아의 얼굴이 금세 찌푸려졌다.

"그럼, 그러니까 왔지. 윤아는 못 보던 사이 더 예뻐졌네."

"음, 언니는⋯⋯."

지민의 얼굴을 요리조리 뜯어보며 아이가 말을 이었다.

"얼굴이 날씬해졌어."

"얼굴이 날씬해졌어?"

어린아이다운 엉뚱한 표현에 지민의 입에서 절로 웃음소리가 새어 나왔다.

"응! 얼굴이 날씬해져서 눈이 동그래졌어. 예뻐."

"고마워. 그런데 오늘 치료는 없어?"

"응. 어제 네 시간이나 주삿바늘 꼽고 누워 있었어. 죽고 싶었어."

그녀가 엄지와 검지로 윤아의 코를 살짝 잡으며 아프지 않게 흔들었다.

"언니가 그런 말 하는 거 아니라고 했지? 그건 못된 어른들이 하는 소리야."

윤아가 혓바닥을 쏙 내며 헤헤거리며 웃었다.

"언니, 나 바나나 우유 사 주러 온 거야?"

"그럼. 윤아랑 바나나 우유 먹고 싶어서 왔지. 가자."

지민은 윤아의 손을 잡고 천천히 긴 복도를 돌아 본관 로비로 향했다. 걸음이 느린 그녀의 손을 윤아가 바쁘게 잡아당겼다.

"윤아야, 미안해. 언니가 다리가 조금 아파서 천천히 걸어도 될까?"

복부가 살짝 당겨 온 지민이 윤아의 손을 놓쳐 버렸다. 윤아가 이내 걸음을 멈추고 쭈뼛거리며 섰다.

"왜?"

"나도 언니 업어 줘야 해?"

"윤아가 왜 언닐 업어 줘?"

"전에 내가 울고 있을 때 언니가 나 업어서 데려다줬잖아. 그럼 나도 언니 다리 아프니까 업어 줘야 하는데, 윤아가 너무 작아서……."

"윤아는 언니 안 업어 줘도 돼."

또다시 지민의 입에서 웃음소리가 터져 나왔다.

다시 발걸음을 떼는 지민과 달리 윤아는 여전히 조그마한 얼굴에 인상을 한가득 쓰고는 움직이려 하지 않았다.

"안 되는데. 아빠가 은혜는 꼭 보답해야 한다고 했는데."

윤아의 말에 지민은 한순간 멍한 채 말을 이을 수가 없었다.

이제야 알 것 같았다. 이 아이가 제 마음을 움직인 게 무엇인지.

"아빠가…… 그랬어?"

"응."

미안한 마음이 지워지지 않는지 금세 윤아가 울상을 지었다.

"윤아 아빠도 언니 아빠와 같은 말씀을 하셨구나."

"정말?"

"응. 누군가에게 신세를 지면 꼭 갚아야 한다고 했어."

지민의 얼굴에 절로 아련함이 떠올랐다.

"그런데 윤아는 언니가 천국 갔으면 좋겠어, 지옥 갔으면 좋겠어?"

"걱정 마. 언니는 천국 갈 거야."

지민은 윤아가 확신에 찬 대답을 하는 이유가 궁금했다.

"왜?"

"윤아가 길 잃었을 때 업어서 데려다줬지, 다들 그냥 갔는데. 그리고 너무너무 아픈 치료받은 다음 날 바나나 우유도 사주지. 음. 그것보다……."

"그것보다?"

"무엇보다 다 큰 윤아가 울 때 부끄러울까 봐 같이 울어 주잖아.”

처음 만난 날 울던 윤아가 갑자기 눈물을 그치고 언니는 왜 우냐고 물었다.

지민이 ‘윤아가 부끄러울까 봐. 다 큰 애가 울면 부끄러운 거잖아’라고 한 말을 아이는 기억하고 있었다.

“언니 아빠는 착한 어른들은 아이들을 많이 사랑해야 한다고 가르쳐 주셨어. 그러니까 언니 착한 사람 되게 해 줘. 윤아는 어린이니까 어른들에게 사랑만 많이 받으면 돼. 미안해하지 않아도 되는 거야. 그리고 윤아도 어른이 되면 아기들 많이 예뻐해 줘. 은혜나 신세는 어른이 어른한테 갚는 거야. 알았지?”

“응!”

밝게 대답하는 윤아의 얼굴이 로비 창으로 비친 햇살을 받아 반지르르 윤이 났다.

지민이 다시 윤아의 손을 잡으려는 순간이었다. 저 건너편에서 중년 남성의 큰 목소리가 들려왔다.

“살려 내란 말이야. 사람 살리는 게 의사지, 죽이는 게 의사냐고!”

그 주변으로 사람들이 하나둘 몰려들었다.

“사람 살리라고 수술대 올려놓았더니 시체를 만들어서 나와? 내 마누라 살려 내.”

“아저씨, 이러시는 것 아니에요. 억지인 거 아시잖아요.”

옆에서 그를 말리고 있는 간호사는 36병동 수간호사였다.

지민이 무슨 일인가 싶어 윤아의 손을 꼭 잡고 가까이 다가 갔다.

"이러는 것 아니라고? 너라면 네 가족 죽인 의사한테 그런 말이 나오겠어?"

어느새 병원 안전 요원들이 달려와서 남성의 팔을 잡고 밖 으로 나가려 했다.

"이거 놔, 이놈들아! 내가 죄인이야? 내가 죄졌어? 왜 나를 잡아."

남성이 팔을 뿌리치며 마주한 젊은 의사의 멱살을 잡을 듯 이 달려들었다.

"말을 해 봐. 왜 입을 다물고 있는 거야. 네가 말을 좀 해 보 라고. 우리 마누라가 왜 죽은 거냐고."

멱살 잡힌 의사의 얼굴을 본 지민의 표정이 순식간에 굳었 다.

지혁이었다. 그녀는 윤아의 손을 잡은 채 어느새 그 소란 속으로 향하고 있었다.

"아빠, 그만해. 왜 이러는 거야. 의사 선생님이 뭘 잘못하셨 다고 이래. 그만 가."

딸처럼 보이는 한 아가씨가 여전히 멱살을 잡고 있는 남성 의 팔을 잡아끌었다.

"놔라, 이것아. 한 달에 한 번 얼굴 보여 줄까 말까 한 네가 무슨 딸이라고. 네가 뭘 알아? 너희 엄마가 어떻게 죽었는지 아냐고!"

"저 아저씨 너무하시는 거 아냐? 그렇게나 수술이라도 한 번만 받게 해 달라고 몇 날을 행패를 부리더니. 그래서 수술했다며?"

다른 병동 간호사인지 낯이 익지 않은 간호사가 말했다.

"그러게. 벌써 수술 시기 놓쳤다는데도, 울며불며 그냥 보낼 수 없다고 그래서 돌아가신 아주머니가 그렇게 가면 아저씨 한 생길까 봐 수술받겠다고 한 거야. 강 선생님이 그렇게 말렸는데도."

답을 하는 간호사는 낯이 익은 간호사였다.

"그러게. 어째 잠잠하다 했더니 또 왔네, 또 왔어."

보다 못한 안전 요원들이 팔을 꺾어 지혁의 몸에서 남자를 떼어 냈다. 그러자 남자가 주먹을 휘둘러 안전 요원의 얼굴을 한 대 쳤다.

"아빠!"

"이러시면 경찰 부릅니다."

화가 난 요원의 목소리가 커졌다.

"불러, 이놈아. 어디 경찰 한번 불러 보자고."

"괜찮습니다. 일들 보세요. 제가 진정시켜 보내겠습니다."

처음으로 지혁이 입을 열었다.

"진정? 네 이놈, 진정이라 그랬어? 내가 지금 미쳐서 날뛰는 거야? 진정시켜 보내?"

"그만하세요."

남자가 지혁을 향해 다시 달려들려는 순간, 지민이 그의 앞을 가로막으며 섰다.

"이건 또 뭐야?"

"아버지 데려가세요."

지민이 대학생 즈음 되어 보이는 젊은 아가씨에게 말을 건네기 무섭게 남자가 지민의 팔을 잡으려 했다. 그와 동시에 지혁이 재빠르게 그녀를 자기 쪽으로 끌어당겼다.

"한지민 씨, 여기 왜 있어요. 병실로 올라가요."

팔에서 지혁의 손을 가만히 쓸어 낸 그녀가 한 걸음 앞으로 나섰다.

"아저씨, 지금 여기서 뭐 하시는 거예요? 여기서 이러지 마시고 아주머니에게 가세요."

그녀의 목소리는 더없이 침착했다.

"이년이 뭐라고 하는 거야!"

말은 여전히 거칠었지만 지민의 환자복 차림에 남성이 잠시 주춤했다.

"아주머니 잠들어 계신 곳으로 가시라고요. 아주머니가 그리우면 아주머니에게 가서 소리치세요. 미안하면 미안하다고 소리치고, 힘들어 못 살겠으면 아저씨 데려가 달라고 거기 가서 소리치시란 말이에요."

남자의 표정이 좀 더 험상궂어지자 지민의 목소리에 절로 힘이 들어가기 시작했다.

"늦게 발견했다면서요. 손을 쓸 수가 없었다면서요. 그동안 아저씬 뭐 하셨어요? 돈 번답시고 밖으로만 도신 거예요? 아니면 빈둥거리며 아주머니 등골 빠지게 일한 돈으로 놀고먹었어요?"

남자의 변하는 눈빛에 개의치 않고 지민이 말을 이었다.

"그것도 아니면 평생 시댁 어른들 수발에 병나시게 하셨나요? 아프다는 소리 듣고 정신 차리니 천국 가실 날이 얼마 안 남았던가요? 그게 후회가 돼서, 한이 돼서 여기 와서 이러시는 것 아니세요?"

당황한 남자의 입에선 씩씩거리는 숨소리만이 새어 나왔다. 어깨에 들어가 있던 힘이 조금씩 누그러지고 있었다. 지민의 목소리도 다소 차분해졌다.

"의사 선생님들 바보 아닌 거 아시잖아요. 이 선생님, 누구나 알아주는 실력 있는 분인 것도 아시고요. 이분 마음 생각해 보셨어요? 내 눈앞에서 내 손길 아래서 환자를 보낸 의사 선생님 마음도 한 번 생각해 주세요."

"그만해요, 지민 씨."

지혁은 그녀의 손목을 잡아 제 옆으로 당겼다. 그리고 옆에 선 수간호사에게 눈짓으로 그녀를 부탁했다.

"지민 씨, 아직 흥분하면 몸에 좋지 않아요. 같이 올라가세요."

제 팔을 잡으며 돌려 세우려는 수간호사의 손을 잡으며 지민이 말을 이었다.

"마음 아프신 것 충분히 이해해요. 그렇지만 주변 사람 괴롭히면서 아파하셔도 죽은 사람은 돌아오지 않아요. 그러게,

164

조금만 더 잘해 주시지 그러셨어요. 그 사람 떠나보내고 나면 얼마나 가슴 찢어질 일인지, 후회할 일인 걸 모르셨어요?"

제 자신에게 하고 싶은 말임을 스스로도 알고 있었다.

"아저씬 저희들보다 세상 더 사신 분인데 왜 모르셨어요."

저 또한 저를 향한 원망을 낯선 이에게 쏟아 내고 있었다. 지민은 입술에 배어드는 짭짤함으로 자신이 울고 있다는 걸 알아차렸다.

보호자의 우격다짐에도 담담함과 침착함을 잃지 않던 지혁의 눈빛이 흔들렸다.

"시끄러워! 네가 뭘 안다고!"

기운을 잃은 남자의 목소리가 허공으로 울려 퍼졌다. 연이어 어린아이의 울음소리가 다시 주변의 시선을 끌어 모았다.

그때서야 정신이 퍼뜩 든 지민이 윤아를 내려다보았다.

"아저씨, 나빠. 왜 우리 언니한테 화내는 거야. 왜 우리 언니 울려. 언니, 울지 마!"

지민의 바지 한 자락을 꼭 쥐고서 찢어질 듯이 우는 윤아의 울음소리에 모든 소동이 일시에 가라앉았다. 남자의 딸이 망연자실한 채 어깨를 늘어뜨리고 서 있는 아버지에게 팔짱을 끼며 조용히 눈물을 흘렸다.

"괜찮아, 언니 안 울어. 미안해서 어떡하지. 윤아 바나나 우유 사 주기로 했는데……."

눈물이 채 가시지 않은 얼굴로 지민이 윤아의 머리를 하염없이 쓰다듬었다.

"윤아야, 이리 와. 주사 맞으러 갈 시간이야."

정윤이었다. 한 차례 회진을 돌고 어린이 병동에서 본관으로 향하던 중 소란을 목격했다.

지혁에게 함부로 하는 남자에게 화가 났다. 같은 의사인 것도 잊은 채 남자에게 달려들려던 찰나 지민이 먼저 가로막고 나섰다.

소란이 가라앉아 다행이긴 하지만 정윤은 왠지 씁쓸해졌다. 윤아가 지민의 손을 잡고 놓지 않으려 하자 정윤이 조용히 다독였다.

"언니 올라가서 쉬어야 해."

마음 같아서는 지혁을 챙기고 싶었다. 그러나 지금은 각자의 환자를 챙겨야 할 때였다. 정윤이 윤아의 손을 잡고 어린이 병동으로 사라지자 딸에게 부축을 받은 중년 남자도 힘없이 발길을 돌렸다.

주변에 몰려든 사람들도 하나둘 자리를 뜨고 수간호사 역시 원래 목적지였던 가정 간호 센터로 바쁜 발걸음을 뗐다.

정문을 향하고 있는 중년 남성의 굽은 등을 바라보고 서 있던 지민의 시선 앞으로 지혁이 마주 섰다.

"괜찮습니까?"

지혁이 고개를 기울여 지민의 얼굴을 내려다보았다. 순간 눈가에 맺혀 있던 물방울이 톡 하고 떨어져 내리자 지민이 얼른 고개를 돌려 손등으로 볼을 훔쳐 냈다.

그의 시선을 한참 느끼고도 쑥스러움에 얼굴을 들 수 없었다. 천천히 뻗어 나온 지혁의 손이 그녀의 손목을 잡았다. 지민은 조심스레 손수건을 쥐여 주는 그의 손등을 말없이 바라보았다. 메스를 잡는 손이라 하기엔 지나치게 부드러웠다.

"……죄송해요."

건네받은 손수건을 꼬깃거리며 지민이 말문을 열었다.

"뭐가요."

"주제넘어서."

"아니. 좋았어요."

지혁의 다정한 목소리가 귓가에 와 닿았다.

"여전사가 나타나 내 편을 들어주는 기분이었거든요."

그가 웃었다. 부드러운 미소에 지민의 속눈썹이 절로 파닥거렸다. 처음 접하는 눈빛이었다. 햇살을 닮은 따스함이 눈부셨다.

"왜 가만히 계셨어요? 처음도 아니라던데."

"병명을 아시고 두 달도 못 되어 가셨어요. 지민 씨 말처럼 아저씨는 밖으로만 도시고, 아주머닌 아픈 시부모님 병간호하느라 외출도 제대로 못 했다고 합니다. 그 시부모님이 지난겨울에 돌아가시고 겨우 1년도 안 되었지요."

지민의 코끝이 다시 붉어졌다. 눈가에 자책감이 어렸다.

"그렇게 무심하게 보냈으니, 많이 아프실 겁니다."

옥외 정원으로 향하는 지혁의 발걸음을 지민이 조심스레 따랐다.

"충분히 아플 시간이 필요한 분이에요. 그래서 소리를 내는 겁니다. 가슴 아픈 사람들은 모두 소리가 나요. 그럴 땐 마음껏 소리 질러야죠. 그래야 몸이 병나지 않습니다. 그러니 한지민 씨도 소리를 내세요. 그래야 낫습니다. 몸이든 마음이든.”

아프면 소리를 내라는, 그래야 몸이든 마음이든 낫는다는 낮고 울림 있는 목소리에 지민은 온 마음에 물기가 스며드는 듯했다.

“볼 수도 없는 곳으로 사랑하는 이를 떠나보낸 마음은…… 어떨까요?”

손을 뻗으면 볼 수 있는 거리에 있는 상경을 생각하는 걸까.

지혁이 흔들리는 그녀의 눈동자를 지그시 바라보았다.

“지민 씨가 방법을 알려 드렸잖아요. 아주머니에게 가실 겁니다. 가서 매일매일 가슴에 있는 소리를 하고 오실 겁니다. 지금이라도 해야죠.”

겨우 마른 지민의 볼 위로 다시금 눈물 한 줄이 흘러내렸다. 지혁은 무심코 들어 올린 손을 멈칫하며 다시 움켜쥐었다.

“소리를 내라니까요. 애꿎은 눈물샘만 마르게 하지 말고.”

퉁명스러운 타박이 흘러나온 입술과 달리, 그의 눈빛은 여전히 따스한 가을 햇살을 품고 있었다.

❖   ❖   ❖

옥외 정원으로 이어지는 유리문의 큰 톱니바퀴 레일을 넘으려던 정윤이 흠칫 멈추어 섰다.

윤아를 병실로 데려다주고 간호사에게 몇 가지 오더를 내리고 오는 길이었다. 계속 전화를 했지만 지혁은 받지 않았다. 36병동 담당 간호사에게서 지민도 병실에 없다는 말을 듣고 그녀도 모르게 이곳으로 향했다.

지혁이 웃고 있었다. 지켜보던 정윤이 작게 도리질을 했다. 원래 그런 사람이었다. 아무도 모르지만 함께 자라고 오래도록 지켜본 자신은 잘 알고 있었다.

그는 어떻게 표현하고 챙겨야 하는 줄 모르지만 혼자 내버려 두지도 못하는 남자였다. 아픈 사람이나 안 된 사람을 보면 그냥 지나치지 못했다.

처음 만났을 때도 그랬다. 쭈뼛거리며 엄마의 치마를 붙잡고 눈치만 보는 자신을 그는 못 본 척 무시했다. 두 엄마가 동생을 잘 챙기라며 인사를 시킬 때도 시큰둥하니 말이 없었다.

엄마들이 거실에서 차를 마시며 이야기에 한참 열중하는 동안 지혁은 소파에 혼자 앉아 무료하게 있던 제 손을 잡고 방으로 올라갔다. 그리고 장난감 대신 가장 글이 적은 책 몇 권을 건네주었다.

초등학교 1학년에게 어려운 책이었다. 어느새 잠이 들었는지 엄마가 깨우는 소리에 눈을 떠보니 무릎 담요가 덮여 있었다.

어린아이답지 않게 세심하다며 그를 칭찬하는 엄마와 달리, 담요 전체에 펼쳐져 있는 스파이더맨의 거미줄이 마음에 안 들어 인상을 찌푸렸었다.

자라면서 생각했다. 그 순간부터 강지혁이라는 거미줄에 꼼짝없이 걸려든 게 아닌가 하고.

두 사람을 지켜보던 정윤이 천천히 그들을 향해 걸음을 뗐다.

"그게 말이 되나요?"

한편 자신의 의사도 묻지 않고 결정된 입원 연장에 지민은 황당한 나머지, 저도 모르게 소리를 높였다.

"뭐가 말이 안 되죠?"

"환자 본인에게 의사를 묻고 결정할 일이잖아요."

"물어볼 필요가 뭐 있어요. 답은 이미 알고 있는데."

"어떻게 알고 있는데요?"

지민이 고개를 한껏 들어 지혁의 얼굴을 빤히 바라다보았다.

"퇴원해서 치료를 받겠다."

"잘 알고 계시네요."

"그러니 투표수 결과 3대 1로 결정 난 겁니다."

"투표수?"

이건 또 무슨 황당한 발언인지.

"입원 치료에 원장님, 상경 씨. 그리고 나. 퇴원 치료에 지민 씨."

"무슨 말도 안 되는, 거기에 왜……."

"여기서 뭐 해?"

불쑥 끼어드는 말소리에 지민이 말을 끊었다.

"괜찮아요, 지민 씨?"

정윤이 지민의 안색을 살폈다.

"······네."

"무슨 투표?"

정윤이 지혁에게 물었다.

"별일 아니야. 다들 면역 치료를 권하고 계셔서."

"전이가 없다는 소리는 들었는데, 면역 치료 결정 났어요? 근데 그게 투표 할 일이야? 아무래도 재발을 위해서 받는 게 좋지 않아요?"

정윤이 웃으며 지민을 돌아보았다.

"퇴원해서 받을까 해서요."

"그렇게 하면 되잖아요. 다들 그러시는데."

"그러게요."

"지민 씨 상처 소독할 시간 지나지 않았나? 김 선생도 회진 준비하러 가야지."

지혁이 앉아 있던 벤치에서 일어났다.

"네. 지민 씨 밖에 너무 오래 있으면 안 좋아요. 먼저 들어 가세요. 저는 강 선생님과 이야기할 게 있어서요."

애써 숨기려 해도 묻어나는 정윤의 언짢음을 모르지 않았 다. 가벼운 눈인사를 끝으로 지민이 먼저 자리에서 떴다.

"선배 바보야?"

그녀가 로비로 들어서기 무섭게 정윤이 쏘아붙였다.

"무슨 말이야?"

"왜 그러고 있어? 매번 그 말도 안 되는 아저씨에게 당하고 서서 몸도 안 좋은 한지민 씨까지 원더우먼이라도 되는 양 뛰어들게 만드는 거냐고."

아무런 답도 없이 지혁 역시 실내 로비를 입구를 향했다.

"그리고 왜 굳이 남들 퇴원해서 하는 치료를 병원에서 붙잡 아 놓고 하라는 거야?"

정윤이 앞을 가로막았다.

"붙잡다니."

"복강경 수술이면 입원 기간은 길어도 열흘이야."

"보호자들이 원하고 있어. 아무도 없잖아. 혼자 식사 조절 도 안 되고 어떻게 혼자 통원 치료를 해."

"여기 환자 사정 하나하나 봐주는 요양원 아니야. 그리고 보호자들이라니. 아무도 없다며?"

일자로 다물어진 지혁의 입술을 보며 정윤은 더 이상 답답 해 오는 가슴을 숨길 수가 없었다.

"지민 씨 퇴원에 왜 아빠까지 신경을 쓰는 거야?"

"……."

"말해."

"원장님, 지민 씨 부모님과 절친한 친구셨대."

지혁이 작은 한숨을 내쉬었다.

"친구……?"

생각지도 못한 소리에 정윤이 한쪽 눈썹을 찌푸렸다.

"신세를 많이 지셨다고. 지민 씨는 고사하지만, 원장님 뜻이 그래."

"어쩐지 이상했어. 고아라면서 1인실 병실에……."

"그건 상경 씨가 원한 거야."

"상경 씨?"

"지민 씨 오빠."

지혁이 정윤을 지나쳐 로비를 향했다. 정윤이 지혁의 소매 가운을 잡아당겼다.

"내가 그걸 이제야 알아야 해? 입원 검사 받을 때부터 선배가 과하게 신경 쓴다고 생각했어. 그저 호진 선배가 뒤에서 동동거리니 어쩔 수 없어 그런 거라 여겼지. 왜 내게 숨긴 거야?"

"숨기긴 누가 숨겨. 원장님이 네게 미안해하시는 것 같아서 말 안 했을 뿐이야."

"미안해? 하, 우습지도 않아."

정윤의 입에서 탄식을 닮은 헛웃음이 새어 나왔다. 제 딸도 부모가 없는 아이처럼 내팽개쳐 놓고, 성인이 다 된 친구 딸을 챙긴다는 자신의 아버지란 사람이 하는 행동이 어이없었다.

그러나 이제 와 그런 것 따위가 궁금한 것도 아니었다. 친구의 딸이든 아니든 설사 숨겨 놓은 딸이라도 상관없었다. 정윤은 처음부터 입에서 맴돌던 말을 내뱉었다.

"그래서, 선배는?"

말뜻을 헤아리지 못한 지혁이 그녀를 가만히 내려다보았다.

"지민 씨에 대한 선배의 남다른 배려는 도대체 뭐야?"

배려.

망설임 끝에 선택한 단어였다. 다른 말은 입에 올리고 싶지도 않았다.

"무슨 말을 하고 싶은 거야."

"왜 선배라도 딱 잘라 안 된다고 말 못 하는 거냐고."

"할 수만 있다면 누구라도 그렇게 해 주고 싶어. 치료에 전념할 수 없는 상황의 환자들이이라면 더욱. 굳이 내가 말릴 이유는 뭐지?"

"누구라도? 정말 그것뿐이야?"

왜 말없이 외출 나간 지민을 찾아 나섰냐고. 쓰러진 지민을 왜 직접 업고서 들어왔냐고. 다른 의료진들 시선은 생각도 안 하냐고. 아니, 무엇보다 내 마음 따윈 생각도 안 하냐고. 차마 그에게 물을 수 없었다.

"정말…… 그게 다야?"

"올라가자. 늦었어."

지혁이 손목시계를 보았다. 오후에 잡혀 있는 간암 클리닉 협의회 시간에 벌써 5분이나 늦었다.

"정윤아."

움직이지 않고 제자리에 우뚝 선 정윤을 부르는 그의 숨결엔 그녀가 느끼지 못하는 여러 가지 감정이 뒤엉켜 있었다.

"정말 왜 그래? 얼른 힘내서 아이들 만나러 가야지."

지혁이 가볍게 등을 토닥이며 말하자 정윤은 마지못해 발걸음을 떼기 시작했다.

"정말…… 그게 다야?"

정윤의 마지막 말이 지혁의 귓가에 다시 물음이 되어 돌아
왔다.

조금 전까지 맑았던 하늘이 거뭇해지기 시작했다. 바람을
동반한 비가 온다는 예보를 언뜻 들은 것도 같았다.

6. 낮에 치는 벼락

지혁은 깊은 한숨과 함께 데스크 의자에서 일어났다. 창문 밖으로 비가 내리고 있었다.

밤거리마저 달라지는 가을이었다. 달리는 자동차의 희뿌연 전조등과 가로등 불빛 번짐이 통통 튀는 여름밤의 비와는 다르게 느껴졌다.

일조량이 줄어드는 계절이 깊어질수록 사람들은 마음의 병으로 힘들어질 테다. 갑자기 지혁이 쓴웃음을 뱉었다. 언제부터 감상적이었다고. 저답지 않은 생각이었다.

어느 날부터인가 그는 정신없는 병원 일 속에서 마음 한구석이 자주 서걱거렸다. 그럴 때면 어김없이 그녀의 얼굴이 떠올랐다. 아니, 부지불식중에 떠오르는 얼굴이 마음을 서걱대게 한다는 것이 바른 말일 것이었다.

한지민.

오늘처럼 비가 오는 날은 동동주를 마셔야 한다고 했는데.
전공이 건축인지, 미술인지는 몰라도 대학 때 공부보다는 젊
음을 핑계 삼아 술을 꽤 마시고 다녔을까?

문득 지혁은 지민의 대학 생활이 어떠했을지 궁금해졌다.

작고 갸름한 달걀형 얼굴에 큰 눈, 무표정한 얼굴이 맹해
보이기보다는 오히려 도도해 보였다. 거기에 간혹 생각지도
않는 웃음이 떠오르면 사람을 사뭇 긴장시키기도 한다.

모르긴 몰라도 남자들에게 꽤 인기가 있지 않았을까. 지혁
은 자신의 실없는 생각에 작은 실소를 머금었다.

상경의 말로는 학비를 갚기 위해 정신없이 아르바이트를 했
다고 하니, 다른 대학생들처럼 청춘을 즐기기는 어려웠을지도
모른다. 끊이지 않는 생각을 지우듯 지혁은 가운을 벗어 옷걸
이에 걸었다.

그 순간 데스크 위에 놓인 휴대폰이 울렸다.

"네, 원장님."

—자네 지금 어딘가. 아직 연구실인가?

"네."

—내게 무슨 볼일이 있다지 않았나?

"네. 원장님, 괜찮으시면 '희원' 어떠십니까."

지혁이 벽에 걸린 시계를 바라보며 시간을 확인했다.

—아직 저녁 전인가. 아니면 무슨 긴장되는 소식이라도 있
나.

희원은 영철이 정윤의 근황을 묻고자 할 때면 언제나 청하던 한정식 집이었다. 그곳으로 지혁이 먼저 청한 것은 처음이었다.

—알았네. 거기서 보세.

"제가 모시겠습니다."

—약주도 한잔하자는 말인 게지. 그래, 주차장에서 보겠네.

영철의 기분 좋은 웃음소리가 전화선을 통해 넘어 왔다. 반면 연구실을 나서는 지혁의 마음은 가볍지 않았다.

희원에 들어서며 지혁은 늦었으니 그저 따뜻한 정종과 끼니될 만한 안주를 사장에게 부탁했다.

영철은 자신이 병원 행정실장과 이른 저녁을 한 것을 지혁이 아는 모양이라고 생각했다. 그럼에도 이곳으로 장소를 선택한 것으로 보아 뭔가 중요한 이야기가 있으리라 짐작했었다.

하나, 정종 한 잔을 들이켠 그의 앞으로 내밀어진 것은 생각지도 못한 것이었다.

병원장이라는 자리까지 오면서 이런 서류를 숱하게 접했다. 정치계와 재계의 많은 연줄들이 비밀을 담보로 부탁해 왔다. 아직은 젊지만 병원에 있는 지혁에게도 있을 수 있는 일이었고, 또 그 결과를 혼자 감당할 수 없을 수도 있으니 의논을 해

올 수도 있겠거니 여겼다.

결과지를 읽던 영철이 제 눈을 의심했다.

친자일 확률 99.05%.

한지민(F)는 & 김영철(M)와 검사 결과 생물학적 친자 관계임을 증
명합니다.

영철이 다시 한번 확인을 위해 눈을 감았다 다시 떴다. 김
정윤이 아니라 한지민이라는 이름이 찍혀 있었다. 엄연히 딸
인 정윤의 이름이 적힌 결과를 손에 들고 있는 것도 말이 안
되지만, 이건 더 있을 수 없는 일이었다.

"죄송합니다. 주제넘는 짓인 줄 잘 알고 있습니다."

"이, 이게 무슨……."

"김상경 씨가 혹시나 그렇지 않을까, 하고 물어왔습니다."

"가능치 않은 일이야. 내가 알기로 지민이 나이가……."

영철은 잠시 옛 생각을 더듬듯 기억을 거슬러 올랐다. 정윤
이 서너 살 되었을 무렵, 자신이 자랐던 보육원을 함께 방문한
적이 있었다.

그때 막 그곳 실무를 맡기 시작하던 용우와 우연히 조우했
다. 그에게서 지민의 생일을 듣고 우리 정윤이 언니라고 말해
줬던 기억이 어렴풋이 났다.

"한지민 씨 출생 신고가 1년 늦게 되어 있어서 저희가 아는
것보다 한 살 많습니다."

"그랬군. 그럼 상경이는 어떻게 그 사실을 알았다던가?"

"확실히 알았던 건 아니었습니다. 그저 지민 씨 혈액형을 확인한 상경 씨가……."

"지민이 혈액형은?"

"A형입니다. 돌아가신 어머님은 B형, 아버님은 O형이라고 들었습니다."

영철이 눈을 질끔 감았다.

어떻게 이런 생각지도 못한 일이. 그러나 전혀 말이 안 되는 소리가 아닌 것은 누구보다 자신이 잘 알고 있었다.

"……혹시 그 아이는 이 사실을 알고 있나?"

왠지 그럴 거라 생각이 들었다. 지민의 이상하리만치 차가웠던 눈빛, 외면. 그저 자신의 엄마와 연을 맺은 사람에 대한 거부감이겠거니 했다. 그러면서도 그렇게까지 밀어내야 하느냐는 생각을 하지 않은 것도 아니었다.

"말하지 않았습니다. 그러나 알고 있는 것 같다고, 상경 씨가 먼저 의논을 해 왔습니다."

심장이 옥죄어 오는 통증을 느끼며 영철이 자신의 가슴을 움켜잡았다.

"원장님!"

"괜찮네."

영철이 나머지 한 손을 저으며 자리에서 일어나려는 지혁을 만류했다.

"이 방법밖에 없었습니다. 죄송합니다."

"아니야. 어떻게 입을 떼. 이런 식이 아니고서는 어떻게. 내 눈으로 보고도 믿을 수 없는데."

영철이 숨을 천천히 들이마시며 내뱉었다.

"괜찮으십니까."

"괜찮아야지. 내가 괜찮지 않을 자격이 있나. 그 아이가 저렇게 혼자서 고통 받아 왔는데, 혼자서 다 짊어지고 살아왔는데 내가 무슨……."

그래서, 그날 유경이 날 향해 달려왔단 말인가.

14년 만이었다. 14년 만에 걸려 온 전화를 받은 뒤 그립고 그립던 목소리를 확인하고도 영철은 냉큼 한걸음에 달려 나갈 수가 없었다.

애써 모른 척하며 쌓아 온 그 높은 세월의 담을 한순간에 무너뜨린 이의 얼굴이 보고 싶었다. 하지만 그 오랜 시간 연락이 없던 이가 무슨 이야기를 듣고 올지 불안해서 나흘 뒤에 만나기로 약속을 잡아 놓고 하루도 잠을 이룰 수가 없었다.

며칠이라도 벌어 본 시간으로 담담함을 가장하려 했던 것이 오히려 가슴을 더 애타게 했다. 끝내 유경은 약속 장소에 나오지 않았다. 세 시간을 기다리고 돌아오는 차 안에서 차라리 잘됐다고 생각했다.

이제 와 만난다고 무얼 어찌하겠는가. 옛날처럼 오빠, 동생 하며 정을 나누며 살기에는 세월의 강이 너무 길었다. 또한 영철에게 있어 여전히 잊을 수 없는 첫사랑이었다.

차라리 모른 척 살아가야 할 인연이었다. 그러기에 제아무리 세상에 둘도 없는 절친한 친구였다고 해도, 그녀의 남편이기도 한 용우 또한 볼 수 없는 거리에 있는 친구였다.

이틀 뒤, 용우에게서 연락이 왔다. 유경이 사고로 세상을 떠났다고.

장례식으로 향하며 잡은 자동차 핸들 위로 눈물이 하염없이 떨어졌다. 저로 인해 시들어 가던 여인이 결국은 자신 때문에 죽었다는 자책감을 지울 수가 없었다.

십여 년이 훌쩍 지나 만난 친구는 아내의 죽음 앞에서 무너지지 않았다. 그 눈동자엔 오로지 어린 나이에도 불구하고 핏기 없는 하얀 얼굴에 눈물 한 줄 없이 꼿꼿이 앉아 빈소를 지키는 어린 딸만이 가득하였다.

유경에 대한 죄책감. 그리고 친구에 대한 미안함.

젊은 날 용우가 유경을 마음에 담아 두고 있었다는 걸 영철은 알고 있었다. 때문에 유경에게 주었던 마음을 버리고 돌아서며 오래도록 자책하지는 않았다.

이제야 자신이 세 사람에게 무슨 짓을 저질렀는지 알게 되었다. 용우의 편지로 유경이 결혼 생활 내도록 마음을 잡지 못하여 지민에게 사랑을 주지 못했다는 걸 알고 있었다. 결국 지민의 냉대는 결혼 전의 두 사람의 관계에 대한 오해에서 비롯된 것이 아니었다.

차가운 눈빛에 담긴 멸시. 온몸으로 느껴지던 거부감.

그것만으로 충분하지 않았다. 그 아이에게 더한 취급을 받는다고 해도 무슨 할 말이 있겠는가.

자식을 버린 아버지였다.

아이의 엄마를 버렸으니 자식의 존재조차 알 자격이 없는 남자였던 것이다.

✤　　✤　　✤

바람을 동반한 비가 이틀을 내리 내렸다. 우회할 거라던 태풍이 오늘 밤을 기점으로 수도권을 강타할 예정이라는 일기예보가 라디오에서 흘러나왔다.

오전 진료를 마치고 병원장실에 들렀으나 영철을 만날 수가 없었다. 비서실장을 통해 그가 하루 병가를 내고 집에서 쉰다고 전해 들었다.

작은 감기 기운이니 다른 이에게 알리지 말라고 했지만, 강 선생님이라 전한다는 말이 왠지 정윤을 염두에 두고 하는 말인 듯했다. 정윤이 안다고 한들 집에 들를 리도 만무하지만 당연히 알릴 수도 없는 상황이었다.

이틀 전 희원에서 자책감에 빠진 영철은 지나간 젊은 시절의 회상에서 빠져나오지 못하며 연거푸 정종을 들이켰다. 그리고 그 늦은 시간에 지민을 만나야겠다고 막무가내였다.

어쩔 수 없이 지혁은 영철을 차에 태워 병원으로 향해야 했다. 다행인지 도착할 즈음 잠이 들어 있는 영철을 그의 집 침대에 눕히고 나왔다.

다음 날 아침에 출근하면서 병원 주차장에서 영철의 차를

183

발견했다. 김 기사에게 연락해서 영철이 몇 시에 출근했는지 물어보니 지난밤의 만취에도 불구하고 7시도 되기 전에 병원에 도착했다고 했다.

그러나 지혁은 어제 회진에서 지민의 표정이 달라지는 걸 느끼지 못했다. 워낙 감추고자 하면 속을 알 수 없는 그녀라서 안색과 표정 따위로 그 마음을 짐작할 수 없었다. 영철이 다녀갔는지 슬쩍 떠볼 작정으로 간병인을 찾았지만, 보이지 않았다.

아들 집에 일이 생겨 하루 다녀와야 한다기에 그 참에 마지막 인사를 했다는 지민의 말을 듣고 그는 그만 버럭 화를 내버리고 말았다.

면역 치료를 받게 되면 불편할 일이 한둘이 아닐 텐데 기어코 혼자 있지 못해 안달이 난 모습에 속에서 올라오는 화를 참지 못한 것이었다.

그녀를 만나고 일어난 또 하나의 변화였다. 속을 알 수 없는 무표정으로 주변을 긴장시키던 지혁이 언젠가부터 내지르는 벼락같은 말에 수련의들과 간호사들이 대처를 하지 못하고 식은땀만 뻘뻘 흘리는 일이 한두 번이 아니었다.

지민은 제게 군이 간병인이 필요한 이유를 제대로 설명해 보라고 따지려다 지혁의 눈썹이 다시 가파르게 치켜 올라가는 걸 보고야 꼬리를 내렸다.

그러고는 친구 소진이 요즘 한가해서 자주 와 있을 거라는 말과 함께 좀 누워야겠다는 핑계로 그를 병실에서 내쫓아 버렸다. 그게 어제저녁 일이었고, 오늘 그는 하루 종일 지민을 보지 못했다. 그리고 영철은 오늘 병원을 나오지 않았다.

지금 당장 지민의 병실에 달려가서 묻고 싶지만 스스로를 믿을 수 없었다. 지혁은 애써 자신을 누르는 중이었다. 영철이 아직 지민을 만나지 않았다면 시간을 더 주어야 할 것이었다.

그녀의 안에 있는 숨겨진 아버지를 만나는 일은 영철이 가장 먼저 해야 할 일이었다.

지혁은 연구실을 나왔다. 일찍 들어가 다음 주 학회 논문에라도 정신을 뺏기고 싶었다.

띵. 1층인가 싶어 엘리베이터를 내리려 보니 3층이었다.

"어? 선생님, 안녕하세요."

지민의 친구, 소진이었다.

"네. 안녕하십니까."

"퇴근이 늦으시네요."

소진의 말에 손목시계를 보니 벌써 8시가 넘어가고 있었다.

"벌써 시간이 이렇게 되었네요."

"오늘 저녁 회진에 안 오셨던데요."

"오후에 간담회가 있어서 좀 늦었습니다."

소진은 '지민이가 기다리는 눈치던데요' 라고 혀끝까지 올라온 말을 그냥 삼켰다.

척 보면 훤한 15년 지기의 마음은 손끝에 잡힐 듯 말 듯 하고, 그렇다면 이 남자의 마음은 어떨까?

아무리 친구의 친구고, 병원장이 후견인이라고 해도 지민을 대하는 지혁의 태도는 남달랐다. 그저 환자에 대한 배려가 넘치는 의사라고 해도 뭔가 묘했다.

정작 당사자들은 모르는 것 같지만.

"어휴, 이놈의 회사는 갑자기 왜 태풍 치는 밤에 사람을 부르는지 모르겠네. 아주 노예가 따로 없어."

소진이 너스레를 떨며 혼잣말인 듯 큰 소리로 중얼거렸다. 1층에서 내리는가 싶었던 그녀가 지하 1층에서 저와 함께 내리며 한숨을 내뱉자 지혁은 의례적인 걱정을 비추었다.

"이 비바람에 다시 회사로 가야 한다는 말입니까?"

"그게 글쎄, 갑자기 정전이라도 되면 중요한 데이터며 뭐며 큰일 난다고 비상 호출이네요. 저야 뭐 튼튼한 건물에 저희 팀들 일곱 명이 같이 밤을 새운들 무슨 일이 나겠어요. 지민이가 걱정이지."

그의 눈썹이 꿈틀거리는 걸 소진은 놓치지 않았다.

"무슨 애가 고집이 그리 센지. 의논도 없이 덜컥 간병 아주머니를 잘라 버리다니."

번쩍. 그의 차인 듯 조금 떨어진 곳에 세워진 SUV 차량에 잠금 해제 불빛이 들어왔다.

"번개 앞에선 꼼짝도 못 하는 게. 오늘처럼 비바람 치는 날 혼자 병실에서 떨어 봐야 해요, 걔는. 어머, 내 정신 좀 봐."

갑자기 멈춰 선 소진을 따라 지혁 또한 엉겁결에 걸음을 멈췄다.

"제 차는 이쪽 방향이 아니었네요. 선생님, 그럼 조심히 가세요."

사라지는 소진의 뒷모습을 보며 잠시 주춤거리던 지혁이 다시 차를 향해 걸었다. 소진이 그런 그를 걱정스러운 듯 힐끗 돌아보았다.

얼마 전 지민이 외출하고 돌아온 날, 지혁이 그녀를 병실까지 업고 왔다는 소리를 전해 들었다. 지민은 벌써 두 번이나 그의 등에 신세를 진 사실을 견딜 수 없어 했다.

더 이상 그런 민폐를 끼치느니 차라리 이대로 죽는 게 낫다며 이틀을 울상이었지만 소진은 오히려 지혁을 믿어 보고 싶어졌다. 지민을 향한 그의 마음을.

소진의 차는 망설임과 다르게 힘 있게 출발했다. 그와 달리 호기롭게 차에 올라탄 지혁은 두 손으로 핸들을 부둥켜 쥐고 잠시 앉았다가 다시 시동을 껐다.

다시 엘리베이터에서 내린 그의 발걸음이 향한 곳은 3층 간호사 대기실이었다.

"어? 퇴근 안 하셨어요?"

"최 간호사가 오늘 야간 근무입니까?"

"네."

조금 마음이 놓였다. 36병동에서 최 간호사는 수간호사 다음으로 연차가 높았다. 무엇보다 환자들을 가족 대하듯 세심하고 따스한 마음으로 살펴 다른 간호사들이 진상 피운다고 싫어하는 할머니 환자들에게도 인기가 많았다.

비도 거세고 바람도 심한 밤엔 다른 간호사들이 한번 돌아볼 병실도 최 간호사라면 두세 번은 돌 것이었다.

"시간이 늦었는데, 왜 퇴근 안 하세요?"

"일이 조금 있어서. 저녁 회진 때는 별일 없었죠?"

"네. 회진 못 하셨다고 전해 들었어요."

"오늘 밤은 연구실에 있을 생각이니 혹시 응급 환자 있으면 편하게 연락해요."

"연구실에서요? 피곤하실 텐데. 급한 일 끝나면 콜 꺼 놓으시고 주무세요."

"그러죠."

최 간호사의 말에 지혁이 싱긋이 웃으며 등을 돌렸다. 연구실로 돌아온 지혁은 세진 병원 의료 설비 이용 건에 대한 협진 병원의 요구 사항을 검토하느라 시간이 가는 줄 몰랐다.

어깨에 피로감을 느껴 짧은 스트레칭을 하려고 팔을 펴는 순간, 연구실 불빛과 다른 번쩍거림을 느끼며 주변을 돌아보았다.

창밖 바람은 조금 잠잠해진 듯싶더니 다시 한번 어두웠던 바깥이 일순 환해졌다. 그리고 우르릉 쾅! 하는 천둥소리가 연구실 유리창을 때렸다.

커다란 굉음에 자리에서 벌떡 일어난 지혁이 가운을 들고 연구실 문을 나섰다. 엘리베이터로 향하려던 마음을 바꾸어 비상계단 쪽으로 향했다.

5층 연구실에서 병동이 있는 3층까지 빠른 걸음으로 내려갔다. 비상구에서 나와 오른쪽 모퉁이를 돌면 바로 1인실 두 개가 나란히 있었다.

지민의 병실에만 불이 켜져 있었다. 병실 문 가운데로 난 창을 통해 살짝 들여다보니 그녀가 보이지 않았다. 조심스럽게 문을 열고 들어가자 꼭 닫힌 병실 창문으로 부딪혀 오는 빗소리가 제법 요란했다.

타닥타닥 부딪혀 오는 블라인드 소리가 거슬린다고 여긴 순간이었다. 또 우르릉 쾅! 하는 천둥소리가 병실을 찢어 놓았다.

빈 침대를 확인한 지혁이 욕실 겸 화장실을 노크해 보았지만 소리가 없었다. 살며시 열어 보니 역시 비어 있었다.

넓은 소파 위로 잘 개어져 있는 담요 한 장, 테이블 위로 펼쳐 놓은 잡지와 작은 라디오. 그뿐이었다.

이 늦은 시각에 도대체 어딜 간 거야. 병실 문을 향해 돌아서려던 지혁이 작은 부스럭 소리에 발을 멈췄다. 빠르게 몸을 돌려 침대 반대편으로 다가갔다.

지민이 비바람이 심하게 두드리는 창문 바로 아래 벽에 기대어 쪼그리고 앉아 있었다.

"한지민 씨, 여기서 뭐 하는 겁니까."

지혁의 말을 듣지 못하는 듯 몸을 웅크리며 떨고 있었다.

"지민 씨."

"아악!"

"나예요. 강지혁. 날 봐요, 지민 씨."

두 손으로 헤드셋을 움켜쥐며 소스라치던 지민이 눈을 들어 그를 올려다보았다.

"강 선생님……?"

그녀의 마른 입술에서 들릴 듯 말 듯 작은 소리가 흘러나왔다.

요란한 소리가 새어 나오고 있는 헤드셋이 지혁의 말을 막고 있었다. 그가 고개를 크게 끄덕여 보이며 조심스레 헤드셋을 벗겨 주었다.

지민의 눈에서 눈물이 후드득 쏟아져 내렸다. 그의 가슴 한가운데부터 시작한 통증이 가슴 전체로 둔탁하게 퍼져 갔다.

"여기서 왜 이러고 있어요."

"번개가…… 침대로……."

지혁은 당장 병실마다 암막 커튼으로 바꾸라고 해야겠다는 말도 안 되는 생각을 하며 침대 위 담요를 끌어와 지민의 어깨를 감싸 덮어 주었다. 그리고 그녀의 옆에 털썩 주저앉아 울고 있는 지민의 머리를 제 어깨에 기대게 했다.

우르릉, 콰쾅!

지민의 울음소리를 뚫은 천둥소리가 간간이 병실을 때렸다. 어깨를 두른 그의 손이 그녀를 토닥거렸다.

얼마나 지났을까. 벼락소리도, 울음소리도 점점 잦아들었다.

"36병동 수련의들이 겁내는 강지혁을 늘 우습게 보던 한지민 씨가 이깟 벼락을 무서워하는 줄은 몰랐는데요."

그의 말투에 작은 놀림이 묻어났다.

"낮에 치는 번개는 무섭지 않은데······."

지혁이 한 손으로 그녀의 머리를 헝클이듯 쓰다듬었다.

"하여튼 지는 법이 없네요. 그렇다면 나는 이만······."

지민이 얼른 그의 가운을 잡았다.

"조, 조금만 더 있다 가세요!"

"장난이에요, 장난."

파르르 떨리는 입술을 보며 지혁이 얼른 그녀를 달랬다. 천천히 지민을 일으켜 세우고 소파로 가서 앉힌 뒤 옆에 나란히 앉았다.

두 사람 사이의 작은 침묵을 깨고 다시 한번 번개가 유리문을 비추다 사라졌다. 길어지는 침묵을 깨고 지혁이 입을 열었다.

"······스무 살, 대학 합격 소식을 들은 얼마 후였어요. 부모님께서 축하 선물로 유럽 여행을 보내 주겠다고 하셔서 열심히 짐을 꾸리고 있던 날이었죠."

맞은편 벽을 바라보는 지혁의 아련한 시선이 긴 시간을 건너고 있었다.

"물 한 잔을 마시러 1층으로 내려가는데 거실에 앉아 있던 작은어머니의 목소리가 들려왔어요. 지혁인 아무리 생각해도 복이 많은 아이인 것 같다고. 듣기에 썩 기분 좋지 않은 웃음이 섞여 있었죠."

그날의 기억을 떠올리는 얼굴에 쓸쓸한 미소가 떠올랐다.

"지혁이 머리가 좋은 덕이라는 어머니의 대답을 듣고 의대

합격한 걸 두고 하는 말인가 보다 여기며 한 계단 더 내려오다가 그대로 걸음을 멈췄어요. 이런 좋은 집안에 입양되지 않았으면 좋은 머리로도 의대는 붙기 힘들다고 하는 작은어머니 말에 그 자리에서 얼음이 되었거든요."

그의 옆얼굴을 바라보는 지민의 눈빛에 안타까움이 떠올랐다.

"어머니가 작은어머니를 호되게 나무라는 듯했지만 그 소리를 들을 정신이 없었어요. 유럽 가려고 꾸리던 캐리어는 그대로 내버려 둔 채 배낭을 하나 꺼내어 아무거나 잡히는 대로 짐을 꾸려 집을 나왔어요."

지혁이 얼굴을 돌려 지민을 내려다보았다. 어느새 그녀의 얼굴에 눈물이 말라 있었다.

"밤이 늦으면 터미널 대합실에서도 잤고, 찜질방이 눈에 들어오면 찜질방에서도 잤어요. 눈이 오면 오는 대로, 비가 오면 오는 대로 맞으면서 걸었죠."

그가 잠시 말을 멈췄다. 지민은 조용하게 들려오는 그의 긴 호흡으로 당시 힘들었을 심경을 느낄 수 있었다.

"그때 생각했어요, 눈보다는 비가 낫다고. 그리고 알게 됐죠. 나이 스물인데도 걷는 날보다 자동차로 움직인 날이 더 많아서 세상 날씨에 연연하지 않았다는 걸. 누가 뭐라고 해도 복받은 거죠."

그 시간들을 지나온 지혁의 목소리는 담담했다.

"그러고 보니 조금 달랐어요. 어릴 때부터 큰집이나 작은집 사촌들은 자신들이 하고 싶은 것을 못 했어요. 대학 진학도 마찬가지였고. 모두 경영학이나 할아버지 계열 회사와 연관 있는 학과를 선택하게 했어요. 그저 어머니가 병원 일을 하시니 나는 예외인가 하고 단순히 생각했어요."

지민의 손이 조심스럽게 그의 손을 제 앞으로 끌어왔다. 포개진 손으로 따뜻한 온기가 전해졌다.

"한 번은 대합실 의자에서 잠이 들었는데, 서늘한 손 하나가 내 호주머니를 더듬었어요. 돈도 없었지만 얼결에 몸을 웅크렸죠."

가만히 듣고 있던 지민이 절로 긴장을 했다.

"곧 배낭을 뒤지는 소리가 났어요. 뭐하냐고, 일어나 소리 지르고 싶지도 않았어요. 가져갈 만한 게 있으면 가져가라고. 그것조차 원래는 내 것이 아니고, 지금의 삶조차 내 것이 아니라는 생각뿐이었거든요."

지혁이 갑자기 하던 말을 멈추고 아득한 시선을 들어 지민을 돌아보았다.

"지겹지 않아요?"

지민은 빠르게 도리질했다.

"그래서…… 뭐가 없어졌어요?"

이번엔 지혁이 고개를 가로저었다.

"새벽녘 한기에 일어나 점퍼를 꺼내려다가 만 원짜리 지폐 두 장을 발견했어요. 그때 지닌 돈이라곤 호주머니에 천 원이 전부라 눈을 뜨면 주유소라도 찾아가서 아르바이트라도 해야 되나 하던 참이었거든요. 뒤늦게 그 손길이 제게 베푼 호의를 깨달았죠."

그를 잡고 있는 두 손에 힘이 들어갔다. 자신에겐 상경이 있었지만, 어렸던 지혁의 손을 잡아 줄 이가 아무도 없었음에 마음이 아파져 왔다.

"덩치도 작지 않은 제가 어떻게 나오느냐에 따라 겁도 났을 텐데, 얼마나 안 되어 보였으면 그렇게……."

애잔한 그의 미소에 쓰린 속이 서늘해졌다.

"그때 어머니가 떠오르더군요. 낯선 청년의 초라한 행색에 도 걱정이 되어 쌈짓돈을 찔러 놓는데, 친자식이라 믿어 의심 치 않도록 길러 주신 어머니는 지금 어떡하고 계실지 눈물이 어렸어요."

맞잡은 지혁의 손에도 힘이 들어갔다.

"그 돈을 차비 삼아 집으로 돌아왔어요. 그 후 별로 무서울 게 없었어요. 내 마음이 무너지지 않는 한 세상엔 무서울 게 없다는 것을 배웠으니까."

마주하는 두 사람의 눈에 은은한 불빛이 감돌았다.

"아무래도 소진 씨가 일부러 정보를 흘린 것 같은데요. 친구 좀 지키라고."

그의 입꼬리가 보기 좋게 휘었다.

"지민 씨, 번개 앞에서 경기 일으킨다고. 그래도 이렇게 힘들어할 줄 몰랐는데."

빤히 들여다보는 눈동자가 뜨거워 지민이 얼른 시선을 떨어뜨렸다. 긴 숨을 들이마신 그녀의 입에서 남에게 해 본 적 없는 말이 새어 나왔다.

"다섯 살이었는지, 여섯 살이었는지 학교 다니기 전이었어요. 아버지께서 하시던 보육원이 아직 조그마하던 때라 인적이 드문 곳에 있었죠. 아빠랑 엄마와 저는 보육원 건물 옆 작은 별채에서 살았어요."

그러나 지민은 지혁처럼 여전히 담담할 수 없었다. 어린 날을 떠올리기면 해도 명치끝이 아파 왔다.

"그날 아빠는 일이 있어 외출 중이었어요. 차도 끊기고 비가 심해 택시도 들어오지 않겠다고 했나 봐요. 돌아오겠다는 시간이 되어도 안 오셨어요. 초저녁부터 심했던 비가 밤이 깊어지자 창문을 심하게 두드려서 무서워 잠을 잘 수 없었어요."

그날의 두려움이 몰려오는지 지민의 손등에 살짝 닭살이 돋았다. 살그머니 손을 빼려는 것을 지혁이 제 앞으로 끌어와 당겼다.

"이불을 덮어쓰고 잠을 청해 보려고 했지만 무리였어요. 결국 벼락 치는 소리에 놀라서 엄마 방으로 뛰어들었어요."

괜한 말을 꺼냈다 싶은지 지민이 말을 잠시 멈췄다. 아무런 말없이 손등을 쓸어 주는 그의 손길에 그녀가 가느다란 한숨을 뱉었다.

"술에 취해 잠든 엄마는 아무리 깨워도 일어나지 않았어요. 수녀님과 보조 선생님을 부르며 보육원 건물로 뛰었어요. 얼마 안 되는 거리인데 빗속을 뛰다가 다시 천둥소리를 들었어

195

요. 그리고 그대로 정신을 잃었어요. 아빠가 조금만 늦게 발견했으면 저체온으로 잘못되었을 거라고……."

아빠에 대한 그리움으로 가슴이 미어졌다. 그래서 여름 끝에 오는 비는 더욱 싫었다.

"그 뒤로 천둥이나 벼락이 치면 심장이 쿵쿵대요. 그날 밤 잠결에 내 손을 뿌리치던 엄마가 생각나 참을 수가 없어요. 이렇게 되고서야 엄마가 이해되는 제 자신이 비참하고요."

엄마라는 단어가 새어 나올 때마다 그녀의 미간이 절로 찌푸려졌다. 말이 끝나고도 한참이나 지워지지 않는 지민의 쓸쓸한 표정이 지혁의 마음을 건드렸다.

"매일 눈앞에 있는 나를 보면서 어떻게 첫사랑을 잊을 수 있었겠어요."

가만히 지민을 바라보고 있던 지혁의 눈동자가 일렁였다.

"유전자 검사했다는 소리, 들었어요."

지민을 찾아온 영철이 끝까지 인정하지 않으려던 그녀에게 그 사실을 알렸다.

"지민 씨."

"달라질 건 없어요. 우리 아빠, 그분이 안 계셨으면 전 이 세상에 존재하지 않아요. 아빠가 돌아가셨다고 해도 그건 변할 수 없는 사실이에요. 기억에도 없을 하룻밤의 사랑이 아버지가 될 수 있는 요건은 아니잖아요."

지민이 헛웃음을 날렸다.

"서른 해 가까이 불쌍하게 보아 온 여자아이를, 생물학적인 유전자 개수가 맞아떨어진다고 하루아침에 딸이라며 넙죽 달려오다니."

지민이 세차게 고개를 가로저었다.

"있을 수 없는 일이에요. 그러니 선생님도 잊어 주세요."

영철에게도 이렇게 말한 걸까. 지혁은 날카로운 칼날에 마음이 베이는 기분이었다. 속마음이야 어떻든 말하는 그녀 역시 그 말에 베이고 있을 게 뻔했다.

"이렇게 되고 보니 다행이네요. 지금이 아니라, 그때 알았다는 게."

지민이 엄마와 영철에게 품고 있는 원망을 잘 알던 용우는 눈을 감는 순간까지도 진실을 말하지 않았다.

그러나 지민은 용우의 물건을 정리하던 중 그가 지니고 있던 유경의 일기장에서 모든 사실을 알았다.

용우가 죽고 뒤늦게 진실을 안 지민은 더욱 슬픔을 가눌 길이 없었다.

하루만, 아니, 아빠가 죽기 한 시간 전만이라도 알았다면 고마움을 전했을 것이었다.

죽을 때까지 내 아버지는 당신밖에 없을 거라고. 정말 사랑한다고, 더불어 엄마를 대신해 죽도록 미안하다고 말하고 싶었다.

"만약 친아빠가 아니라는 걸 이제 와 알았다면 병과 싸울 생각도 못 하고 도망갔을지도 몰라요."

지혁은 희미하게 웃음 지어 보이는 지민의 새파란 입술만이 보였다. 그가 천천히 손을 올려 엄지손가락으로 그녀의 아랫입술을 부드럽게 쓸었다.

움찔거리는 지민의 눈빛이 떨리고 있었다. 이내 입술 위로 지혁의 입술이 살짝 닿았다 떨어졌다. 놀란 지민이 흠칫하며 몸을 뒤로 뺐다.

"선생님한테 병 옮기기 싫어요."

부드러운 곡선을 그린 그의 입술이 보기 좋게 웃고 있었다.

"걱정 말아요. 그놈보다 내가 더 무서운 의사니까."

간염 항체가 형성되어 있는 지혁이었다. 비록 그렇지 않다 해도 작은 새처럼 바들거리는 그녀 하나 지켜 줄 자신은 있었다.

다시 한번 천천히 내려온 입술이 오래도록 그녀의 입술을 머금었다. 가운 앞자락을 쥔 지민의 손에 절로 힘이 들어갔다.

아쉬움을 머금은 채 닿았던 입술이 떨어지고, 지민의 가쁜 호흡에 그의 인중이 간질거렸다.

더 이상 참지 못한 지혁이 그녀의 입술을 다시 덮쳤다. 불쑥 들어간 그의 혀가 도망가려는 그녀의 혀를 부드럽게 휘어감았다.

입안 깊은 구석을 탐하는 맛이 달콤한 과일을 삼키듯 했다. 그녀를 배려하며 떨어져 나온 입에서 아쉬운 신음 소리가 새어 나왔다.

미쳤군. 아픈 환자를 데리고 무슨 짓이야.

자괴감이 가슴 한편을 싸하게 쓸어왔지만 더는 제어하기 힘들었다. 지민의 머릿결에 얼굴을 묻은 그가 후우, 하고 깊은 한숨을 내뱉었다.

"나는 낮에 치는 벼락이 더 무서우니까, 그땐 지민 씨가 달려와 줘요."

코끝으로 퍼지는 그녀의 달콤한 체향이 모든 시름을 잊게 했다.

7. 불행한 여자, 그리고 딸들

태풍이 지나간 하늘은 연이틀 잡티 한 점 없이 맑았다. 드러난 맨살에 닿는 정오의 햇살은 따끔거렸지만 계절은 완연한 가을로 탈바꿈해 있었다.

벌써 한 시간이나 걸었다. 걸치고 있던 카디건을 어깨에 두르고 옥외 정원 한 바퀴를 돈 지민의 이마에 작은 땀방울이 솟아올랐다. 곧 점심 배식차가 병실을 돌 시간이었다. 운동 삼아 산책을 나온 환자들이 하나둘 병원 건물로 들어서고 있었다.

아침은 감자와 두유 하나로 대충 넘겼다. 복용 약이 많아 점심 식사는 제대로 해야 할 터였는데, 발길이 선뜻 병실로 향하지 않았다.

벤치에 걸터앉은 지민은 걷느라 뭉친 두 다리를 길게 쭉 뻗었다. 그러고는 드높은 하늘을 향해 긴 목을 세우다가 말고 오른쪽 어깨를 움찔거렸다. 목덜미를 스쳐 지나간 잠자리 한 마리가 저 멀리 무리 지어 있는 잠자리 떼를 향해 비잉, 소리를 내며 날아갔다.

"엄마!"

안도의 숨을 내어 쉰 것도 잠깐, 갑작스럽게 제 앞으로 얼굴을 들이미는 지혁을 보고 지민이 화들짝 소리를 지르며 벤치 옆으로 몸을 물렸다.

지혁이 가만히 그녀의 옆으로 가 앉았다. 그러나 지민은 제 새하얀 운동화 끝만 바라본 채 고개를 들지 못했다.

한참토록 말이 없는 두 사람 주변을 잠자리 몇 마리가 소리를 내며 날아다녔다. 조심스레 그를 향해 고개를 돌린 지민은 저를 보고 있던 두 눈과 딱 마주쳤다. 벌어져 있던 두 입술을 꾸욱 다문 채 그대로 외면했다.

무안해 하는 얼굴을 보며 그가 작은 소리를 내어 웃었다.

"왜 웃어요?"

샐쭉한 표정을 숨기지 못한 지민이 고개를 치켜세웠다.

"귀여워서요."

"네?"

절로 구겨지는 양미간을 본 그의 웃음소리가 더 커졌다.

"이젠 제가 제대로 보입니까?"

"그게 무슨 말씀이세요?"

"이틀 내내 도망 다니더니, 보자마자 엄마라 부르질 않나."

"도망은 누, 누가!"

조금 전에 놀라서 내지른 말을 기억해 낸 지민이 어이없어했다.

"아닙니까? 오전엔 나 피해 다닌다고 식사도 제대로 못 한 것 같던데."

"무슨 말도 안 되는……."

도저히 그의 눈을 마주할 수 없는 지민이 또다시 고개를 돌렸다.

"내가 무서워요?"

"강 선생님!"

"아니면 부끄러워서 그러나?"

"이러실 거예요, 정말?"

지혁이 그녀의 큰 목소리에 놀라는 시늉을 하며 어깨를 뒤로 물렸다. 제가 생각하기에도 소리가 크다 싶었는지 지민은 작은 한숨을 내쉬며 눈을 질끈 감았다.

불쑥 다가와 제 손을 잡아끄는 손길에 놀라 그녀가 눈을 크게 떠 보였다. 다정하게 내려다보고 있는 그의 환한 미소에 지민의 귀가 붉게 달아올랐다.

"찾아다니기 힘드니까 그만 피해 다녀요."

이틀 전 벼락을 동반한 태풍이 지나가고 지민은 다음 날 바로 병실을 옮겼다.

예정대로라면 36병동 병실을 그대로 쓰면서 호진과 한방 내과 과장의 협진 아래 면역 치료를 받기로 되어 있었다. 지민이 다니기 번거롭다는 이유를 내세워 굳이 소화기 내과가 있는

46병동으로 병실을 옮겨 달라고 부탁했다.

지민은 어제 처음 이름도 외우기 어려운 세포 치료제를 오전에 한 시간여 동안 맞은 후 모처럼 맛난 낮잠을 잤다. 그때 간호사를 통해 지혁이 다녀간 사실을 전해 들었다. 오후엔 소진이 찾아와 병실을 오래도록 비웠고, 오늘 아침엔 그도 함께할 게 분명한 오전 회진에 일부러 불참하는 통에 간호사에게 한 소리 듣기도 했다.

지혁과 무슨 일 없었느냐는 소진의 채근에 지민은 말했다. 그날 밤은 그저 서로의 상처를 쓰다듬어 준 날이었다고.

그냥 그것뿐이었다. 그럼에도 아무 일 없었던 듯 지혁의 얼굴을 마주할 자신이 없었다.

어디선가 들려오는 인기척에 지민이 잡힌 손을 얼른 빼려 하자 지혁은 더 힘을 주며 놓지 않았다. 갑자기 무슨 생각이 들었는지 손을 끌어 그녀가 저를 바라보게 했다.

"혹시 후회해요?"

피하기만 하던 그녀의 눈이 조심스럽게 말을 꺼내는 그를 가만히 바라보았다. 지혁의 눈빛이 약간 어두워졌다.

"그럴 마음도 없지만, 내가 사과를 해야 하는 겁니까."

"……내가 묻고 싶은 말이에요."

그의 눈썹이 위로 치켜떠졌다.

"선생님. 저 무섭다고 와 주신 건데. 가지 못하게 붙잡고. 손도 먼저 잡고."

그녀의 고개가 점점 아래로 떨어졌다. 소진으로부터 이야기를 듣고 그 생각을 지울 수가 없었다. 한편으로 그를 병실에 불러 준 소진이 고마우면서도 왠지 친구와 작당해서 의도적으로 그를 유혹해 버린 기분이었다.

"선생님을 곤란하게 만든 것 같아요."

"곤란하긴 합니다."

지민의 눈이 흔들렸다.

"보는 눈이 많아서 그 이상 뭘 할 수도 없고."

지혁이 그녀의 잡은 손을 들어 보였다.

"얼른 치료를 끝내서 퇴원시켜야 하는 게 당연한데."

아쉬운 표정이 그의 얼굴에 그대로 드러났다.

"그러면 왠지 병원이 텅 빈 느낌일 것 같아서."

그녀가 떠난 36병동이 그렇게 넓어 보일 수가 없었다. 복도 한편에서 마주쳤던 그녀가, 간호사 스테이션만 돌면 있던 병실에 그녀가 없다는 것만으로 36병동이 무료하게 느껴졌다.

"얼른 퇴원해서 같이 놀아 줘요. 황 사장님 포장마차 말고 가 보고 싶은 곳이 많아요."

바람에 날린 머리카락이 지민의 얼굴을 가렸다. 지혁이 긴 손가락으로 그녀의 머리카락을 목 뒤로 넘기며 표정을 살폈다.

귀 뒤로 머리카락을 넘겨 주던 그가 여전히 감정을 드러내고 있지 않는 지민의 한쪽 볼을 엄지로 살짝 눌렀다. 놀란 듯 그 손을 덮는 지민의 손을 지혁이 가만히 끌어내려 맞잡았다. 햇빛에 출렁이던 그의 눈동자가 그녀의 입술을 뚫어지게 바라보고 있었다.

"이러다 정말 곤란한 일이 생기겠는데요?"

부드러운 곡선을 그리는 지혁의 입꼬리를 바라보던 지민의 심장이 방망이질 쳤다.

"……그만 들어가 볼게요."

지민이 벤치에서 벌떡 일어나 빠르게 발걸음을 뗐다.

"같이 가요."

종종대듯 빠른 그녀의 발걸음은 멈추지 않았다.

"식사 제대로 해요."

꿈틀거리던 지민의 입매가 기어코 귓가로 다가갔다. 그가 넘겨 준 긴 머리카락이 귓가를 간질이고, 보드라웠던 그의 손길이 설레는 마음을 건드렸다.

"그래서, 얼굴은 봤어?"

"무슨 얼굴?"

"한지민, 난 네가 남자 문제에 있어 이렇게 내숭 떠는 스타일인 걸 처음 알았다."

태풍 치던 날 함께 있어 주지 못한 사죄를 한다며 일주일째 병실로 퇴근하는 소진의 채근이 또다시 시작되었다.

"무슨 소리야?"

"강 선생님 이야기하는 거 뻔히 알면서 모른 척하기야?"

귀찮아서 그런다. 지민은 대답 대신 밉지 않게 그녀를 흘겨보았다.

"그러지 말고. 속 시원히 이야기해 봐."

"뭘 속 시원히 이야기해?"

"올라오기 전에 강 선생님이랑 편의점 앞에서 마주쳤어."

귀가 솔깃해진 지민이 그제야 소진을 정면으로 바라보았다.

"어어, 너 지금 눈이 동그래졌거든?"

소진이 콧방귀를 끼며 몸을 돌려 냉장고를 향했다. 풋사과 두 개를 꺼내 쟁반에 받쳐 들고 그녀의 침대로 와 앉았다.

"마주쳤는데?"

지민의 물음에 들은 척 않으며 소진이 사과를 깎기 시작했다.

"얼굴 좋아 보이더라. 눈을 빛내고 인사하는 모습이 이 모든 게 소진 씨 덕분입니다, 하는 것 같던데."

지민의 입에서 절로 헛웃음이 새어 나왔다. 소진도 제가 뱉은 말이 우스운지 따라 웃었다. 그 모습에 지민이 어이가 없다는 듯 작게 고개를 가로저었다.

"말하기 싫으면 관둬. 나도 더는 치사해서 안 묻는다."

"괜히 옮겼나 봐."

사각거리며 씹던 사과를 꿀꺽 삼킨 소진이 지민을 바라보았다.

"36병동에 그대로 있을 걸, 잘못했어."

짧게 터진 소진의 헛웃음이 곧 기분 좋은 웃음소리로 바뀌었다. 지민은 제 마음을 숨기지 않고 아쉬운 표정을 지었다.

"어유, 저 내숭쟁이."

소진은 고개를 절레 저으며 침대에서 일어났다. 병실 행거에 걸린 손빨래 거리를 찾아 들고 욕실로 향하는 친구의 뒷모습을 지민이 싱긋 웃으며 바라보았다.

어제 오후 회진에 호진과 함께한 그의 얼굴은 소진의 말처럼 밝아 보였다. 저를 바라보는 다정한 눈빛에 어쩔 줄 몰라 그저 고개만 끄덕여 보이고 말 한마디를 제대로 못 붙였다. 어쩔 수 없이 함께 온 호진의 눈치도 보였다.

오늘 오전 회진은 무슨 일이 있는지 호진만 병실에 들어왔다. 간호사들 입을 통해서 지혁의 행적을 들을 수 있던 36병동과 달리, 이곳은 직접 그가 오지 않는 이상 소식을 접할 수가 없었다. 그렇다고 제가 그곳에 어슬렁거리기도 그렇고, 외과의인 그가 회진 시간 외에 46병동에 드나드는 것도 말 많은 간호사 눈에는 쉽지 않을 것 같았다.

태풍이 치던 다음 날, 잠에서 눈을 뜨는 순간부터 잠시라도 36병동에 있을 수 없었다. 지민은 그랬던 제가 낯설기도, 못마땅하기도 해 작게 인상을 찌푸렸다.

똑똑.

그때, 짧은 노크 소리와 함께 갑작스럽게 문이 열렸다. 정윤이었다. 지민은 침대에서 살며시 내려와 슬리퍼를 신었다.

"김 선생님? 무슨 일로……."

"한지민 씨와 이야기를 좀 하고 싶은데, 괜찮겠어요?"

언제나 침착하면서도 밝은 표정의 정윤이었다. 그런 그녀의 말투에서 전에 없는 조급함이 느껴져 지민은 조금 긴장되었다.

"네, 괜찮아요."

그녀의 안색을 살피는 정윤의 표정에 잠시 걱정이 비치다 사라졌다. 컨디션은 꽤 돌아온 듯 보였지만 얼마 전 큰 수술을 받은 터였다. 그럼에도 정윤은 도저히 지민을 찾지 않을 수 없었다.

오늘 오전, 무슨 일인지 병원 이사장이자 지혁의 모친인 희정이 단둘이 점심을 하자며 연락을 해 왔다. 그러면서 도대체가 아들인 지혁의 얼굴을 볼 수가 없다는 말을 덧붙였다. 정윤 역시 지난번 옥외 정원에서 잠깐 얼굴을 본 이후 지혁을 보지 못했다.

그를 찾아 36병동으로 간 정윤은 간호사 스테이션에 아무도 보이지 않아 대기실 안쪽으로 들어갔다가 이상한 소리를 들었다.

"그래서? 아침에 갔더니 강 선생님이 한지민 씨 침대에서 자고 있더라고?"

박 간호사가 케이크를 자르며 탕비실로 향하는 김 간호사에게 건네는 소리에 온몸이 얼어붙은 채 그 자리에서 움직이지 못했다.

"아니, 침대에서 자고 있었다는 게 아니라……. 어머, 김 선생님, 언제 오셨어요?"

컵과 포크를 들고 나오던 김 간호사가 박 간호사 뒤에서 경직된 채 서 있는 정윤을 발견하고 놀라 말을 멈췄다.

"방금 그 말, 무슨 소리예요?"

정윤의 목소리는 낮고 조용했다.

"그게……."

김 간호사가 말을 흐렸다.

"잘못 들은 게 아니라면 박 간호사의 말은 병원 내에서 지켜야 하는 규율의 위험 수위를 한참 넘긴 것 같은데요."

높낮이 없는 정윤의 말투에 더할 수 없는 위엄이 깔렸다.

"그런 게 아니라요. 박 간호사가 오해를 좀……. 제가 새벽 회진할 때 보니까 강 선생님이 한지민 씨 침대 위에 잠깐 엎드려 잠이 들어 있더라는 말을 했는데, 박 간호사가 잘못 들어서……."

정윤은 간호실에서 어떻게 나왔는지도 모르게 바로 원장실로 올라갔다. 갑작스러운 정윤의 방문에 놀라 안부도 꺼내지 못하는 영철에게 그녀는 밑도 끝도 없이 퍼부었다.

왜 한지민을 이 병원에 이토록 붙들고 있는 거냐고. 딸 하나도 제대로 돌보지 않던 당신이 왜 친구의 딸을 돌본다는 이유로 아무나 들어오기 힘든 세진 병원 1인실에서 벌써 몇 주를 보내게 하는 거냐고. 그리고 별로 달가워하지 않는 그 병실을 사흘이 멀다 하며 내려가 보는 이유가 대체 뭐냐고.

그러던 그녀가 영철에게 대답을 듣기도 전에 떠올린 사실 하나로 머리를 한 대 얻어맞은 듯 말을 멈췄다.

"혹시, 그 여자……."

그 여자에게도 딸이 있었다고 들었다. 희정과 엄마가 나누던 기억 저편의 일이 기억 속에서 흐릿하게 떠올랐다.

그 길로 지민에게 달려온 참이었다.

"김정윤 선생님?"

아무 말 없이 얼굴만 뚫어지게 보고 있는 정윤을 향해 지민이 입을 열었다.

"어머님 성함이 어떻게 되세요?"

지민의 가슴이 쿵 하고 내려앉았다.

"혹시 이유경 씨 맞으신가요?"

"……네."

정윤이 눈을 질끈 감았다 떴다. 그리고 한 걸음 앞으로 나아가 소파 기둥을 힘주어 잡았다. 그런 정윤을 바라보는 지민은 벌써부터 온몸에 힘이 쭉 빠지는 기분이었다.

"당신, 지금 여기서 뭐 하고 있는 거예요?"

미세하게 떨리는 정윤의 입술이 지민의 눈에 들어왔다.

"이유경 씨 딸 한지민이, 왜 여기, 김영철이 있는 병원에 있는 거냐고요. 설마, 아무것도 모르고 있다고 말하지는 않겠죠?"

욕실 문을 열고 누가 왔나 살짝 내다보던 소진이 밖으로 나왔다.

"무슨 일이야, 지민아."

"대답해 보세요. 엄마 안면 믿고 일부러 이 병원을 찾은 건 아닌지."

지민의 표정이 한순간에 굳어졌다.

"세진 병원으로 날 데리고 온 건 정윤 씨로 알고 있는데요."

흘러나오는 지민의 목소리는 의외로 담담했다.

"그걸 말이라고 해요? 굳이 이 병원에서 수술받은 이유가 뭐냐고요!"

"지금 밑도 끝도 없이 찾아와서 뭐라고 하는 거야?"

소진이 날카로운 목소리로 끼어들었다.

"강지혁 의사가 그쪽으로는 최고라고 하던데요."

살짝 벌어진 입에서 헛웃음이 새어 나온 것도 잠시, 순식간에 정윤의 목소리가 높아졌다.

"최고의 의사에게 수술받았으면 멀쩡한 걸음으로 나가면 되지. 지금까지 이 병실에서 버티고 있는 이유가 뭔데요?"

"점점. 뭐야, 너……."

지민이 나서려는 소진의 팔을 잡았다.

"이유가 뭘까요?"

담담한 얼굴에 어떠한 흔들림도 없는 눈빛의 지민을 보자 정윤은 순간 할 말을 잃었다.

"그리고 김 선생님은 여기 와서 이러는 이유가 뭘까요. 제가 이 병실에서 치료받는 게 어째서 김 선생님이 흥분할 이유가 되는 거죠?"

말은 그렇게 내뱉었지만, 그 이유를 짐작한 지민은 스스로가 잔인하게 여겨졌다. 그러나 지민은 엄마의 이름을, 그 일을 당당히 입에 담는 그녀 앞에서 비열하고 잔인해지지 않을 자신이 없었다.

"이유? 그걸 몰라서 물어요? 아. 내 입에서 그 엄마에 그 딸이라는 소리를 듣고 싶어서 그러는 건가?"

그 엄마에 그 딸이라.

그녀는 아는 걸까. 태영에게 상경을 보내고, 병원에서 처음 병명을 듣고 가장 먼저 한 생각이 그 엄마에 그 딸이라는 자조적인 비웃음이었음을.

귀에 날카롭게 와 박히는 정윤의 말에 어떤 대답도 할 수가 없었다.

그때였다.

"김 선생!"

지혁이 병실로 성큼 들어왔다. 모처럼 호진과 커피를 한잔 하고 있던 차에 영철이 원장실에 정윤이 다녀간 내용을 전화로 알려 왔다.

혹시나 하는 불안한 마음이 그를 이곳까지 달려오게 했다. 그 엄마에 그 딸이라니. 지혁은 이곳이 병원이라는, 병실이라는 사실을 잊어버린 채 이성을 잃은 정윤이 당혹스러웠다.

"진정하고, 나가서 이야기해."

"놔. 선배하고 할 말 없어."

정윤이 그의 팔을 뿌리쳤다.

"결혼 전 일이라고 들었어요. 결혼 전에 좋은 마음으로 오고 간 걸 뭐라고 하겠어요. 그런데 왜 추억을 앞세워 이미 다른 가정의 남자가 된 사람에게 연락을 하고, 만나느냐고요."

정신없이 쏟아져 나오는 정윤의 말을 지민이 멍한 시선으로 듣고 있었다.

"추하게 뒤에서 만나면 소리 없이 즐기고 말면 되지, 사람들 마음에 못을 박아 그렇게 죽긴 왜 죽어요. 그리고 왜 죄 없는 우리 엄마마저 그 재수 없는 인연에 얽혀 죽어 가게 하냐고요!"

거의 이성을 잃은 정윤을 바라보며 지민은 마음이 아득해졌다.

이미 예전에 겪은 아픔이었다. 아빠마저 보내며 커다란 슬품의 덩어리를 모두 같이 보냈다. 그저 영철의 얼굴을 평생 보지 않으며 그 인연의 끝자락들을 버리면 그만이라 생각했다.

그런데 여기 이렇게 아픈 여자가 또 있었다. 그녀의 갑작스러운 울부짖음에 지민의 가슴 한구석이 쓰려 왔다. 그러나 제 엄마의 이름을 그 입에 욕되게 할 수는 없었다. 정윤이 자신의 엄마를 아파하듯이 엄마에 대해 함부로 말할 수 있는 사람은 오직 자신뿐이었다.

"정윤아, 그만하고 나가. 너 이러면 후회해."

지혁이 정윤의 팔을 잡아 병실 밖으로 데리고 나가려 했다.

"이거 놓으라니까!"

정윤이 지혁을 노려보며 거칠게 팔을 풀었다.

"하. 내 마음이 이런데, 어디 당신 마음이야 편하겠어? 우리 아버지가 있는 이 병원이 좋기만 하겠냐고."

원장님은 사흘이 멀다 하고 들여다보는데 지민은 썩 반기는 눈치가 아니더라는 비서실장의 말을 정윤은 비로소 이해가 됐다.

"강지혁 때문인가? 이제 당신이냐고! 남의 남자 곁에서 떠나지 않고 서성대는 게 모녀 특기인가 보지?"

"이건 또 무슨 소리야?"

옆에서 지켜보던 소진이 기도 안 찬다는 표정으로 팔을 걸어붙이고 끼어들었다.

"이 여자가 보자 보자 하니까. 여기 와서 이러는 진짜 이유가 그거였어? 이것 봐요, 김정윤 선생. 의사가 안전 요원한테 끌려 나가는 봉변당하기 싫으면 이쯤 해요. 얼마나 모자라고 자신 없으면 아픈 환자한테 와서 이게 뭐야? 어이없어, 정말."

소진이 앞뒤 없이 따져 들었지만, 정윤은 어떤 말도 들리지 않는 듯 오로지 지민만 상대하려 들었다.

"그렇지 않아도 아픈 사람, 불쌍한 사람 못 지나치는 의사한테 아픈 걸 무기로 내세우다니."

"정윤이 너 그만 못 해?"

지혁의 눈썹이 가파르게 치켜 올라가고 턱 근육이 실룩거렸다.

"그래요? 강지혁 씨가 아픈 사람, 불쌍한 사람 못 지나치는 남잔가요?"

지민이 차갑게 내뱉는 소리에 지혁과 소진의 움직임이 그대로 멈췄다.

"나는 안 되는 줄 알았는데. 나처럼 가진 것 없는 사람은, 나처럼 몸조차 부실한 사람은 언감생심 꿈도 꾸면 안 되는 사람인 줄 알았는데, 그럼 어디 정윤 씨 말대로 아픈 걸 무기로 작정해 볼까요?"

또박또박 뱉어 내는 힘 있는 말의 매무새와 달리, 그녀의 표정에선 어떤 감정도 읽을 수 없었다.

"20여 년을 사랑해 왔던 남자를 말 한마디 않고 고스란히 남에게 가져다 바친 우리 엄마와는 다르게."

지혁의 양미간이 절로 찌푸려졌다. 입술에 비릿한 미소를 담고서 정윤에게 차가운 시선을 던지는 지민의 모습이 불안해 보였다.

"그만들 해."

영철이 지민과 정윤 두 사람 사이의 팽팽한 공기를 가르며 병실로 들어섰다.

"여기까지 또 어쩐 행차세요? 왜, 제가 한지민 씨를 당장 내쫓기라도 할까 봐 달려오셨어요?"

"정윤아."

영철이 타이르듯 딸의 이름을 불렀다.

"왜 제가 아직까지 이유경이란 이름과 연관되는 사람을 보고 살아야 하는 건데요. 도대체 언제쯤이면 그 여자의 이름을 잊어버리고 살 수 있는 거냐고요!"

"그 이름이 이 세상에서 사라진 지는 오래야. 내 세상에서는 그 이전에 버려졌던 불쌍한 이름이고. 네가 이렇게 예민해 할 일이 아니야."

어떻게 설명해야 좋을지. 어떻게 이해를 받아야 할지 영철도 알지 못했다. 그러나 더 이상 서로에게 상처 주는 것을 보고 있을 수만은 없었다.

"예민? 그 여자의 딸이 이 병원에, 아버지의 병원에 이렇게 떡하니 있는데. 게다가 온갖 염문을 뿌리며 버티고 있는데 이게 예민한 건가요? 사람들이 다들 뭐라고 하는 줄⋯⋯."

"그만해. 네 언니는 내가 붙잡고 있는 거야."

영철이 단호히 정윤의 말을 끊었다.

"누가 붙잡고⋯⋯. 지, 지금 뭐라고 하셨어요?"

"네 언니라고 했다."

"그만하세요. 누가 누구 언니라고 하시는 거예요. 윽!"

소리를 높이던 지민이 복부를 잡으며 짧은 신음 소리를 냈다.

"지민아!"

"지민 씨."

지민이 한 손을 들어 다가서는 소진과 지혁을 제지했다.

"지민이, 네 언니다."

영철이 굽히지 않고 말을 이었다.

"그게 무슨…… 소리예요. 정확히 말씀하세요."

"얼마 전에 유전자 검사했다. 네 언니야."

"대체 그게 무슨."

뜬금없이 유전자 검사라니. 정윤이 황당한 눈빛으로 영철과 지민을 번갈아 바라보았다.

지민은 정윤을 외면한 채 창밖 먼 곳으로 시선을 옮겼다. 자신이야말로 그 사실을 미치도록 받아들일 수 없다고, 견딜 수 없게 싫다고 말한들 그녀의 충격이 줄어들진 않을 것이었다. 그저 드라마에서나 볼 수 있는 이런 장면이 견딜 수 없었다.

왜 아무런 상관도 없는 자신을 둘러싸고 저 부녀가 여기서 이러는지, 그녀의 말처럼 왜 자신이 이곳에서 이런 처지에 놓여 있는지, 할 수만 있다면 창을 열고 저 밖으로 날아가고 싶었다.

망연자실해 있던 정윤이 지혁 쪽으로 고개를 돌리며 낮은 소리로 물었다.

"선배도 알고 있었어?"

굳게 다문 지혁의 입술이 움찔거렸다.

"나만 몰랐던 거야? 그랬던 거였어? 어떻게 선배까지, 선배까지 나한테 이럴 수가 있어?"

엄마의 마음속 가시였던 이유경이라는 여자가, 그 여자의 딸 지민이 이제 와 새삼스레 자신에게 영향을 줄 일은 없었다. 또한 지민이 알고 보니 아버지의 딸이라 한들 소원해질 대로 소원해진 부녀 사이를 더 이상 멀어지게 할 것도 없었다.

정윤은 자신의 엄마를 피해자라고만 생각해 불쌍하게만 여겼다. 그러나 엄마에 대한 반동으로 원망했던 이유경이라는 여자에게 오히려 동정심이 생길 판이었다. 더 나은 조건의 여자를 선택하며 떠나가 버린 남자의 아이까지 낳아 길렀던 여자였다.

한지민, 넌 이 사실을 알고도 강지혁에게 마음을 주었을까.

정윤이 눈을 질끈 감고 입을 앙다물었다. 지민의 감정까지 뭐라고 단정하기엔 그녀를 잘 몰랐다. 다만 지혁은, 그만은 달랐다.

세진 병원을 거쳐 간 많은 환자들은 그의 까칠한 태도에도 종종 동경을 품어 왔었다. 그러나 그는 언제나 의사로서 환자에게 분명한 선을 지켜 오던 남자였다.

그러던 그가 지민에게만은 확실히 달랐다. 정윤은 알 수 있었다. 그래서 더욱 불안했다. 아무리 아파도 배웅은 오피스텔 현관까지가 전부인 그였다. 더 불안할 땐 집에 있는 아주머니를 불러 주는 배려까지 보였다. 아침이면 어김없이 안부는 물었지만 침대 곁을 지키는 일은 한 번도 없었다.

지나온 세월 중 정윤은 그것이 서운한 날도 있었다. 그런 그가 언제 사람이 들이닥칠지 모르는 지민의 병실 침대 한편에 엎드려 잠이 들다니.

늘 불안했던 예감이 결국 정윤을 이렇게 만들었다. 정윤에게 어떤 일도 숨김이 없던 지혁이었다.

그런데 왜? 아버지의 부탁 때문에?

김 간호사의 말을 듣고 화가 난 나머지 원장실을 달려가 원망을 퍼부었지만, 결국 그것은 대상을 달리 한 화풀이에 지나지 않았다.

지혁은 누군가의 부탁 때문에 공과 사를 구별하지 못하는 사람이 아니었다. 다른 환자보다 지민에게 한 걸음 더 다가갔다면 그건 어디까지나 그의 마음이었을 것이다. 영철의 부탁 때문에 뻗을 수 있는 손길이 아니었다.

정윤과 그는 오래 전부터 양가 집안이 모두 알아오던 격의 없는 사이였다. 그녀의 외할아버지 역시 일찌감치 정윤을 그 집안으로 보낼 생각까지 했다.

그럼에도 지혁은 항상 일정한 선을 그었다. 정윤이 세진으로 출근한 첫날, 그는 '오빠'라는 호칭보다는 '선배'라는 호칭을 사용하길 바랐다.

짧지 않은 시간을 그의 곁에 머물면서 지혁이 서른이 넘도록 제대로 된 연애 한번 하지 않고, 어느 여자에게도 진지한 마음을 지니는 것을 보지 못했기에 정윤은 그의 마음 안에 자신이 어느 정도 자리 잡고 있을 거라 희망을 가졌었다.

그런데 한지민이라니. 심지어 그 한지민이 자신과 배다른 자매라니.

용납할 수도, 이해할 수도 없는 일이었다.

원망 가득한 눈으로 지혁을 바라본 정윤이 휙 하니 병실을 뛰쳐나갔다. 그런 정윤을 지혁이 급히 따라나섰다.

"……이제 원장님도 나가 보세요."

지민의 목소리가 병실 바닥으로 무겁게 떨어졌다.

―아직 연락 없대?

"……."

―하긴, 그 자식한테 연락하겠냐. 상경이 잘 살라고 죽어도 싫다던 이 병원에 들어왔는데.

전화기 저편에서 들리는 호진의 한숨 소리가 깊었다.

―아무래도 그때 내가 잘못한 것 같아. 그런 출생의 비밀이 있는지 누가 알았냐고. 아니지, 그래도 아버지 병원으로 왔어야지.

"끊어."

걱정을 앞세운 그의 넋두리를 견뎌 내기 힘든 지혁이 귀에서 수화기를 떼어 냈다.

—야, 잠깐만.

전화기를 뚫고 호진의 큰 목소리가 튀어나왔다.

—약도 없이 5일째야. 무작정 기다릴 게 아니라 있을 만한 데를 찾아봐야 되는 거 아니야? 어릴 때 자란 보육원이라도. 내가 상경이한테 한번 물어봐?

"끊는다."

지혁은 그대로 통화를 끝내 버렸다.

지민이 병원을 나간 지 5일째. 누구보다 초조한 마음으로 날짜를 헤아리고 있는 지혁이었다.

정윤이 다녀간 날, 함께 밤을 보내고 회사로 출근하는 소진에게 피곤해서 어떡하냐고 작은 미소까지 지어 보이던 지민은 아무도 모르게 병원을 나간 후 어떤 연락조차 없었다.

오전 진료를 어떻게 끝냈는지도 모른 채 연구실로 돌아온 지혁에게 호진은 오늘도 어김없이 전화를 걸어 왔다.

밤낮없이 걸어 오는 호진의 전화가 그녀의 소식도 소식이지만 속 태우고 있을 것이 분명한 자신의 안위를 걱정해서라는 걸 모르지 않았다.

호진에게 말을 하는 게 아니었다. 그러나 이미 병원 곳곳의 간호사들이 자신과 그녀, 그리고 정윤의 일을 두고 수군거리고 있으니 그가 아는 건 시간문제였다.

지혁은 연구실을 박차고 나와 주차장으로 향했다. 차 백미

러에 비친 그의 얼굴이 며칠 사이 더 까칠해 있었다. 이른 새벽 깎는다고 깎은 턱 언저리는 수염으로 거뭇하고, 제대로 자지 못한 눈은 충혈 되어 있었다.

지민의 아파트에 도착한 그는 주차 선을 제대로 지키지도 못한 채 급하게 차를 세웠다. 출퇴근하면서 매일 들러 본 그녀의 집은 역시나 비어 있었다. 지난밤 병원에서 밤을 새우고는 혹시나 해서 달려와 본 것이었다.

도대체 어디에 있는 건지. 세상 연고라고는 없는 그녀가 김상경 말고도, 친구인 소진 말고도 몸을 맡길 만한 곳이 있는 건지. 혹여나 낯선 곳에서 혼자 있는 건 아닌지.

갑갑한 마음에 지민의 집 현관 벽에 기댄 채 스르르 바닥으로 주저앉았다.

그날, 밤늦게라도 그녀에게 다시 들렀어야 했다. 그는 무릎 위에 팔꿈치를 짚어 올리고 깍지 낀 두 손등에 이마를 묻었다.

병실을 뛰쳐나간 정윤은 가운을 입은 그대로 주차장으로 달려가 운전대를 잡았다. 그동안 억눌러 왔던 아버지에 대한 서운함과 배신감, 무엇보다도 부모보다 더 의지해 왔던 지혁을 잃을지도 모른다는 불안감에 제정신이 아니었다.

그런 정윤을 혼자 둘 수 없었다. 힘들어 할 딸에게 손조차 내밀지 못한 채 자괴감으로 괴로워하고 있을 영철 때문이기도 했지만, 그에게 있어서도 정윤은 20년을 함께해 온 남매와 같은 존재였다.

정윤을 진정시켜 집으로 보내고 나니, 시각은 벌써 밤 11시를 넘고 있었다. 회진을 핑계 삼아 이른 시간부터 지민의 병실로 향했지만 침대 위에는 잘 개어진 환자복만 있었다.

"선배 마음에…… 정말 한지민이 있는 거야?"

그의 만류에도 불구하고 위스키 몇 잔을 연거푸 마신 정윤이 물었다.

"착각하고 있는 거 아니야? 퇴원해 보낼 때까지 우리 다들 그렇잖아. 내 환자를 보는 안타까운 마음. 그런 걸 수 있잖아."

제 마음 역시 정윤이 묻는 바와 같기를 바랐다.

"어떻게 확신하는데? 선배, 제대로 된 사랑 따위 해 본 적 없잖아. 동정, 연민, 사랑. 그런 거 구분이나 할 줄 아냐고."

스스로조차 알지 못했다. 자신의 감정을 차근차근 따져 볼 여유 따위 없었다.

검사 결과 하나하나에 연연했고, 수술대 위에서는 그럴 리 없음을 알면서도 혹여나 쓸데없는 곳에 못된 놈이 숨어 있지 않나 노심초사했다.

단 하나 의지해 온 사람을 떠나보낸 지민이 병 앞에서 스스로를 포기하지 않도록 의사로서 싸울 전투력을 심어 줄 방법을 고심했다.

언젠가부터 출근하는 차 안에서 지난밤 그녀가 잠은 좀 잤을까 걱정하는 스스로를 발견했고, 어느 순간부터 그녀의 치료 일정을 먼저 챙기고 있음을 알았을 뿐이었다.

지민이 흘리는 눈물에 아팠고, 그런 그녀의 얼굴을 하루 중 몇 번이고 되뇌고 있는 자신을 알아차렸다. 그녀를 바라보는 자신의 감정이 변화하고 있다는 걸 알면서 나름 무던히 노력했다.

적어도 제 감정을 냉정히 바라보기 위해 지민을 퇴원시키는 날까지 이성으로 통제될 수 있기를 바랐다.

그 모든 것이 태풍과 함께 무너져 버렸다. 환자를 지켜보는 작은 연민이 아니냐는 물음에 할 말이 없었다. 수술 동의서에 사인할 보호자 하나 제대로 없는 그녀에 대한 아픈 동정심이 아니냐고 따져 물으면 그것도 틀리다고 단언할 수 없었다.

정윤이 다그치듯 따져 묻는 감정에 갑작스러운 혼돈이 일었다. 그러나 그것은 지민이 자신의 행동 반경 안에 있을 때의 이야기라는 것을, 그땐 알지 못했다.

"왜 꼭 그 여자여야 하는데? 동정이나 연민이라면 차라리 날 두고 해. 나는 정말 안 되는 거야? 말이라도 속 시원하게 해 보란 말이야. 내가 깨끗이 포기라도 할 수 있게."

"온종일 내 마음이 그 사람을 찾고 있어, 정윤아."

고개를 숙인 지혁의 얼굴에 드리워 있던 그림자가 더 짙어졌다. 지민이 시야에서 사라진 5일 동안 그는 아무것도 할 수 없었다.

일주일 동안 두 번의 오전 진료를 하면서 환자들이 묻는 말에 어떤 대답을 했는지, 수술 일정을 어떻게 잡아 보냈는지 그저 시간에 몸을 맡겼을 뿐이었다.

병실이 비어 있던 첫 날은 지난밤의 소란을 생각하면 그럴 수도 있겠다고 여겼다. 바람이나 쐬러 갔을 거라 생각했다. 전화를 받지 않는다는 간호사의 말에도 그저 지민에게 시간을 주고 싶다는 생각으로 애써 태연함을 가장했다.

그런 그를 비웃기라도 하듯 그녀는 저녁이 되어도 돌아오지 않았다. 혹시나 하는 마음에 상경에게 연락을 해 보았지만, 그는 아무것도 모르고 있었다. 오히려 놀란 상경의 앞에서 내일이면 돌아오지 않겠냐며 걱정을 숨겼다.

다음 날 소식을 듣고 화를 주체하지 못한 채 달려온 소진이 정윤의 연락처를 내놓으라고 언성을 높이는 것을 보고난 뒤에야, 이틀 동안 자신을 감싼 불안감의 실체를 깨달았다.

그녀의 아파트를 직접 방문하고, 그 몸으로 갔을 리 없는 포장마차로 달려가는 동안 좀처럼 대상을 알 수 없는 화를 견디기 힘들었다.

혹시라도 왔을지 모를 지민의 연락을 확인하기 위해 상경에게 3일 동안 전화를 걸었다.

그 모습이 안타까웠는지, 오늘 오전 상경이 그를 달래 왔다.

지민이 있을 만한 곳을 알아보고 있으니 찾으면 연락하겠다고. 너무 걱정하지 말라고.

"걱정하는 사람들은 어쩌라고."

탄식을 담은 혼잣말이 절로 새어 나왔다.

"도대체 어디에 숨은 거야."

제 몸을 돌보지 않고 숨어 버린 그녀에 대한 화가 끓어오를 때가 차라리 나았다. 시간이 흐를수록 뚜렷해지는 감정에 그는 당황스러웠다. 대체 언제부터 제게 한지민이란 여자가 이토록 큰 존재가 되었는지 모를 일이었다.

지혁이 마른세수를 하던 그때였다. 땡, 하는 소리와 함께 엘리베이터의 문이 열렸다. 자리에서 얼른 일어나며 내리는 이를 확인했다. 낯선 중년 여성과 그 뒤로 젊은 부부 한 쌍이 함께했다. 맞은편 현관이 목적인 줄 알았던 일행이 그의 앞에 섰다.

"이 집, 주인 기다리세요? 당분간 못 들어온다고 하던데."

중년 여성이 좀 비켜 달라는 듯 말을 이었다.

"저희들은 집을 좀 보러 왔는데……."

"집을 보러 오셨다고요?"

뜻밖의 소리에 지혁의 눈썹이 빠르게 치켜 올라갔다.

"네. 며칠 전에 연락이 왔어요. 집 내놓을 테니 알아봐 달라고."

"지민 씨, 아니, 집주인에게 직접 연락 왔습니까."

"네. 이 집 들어올 때도 제가 소개했어요. 집값 오를 때 그렇게 내놓으라고 해도 살 집이라 안 된다고 하더니⋯⋯."

중개 소장이라고 자신을 소개한 여성이 굳어 있는 그의 표정을 흘깃 보며 조심스럽게 말했다.

비밀번호를 누르고 안으로 들어가는 일행을 보며 지혁은 한 손으로 얼굴을 쓸어 올렸다. 병원으로 돌아온다고 해도 입원 기간은 그리 길지 않았다.

무슨 생각으로 그녀가 갑자기 집을 내놓았는지 그 속을 헤아릴 수 없었다. 그저 몰려오는 두통에 미간을 더욱 찌푸렸다.

결국 그들이 내려가고 한참 뒤에야 지혁은 아파트를 내려왔다. 자동차 문을 여는 순간 휴대폰이 울렸다.

—김상경입니다.

"말씀하세요."

지혁의 조급한 목소리가 빠르게 흘러나왔다.

—어디십니까. 강 선생님을 만날까 해서 병원에 왔습니다만.

"잠깐 밖입니다만. 한지민 씨에게 연락이 있었나요?"

—어디에 있는지 알았습니다.

"제가 곧 가겠습니다."

지혁은 급히 차의 시동을 걸었다.

—아닙니다. 제가 일어나 봐야 해서⋯⋯.

"어디에 있습니까."

—좀 먼 곳입니다. 보육원에서 지민이를 예뻐하던 선생님이 계셨습니다. 지금은 수녀님이 되셨지요. 그분이 계신 수도

원에 간 모양입니다.

체기가 내려가는 듯 숨통이 트여 왔다.

―며칠 전 연락을 드렸을 때는 안 왔다고 하셨습니다. 그때 지민이 상태를 말씀드렸지요. 지민이 걱정되셨는지 몰래 연락을 주셨습니다.

"지금 바로 가실 건가요?"

―……강 선생님께서 가 주실 수 있으신지 해서요.

"그렇게 해도 되겠습니까."

조심스러워하는 상경과 달리 지혁은 선뜻 나섰다.

―그전에, 강 선생님에게 지민이가 어떤 환자인지 물어도 되겠습니까?

상경은 병원에서 지민을 바라보던 지혁의 남다른 눈빛을 보았다. 그리고 지난 며칠간 그의 행동은 그저 담당 의사가 할 행동이라 보기엔 지나침이 있었다.

"한지민 씨는 제게 더 이상 환자만은 아닙니다."

낮게 울리는 그의 목소리에서 힘이 느껴졌다. 긴장하던 상경의 숨결이 한층 편안해졌다.

―수녀님께 말씀드려 놓겠습니다. 주소는 문자로 바로 보내 드리죠.

"네."

지혁이 급한 마음에 얼른 종료 버튼을 누르려 할 때, 상경의 목소리가 휴대폰 너머로 흘러나왔다.

―강 선생님, 지민이 부탁드립니다.

"네. 도착하면 연락드리겠습니다."

전화를 끊은 지혁은 곧장 자신의 아파트로 가서 작은 가방을 꾸리며 호진에게 전화를 걸었다. 항바이러스제와 기타 약품을 준비한 호진이 병원 주차장에 미리 나와 기다리고 있었다.

경남 고성 대가면. 내비게이션 시간으로 네 시간. 빨리 밟으면 해 떨어지기 전에 들어갈 수 있었다. 평일이라 고속도로를 뚫고 내려오는 길은 한순간이었지만, 연화산 톨게이트를 빠져나오면서 내비게이션이 헤매기 시작했다.

시골길을 인식 못하는 내비게이션이 답답하여 지혁은 어느 한적한 마을에 차를 세우고 깜박이를 켰다. 해가 저물어 가고 시각이 5시를 향해 가자 마음이 조급해졌다. 지나가는 경운기를 세워 수도원을 물었더니 10여 분은 더 들어가야 된다며 방향을 가르쳐 주었다.

조금 더 달려 송계 마을에서 산 둔덕 쪽으로 가파르게 올라가자 활짝 열린 큰 철문 옆 간판에 적혀 있는 수도원의 이름이 눈에 들어왔다. 왠지 속세와의 경계를 넘는 듯 그는 긴장감에 엄숙함마저 느껴졌다.

수녀원, 수도원, 마리아 마을이라고 적힌 세 갈래의 이정표 앞에 수녀님 한 분이 기다리고 계셨다. 자신을 비올리나라고 소개한 수녀님을 태우고 마리아 마을에서 산비탈로 조금 더 오르니 작은 별채 하나가 나왔다.

산책을 나갔는지 지민은 보이지 않았다.

"보통 외부에서 온 여자 손님들은 마리아 마을에서 묵지만, 남자분이나 가족 단위로 오신 분은 저 아래 요셉 마을에서 묵으시지요."

차를 내려 현관문을 열어 준 비올리나가 지혁을 향해 뒤돌아보았다.

"산길에 가려 보이지 않지만 걸어서도 그다지 멀지 않아요. 두 군데 모두 이번 주는 손님이 없지만, 편안히 머물다 가라고 지민이에게 외부 수녀님들이 오실 때만 쓰는 이곳 별채를 내주었어요."

말을 이어 가던 그녀가 작은 손수건으로 눈물을 훔쳤다.

"의사 선생님이라고 들었어요. 우리 지민이 잘 부탁드려요."

비올리나는 곧 저녁 예배 준비가 있다며 천천히 언덕을 내려갔다.

지혁은 차에서 작은 의료 가방을 들고 왔다. 해는 먼 산머리를 향해 눕기 시작했지만 뜰에는 아직 햇살 몇 줄기가 남아 있었다.

8. 더없이 좋은 나날

들이마신 공기가 맑았다. 그 탓인지 내쉬는 호흡마저 깨끗한 느낌이었다.

그러나 산책을 하고 돌아오는 지민의 마음은 가볍지 않았다. 시간을 보기 위해 켠 휴대폰이 쉬지 않고 울려 댔다.

서울을 떠나온 지 벌써 5일째였다. 지칠 만도 한데, 아직도 부지런히 보내는 소진의 애달픈 문자에 마음이 아렸다. 여전히 상경의 음성 메시지는 확인할 용기가 없었다.

저녁 미사는 건너뛰고 좀 쉬어야겠다. 마지막 두 걸음을 힘겹게 떼던 지민이 순간 걸음을 멈췄다.

현관 앞 디딤돌 가장자리 틈새를 비집고 올라온 작은 야생화를 살피던 지혁이 몸을 일으켰다.

"왔어요? 아직 너무 무리하면 안 되는데."

놀란 채 서 있는 지민을 향한 그의 목소리는 담담하고도 부드러웠다.

"뭐 하시는 거예요?"

"잘 보고 딛어야겠어요. 이제 막 올라오려는 꽃대가 밟히겠는데요."

지혁이 보고 있던 땅 쪽을 향해 어깨를 으쓱거렸다.

"지금 여기서 뭐 하시는 거냐고요."

그녀의 목소리가 읊조리는 듯 겨우 흘러나왔다.

"지민 씨 기다렸어요. 산책이라고 해도 이런 길은 아직 많이 걸으면 안 좋을 텐데……. 내려간 지 좀 됐나 봐요."

그가 바람을 맞은 듯 흩어져 있는 지민의 머리와 상기된 볼을 찬찬히 살폈다.

"다른 환자들은 어쩌고 여기서 이러고 계세요?"

"그러게 말입니다. 다른 환자들은 어쩌고 여기서 이러고 있을까요."

지혁의 목소리가 다소 차가워졌다.

"그리고 한지민 씨는 여기서 뭐하고 있는 걸까요."

흔들림 없는 그의 시선을 견디기 버거운 지민이 고개를 돌려 버렸다.

"저녁 바람이 차요. 들어갑시다."

재킷을 벗어 어깨에 걸쳐 주는 그의 팔을 지민이 제지하듯 잡았다.

"어딜 들어가신다는 말씀이세요."

"비올리나 수녀님이 나머지 방을 쓰라고 허락하셨어요."

지혁이 열쇠가 세 개 달린 작은 열쇠고리를 흔들어 보였다. 앞서 걸어가는 그의 뒤를 지민이 마지못해 뒤따랐다.

주방으로 곧장 들어간 그는 벌써 살림을 살펴본 듯 익숙하게 찻잔을 꺼내고 포트에 물을 올렸다. 물이 끓는 짧고도 긴 시간 동안 지민은 번잡한 마음을 숨기느라 애썼다.

지혁은 자신의 것으로 믹스 커피를, 지민의 것으로 허브티를 준비해 그녀가 앉은 소파로 내어 왔다.

"빛의 속도로 달려왔어요. 나, 안 반가워요?"

커피를 한 모금 마시며 작은 농담을 건네는 지혁이 실은 반가웠다. 귓가로 얇게 빠진 웃음기를 머금은 입술도 그리웠다.

미소 짓는, 까칠한, 짓궂은. 그리고 가을 하늘을 향한 아득했던 그의 얼굴.

병원을 떠난 이후 머릿속에서 떠나지 않던 얼굴이었다. 지난 몇 달 동안의 시간 안엔 온통 그에 대한 기억뿐이라는 걸 이곳에 와서야 깨달았다.

"다 마셨으면 일어나세요. 어두워지면 내려가기 어려워요."

지민이 들고 있던 잔의 차를 반 정도 남기고 자리에서 일어나 싱크대로 다가섰다.

"그래요. 지민 씨도 얼른 짐 싸요."

"강 선생님."

지민이 목소리를 높이며 그를 돌아보았다.

"도대체 뭐 하러 여기까지 오신 거예요."

"내가 여기 왜 왔는지 정말 몰라서 묻는 겁니까?"

매끈하게 뻗은 그의 턱선이 꿈틀거렸다. 그대로 등을 돌리는 지민의 앞을 지혁이 가로막고 섰다.

"한지민 씨야말로 여기서 뭐 하는 거죠?"

높아진 그의 목소리에 놀란 지민이 저도 모르게 한 걸음 뒤로 물러섰다. 지혁이 낭패한 얼굴로 이마를 짚으며 짧은 호흡을 했다.

"정말 나쁜 여잔 거 알아? 왜 당신 생각만 하는 거야. 당신 걱정으로 노심초사하는 사람들 생각은 안 해?"

그녀의 마음을 모르는 것도 아니었지만 지혁은 이미 터져 버린 마음을 어쩔 도리가 없었다.

"잠들지 못한 병실에서 나쁜 생각으로 밤을 새우는 건 아닐까. 긴 복도의 낯선 발걸음 소리에 놀라지는 않을까. 천둥소리에 벌벌 떠는 당신 때문에 비만 올 것 같으면 초조해지는 나는?"

지난 며칠 애끓었던 마음이 그의 입에서 봇물 터지듯 흘러나왔다.

"당신 말처럼 내게 환자가 당신만 있는 것도 아닌데, 온종일 다른 환자는 안중에도 없이 당신 생각만 하는 나는 어쩌고, 이런 데서 이러고 있는 거냐고."

당황한 지민이 그의 눈을 피했다. 싱크대 모서리 한쪽을 잡고 선 그녀의 옆으로 지혁이 한 걸음 다가섰다. 그가 내려놓는 컵 소리가 좁은 실내의 정적을 깼다.

"가라고 하지 말아요. 나 여기 주치의로 온 게 아니라, 보호자로 온 거니까."

"선생님이 왜…… 내 보호자예요?"

지민의 목소리가 가늘게 떨렸다.

"그럼 병원장님을 불러 드릴까요? 아니면, 앞으로 당신의 보호자는 절대 될 수 없는 김상경 씨라도? 환자 기록부 보호자 란에 처음부터 내 이름이 적혀 있는 거 몰랐나 보군요."

억지 같은 소리였지만 거짓말은 아니었다. 애당초 응급실에 들어오면서 담당 레지던트가 한 실수가 정신없이 흘러온 시간 속에서 지금껏 그대로였다.

보호자. 그 말이 문득 지민을 서글프게 만들었다. 물론 의사로서 그를 신뢰하고 믿고 있었다. 의사와 환자라는 관계에서 일어나기 흔치 않았던 작은 일들 앞에서 본의 아니게 조금씩 자신을 드러냈고, 부끄럽고 겸연쩍어하던 처음과 달리 그를 점점 의지해 갔다.

무료하고 지루한 병원 생활 속에서 젊은 총각 선생님을 기다리는 사춘기 학생처럼 그를 떠올리며 마음이 설레었다. 그렇게 만난 얼굴이 반가워 짓궂게 굴었다. 와야 할 회진에 그가 오지 않기라도 하면 서운한 마음을 멈출 수가 없었다.

그러면서 그가 더는 의사가 아닌 남자라는 존재로 마음속에 자리 잡고 있다는 걸 인정해 갔다. 상경을 그렇게 떠나보내고, 이제 더 이상 어떠한 감정 앞에서도 스스로를 묶어 두고 싶지 않았다.

그것도 어디까지나 시작과 끝이 자유로운 제 일방적인 감정일 때 이야기였다. 모든 사실이 밝혀진 지금, 정윤 때문만이 아니더라도 갑작스럽게 알려오는 지혁의 마음이 영 혼란스러웠다.

그의 이름이 보호자로 기재되어 있다는 사실이 지폐 한 장 가진 것 없는 사람처럼 초라하게 만들었다.

지혁이 다가가 두 팔로 그녀를 크게 감싸 안았다.

"미안해요. 나까지 아프게 해서."

그가 뻣뻣이 치켜든 지민의 머리를 부드럽게 쓸어서 자신의 어깨에 기대게 했다.

"모두 걱정하고 있어요. 병원장님도, 상경 씨도 곁에서 지민 씨를 지켜 주고 싶을 겁니다. 하지만 이젠 지민 씨가 그 자격을 내게 줬으면 좋겠어요."

멀리서 저녁 미사를 알리는 종소리가 울렸다.

"난 보호자가 필요한 나이가 아니에요."

지민이 천천히 그의 품에서 빠져나왔다.

"누구라도 아프면 보호자가 곁을 지켜야 해요. 의사 소견으로도."

"이젠 의사 자격인가요?"

"어느 쪽이든."

지혁이 지민을 향해 싱긋 웃어 보였다.

기분 탓일까. 그 미소 끝에 약간의 쑥스러움이 묻어 있었다. 지민이 그를 살짝 흘겨본 후 싱크대 밑 작은 포대에 있는 쌀을 꺼냈다. 자신은 삶은 감자와 토마토로 간단하게 해결하려던 참이었지만, 먼 길을 향해야 하는 지혁을 위해서는 밥을 해야 했다.

그가 미간을 찌푸리며 다가와 물었다.

"식사 규칙은 잘 지키고 있어요?"

"제 식사는 따로 있어요."

지민이 식탁 위의 접시로 흘깃 눈길을 주었다.

"고단백 식품이 필수인데."

못 들은 척 지민이 물을 틀었다.

"나 때문이라면 하지 말아요."

지혁은 그녀의 손목을 잡아끌고 데려와 작은 소파에 앉힌 후 들고 온 가방에서 혈압계를 꺼내 왔다.

"약은, 여기 와서 한 번도 복용 못 했죠?"

나무라는 목소리가 엄했다.

"뭐라도 먹어야죠. 휴게소 가서 뭘 사 먹기엔 늦은 시각인데."

"몇 번을 말해요. 지민 씨 옆엔 의사든 보호자든 있어야 한다고."

"그래서 안 가시겠다는 거예요?"

"지민 씨가 가방을 싸든지."

"맘대로 하세요."

팔에서 혈압계가 떨어지기 무섭게 지민은 자리에서 일어나 그대로 방으로 들어갔다. 그녀의 뒷모습을 쫓아간 그의 시선이 한동안 방문에 머물렀다.

창 너머 먼 하늘로 주홍빛 떼구름이 넓게 깔렸다. 지혁은 자리를 일어나 쌀을 씻어 밥을 안친 후 가벼운 옷으로 갈아입었다. 급한 대로 가방을 꾸려 넣으면서도 사용할 일이 없기를 바랐다.

짧은 노크 후, 살그머니 문을 열고 들어가 보니 지민은 잠들어 있었다. 침대 위 창문 틈새의 바람에 커튼이 조금씩 나부꼈다. 지혁은 창을 살며시 닫은 후 침대 한편에 조심스레 앉았다. 산책이 피곤했던지 밤잠이 아닌데도 숨결이 깊었다.

절대 묵게 할 수 없다던 사람을 같은 공간에 두고도 곤한 잠에 빠져 있다니.

지혁이 피식 웃으며 지민의 손을 살며시 잡았다.

잘 있어 주어서 다행이었다. 5일 동안 말초 신경 구석까지 뻗어 있던 그의 긴장이 눈 녹듯 사르르 녹아내렸다.

어느덧 사위가 새까맣게 물들어 있었다. 간단하게 저녁을 해결하고 그릇을 씻느라 지혁은 방문이 열리는 소리를 듣지 못했다.

뒤에서 허리를 감아 오는 두 팔에 흠칫 놀랐다. 애꿎은 물소리만 주방에 요란히 울려 퍼졌다. 그는 선반 위 마른행주에 천천히 손을 훔치고 제 허리를 감은 그녀의 두 손 위로 손을 포갰다.

"정말 오랜만이에요. 눈을 떴을 때 누군가 제 곁에 있다는 포근함을 느낀 건."

잠을 깬 지민의 목소리는 약간 갈라져 있었다. 지혁이 천천히 몸을 돌렸다. 그녀의 눈은 바닥에서 떨어질 줄 몰랐다.

"사실 아침에 눈을 뜨는 순간, 가장 먼저 만날 수 있는 사람이 지혁 씨이기를 바랐어요. 늦은 밤 병실 앞을 서성거리는 발소리만 들리면 혹시 지혁 씨가 아닐까 기다렸고요."

지혁이 그녀를 끌어당겨 제 품에 살포시 안았다.

"날 기다리는 사람이 없는 36병동은 삭막, 그 자체였어요."

제 등을 쓸어내리는 손길이 따뜻해 지민은 잠시 그의 가슴팍에 머리를 묻은 채 가만히 있었다. 쿵쿵거리며 귓가에 들려오는 심장 소리가 누구의 것인지 알 수 없었다.

"정윤 씨 말이 맞아요. 나는 결국은 엄마와 같은 사람이었어요."

떨리는 입술을 뚫고 지민이 속삭이듯 말했다. 지혁은 그녀의 가녀린 어깨를 두 팔로 붙잡았다. 눈을 마주할 자신이 없는 지민은 허리를 감은 손을 풀 줄 몰랐다.

"아니, 엄마보다 나쁜 여자예요. 엄마는 어쩔 수 없이 보내 놓고 잊지 못해 힘들어했지만 전 정윤 씨 마음을 알면서도 모른 척했어요. 상경 오빠를 그렇게 보내 버린 내가 미워서, 온전히 나 자신을 내어 준 적 없는 스스로가 불쌍해서, 제 마음만 돌아보기 급급했어요."

그녀의 어깨가 가늘게 떨리고 있었다.

"그런 내가 부끄러워서…… 도저히 그대로 있을 수가 없었어요."

가슴 한구석을 치고 오는 둔탁한 통증에 지혁은 참았던 숨을 들이마셨다. 그 바람에 그녀의 어깨가 들썩거렸다.

"지민 씨, 나 좀 봐요."

지민이 여전히 고개를 들지 못하고 있자 지혁이 채근하듯 그녀의 두 팔을 잡았다. 쭈뼛거리며 올려다보는 커다란 눈에 투명한 물방울이 맺혀 있었다.

"미안할 것도, 부끄러울 것도 없어요. 몸도, 마음도 지쳐 있는 당신에게 내가 간 거니까."

기어코 툭 하고 떨어진 눈물이 그녀의 볼을 타고 흘러내렸다.

"누군가에게 향하는 마음은 양보하는 게 아니에요. 눈치 보는 것은 더욱 아니고. 도망 다니지 말아요. 자기 마음 부정하고 도망 다니면 병난다는 거, 그래서 큰일 난다는 거 누구보다 잘 알고 있잖아요."

지민의 입술을 타고 내리는 눈물을 그가 엄지로 부드럽게 닦아 주었다. 떨려 오는 입술을 그녀가 저도 모르게 혀끝으로 빨아 당겼다. 그의 가슴팍이 다시 들썩거렸다. 미처 내리지 못하고 눈가에 맺혀 있던 눈물이 다시 떨어져 내렸다.

반사적으로 닦아 내려는 그녀의 손을 붙잡은 지혁의 입술이 눈물로 젖은 입술을 덮었다.

인내의 끝이었다.

✦   ✦   ✦

"윤회를 믿어요?"

갑작스러운 질문에 나란히 걷고 있던 지혁이 선이 고운 그녀의 얼굴을 돌아보았다.

"그렇다고 할 수 있죠."

"의외네요. 안 믿는다고 할 줄 알았어요."

"믿는다기보다 있기를 바라는 거죠. 모든 생명이 귀한 것이지만 특히나 안타까운 죽음을 접하게 될 때면 그들에겐 꼭 다음 생이 있었으면 좋겠다는 생각을 해요."

점심 기도를 끝내고 식사까지 마쳤다. 별장으로 향하는 지민과 지혁의 등 뒤로 내리쬐는 햇살이 포근했다. 그에게 윤회를 믿느냐고 뜬금없는 질문을 던진 지민은 그 후 아무런 말이 없었다.

수사들과 함께 식사하는 식당은 수도원을 기준으로 조금 아랫목에 있었다.

수도원 성당에서 산의 오르막으로 300여 미터를 올라가면 소망, 희망, 사랑으로 각각 이름 붙여진 작은 별채와 소강당이 있는 마리아 마을이 있었다.

그곳 뒤편을 따라 오르면 지민이 묵는 별장이 나왔다. 가장 앞서 있는 희망 별채의 붉은 지붕 끝이 보일락 말락 하는 길

중간에 마을 어귀에나 있을 법한 큰 정자나무가 있었다.

이곳에 들를 때면 지민은 언제나 그 나무 아래서 발걸음을 쉬었다. 지혁이 나무의 둥지에 가만히 손을 대며 발걸음을 멈췄다.

"다시 태어나고 싶은 거라도 있어요?"

풋, 하고 지민이 작은 웃음을 터트렸다.

"당연히 사람으로 태어나기엔 제가 좀 부족한가 봐요. 하긴, 선생님께. 아니, 지혁 씨에게 좋은 사람은 못되지만."

지난밤 이런저런 걱정을 앞세워 의사 티를 내는 지혁을 나무랐더니, 꼬박꼬박 부르고 있는 그 '선생님'이라는 호칭부터 어떻게 하라며 그가 투덜대 왔다. 그를 위해 호칭을 고쳐 보려 했지만 역시 어색했다.

"어떤 사람으로 태어나고 싶습니까?"

스치는 바람이 싱긋 웃으며 말을 정정해 주는 그의 머리카락을 건드렸다. 지민도 따라 웃었다. 그 웃음이 좋아 지혁은 그녀의 얼굴에서 눈을 떼지 않았다.

쑥스러운 지민이 고개를 돌렸다. 지혁은 자신의 삶을 던져 버릴 듯 공허해 보이는 그녀가 다음 생을 생각한다는 것이 반가웠다.

"하느님 말씀을 믿는 곳에선 사람이 죽으면 모두 주님이 계신 천국으로 간대요. 난 그게 싫어요."

지혁의 눈에 호기심이 어렸다. 그녀가 하고 싶은 말이 뭔지 궁금했다.

"예수님이 살아 돌아오신 것도 믿고, 하느님 말씀 토 달지 않고 있는 그대로 믿어 드릴 테니까, 열심히 착하게 살면 원하는 것으로 다시 태어난다고 말씀해 주셨으면 좋겠어요."

그의 한쪽 입꼬리가 귓가로 길게 올라갔다.

"너무 터무니없나요?"

웃음의 의미를 알 수 없어 지민이 물었다.

"아니요. 다행이다 싶어서."

"뭐가요?"

"지민 씨도 주님의 착한 어린 양은 아닌 게. 나는 왠지 하느님 말을 맹신해서 열심히 좇아다니는 사람을 만나면 자리라도 멀리 떨어져 앉고 싶고……, 하여튼 좀 불편하거든."

그가 코를 약간 찡긋거렸다.

"그런데 어떻게 미사 시간에 그렇게 잘 앉아 있어요? 안젤라 자매님이 지혁 씨 멋있다며 세례명이 뭐냐고 살짝 물으시던데."

"그래야 밥을 준다니까."

지민이 그의 대답에 웃음을 터트렸다.

"식사 시간에 맞춰 내려와도 돼요."

"싫어요."

지혁이 딱 잘라 단호하게 말했다.

"괜찮아요. 간혹 비신자도 오는 곳이에요."

"멋있다는 소리까지 들었는데 어떻게 안 갑니까."

그녀의 입에서 곧장 어이없는 헛웃음이 새어 나왔다.

"나도 간절히 빌고 싶은 소원이 하나 생겼거든요."

한걸음 뒤에서 지혁이 혼잣말인 듯 낮게 중얼거렸다. 뒤돌아보는 그녀가 되묻기도 전에 그가 먼저 진지하게 물었다.

"그래서, 어떤 사람으로 태어나고 싶은지 안 가르쳐 줄 겁니까?"

한 걸음 앞서 걷던 지민이 발걸음을 멈췄다. 저 멀리 산 아래 어딘가를 향해 뻗어 있는 고속도로를 바라보고 있었다.

"엄마."

그녀가 예상외의 답을 했다.

"엄마로 다시 태어나서 평생 남의 인생만 돌보다 돌아가신 불쌍한 우리 아빠를 마음껏 사랑해 주고 싶어요."

아빠를 되새기는 그녀의 눈빛은 언제나 깊은 호수를 담은 듯 아득해졌다.

"자기 연민에 빠져서 바로 곁에 있는 소중한 사람의 속이 어떻게 무너지는지도 모른 채 살다 가셨어요. 새장 안에 갇혀 살던 엄마 같은 사람으로 태어나기 싫지만……."

누군가와 엄마 이야기를 하는 게 어색해 지민은 괜스레 발끝의 잡풀들을 자분자분 밟으며 깊은숨을 들이마셨다.

"그런데도 우리 아빠 다음 세상에서 엄마랑 다시 만나 살아 보고 싶대요."

평온해 보이던 지민의 얼굴은 금세 어두워져 있었다.

"저기, 저 아래 고속도로 있죠."

그의 시선이 그녀의 말을 따라 산 아래로 향했다.

"마치 한 걸음 같은데 아주 한참을 가야 해요. 폴짝 뛰어내리면 금방일 것 같지만 차로도 꽤 이동해야 하는 곳이죠. 여기선 이렇게 훤히 보이는데, 저곳에선 이곳의 존재조차 몰라요."

지민은 고속도로에서 눈길을 거두어 지혁을 바라보았다.

"바로 옆에 있는 사람인데도 그 마음에 닿으려면 한참을 가야 하는 것처럼."

지민이 코끝에 들어찬 물기를 흡, 하고 들이마셨다.

"아빠 엄마가 전부였는데 엄마는 죽을 때까지 당신의 옆을 지키고 있던 아빠의 사랑을 알지 못했어요."

한때 사춘기를 겪으며 원망의 대상이었던 엄마보다 아빠가 미운 적이 있었다. 한결같던 아빠의 사랑이 바보 같고 부질없어 보이기도 했다.

그러나 곁에 선 이 남자를 만난 뒤 조금은 이해할 수 있을 것 같다.

제 머릿속 이성은 계속 안 된다며 밀어내려 하지만 자꾸만 그를 기다리는 마음을, 그에게로 향하는 마음을 어찌할 수 없었으니까.

이 먼 곳까지 달려와서 곁을 지키는 그의 마음에 자신이 얼마나 닿아 있을지, 그 또한 제게 얼마나 닿을 수 있을지 알 수 없었다.

지금은 그저 뻥 뚫린 고속도로 위를 달리듯 그와 나아가고 싶었다.

지민은 촉촉해지는 눈가를 숨기기 위해 먼저 몸을 돌렸다.

그러나 그녀보다 빠르게 움직인 지혁이 팔을 뻗어 깍지 손을 껴 왔다.

"현생이든 다음 생이든 이젠 지민 씨 마음대로는 안될 겁니다."

당황한 그녀의 눈이 그를 올려다보았다.

"예쁜 모습 그대로 내 옆에 꼭 붙어 있어야죠."

진중한 눈동자와 달리, 그의 귀는 점점 붉게 물들고 있었다. 어느새 새빨개진 귓불이 지민의 쑥스러움을 대신했다.

두 사람은 맞잡은 손에 힘을 주며 걸어 나갔다. 그녀의 옆 얼굴에 드리운 환한 미소가 그를 더없이 설레게 했다.

까치 두 마리가 마을 입구의 성모상을 향해 걷는 연인의 뒤를 총총거리며 따랐다.

✢　　　✢　　　✢

청명했던 가을이 한풀 위세가 꺾이면서 오후 햇살의 맛이 달라졌다.

지혁은 몇 번이나 괜찮다고 하는 지민의 어깨에 제 겉옷을 벗어 걸쳐 주었다. 못마땅한 듯 그녀의 입술이 달싹거리다 말았다. 하고 싶은 잔소리를 꾹 참고 있는 표정이 역력했다.

그가 돌연 함께 걷던 발걸음을 멈췄다. 지민의 앞을 가로막고 서서 양쪽 소매 끝을 팔꿈치 아래까지 걷어 올렸다. 그러고는 슬그머니 그녀의 오른손을 잡으며 다시 발걸음을 뗐다.

결국 지민이 작은 웃음을 터트리고 말았다.

"웃지 말아요."

그가 미간을 살짝 찌푸렸다.

"언제는 보약이 따로 없다며 제발 많이 웃으라면서요."

"지금 웃음은 의미가 다르니까."

"뭐가요?"

아무 답 없이 입술을 더 굳게 다물고 인상을 찌푸리는 그의 표정에 지민이 좀 더 큰 소리를 내어 웃었다.

몇 주 전, 지혁이 주말 산책을 하자고 제안을 해 왔다. 그리고 산책을 나서기 전 잊지 않고 문자 한 통을 꼭 보내왔다.

선크림을 꼼꼼히 바를 것, 겉옷은 단단히 입을 것, 스카프를 챙길 것 등.

얼굴엔 선크림은 발랐으나 겉옷을 입으라는 그의 말은 무시하고 스카프 한 장만 하고 나왔다. 그것도 지난주에 체온 발산이 가장 많은 목이 훤한 옷을 입었다며 그에게 잔소리를 들었던 탓이었다.

의사로서의 그는 치료와 계획에 있어 언제나 철저했다. 또한 환자에게 선택의 권한을 주면서도 최고의 방법이 있으면 지체 없이 시행할 수 있도록 환자를 이끌었고, 안 되는 것은 안 된다고 잘라 말하면서도 차선책을 준비해 불안함을 감소시켰다.

어쩔 수 없이 선택되는 치료에서는 다른 것은 돌아보지 않고 최선인 듯 매달리게 했고, 그 결과가 좋을 땐 겸허하게 받아들이게, 좋지 않을 땐 실의에 빠지지 않고 얼른 일어설 수 있게 앞장섰다.

그런 그가 감정을 드러낼 땐 언제나 쑥스러워했다. 그렇다고 표현하지 않는 것도 아니었다.

문자만 해도 그랬다. 벌써 몇 번의 산책이니 필요한 것, 주의할 것을 어련히 알아서 할 텐데 강가에 아이를 데리고 가듯 일일이 챙기고 미처 빠트리고 온 것이 있으면 다시 집으로 달려가 준비해 오곤 했다.

비타민D 섭취를 위해 처음 산책을 나서던 날, 지민은 일부러 선크림을 바르지 않고 나왔다. 모자도 없이 두 시간 정도 햇살 아래를 걷고 집으로 돌아가는 그녀의 얼굴은 빨갛다 못해 익어 있었다. 이제껏 살면서 산책이란 것에 따로 시간을 내지 못한 무지에서 나온 용감함이었다.

그 모습을 보고 어이없어하던 지혁은 집 앞 슈퍼에서 오이 두 개를 사 와 그녀의 손에 쥐여 주었다. 그 봉지를 건네주며 또 어찌나 쑥스러워하던지. 오이 마사지를 해 봤느냐고 묻는 그녀에게 그는 어깨를 한번 으쓱거리며 영화에서 몇 번 봤다고 답했다.

조금 전도 태양을 양껏 쪼이라고 소매를 걷어 올려 주는 것을 핑계로 슬쩍 손을 잡은 그 마음을 지민은 모르지 않았다.

"지금 강지혁 씨 나 때문에 스타일 다 구겼다고 생각하고 있죠?"

"내가 뭘 했는데 스타일을 구겨요."

"표정이 딱 그런데요?"

"지민 씨가 킥킥대니까 그런 거죠."

말은 그렇게 하면서도 얼굴엔 겸연쩍음이 그대로 드러났다.

"제 눈으로 보고 있는데도 신기해서요."

"뭐가요."

"얼굴 탈까 봐 걱정해서 오이도 사 주고, 소매도 직접 올려 주고, 스카프도 묶어 주고. 아무튼 모든 게 그래요."

"그 말, 기분 나쁩니다. 평소에 날 어떤 사람으로 생각하고 있기에……."

"그 반대예요."

반대? 지혁이 눈으로 말뜻을 물었다.

"여자 친구가 얼굴에 오이를 붙여 준다고 해도 먹는 것으로 장난친다고 못마땅해하거나 헝클어져 있는 옷매무새 바로잡아 주면서 됐다고 할 것 같은데요."

말하다 말고 지민이 또 웃어 버렸다. 기억 속 어느 장면 하나가 떠올랐던 것이다. 언젠가 병원 복도에서 접혀 올라갔던 가운을 펴 주는 그녀에게 지혁은 말 그대로 힘 빼지 말고 그대로 두라고 했었다.

"그런 느낌이었어요. 좋게 말하면 상남자. 음, 나쁘게 말하면 무심남?"

말을 하는 중간에도 웃음이 섞여 나왔다.

"제 여자 못 챙기고 쌀쌀맞게 구는 남자를 상남자라고 생각한다면 이쪽이 실망이고."

"건강한 여자를 만났더라면…… 달랐을까."

지민이 문득 웃음을 그치고 낮은 소리로 중얼거렸다.

"모르는 말씀. 지금은 지민 씨 조금이라도 운동하라고 참고 또 참고 있는 겁니다."

그는 쭈뼛거리는 행동과 달리 말은 부끄러워하지 않고 서슴 없이 잘했다. 지민은 언제나 한번 골려 볼까 하고 시작했다가 결국은 본전도 못 찾고 얼굴을 붉혔다.

평화로운 날들이었다. 강변을 따라 자전거를 타는 사람, 흐 르는 듯 마는 듯 반짝이는 물결 위의 햇살을 바라보며 벤치에 서 여유롭게 책을 읽는 사람, 오랜만의 나들이에 신이 난 듯 종종거리며 달리는 애완견의 목줄에 끌려 달리듯 걷고 있는 사람.

지민은 그들 중 한 사람이 되고 싶어서 이곳으로 이사를 왔 지만 지혁이 아니었으면 생각지도 못할 일이었다.

고성에서 올라와 줄곧 집에서 지내고 있었다. 세포 면역 치 료를 위해 매주 병원을 갈 땐 아침 일찍 지혁이 데리러 왔다. 한 시간여 주사 투여 후 조금의 휴식을 취하면 어김없이 그가 데려다주었다. 내일을 끝으로 이제 2주에 한 번 병원을 찾으 면 되었다.

그동안 영철의 얼굴을 본 것은 한 번뿐이었다.

면역 치료가 끝이 날 즈음 영철이 병실로 찾아왔다.

"몸은 괜찮니."

며칠 사이 그의 얼굴은 많이 상해 있었다.

"다음 주에 퇴원할 거라는 소리는 들었다. 아파트에서 혼자 지낼 거니?"

영철은 그저 고개만 끄덕이는 지민을 한참이나 내려다보았다.

미안함과 측은함, 이제 와 아무것도 해 줄 수 없는 아비의 처절한 심장이 그대로 담긴 눈이었다. 지민은 이미 제 원망의 이유를 알고 있는 그를 향해 더는 드러낼 감정조차 없었다. 달라진 그의 눈빛이 그저 부담스럽기만 했다.

"지금껏 모르고 살았던 것처럼, 앞으로도 그렇게 지내면 좋겠어요."

그날 그에게 한 유일한 말이었다. 아무 말도 못 한 채 서 있는 영철의 목울대가 울렁거렸다.

그에게 주는 가장 큰 벌이라는 걸 모르지 않았다. 그러나 이제 와 새삼스럽게 친아버지라는 존재로 영철을 받아들이기엔 가슴에 파인 골이 너무 깊었다. 정윤을 생각하면 더더욱 그랬다.

아직 정윤과는 한 번도 얼굴을 마주치지 않았다. 지민은 자신의 감정만을 돌아보기 위해 최선을 다했다. 아주 작은 일이라도 다른 사람의 마음에 생채기 내지 않도록, 다른 사람에게서 싫은 소리 듣지 않도록 늘 자신을 죽이고 자신의 마음을 억누른 채 살아오던 지민이었다.

그러나 정윤은 까맣게 잊으려고 노력했다. 노력이 필요하다는 사실 자체만으로도 그녀의 마음을 잊지 않고 있다는 걸 미처 깨닫지 못했다.

"내일 아침 일찍 일어나야 하니까 바로 잠자리에 들어요."

집 앞에 오자 지혁의 잔소리가 또 시작되었다.

"네, 선생님."

"어차피 내일 또 여기까지 와야 하는데 같이 올라갈까요? 아니면 우리 집으로 가든지."

"강지혁 선생님!"

지민의 목소리가 높아졌다.

"알았어요. 알았어."

지혁이 손을 내저었다.

"가볍게라도 저녁은 꼭 먹고, 식사하고 두 시간 지나기 전에 누우면 절대 안 됩니다."

"내일부터 시작하세요. 왜 벌써부터 환자 대하듯⋯⋯."

"지민 씨가 중학생처럼 꼬박꼬박 선생님이라 부르고 있잖아요."

"허. 고등학생, 대학생 다 두고 중학생은 또 뭐예요?"

"대학생? 아, 그것도 있구나. 근데 왜 난 지민 씨 보면 예전부터 중학생만 연상되지?"

지민이 눈에 힘을 주며 노려보았다.

"정말 이러실 거예요?"

"봐요. 금방 흥분해서 덤벼드는 게 딱 중학생 같잖아요."

해가 진 아파트 앞마당에 그의 기분 좋은 웃음소리가 퍼졌다. 그대로 인사도 없이 돌아서 아파트 1층 로비로 들어서는 지민의 모습을 지혁은 흐뭇하게 바라보았다.

엘리베이터를 타고 오르는 동안에도 약이 오른 마음이 가라앉지 않은 지민은 현관문을 소리 나게 닫아 버렸다. 그의 지나친 다정함에 마음이 따뜻하다 못해 저릿해 올 때가 많았다. 그 통증을 고마움으로 애써 돌리며 얼른 더 건강해져서 그를 챙겨 주고 싶었다.

그러나 의사고, 나이고 따질 것 없이 머리를 한 대 쥐어박고 싶을 만큼 약이 오를 때도 있었다. 그러다가도 볼통하게 부풀어 올랐던 그녀의 양 볼은 금세 미소로 지워졌다.

웃었다가 화가 났다가 마음이 따뜻했다가 아련했다가, 이런 다채로운 감정을 단 한 사람을 통해 느낄 수 있다니.

지민이 고개를 가로저으며 안방으로 들어갔다. 깜박하고 두고 갔던 휴대폰을 찾아 들었다.

세 통의 스팸 문자를 지워나가던 그녀의 손이 흠칫 움직임을 멈췄다. 지우려 하던 '0070'으로 찍혀 있는 문자에서 자신의 이름을 발견했다.

〈지민아, 몸은 좀 괜찮아? 아직 마음은 못 정했어? 언제든지 괜찮으니까 마음이 허전하거나 힘들 때 날 생각해. 힘내.〉

이모였다. 8살 때 미국으로 입양 간 엄마보다 5살 어린 동생.

어릴 때 한 번, 엄마의 장례식에서 한 번, 아빠의 장례식 때 한 번. 세 번을 만났지만 자신을 꼭 닮은 이모가 이런 안부를 전해 올 때면 세상에 결코 혼자가 아니라는 사실 하나로 팍팍하던 일상에 생기가 돌곤 했다.

지민은 자신이 엄마가 아니라 이모를 닮아 있는 것도 마음에 들었다.

이모. 소리 없이 나직이 입을 움직이며 음성 메시지를 확인했다.

—어디야? 휴대폰도 안 받고. 아, 하긴! 뻔하지. 완전 좋겠다. 이 좋은 날 데이트라니. 아악! 친구야, 나도 산책 같이 할 수 있다고.

소진의 내지르는 소리가 거실로 울려 퍼졌다.

—그러나 참겠어. 알콩달콩 설레는 마음이 얼마나 가겠니? 기필코 너의 권태기 즈음엔 나의 알콩달콩한 연애로 염장을 지르리라!

그녀의 각오에 찬 다짐이 귀여워 지민은 저도 모르게 쿡쿡거렸다.

—그때를 위해서 친구 관리도 한 번씩 해야 하는 거, 잊지

254

마. 내일 병원 가지? 저녁에 집으로 간다. 강 선생 쫓아오지 않게 훠이훠이 쫓아내. 아니면, 절교야! 아니, 생전 보기 힘든 메뉴로 저녁이라도 사면 고려해 보고. 끊어.

순간의 괴성에 놀라 지민은 제자리에 멈췄다. 소진의 무섭지 않은 협박이 마음에 들었다. 얼굴에 한가득 미소를 머금은 그녀가 가만히 전화를 걸었다.

✢　　✦　　✢

"치료받는 사람은 모르겠지만 시간이 쑥쑥 잘 간다니까. 이제 한 번만 더 받으면 치료 끝이지?"

사람 좋은 호진의 목소리가 포장마차 안을 시원스럽게 울렸다.

"네."

"고생했어."

"고생은요, 뭘. 항암 치료받는 사람도 있는데 거기에 비하면 호강이죠. 그래도 한 여섯 번만 받았으면 했는데……."

"무슨 소리. 열여섯 번은 해야 한다고 고집부리는 사람도 있는데."

호진은 말없이 고기를 굽고 있는 지혁이 들으라는 듯 소리를 높였다.

"지민 씨 고집에, 강 선생 고집에. 가운데서 나만 욕봤지. 그게 뭐 무한정 받기만 하면 좋은 정력 보강제도 아니고 그 비싼 걸……."

"시끄러워. 네 돈 쓰냐."

"그러게요. 자기 돈 쓰는 것도 아니고. 솔직히 말해 보세요. 정말 지민이 위해서 편들었어요? 의사로서 절대적 의학적 소견이었어요? 아니면……."

소진이 지혁의 말을 냉큼 받아 호진을 향해 톡 쏘아붙이듯 말했다.

"아니면 또 뭐. 이 아가씨는 남 데이트하는데 끼어서는 왜 아까부터 날 못 잡아먹어 안달이실까."

"아니, 누가 누구 데이트에 끼어? 지난번에 바람맞힌 게 미안하다며 지민이가 계속 졸라서 왔더니 웬 까마귀들이 날아들어서. 죄송해요, 강 선생님. 김 선생님이 아까부터 자꾸 깍깍거리니……."

지혁까지 한패로 몰아넣고 나니 미안한 생각이 드는지 소진이 그를 향해 건성으로 사과했다. 하지만 소진은 호진에게 때에는 친구라고 상경의 주머니 걱정하느냐고 톡 쏘아 주지 못한 게 짜증 났다.

이제 와서 지민이 병원비 걱정할 게 뭐냐 말이지. 잘나가는 세진 병원장이 지민의 생부였고, 이사장 아들이 애인인데.

하긴, 소진 역시 지민의 입장에서 누구의 돈도 마음 편치 않다는 것도 알고 있었다. 그래서 집을 내놓았냐고 겸사겸사 물어볼 겸 지민의 집으로 향했더니, 오는 사이에 이곳으로 오라는 문자가 왔다.

"아닙니다. 저도 아까부터 저 깍깍거리는 소리가 심히 불편하던 차거든요. 그리고 모처럼 소진 씨 데이트에 저를 끼워 줘서 황송합니다."

"그렇죠? 하여튼 우리 강 선생님 매너는 알아 줘야 한다니까. 그런 의미에서 한잔하실까요?"

소진이 잔을 들어 지혁의 잔에 통, 부딪혔다.

"어이구. 죽이 잘 맞네, 잘 맞아. 지민 씨, 그럼 우리도 한잔하자."

"김호진."

아까부터 괜찮다며 지민의 소주잔에 맥주를 조금씩 부어 주는 호진이 못마땅한 지혁이 인상을 한껏 찌푸렸다.

"아, 참 괜찮다니까. 너만 의사냐. 소주잔에, 그것도 맥주로 두 번이다. 모처럼 고기 먹는 지민 씨 소화제는 조금씩 드려야지. 그렇게 싫으면 왜 이런 데로 와, 오긴. 지민 씨 힘들게."

2주 전쯤 산책을 나선 지혁과 지민은 늦은 점심을 할까 하고 동네 한 바퀴를 돌다가 예전에 함께 갔던 포장마차 자리를 지났다.

그곳에 언제 들어섰는지 조립식 건물이 세워져 있었고, '황여사네 포장마차'라고 떡하니 간판이 걸려 있었다. 두 사람은 번번이 민폐 끼친 사장님에게 개업 인사도 할 겸 들러야지 했지만, 지혁만 술잔을 기울이기가 그래서 미뤘던 행차가 오늘이 되었다.

"그러게요. 돈 많이 버는 의사들이 더해요."

"글쎄 말이야. 처음으로 뜻이 맞네. 적어도 자기 동네로 불렀으면 근사한 데로 모셔야지."

소진의 투덜거림에 호진이 즉각 맞장구를 쳤다.

"분명히 의사들이라고 했을 텐데. 보아하니 쳐들어온 것 같은데, 김 선생님이 한번 쏘겠다고 배포 크게 이야기했으면 여기 올 턱이나 있나."

소진이 자신을 한편으로 묶는 호진에게 빈정거리며 답했다.

"아니, 병원 오너 아들이 있는데, 일개 월급쟁이인 내가 왜? 그리고 쳐들어오다니. 어릴 때나 지금이나 까칠한 건 여전하네. 응? 김소진!"

"뭐? 까칠해? 이젠 의사 됐다고 딴에는 사회적 위신 좀 세워 주려 했더니, 지금 나한테 까칠하다고 한 거야?"

놀란 지혁의 눈이 껌벅거렸다. 두 사람이 안면 있는 사이라는 것은 처음 안 사실이었다.

신경 쓰지 말라는 듯 젓가락을 들어 저어 보이는 지민에게 어떻게 된 거냐고 묻는 대신 지혁의 눈만 더 동그래졌다. 얼굴만 맞대면 못 잡아먹어 안달하는 두 사람의 첫 만남은 지민의 중학교 마지막 축제 때였다.

상경이 호진을 데리고 생물 동아리 전시 활동을 하던 지민을 찾아왔다. 호진은 닭이며 토끼, 개구리, 개, 상어 등의 해부 과정과 뼈대 표본 전시를 보며 감탄했다.

"우와, 이걸 진짜 너희들이 한 거야?"

의대를 희망하던 호진이 급기야 선을 넘어 버렸다.

"보기보다 엄청난 여자들이네. 이거 잘못 보였다가는 내 뼈까지 추려지는 거 아니야? 가녀린 우리 지민이는 사진만 찍었지? 이 뼈들의 살은 옆에 무섭게 생긴 친구가 손톱으로 콱콱 발라낸 거 아냐?"

소진의 손을 보며 못 볼 걸 본 듯 너스레를 떠는 호진의 놀림에 다혈질인 소진이 열 올리는 것은 시간문제였다.

"어디서 이런 말 뼈다귀 같은 인간이 와서 떠들어? 그래, 말 잘했다. 오늘 내가 너 내장을 파내고 손톱으로 네 살결을 콱콱 긁어내서 여기 세워 줄게."

기세 좋게 덤비는 소진에게 호진이 혀를 내둘렀다.

"어휴, 웃자고 한 농담에 내뱉는 말이 무슨 시장에서 싸움질하는 아줌마 같네."

호진이 알고 그랬을 리 만무하지만 소진은 그 말에 그만 이성을 잃고 말았다. 전시되어 있던 표본 하나가 호진을 향해서 날아갔고, 그대로 와작 부서져 버렸다.

그 당시 소진의 부모님은 시장 한편의 생선 좌판에서 장사를 했다. 열심히 일한 돈으로 소진과 남동생 두 명을 대학까지 보냈지만 당시 사춘기였던 소진은 단짝 친구 몇을 제외하곤 그 사실이 알려지는 걸 원치 않았다.

종종 가게를 찾던 밉살스러운 동네 여인들과 언쟁을 벌이던 어머니의 별명은 '인간 확성기'였다. 소진에게 엄마의 별명은 상처이자 드러내고 싶지 않은 치부 같은 것이었다.

최고 학년이라 눈치를 주는 선배는 없었지만 몇 달 동안 후배들을 닦달하면서 만든 표본이 그대로 산산조각이 나면서 군기 반장이었던 소진의 체면이 말이 아니게 되었다. 뒤늦게 호진이 이 사실을 알긴 했으나, 대학 입시가 코앞에 있던 그에게 따로 사과할 여유 같은 건 없었다.

그 뒤로 두 사람은 얼굴을 마주할 때마다 서로를 못 잡아먹어 안달이었다. 그야말로 견원지간이 따로 없었다. 마지막으로 본 지민의 아빠 장례식을 끝으로 그들은 오랜만에 지민의 병실에서 마주했다. 두 사람 모두 어엿한 사회인이 되었고, 보는 사람도 많아 이제 좀 나아졌나 보다 생각한 게 오산이었다.

"어이구, 시끄러워. 강 선생 손님들은 오기만 하면 내 가게부터 무시하기 바쁘지. 그래 놓고 치다꺼리할 만큼 마시는 게 또 이력이야. 그만 떠들고 안주로 속이나 채워. 오늘 또 무슨 영화를 보게 하려고 이러실까."

황 여사가 들고 온 안주와 소주를 탁, 소리 나게 내려놓으며 말했다.

"아유. 내가 참는다. 어느 영화에서 그러더라. 세상 여자들은 죄다 초식 동물을 가장한 육식 동물이라고. 그런데 결혼하고 나면 육식 동물의 본성을 드러낸다고 하던데. 이건 어찌 된 게 결혼도 하기 전부터 저리니……."

"야, 김호진. 너 정말!"

말없이 젓가락으로 안주를 집으려던 소진이 냅다 소리를 질렀다. 지혁이 살그머니 일어서서 밖으로 나오라며 눈짓으로 지민을 불러냈다. 지혁은 따라 나온 지민의 어깨에 자신의 윗옷을 벗어 걸쳐 주었다.

"어디 가려고요?"

"잘못 생각했어요. 고기 연기도 그렇고, 우리 다른 곳에 가요."

지민이 힐끔 뒤를 돌아보았다.

"괜찮아요. 알아차리면 연락하겠죠. 소진 씨가 말하는 괜찮은 곳 찾아놓으면 되고. 안 오면 더 좋고."

능글맞은 그의 말에 지민이 눈을 흘겼다.

"저기서 몇 잔 더 하면 소진 씨 호진이한테 붙잡혀서 못 벗어나요. 알잖아요, 한번 달리면 끝을 보는 거."

지민도 알고 있었다. 그래서 호진과 함께 마시는 상경을 찾아가는 일은 절대 없었다. 지혁이 그녀의 손을 잡아 제 팔짱을 끼게 했다.

"우리 면역 치료 끝나면 뭐 할까요?"

"……."

"여행 갈까요?"

지민이 고개를 돌려 지혁을 빤히 올려다보았다.

"아니, 뭐 지민 씨가 생각하는 그런 여행이라기보다 병원, 집 두 군데만 오가느라 갑갑했을 것 같아서…… 가까운 곳이라도."

"제가 생각하는 그런 여행은 어떤 건데요? 저는 지혁 씨 병원은 어쩌나 싶어서 본 건데."

"와, 무섭다. 어떻게 표정 하나 안 바꾸고 마음과 다르게 말할까. 분명히 나를 무슨 은밀한 계획이라도 꾸민 사람처럼 생각해 놓고서."

지혁은 작게 헛웃음을 터트리며 어이없어했다.

"어머, 제가요? 세상에. 내 진심이 한순간에 외면당하고 거짓말쟁이 취급을 당하다니……. 아!"

그가 지민의 손등을 찰싹 소리 나게 때렸다.

"한마디도 안 지는 얄미운 지민 씨 이마를 한 대 콩 쥐어박고 싶은 게 제 마음입니다."

"어떻게 남자가 여자에게 져 주기는커녕 폭력까지 행사해."

지민이 억울하다는 듯 얼굴을 찌푸렸다.

"지민 씨에게 이젠 제가 확실히 남자가 된 듯해서 기쁘긴 한데, 호진이 말을 생각하면 큰일인데요. 이쪽도 벌써부터 육식 동물 기미가 다분히 보이는데, 앞으로 어떻게 데리고 사나."

지혁이 웃으며 지민을 내려다보았다. 지민은 명치가 아릿해

지는 것을 느끼며 얼른 그 시선을 피했다.

"누가 지혁 씨랑 산다고 그래요?"

"남자 입술을 훔쳐 놓고 책임도 안 지시겠다? 지민 씨, 그렇게 무책임한 여자였어요?"

이 남자가 점점. 지민이 가볍게 눈을 흘겼다.

"강지혁 씨. 그 나이 되도록 연애 한 번 못 해 본 게 무슨 자랑이라고. 체통 좀 지키시죠?"

"아니, 누가 이 나이 되도록 연애를 못 해 봤다는 거지?"

"아니면 그동안 키스해 본 여자들 모두 데리고 살아 봤어요? 그것도 아니면 설마, 제가 첫 키스? 말도 안 돼."

"내 마음을 훔친 사람은 지민 씨가 확실히 처음이긴 하죠."

발걸음을 멈춘 지혁이 그녀의 눈을 가만히 내려다보았다.

"그리고 내가 사랑스러워 죽겠다는 듯이 쳐다보는 여자도 처음이지, 아마."

새까만 그의 눈동자에 가로등 불빛 한 점이 은은하게 비치고 있었다.

"얄미워. 말하는 것 보면 완전 선수야."

지민이 등을 돌려 그의 눈빛을 외면했다. 그리고 빠른 걸음으로 지혁에게서 멀어져 갔다.

"저 소진이랑 이야기할 것도 있고, 집으로 들어가요. 좀 전에 먹은 것도 소화 안 되니까 더 좋은 곳은 호진 선배나 데려가고요."

돌아서는 지민의 입가에 작은 웃음이 젖어 들었다. 도저히 지난여름 끝에 도로변 한가운데서 처음 만났던 그 남자라고 생각되지 않았다.

여름이 가고 가을이 지나고 있었다. 함께 보낸 계절의 기억을 하나씩 더듬으며 현관 비밀번호를 눌렀다.

마지막 번호를 누르기도 전에 문이 열렸다. 소진이었다.

"어떻게 나보다 먼저 왔니?"

"성질 같으면 아주 날밤을 새워도 모자라겠지만, 그 진상 술 마시는데 잘못 걸리면……. 어휴, 그냥 참고 말지. 화장실 간다고 하고 나와 버렸어."

소진이 상상도 하기 싫다는 듯 어깨를 부르르 떨어 보였다.

"너무 그러지 마. 호진 선배 좋은 사람인 거 알잖아."

"너한테나 좋은 사람이겠지. 나하곤 어쩌다 한 번씩 만나면 꼭 먼저 시비를 걸잖아."

"시비는 늘 네가 먼저 걸고 있는데, 모르는 건 아니지? 그래도 어지간하다. 병실에선 그렇게 깍듯하게 선생님, 하고 부르며 대접하더니."

지민이 소진을 나무라며 집 전화기의 부재 통화 버튼을 눌렀다.

삐.

"몰라. 이젠 습관……."

—안녕하세요. 저 강지혁 선생 엄마입니다.

소진과 지민이 동시에 전화기 쪽으로 고개를 돌렸다.

—집 번호밖에 확인이 되지 않아서 메시지 남겨요. 연락 부

탁드립니다.

"강 선생님 어머니가 왜? 얼굴 본 적 있어?"

지민이 천천히 고개를 저었다.

"설마 의사 아들 됐다고 갑질하려는 건 아니겠지?"

소진의 구겨진 얼굴을 바라보는 지민의 얼굴은 오히려 덤덤해 보였다.

✤　　　✤　　　✤

작은 카페 안엔 다른 손님은 한 명도 없었다. 지민은 약속 시간보다 20여 분을 일찍 도착했지만, 희정은 벌써 창가에 자리를 잡고 앉아 있었다.

그와 분위기가 닮아 한눈에 지혁의 모친임을 알 수 있었다. 중년의 나이에도 불구하고 깃이 세워진 위로 드러난 목은 매끈하고 우아했으며, 늘씬하게 빠진 몸매에 걸친 짙은 캐러멜색의 긴 트렌치코트는 큰 키와 무척 잘 어울렸다.

바깥으로 말려진 C컬 단발머리는 크림색 진주 귀걸이가 걸려 있는 왼쪽 귀 뒤로 곱게 넘겨져 있었다. 이마부터 자연스럽게 흘러내리는 앞머리는 눈을 가리지 않은 채 자연스럽게 오른쪽 귀 옆으로 떨어지고 있었다.

세련되고 품위 있는 분위기에 지민은 순간 위축감이 들었다. 화장이라도 하고 나올 걸 그랬나, 약간 후회했다. 병원 치료를 위해 집을 나서며 선크림 겸용의 비비 크림만 가볍게 발랐다. 처음 병원 근처에서 잡았던 약속을 희정이 미안하다며 몇 시간 늦춰 달라고 전화를 걸어 왔다.

지민의 집 앞으로 오겠다며 자신이 마치는 시간까지 쉬고 있을 것을 당부하던 희정이었다. 짧은 통화였지만 그녀가 상대에 대한 배려와 경우가 있는 사람임을 알 수 있었다. 그렇기에 지민은 오늘 이 만남이 더 긴장되고 불편했다.

"기다리게 해서 죄송합니다."

"아니에요. 생각보다 일이 일찍 끝났는데 다시 연락하기도 그렇고……, 온 지 얼마 안 됐어요."

희정이 지민의 안색을 살폈다.

"몸은 괜찮나요?"

"이젠 괜찮습니다."

"굳이 오늘 만나자고 해서 미안해요. 내일부터 병원에 일이 있어서……."

"괜찮습니다. 일찍 와서 쉬었는걸요."

말은 그렇게 해도 피곤했다. 이 만남을 지혁이 모르게 하느라 치료를 받은 이후 처음으로 대중교통을 이용했다.

"뭐 마실래요?"

희정이 물었다. 그녀 앞에 이미 놓여 있는 커피 잔을 멍하게 지켜보던 지민이 어느 틈엔가 다가와서 주문을 받고 있는 아르바이트생에게 자몽 티를 시켰다.

"지혁이와 한 번 와 봤던 곳이에요. 짐 옮길 때 지혁이 집에 커피 잔 하나 없어서 여기까지 와서 커피를 마셨죠."

"네."

"혹시 우리 지혁이가 입양아라는 것은 들었나요?"

입에 가져다 댄 잔을 내려놓으며 희정이 이야기의 물꼬를 깊숙한 곳에서부터 트기 시작했다. 놀라서 고개를 드는 지민을 향한 표정은 잔잔했다.

"……네."

"그렇군요."

아들의 마음이 자신의 생각보다 훨씬 깊을 수도 있다고 생각하자 희정의 마음이 무거워졌다. 지혁이 입양아라는 것은 정윤조차 모르고 있는 사실이었다. 영철도, 죽은 정윤의 엄마도 몰랐다.

오직 강 씨 집안사람만이 알고 있는 것이었다. 그 사람들은 치부를 절대 외부로 드러내고 싶어 하지 않는 지혁의 조부가 단단히 입막음해 놓은 터였다.

지민이 알고 있다니, 희정의 입장으로서는 차라리 말하기가 수월할 듯했다. 조금이라도 감정을 덜 소모시켜 주는 게 최선이라 여긴 그녀가 앞뒤 없이 말을 꺼냈다.

"제가 불임이에요."

지민은 속으로 숨을 죽이며 언제 나온 건지 모를 찻잔만 두 손으로 만지작거렸다. 잔은 한없이 따뜻했다.

"마셔요."

희정의 말을 끊은 것 같아 지민이 얼른 손을 뻗어 차를 한 모금 마셨다. 그런 지민을 바라보는 그녀의 눈빛이 미세하게 일렁거렸다.

"지혁이 할머니께서 반대가 심하셨어요. 지민 씨와 마주 앉아 있으니 돌아가신 시어머님을 처음 뵙던 날이 생각나는군요."

작은 한숨을 천천히 뱉으며 희정은 정말이지 지민에게 몸 관리 잘하라고, 어서 건강해지기만 하면 이성에 있어서 목석이었던 아들과의 연애를 두 손 들고 반겨 주겠다고 말할 수 있는 입장이기를 바랐다.

그럴 수 있으면 좋겠지만, 이제 와 돌아가신 시어머니를 이해해야 하는 자신에게 환멸이 느껴질 정도였다.

"제가 불임이라는 것도 모르셨어요. 아마 아셨다면 맥없이 두 손 들진 않으셨겠죠. 대학 때 만나서 4년 연애 끝에 결혼했어요. 같은 대학 같은 동아리가 아니었다면, 지혁이 아빠와 평생 만날 일은 없었을 거예요."

지민을 바라보던 희정의 시선이 아득한 어느 곳으로 향했다.

"연애 중에 난소에 문제가 생긴 걸 알았어요. 임신이 어려울 거라 했는데, 그이는 문제 삼지 않았죠. 청춘에 불타던 젊은 남자니 자식의 의미가 와 닿지 않았겠지요."

그 시간을 생각하는 것만으로도 씁쓸한지 엄지로 커피 잔 손잡이를 쓸어내리는 희정의 얼굴에 쓴 미소가 그려졌다.

"시어머니께선 결혼하고 반년도 되지 않아 절 산부인과에 부지런히 데리고 다녔어요. 지혁이 할아버지가 독자셨거든요.

부모님께 말씀드려야 된다고 생각은 하면서도 자신에게 문제가 있는 거라고 말하는 남편을 말릴 수가 없었어요. 그이를 잃을까 무서웠어요."

고개를 들어 조심스레 쳐다보는 지민을 향해 희정이 잔잔한 미소를 지어 보였다. 잠시 침묵을 지키던 그녀가 다시 단숨에 말을 뱉었다.

"처음부터 제가 포기해야 했어요."

어느새 희정의 표정에 쓸쓸함이 묻어 있었다.

"갈수록 우울해하는 저를 위해 지혁이 아빠가 입양을 결정했죠. 모르겠지만 그 사람을 많이 닮았어요. 성격은 둘째 치고 외모가. 후원하는 보육원에서 만났다며 사진을 들고 왔죠. 몰래 유전자 검사도 한번 해 봤어요. 자신의 치부에 위축되어 살다 보니, 결국은 그렇게 변하더군요."

이 시간이 지민에게도 힘들 테지만 자신에게도 두 번은 못할 일이라고 희정은 생각했다. 힘든 시간을 얼른 마무리해야 했다.

"지혁이가 아홉 살 즈음, 시아버님께서 남편이 아니라 제게 문제가 있다는 사실을 알게 되셨어요."

어느덧 지민이 손을 뻗어 앞에 있는 물을 천천히 마셨다.

"그때부터 저에 대한 것은 말할 것도 없고 지혁이를 대하는 태도가 완전히 달라졌어요. 그나마 시어머니가 이미 돌아가신 후라서 다행이었어요."

카페에 들어온 이후 그 마음이야 어떻든 시종일관 매끄럽게 말을 이어 가던 희정이었다. 그런 그녀가 돌연 입을 닫았다.

"내 마음은 둘째 치고 지혁이가 너무 불쌍해 견딜 수 없어 밤마다 술을 마셨죠."

아들의 이름을 담는 얼굴 위로 그 시절 그녀가 겪었던 아픔이 언뜻 비치다 사라졌다.

"그리고 원망했어요. 그 남자를 포기하지 못했던 저를."

지민은 점점 그녀를 마주하기 힘들어졌다. 어느새 눈앞엔 빈 잔이 덩그러니 놓여 있었다.

"보다 못한 그이가 병원에 자리를 하나 만들어 줬어요. 그리고 저를 다독이더군요. 최대한 병원을 키워 지혁이에게 물려주라고. 그리고 그 사람도 그룹에서 나와 자신의 회사를 차렸어요."

말을 잇던 그녀 역시 목이 타는지 물 잔을 들었다. 그러나 한 모금도 채 못 마시고 내려놓았다.

"그 후, 미친 듯이 일에 파묻혀 회사를 키우는 그이를 보고 깨달았어요. 아버지께 인정받고 싶어 한다는 걸. 나란히 형제들 곁에 서고 싶어 한다는 것을."

희정이 자세를 고쳐 앉아 가만히 지민의 얼굴을 바라보았다. 그 시선을 받아내기 힘든 지민은 고개를 약간 숙였다.

"지민 씨, 미안해요. 이런 말을 듣게 해서. 지금 두 사람의 감정이 어디까지인지 잘은 모르지만, 지민 씨는 지혁이 곁에서 견디기 힘들 거예요. 몸도, 마음도."

희정은 지민을 위하는 듯 말하는 스스로가 몹시도 싫었다.

결국은 아들을 위해서라는 걸, 또한 저를 위해서라는 걸 누구보다 자신이 잘 알고 있었다.

지민과의 만남은 지혁의 부친인 태진도 절대 용납하지 않을 것이 분명했다. 희정은 그렇지 않아도 오랜 시간 부친과 형제들의 소원한 관계 때문에 쓸쓸해 하는 남편이 지혁과도 척을 질까 두려웠다.

처음 병원 구석구석에서 지민과 지혁을 두고 들리던 이상한 소문도 공과 사가 분명한 대쪽 같은 아들의 성격을 알기에 절대 있을 수 없는 일이라고 무시했다.

혹여나 남달라 보이는 장면이 그런 오해를 불러일으킨다 해도 어쩌랴 싶었다. 환자에 대한 관리가 유독 철저했으니. 그러나 지혁이 병원을 비우고 이틀 동안 연락이 되지 않자 불안해지기 시작했다.

돌아온 뒤로는 지민의 치료가 있는 날이면 그녀를 병원까지 태워 주고 다시 집까지 데려다준다 했다. 그러기 위해 지혁이 병원을 비운다는 이야기를 전해 듣고 보통 일이 아니라는 생각이 들었다.

아끼던 정윤에게조차 하지 않는 행동이었다. 아들은 선이 너무도 분명한 아이였다.

또한 희정은 매주 주말마다 집에 들르던 전과 달리, 지난 두 달간 거의 모습을 보이지 않는 그가 무엇을 하고 있는지도 잘 알고 있었다.

더 늦기 전에, 더 깊어지기 전에 지민을 찾지 않을 수가 없었다. 나이가 적지 않은 남녀였고, 그 풍파가 집안에 어떤 영향을 미칠지 뻔히 아는 만남이었다. 언뜻언뜻 설명하기 힘든 묘한 표정으로 자신과 지혁을 대하는 집안사람들 입방아에 다시 한번 아들을 오르내리게 둘 수는 없었다.

눈앞에 있는 지민은 제 몸 하나도 건사하기 힘든 아이였다. 게다가 이제껏 자신의 욕심으로 지혁과의 관계를 부추겨 왔던 정윤의 이복 언니라니. 싫든 좋든 나쁜 사람이 되어야 했다.

지민의 안색을 한 번 살핀 희정이 망설이던 입술을 뗐다.

"지민 씨가 포기해 줘요."

아들을 말려야 한다는 것을 잘 알고 있었다. 그러나 사랑 앞에서 어떤 타협도 하지 않던 남편과 너무도 닮은 아들을 이길 자신이 없었다.

"무슨 말씀인지 알겠습니다."

담담하게 들려오는 지민의 말에 잠시 옛 생각에 빠져 있던 희정이 고개를 들었다. 목소리와 달리 그녀의 입술 끝은 미세하게 떨리고 있었다.

지민은 카페 바로 앞에 세워진 희정의 차가 떠나는 걸 보며 잠시 그 자리에 가만히 서 있었다. 차라리 막장 드라마처럼 물벼락이라도 날리시지. 지민이 애써 쓴웃음을 지웠다.

알아들었다고 선뜻 내뱉는 절 바라보며 불안함을 감추지 않던 희정의 얼굴을 떠올렸다. 그렇게까지 치부를 알리며 견뎌 왔던 시간을 말하지 않아도, 어쩌면 지민은 벌써부터 도망 중일지도 몰랐다.

알 만한 기업의 손자이자 세진의 차세대 주인이라는, 사는 세계가 다른 데서 오는 위화감은 두 번째 문제였다. 언제 또 어떻게 될지 모르는 시한폭탄과 같은 몸으로 살아가야 할 자신이 지혁이 아닌 그 누구와라도 언감생심 미래를 꿈꿀 수 있을지. 하물며 지혁 같은 남자를……

자신의 감정을 피하지 않고 살아 보겠다고 다짐하면서도 내심 불안했다. 새록새록 몽글거리던 감정이 쑥쑥 자라나고, 점점 크게만 다가오는 그의 사랑을 느낄수록 마음 한구석에 이런 날을 염두에 두고 있었는지도 몰랐다.

지민은 주머니 안에서 끊임없이 울리는 휴대폰의 진동을 느끼며 저절로 끊어지길 기다렸다. 그리고는 집과 반대 방향으로 천천히 등을 돌려 걸었다.

9. 이별의 로망스

토요일 오전, 지혁은 평소보다 아침 일찍 자리를 떨치고 일어났다. 오늘은 좀 더 외곽으로 나가 볼까 싶었다.

괜스레 마음이 들떠 머리도 제대로 말리지 않은 채 욕실에서 나와 커튼을 열어젖혔다. 구름 한 점 없는 청명함이 초겨울의 쌀쌀함을 덜어 줄 생각을 하니 다행이었다.

지민에게 문자를 보내려고 휴대폰을 드는 순간 울리는 현관 벨 소리에 그의 인상이 자연스레 구겨졌다.

주말에 그의 집을 찾을 이는 뻔했다. 아침부터 호진이 무슨 일인가 싶어 현관으로 다가가던 지혁이 잠시 발걸음을 주춤거렸다. 혹시나 희정이면 더 난감했다. 그러나 열린 문 앞에는 생각지도 못한 사람이 서 있었다.

"잘못 찾아왔나요?"

한동안 아무 말도 없이 서 있는 그를 향해 지민이 겸연쩍은 듯 물었다.

"그럴 리가."

지혁이 성큼 비켜섰지만 그녀는 여전히 문 앞에 쭈뼛거린 채였다.

"안 그래도 지민 씨에게 문자 보내려던 참이었는데. 어서 올라와요."

그가 손에 들고 있는 휴대폰을 들어 보였다. 지민이 현관으로 한 걸음 들어서다 말고 입을 열었다.

"그러지 말고 지혁 씨가 준비해서 나오면 안 될까요? 밑에서 기다릴게요."

"일단 들어와서 따뜻한 거라도 한잔 마셔요. 남자라고 옷만 입으면 되는 거 아니니까."

그녀의 차림새가 여느 때와 달랐다. 간단한 스니커즈를 신던 발에는 등산용 신발이, 패딩 안으로는 방한 후드 점퍼를 하나 더 껴입었다.

"처음도 아니면서 왜 그래요? 내 침대도 사용한 사람이."

지혁이 여전히 주저거리며 들어서는 그녀를 놀렸다.

그를 따라 주방으로 들어서는 지민은 묘하게 가슴이 두근거렸다. 만취한 다음 날 아무도 없는 집에서 눈을 떴을 때와 느낌이 달랐다.

그런 마음을 아는지 모르는지 지혁은 지난 한 주 왠지 소원한 모습을 보이던 그녀의 방문이 반갑기 그지없어 싱글거리며 차를 내어 왔다.

"등산 갈까요? 그렇지 않아도 오늘은 좀 더 일찍 나가 모달산이라도 오를까······."

차를 내려놓던 그가 갑자기 말을 멈추고 지민을 빠르게 올려보았다.

"혹시 오후에 딴 약속 있어서 일찍 온 건 아니겠죠?"

"한강 말고, 섬진강이 걷고 싶어요."

지혁의 눈이 한껏 커졌다.

"내일 무슨 일 있어요? 다른 일 있으면 당일로 가까운 곳에 갈까요?"

그의 입술이 드러나지 않는 웃음으로 실룩거렸다. 용서해 준다, 한지민. 지민은 앞으로 3개월에 한 번 정도 정기 검진 외에 더 이상 병원에 갈 일이 없었다.

지난 월요일 마지막 진료를 마치고 주차장에서 기다리고 있는 그의 차에 오르며 그녀는 연신 못마땅한 듯 '혼자 갈 수 있는데'라며 투덜거렸다. 그 말이 섭섭해서 집에 다 와 가도록 한마디도 하지 않았다.

게다가 병원에 함께 오가던 즐거움이 사라지게 된 아쉬운 마음이 더 기분을 언짢게 했다. 차에서 내리기 전, 먼 거리를 서너 번이나 오가는 그를 보는 자기 마음도 생각해 달라는 지민의 말에 겨우 마음을 풀었다.

그리고 퇴근한 후 소진과 지민을 위해 간단한 샴페인을 터트렸다. 입원 가방을 싸며 얼마나 울었는지 모른다며 다시 코끝이 맹해진 목소리로 입을 떼는 소진의 이마를 튕기며 지민은 그녀를 나무랐다. 지혁 역시 지난 두 계절 동안 요동쳤던 자신의 마음을 되돌아보는 감회가 남달랐다.

그 저녁을 끝으로 지민의 얼굴을 보기가 어려웠다. 다음 날 1박 2일 일정으로 세미나를 다녀온 직후 바로 그녀의 집을 방문했지만 부재중이었고, 잠시 볼일이 있어 밖이라는 짧은 통화가 전부였다.

목요일 퇴근 전에 전화했더니, 지민은 일상에 복귀할 준비로 바쁘다며 주말에 별일 없으면 예정대로 산책이나 하자고 말했다. 지혁은 그녀에게 아직 출근은 절대 안 된다는 말을 덧붙이며 통화를 마무리했다.

바빠진 지민이 못마땅했다. 못마땅하다기보다 대상 없는 상대에 대한 질투라고 해야 할까. 그러다 금세 고개를 내저었다. 지민을 다시 환자로 만나는 건 상상해서도 안 되는 일이다.

지민을 만난 이후, 지혁은 보호자를 대하는 태도가 달라졌다. 환자의 정확한 상태와 환자를 살피는 보호자의 유의 사항 등을 사실적이고도 의례적으로 전달하는 것이 전부였던 그가 이젠 보호자의 애절함과 조바심이 몸으로 느껴져 그들과의 만남이 힘들어진 것이다.

또한 보호자가 지켜야 하는 병원 규칙에서도 예전만큼 냉정함을 유지하기가 어려웠다. 새벽에 중환자실 문을 열고 나오는 간호사를 붙잡고 얼굴만 보고 지방의 집으로 내려가겠다는 가족을 보며 간호사에게 직접 들여보내 주라고 한 것도 지민을 마음에 담고 난 뒤부터였다.

그런 그의 마음을 아는지 모르는지 면역 치료가 끝나기 무섭게 자신의 일상을 찾아 움직이는 지민이 못내 섭섭한 것이다.

그렇기에 갑자기 여행을 가자는 그녀의 말에 지혁은 어리둥절할 사이도 없었다. 며칠 동안 얼굴을 보여 주지 않은 지민을 향한 심통이 순식간에 날아가 버리며 입가에 절로 미소가 지어졌다.

여벌 옷만 챙겨 급하게 내려가 보니, 미리 장을 본 듯 작은 아이스박스와 상자 하나가 놓여 있었다.

"혼자 운전하기에 너무 멀지 않겠어요?"

트렁크에 짐을 싣고 운전석에 올라타는 그의 눈치를 보며 지민이 말했다.

"이 세상에 고성보다 먼 곳은 없어요."

지혁은 혼자서 지민을 찾아 고성까지 엑셀 페달을 밟던 그날의 심정을 죽을 때까지 잊지 못할 것 같았다.

"더 멀어도 괜찮은데. 우리 섬진강 찍고 이참에 부산까지 달려 볼까요?"

지민이 못 당하겠다는 듯 그를 밉지 않게 흘겨보았다.

오늘따라 유독 들떠 있는 그였다. 행복이 지나쳤다. 괜히 눈가가 뜨거워져 지민은 빠르게 눈을 깜박였다.

운전대를 잡고 있던 지혁은 어느새 조용해진 조수석을 힐끗 바라보았다.

1차선으로 달리던 차를 2차선으로 바꾸며 속도를 한껏 낮췄다. 완주 고속도로를 타기 시작하자 한결 차량이 줄어들어 다행이었다.

흔들리던 지민의 고개가 조금은 고정이 되었다. 휴게소에서 잠시 쉬며 카페라테를 부탁하던 말을 무시하고 따뜻한 레몬티를 건네자 지민은 살짝 인상을 찌푸렸다.

잠이 오면 자도 된다는 그의 말에 입을 샐쭉거리며 잠이 와서 그런 게 아니라고 했지만, 그녀가 즐기지 않는 커피를 찾을 땐 졸음을 쫓기 위한 것이라는 걸 지혁은 모르지 않았다.

다시 고속도로에 오른 지민은 라디오 주파수를 돌리거나 이따금씩 그에게 말을 걸며 조수의 역할에 최선을 다했다. 그러나 차가 달리기 시작한 지 30분쯤 지나자 옅은 숨소리를 내며 잠이 들었다.

구례를 거쳐 따라 내려온 섬진강의 모래는 한낮의 햇살을 받아 눈이 부시도록 반짝거렸다. 한때 벚꽃으로 한창이었을 국도변 나뭇가지는 마를 대로 말라 있었다. 바람에 흩날려 버렸는지 길가의 낙엽 또한 드물었다. 겨울이 바짝 다가온 걸 실감하게 했다.

지혁은 지민을 조금이라도 따뜻할 때 걷게 해 주고 싶은 마음에 조금 더 속도를 냈다. 덕분에 하동 솔밭 공원의 푸름과 햇살을 놓치지 않았다. 차에서 내린 지민의 감탄은 그치질 않았다.

"그렇게 좋아요?"

지혁의 물음에 지민은 아이처럼 크게 고개를 끄덕거렸다.

"하늘에 빠져들 것 같아요. 반짝이는 모래밭도 너무 좋고. 지혁 씨는 어때요?"

"지민 씨가 좋으면 나도 좋아요."

"작업 멘트 수준이 점점 높아지는 거 알죠?"

입술에 함박웃음을 건 지민이 그를 흘겨보았다.

"벌써 다 넘어왔는데 굳이 작업을 걸 이유가 있나."

그 역시 잔뜩 웃음을 머금고 위풍당당한 어깨를 으쓱해 보였다.

그녀의 밝은 웃음소리가 강줄기를 따라 펼쳐진 넓은 모래밭으로 퍼져 나갔다.

"운전 너무 오래 해서 힘들었어요?"

지혁이 가만히 고개를 가로저었다. 그녀의 밝은 얼굴이 좋았다. 폴짝폴짝 뛰어다니던 지민이 어느새 모래밭 끝에 다다라 강가를 바로 보고 섰다.

"확실히 운치가 다르긴 하네요."

그녀의 잔잔한 표정 위에 떠오른 고운 미소가 섬진강의 은빛 물결을 닮아 있었다.

"섬진강의 평화로움을 보고 있으면 제 마음마저 편안해져요."

지민은 한참을 서서 유유히 내려가는 강가의 고운 물결을 내려다보았다. 한 보 뒤로 물러선 지혁이 두 팔을 벌려 그녀를 제 품에 꼭 껴안았다.

온기가 느껴지는 그의 품은 포근하기 그지없었다. 어떤 바람에도 이 품 안이라면 두려울 게 없을 듯했다.

제 허리 앞으로 교차해 있는 그의 두 손을 가만히 감쌌다. 놓치고 싶지 않았다. 그렇게 계절을 잊은 듯 한동안 강바람을 맞았다.

펜션에 도착하니 시계가 3시를 가리켰다. 휴게소에서 이른 점심을 먹으며 마침 자신의 별장이 산청 인근에 있다며 휴대폰을 꺼내는 지혁을, 지민이 이미 숙소를 예약해 놓았다며 말렸다.

지혁이 주차를 하고 트렁크에서 짐을 내리고 돌아보니 지민은 주인장과 이미 이야기가 끝났는지, 작은 카페 앞에 놓인 행운목 화분 아래에서 열쇠를 꺼내어 문을 열고 그를 향해 손짓했다.

입구 정면 벽 전체는 원목으로 잘 짜인 책장으로 이루어져 있었다. 책장 한가득 책과 LP판이 꽂혀 있었고, 오른쪽으로 난 섬진강 물줄기가 보이는 창 아래로 같은 원목 재질의 긴 선반과 의자 네 개가 나란히 놓여 있었다. 3인용 소파와 테이블 한 개, 정갈하게 짜인 사각 테이블이 두 개인 아담한 카페였다.

카페 입구 왼편으로 난 작은 주방과 홀을 경계하는 선반에 놓인 다기는 모두 직접 구워 만든 듯 소담한 멋이 있었다. 자연스럽게 커피를 내리고 잔을 준비하는 지민의 모습이 아무래도 이곳이 처음이 아닌 모양이었다.

작은 주방 옆으로 난 나무 계단을 올라가자 다락방을 활용한 도미토리룸이 있었다. 정갈한 매트 네 장이 겹쳐져 있고 개인 사물함도 같은 숫자로 놓여 있었다.

"설마 저기서 잘 건 아니죠?"

조심스럽게 계단을 내려오며 그가 물었다.

"부잣집 도련님이 잠을 청하기엔 좀 누추한가요?"

"저곳이 누추할 만한 도령은 아니지만, 벌써부터 꼬부랑 할아버지 모습은 보여 주고 싶지 않은데."

지민이 풋, 하고 웃었다.

"걱정하지 말아요. 도련님에겐 성에 찰지 모르겠지만 이 펜션에서 나름 제일 크고 좋은 방을 쓰기로 했으니까."

그가 손에 턱을 괸 채 말없이 지민의 얼굴만 바라보았다. 지민이 포트에 물을 따르며 갸웃거렸다.

"왜요?"

"귀한 도련님 황송해서요."

지민이 말뜻을 몰라 그의 얼굴을 빤히 바라보았다.

"이렇게 예쁜 여인이 준비한 완벽한 여행에 초대되다니, 무슨 복이죠? 게다가 주변에 식당이 보이지 않는데 설마 저것들로 식사 준비까지 해 주려는 건 아니겠죠?"

아직 펜션에 들여놓지 않은 아이스박스와 짐을 턱으로 가리켰다.

"왜 아니겠어요?"

모락모락 김이 피어오르는 따뜻한 커피를 내밀며 그녀가 말을 이었다.

"제 첫 서비스입니다."

지민이 생긋 웃었다. 카페에 들어서며 계속 말을 잇던 그가 돌연 입을 다물었다.

"왜 그래요?"

"불안해서요."

"뭐가요?"

"내가 이런 선물 받을 이유가 뭐지? 나야말로 치료 잘 해낸 한지민 기특하다고 선물을 줘야 하는데."

"선물은 무슨 선물이에요. 서울에서 여기까지 운전을 몇 시간이나 시켰는데. 돌쇠처럼 부려먹으려면 잠자리, 식사 제공 당연히 해야죠. 아!"

지혁이 그녀의 코를 살짝 비틀었다.

"멋진 도령한테 돌쇠라니."

자리에서 일어난 그가 그녀의 찻잔에 물을 따라 들고 왔다. 물을 붓자 거름망의 민트 향이 순식간에 코끝까지 닿았다.

"민트네. 머리 아파요?"

"아니에요. 그냥 차예요."

지민이 그를 향해 살짝 눈을 흘겼다. 언젠가부터 그녀가 마시는 차 하나하나까지 이것은 어디에 좋으니 이럴 때 마셔라, 저것은 어디에 좋으니 이럴 때 마시라며 입을 떼기 시작하는 지혁이 고마운 건지 성가신 건지 스스로도 알 수 없었다.

단, 자신이 그의 성격을 버려 놓은 것만은 확실해 보였다. 지혁은 영락없는 잔소리꾼이었다.

"이게 대략 몇 장이나 될까요?"

어느새 지혁이 책장 앞에 서서 한 장 한 장 꺼내어 LP판의 상태를 살피고 섰다.

"카페에 있는 건 대략 900여 장. 펜션에 존재하는 판은 대략 1,000여 장."

"여기 자주 왔어요?"

"LP판 기증자가 저예요."

지민을 향해 그가 몸을 휙 돌렸다.

"아빠의 유일한 취미였거든요."

"그런데 여기에 기증했어요? 주인장과 아는 사이예요?"

"친구 부부가 지은 펜션이에요."

그의 눈이 더 커졌다.

"그래서요?"

지민의 앞으로 바짝 얼굴을 가져다 대며 그가 물었다.

"뭘요?"

"이 펜션을, 친구가 직접 지었다는 건 아니겠죠?"

"왜 아니에요. 이거 짓다가 두 사람 이혼할 뻔했는데. 설계부터 여기 카페의 선반 하나하나까지 모두 부부가 직접 한 거예요."

"와, 정말 대단한데요."

지혁이 실내를 다시 한번 둘러보았다. 그리고 다가들이며 LP판이 꽂혀 있는 선반을 하나하나 살폈다. 그중 한 장을 빼서 턴테이블에 걸었다.

"섬진강보다 이곳이 더 오고 싶었던 겁니까? 아버지 손길도 느끼고?"

지민은 눈가의 웃음꽃으로 답을 대신했다. 카페엔 그가 틀어 놓은 라이오넬 리치의 감미롭고도 애절한 목소리가 잔잔하게 울려 퍼졌다.

"알아요? 오래된 건데."

지민이 눈을 반짝였다. 지혁이 빛바랜 LP 케이스를 톡톡 두드려 보였다. 어린아이가 쓴 것 같은 삐딱한 알파벳이 귀여웠다

지민이가 가장 좋아하는 BEST SONG

저도 좋아했다며 웃어 보이는 그의 눈웃음에 지민은 짧은 숨을 들이마셨다. 한 계절 내도록 그렇게 붙여 다녀놓고도 아직까지 떨려 오는 제 마음이 힘들었다.

Hello! I've just got to let you know.
그대여. 내 마음을 전하고 싶어요.

Tell me how to win your heart, for I haven't got a clue.

어떻게 해야 당신의 사랑을 얻을 수 있을까요. 난 아무것도 모르겠
어요.

But let me start by saying I love.
단지 사랑한다고 말하고 싶어요.

그가 따라 부르는 노랫말이 라이오넬 리치의 목소리 위에서
선명하게 표류되어 마음을 적셨다. 눈가에 차오르는 물방울을
참으려 지민이 큰 숨을 삼키고는 애써 목소리를 밝게 했다.

"정말 양파 같은 남자예요, 강지혁 씨."

"소문내면 안 됩니다. 까면 깔수록 나오는 제 매력은 한지
민 씨한테만 보여 주는 거니까."

"누가 믿기나 하겠어요? 세진 병원의 강 선생님한테 이런
면이 있다는 걸."

지민이 혀를 내두르는 시늉을 했다.

"이야기해 봐요. 저 노래, 프러포즈 때 꽤 인기가 있다고 하
던데. 사연 있는 거 아니에요?"

그의 얼굴에 또다시 알 수 없는 미소가 퍼졌다.

"어, 진짠가 보네?"

지민이 놀라는 시늉을 하자 지혁은 천천히 고개를 가로저었
다.

"고등학생 때 감기에 걸려 아버지 차를 며칠 얻어 타고 다
녔어요. 라디오를 들으며 아버지를 기다리고 있는데 이 노래

가 흘러나왔어요. 나도 모르게 눈시울이 뜨거워졌어요. 분명
처음 들은 것 같은데 귀에 굉장히 익은 노랫말에 음률, 이유
모를 기시감이 느껴졌어요."

Sometimes I feel my heart sill overflow.
때때로 내 마음은 넘쳐흐를 것 같아요.

잠시 노래의 끝맺음에 귀를 기울이던 그가 별일 아닌 듯 어
깨를 으쓱했다.

"마음을 완전히 뺏겨 버렸지만 즐겨 듣지 않았어요. 감성을
통제해야 편한 삶을 살 수 있으니까."

지민 역시 마찬가지였다. 자신의 감정보다는 이 노래를 들
으며 햇살을 더듬어 가던 아빠의 뒷모습을 느꼈다.

자주는 아니었다. 언제나 자신 앞에서는 있는 힘껏 미소를
지어 주었던 아빠는 라이오넬 리치 판을 턴테이블에 올려놓은
날이면 유독 지독히도 쓸쓸해 했고 감정을 숨기려 하지 않았
다.

이 곡은 그녀의 베스트 곡이기보다는 엄마에게 전달하지 못
하는 아빠의 마음이었다.

두 사람이 묵을 곳은 복층 구조였다. 작은 거실 겸 주방에
2인용 식탁이 하나 놓여 있고, 그 안쪽으로 넓은 침실엔 대형
TV와 침대가 있었다. 침실 입구 맞은편은 역시나 넓은 창이었

고, 그곳 역시 섬진강 물줄기와 그를 에워싼 산들이 눈인사를 해 왔다.

침실과 거실을 나누는 벽에 위치한 나무 계단을 오르면 작은 다락방이었다. 그곳에는 키 낮은 싱글 침대가 하나 놓여 있었다. 지혁이 풀썩 팔베개를 하고 침대에 드러누웠다.

침대 맞은편에 다락 넓이만큼 가로로 난 긴 창을 통해 산등성이를 따라 붉게 물든 하늘이 펼쳐져 보였다. 창가 앞으로 연인과 나란히 앉아 석양을 바라보기 좋도록 나무 의자 두 개가 놓여 있었다. 그 의자 역시 만든 이가 궁금할 만큼 정성이 많이 들어간 작품이었다.

지혁은 벌써부터 깊은 밤 저곳을 통해 들어올 별빛과 일출의 풍경이 궁금했다.

"내려와요."

지민이 준비한 저녁은 미더덕과 게가 들어간 된장찌개가 주메뉴였다. 나물 두 가지와 브로콜리와 오징어무침, 거기에 노릇하게 잘 부친 두부, 그리고 색색의 어린잎과 양상추가 들어간 새콤달콤한 소스가 가미된 닭가슴살 샐러드. 무엇보다 밥이 고슬고슬 잘 지어져 있었다.

"차려 놓고 보니 별것 없네요."

쑥스러워하는 그녀의 말이 끝나기 전에 지혁이 찌개를 한 수저 떠서 입으로 넣었다. 그리고 또 한 수저 맛보고는 역시나 말이 없자 지민은 살며시 불안해졌다. 고개도 들지 않는 그의 손길이 차례로 반찬을 향했다.

"빨리 안 먹으면, 이거 저 혼자 다 먹을 거예요."

"간이 좀 맞아요?"

"먹어 본 된장찌개 중에 제일 맛있어요."

지혁이 척하고 엄지를 세워 보였다. 그녀를 바라보는 눈빛은 더없이 다정했다. 화사한 눈웃음이 눈부셔 지민은 시선을 외면했다. 벌써 몇 번째인지 몰랐다.

"거짓말."

"정말인데. 밥하는 비결은 따로 있어요? 찹쌀도 아닌 것 같은데, 이렇게 찰지지?"

"다시마 한 장을 넣었어요."

"그래요?"

그가 밥 수저를 뜨다 말고 지민의 얼굴을 바라보았다.

"왜요?"

"밥이라곤 한번 해 본 적도 없는 얼굴인데, 밥도 잘 짓고. 이 반찬도 지민 씨가 다 했다는 게 안 믿겨서요."

"왜 이래요, 중학교 2학년 때부터 시작해서 주방 경력이 벌써 몇 년인데. 어? 그 눈빛, 지금 저 동정하는 거예요?"

"대견하게 보는 겁니다."

"사실 저는 지시만 하고 남자들이 많이 했어요. 아빠가 계실 땐 아빠가 주로 만드셨죠."

그가 밥 한술에 된장국만 몇 수저 연거푸 먹었다.

"짜겠어요. 밥이랑 같이 먹어요."

"우리 집 아주머니도 한 요리하시는 분인데. 비법이 뭐예요? 이 게와 미더덕을 여기까지 공수해 오다니. 오징어도 그렇고."

"아침에 수산 시장 다녀왔어요. 얼음 가득 넣은 아이스박스에 담아 온 게 전부예요."

지혁이 다시 수저질을 멈췄다.

"왜요. 얼른 먹어요."

"그러지 말아요. 지민 씨 먹으려고 그러는 건 괜찮은데, 나 때문에 어떤 수고도 하지 말라고요. 아니면 같이 가자고 연락하든지. 어제 잠은 좀 잤습니까?"

"지금은 잔소리보다 게 눈 감추듯 후다닥 먹어 주는 게 제 엔돌핀을 위한 일이랍니다."

"이번만 용서하죠. 그런데 지민 씨 다음에 할 일 없으면 분식집 차려도 되겠어요. 이 나물, 간도 정말 딱인데."

지혁이 나물을 얹은 밥을 한 수저 소복하게 떠서 먹었다.

"레스토랑을 차려야 지혁 씨가 자주 올 수 있는 거 아닌가."

"나는 된장, 김치 없으면 밥 안 먹어요. 그래서 주말에 집에 가면, 어머니는 다른 건 아주머니에게 다 맡겨도 된장은 직접 하십니다. 이쯤 되면 어디서 정보를 빼 온 게 아닌지 의심스러운데."

희정의 이야기가 잠깐 나오자 순간 지민의 표정이 저도 모르게 흐려졌다.

바쁘게 입으로 움직이는 그의 손을 보며 애써 마음을 다잡았다.

❖   ❖   ❖

깨끗이 설거지를 끝낸 지혁이 캐모마일 두 잔을 준비했다.

시골의 밤은 일찍 찾아왔고 어둠은 너무나 짙었다. 한 시간 간격으로 들어온 도미토리 손님은 저 밑 화개 마을에서 걸어 올라왔다고 하더니 피곤한지 일찍 방으로 들었다.

지민은 사람 소리 하나 들리지 않는 적요가 불편해지기 시작했다.

"지혁 씨, 피곤할 텐데 그만 쉬어요."

"그래요. 지난밤에도 못 잔 것 같은데 지민 씨도 일찍 잠자리에 들어요. 그리고 내일 올라가면서 산청 주변 좀 돌아봐요."

"불편할 테니 제가 다락 쓸게요."

"안 돼요. 새벽이라도 내려올 일 있으면 위험해요."

사락사락. 2층으로 올라간 그가 책을 읽는지 일정한 간격으로 들리는 책장 넘기는 소리가 예민해진 지민의 귓가를 건드렸다.

몸을 뒤척이던 지민은 팔을 뻗어 옆에 둔 휴대폰으로 시각을 확인했다.

10시 35분. 망설이던 그녀가 곧 이불을 확 걷어 젖혔다. 어둠에 눈이 익숙해지도록 가만히 기다리던 지민이 침실을 벗어나 천천히 계단을 향해 발을 내디뎠다.

계단 앞에 켜진 작은 보조 등으로 오르기엔 조금 불편했다. 조심조심 계단을 오르는 그녀의 발소리를 들었을까. 책장을 넘기던 소리가 멈췄다.

지혁은 침대 옆 스탠드 빛을 더 밝히며 다가오는 그녀를 바라보았다. 지민이 옆으로 성큼 다가가 침대에 걸터앉았다. 미동도 없이 그녀를 바라보는 지혁의 눈이 파도처럼 거칠게 출렁거렸다. 가만히 다가간 그녀의 입술이 그의 볼에 살짝 닿았다가 떨어졌다.

"잘 자라는 인사를 빠뜨렸어요."

과감하게 다가와 앉던 모습은 사라지고 금세 얼굴이 빨개진 지민은 서둘러 몸을 돌렸다. 그보다 빠르게 뻗어 나온 손이 그녀를 끌어당겼다. 은은한 스탠드 불빛 사이로 보이는 그의 눈빛은 밤바다보다 더 짙어져 있었다.

"수고롭게 여기까지 왔는데, 답례는 받고 내려가야죠."

지혁의 입술이 재빠르게 지민의 입술을 덮쳤다. 얌체 같은 도발이었다. 지혁은 한 손으로 그녀의 뒷덜미를 단단히 받치고 거칠게 밀어붙였다. 이내 지민의 입에서 작은 신음이 흘러나왔다.

그 사이를 뚫고 들어간 혀는 그녀의 입안을 구석구석을 탐했다. 혀뿌리까지 뽑힐 듯 휘몰아치는가 싶더니 달콤한 포도알을 삼키듯 부드럽게 입안을 굴려 왔다.

어느새 나른함에 빠지려 할 참이면 다시금 채근하듯 몰아치는 입술에 결국 지민이 침대 위로 쓰러졌다. 그녀의 몸 위로 지혁도 함께 쓰러졌다. 숨이 부족한 지민은 그의 티셔츠 목둘레를 힘껏 움켜잡았다.

"지혁 씨, 자, 잠시……."

그제야 지혁이 지민으로부터 떨어져 나왔다. 그는 두 팔로 침대를 짚어 그녀를 내려다보았다. 힘겹게 내뱉는 그녀의 숨소리가 다락방을 가득 메웠다. 지민이 내뿜는 숨결이 제 목에 와 닿자 지혁은 다시 그녀의 어깨 위로 풀썩 쓰러졌다.

호흡을 정리하는 지혁의 너른 등 뒤로 지민이 가만히 손을 얹자 얇은 천 너머로 단단한 등 근육이 뻣뻣하게 긴장하는 게 느껴졌다. 그가 빠르게 몸을 일으켜 조용히 올려다보는 지민의 시선을 외면했다.

"그만 내려가요, 지민 씨."

"아!"

제 등을 쓸어내리던 지민의 한쪽 손목을 세게 움켜잡았던 지혁이 뒤늦게 그녀의 통증을 알아차리고 손을 놓았다.

"괜찮아요."

그녀의 말 한마디에 칠흑같이 어두운 지혁의 눈동자가 흔들렸다. 지민이 손을 들어 긴장한 턱선을 천천히 어루만지자 더 이상 참지 못한 지혁이 거친 숨소리를 내뱉었다.

지혁은 시트 위에 지민의 몸을 내렸다. 그 위로 그의 몸이 포개졌다.

인내력은 이미 바닥이 났다. 그런 마음을 아는 듯 지민은 그의 눈을 똑바로 바라본 채 천천히 고개를 끄덕였다. 지혁이 깊은숨을 천천히 내뱉으며 지민의 귀밑 목덜미에 입술을 가져다 댔다.

그녀의 목덜미, 쇄골 그리고 다시 입술, 이마, 다시 입술.

얼마나 간절했던가. 또 얼마나 지켜 주고 싶었던가. 앞으로 한 1년을 꾹 참고 지키리라 생각했건만. 지혁은 여전히 조심스러웠다. 그녀의 체력이 모두 회복되지 않은 것도 염려되었지만 그녀의 몸 구석구석이 처음인 그는 깨지기 쉬운 도자기를 쓰다듬듯 모든 것이 조심스러웠다.

그것을 아는지 모르는지 아랫도리는 자꾸 불끈 힘이 들어가 곤혹스러웠다. 긴장과 두려움에 찬 눈빛과 달리, 지혁의 어려운 길을 틔워 주려는 듯 지민은 망설이지 않고 그의 목덜미를 두 손으로 쓸어내렸다.

따뜻한 손이 지민의 브래지어 속을 뚫고 들어가 가슴을 감쌌다. 이제까지 용기는 그저 객기였을까. 그의 손길에 그녀가 놀라 몸을 움찔거렸다.

그는 등 뒤로 손을 뻗어 브래지어 훅을 풀고 상의를 솜씨 좋게 벗겨 냈다. 순식간에 얼굴이 붉어진 지민이 부끄러운 나머지 고개를 옆으로 돌리자, 지혁이 그녀의 턱을 잡고 천천히 저를 향하게 했다.

낮은 천장의 불빛이 눈부신지 지민이 두 눈을 감았다. 긴 팔을 뻗어 협탁 위 스탠드를 꺼 버린 지혁은 천천히 지민에게 입을 맞췄다. 손이 겹쳐지고 긴 다리가 겹쳐졌다.

침대 맞은편으로 펼쳐진 창문 너머 잔잔히 박혀 있는 별들이 짙은 어두움에 묻히지 않으려는 듯 기를 쓰며 빛을 발하고 있었다.

어떠한 소리도 들리지 않는 깊은 시골 언저리 다락방에 두 사람의 숨소리만 섞여 갔다.

10. 재회

"방금 한지민이라고 했어?"

대리운전 기사를 부를 생각으로 술잔을 받던 지혁의 손이 멈칫했다. 창훈의 입에서 흘러나온 이름에 귀를 의심했다.

"네. 왜 예전에, 그게 그러니까 너무 오래돼서. 지금 병원장님 바뀌시기 전에 제가 선배 동네 가서 술 한잔했잖아요. 그때 선배가 어느 여자분 술을 확 부어 버렸잖아요."

잔을 내려놓는 그의 입매가 한일자로 굳어 갔다.

"한 5년 전이었죠? 처음엔 저도 못 알아봤어요."

어느 순간부터 금기시되었던 이름. 이젠 나눌 이유가 없던 이름이 강산도 변화시킨다고 하는 세월의 반이 지난 버린 지금, 생각지도 못한 이의 입을 통해 흘러나왔다.

"처음엔 그냥 이름이 귀에 익다 했어요. 설마 그 사람일 거라고 어떻게 생각했겠어요? 목석 강지혁이 환자와 연애한다고 이 바닥을 떠들썩하게 했던…….”

너무 나갔다. 창훈이 그의 눈치를 슬머시 보고 말꼬리를 잘랐다. 미동도 없던 지혁의 검은 눈동자가 더욱 새까매졌다. 그러나 주체할 수 없는 창훈의 입은 오후에 있었던 수술 스트레스를 풀 듯 계속 움직였다.

“그런데 현우 선배한테 그곳 병원에서 한지민 씨를 만난 계기를 듣다가 머리에 섬광이 딱 일어나더라고요. 참, 세상에 이런 기막힌 인연이 있다니.”

지혁의 후배이자 창훈의 선배인 현우가 병원 개업을 앞두고 친한 선후배들에게 술을 한 잔 산다고 모인 날이었다.

담당 환자가 이유 모를 고열을 일으킨 탓에 조금 늦는다는 호진과 무슨 일인지 아직 도착하고 있지 않은 현우를 기다리던 중 나온 이야기였다.

창훈의 말을 정리하자면 현우의 병원 신축에 한지민, 그녀가 함께했다는 것이다.

“바로 호진 선배에게 물었죠. 그 한지민이 맞느냐고. 근데 아니래요. 그래서 내가 선배에게 직접 물어보는 거잖아요. 맞죠?”

지혁의 짙은 눈썹이 꿈틀거리며 반응을 했다. 알 만했다. 그러니까 호진은 그녀가 벌써부터 한국에 들어온 것을 알고 있었던 모양이다. 지혁에게 그 사실이 알려질까 한 거짓말이 오히려 그에게 소식을 물어다 주게 된 꼴이라니.

"어, 선배. 제가 실수한 건가요?"

그제야 그의 안색을 알아챈 창훈의 말이 조심스러워졌다.

"내가 조금 늦었지?"

그때 조용한 곳에 앉아 있는 두 사람을 발견한 호진이 그들의 자리로 다가왔다.

"오다가 연락받았는데, 현우 그 녀석 갑자기 일이 생기는 바람에 못 나온단다."

"뭐라고요? 본인이 불러 놓고선 무슨 일이에요?"

창훈이 마시던 술잔을 내려놓으며 어이없어했다.

"무슨 급한 일인지 말도 없이 미안하다며 날짜만 새로 잡아 달래. 뭐야, 지금 시작이야?"

가득 차 있는 지혁의 잔을 보고 호진이 물었다.

"아, 호진 선배! 제 말이 맞잖아요. 하긴, 선배라고 세월이 그렇게 흘렀는데 어떻게 알았겠어?"

"뭘?"

"현우 선배 병원 건축 설계 회사에서 일하는 한지민 씨가 그 한지민 씨 맞다고 하네요."

긍정도 부정도 하지 않던 지혁의 태도를 제 식대로 해석한 창훈은 호진이 자리에 앉자마자 그녀의 일을 화제로 삼았다.

놀란 호진의 얼굴이 지혁을 향했다. 그의 표정만으로는 무슨 생각을 하는지 알 수가 없었다.

"그렇죠. 선배?"

창훈이 눈치 없이 지혁을 채근했다. 호진은 창훈의 입을 당장이라도 틀어막고 싶었다.

작게 한숨을 내쉰 호진이 담담히 앉아 있는 지혁을 곁눈질로 조심스럽게 쳐다보았다.

"술 사기로 한 사람 없으니, 일어나도 되겠지?"

갑자기 피곤함이 몰려왔다. 지혁은 보통 수술이 있는 날은 곧장 집으로 들어가 쉬었다. 컨디션도 컨디션이었지만 수술받은 환자가 그날 밤 어떤 상태로 콜을 해 올지 모르기 때문이었다.

대학 한 해 후배였던 현우가 드디어 아버지 도움으로 병원을 설립하게 되면서 병원 경영에 관해 몇 가지 자문을 구할 겸 다들 얼굴 한번 보자며 잡은 날이 하필 오늘이라, 차마 거절하지 못했었다.

지혁이 겉옷을 챙겨 자리를 떴다.

"지혁아, 인마!"

호진이 급하게 그의 뒤를 따라나섰다.

"어? 술은 아무나 사면 되지. 왜 그냥들……. 진짜 내가 말을 잘못 꺼냈나."

호진이 호텔 로비로 나오자 지혁은 벨보이가 차를 가져오길 기다리는지 로비 정문에 서 있었다.

"하, 술 한잔 제대로 마시기도 전에 저 녀석이 벌써 입을 놀린 거야?"

들은 건지 못 들은 건지, 그는 묵묵부답이었다.

"그렇지 않아도 오늘 이야기하려고 했어."

"뭘?"

"한지민 씨 만난 거."

그게 자신과 무슨 상관이라고. 그의 차가 앞에 와 멈추자 지혁은 지체 없이 운전석으로 올랐다. 호진이 조수석으로 그를 따라 올라탔다.

"내려."

짧은 한마디가 단호하기 그지없었다.

"야, 강지혁."

"네 차는 어쩌고 여길 타."

"차가 어디 있어, 술 마실 사람이."

"내려. 데려다줄 에너지 없어."

"알아. 네 집으로 가자고."

"너 상대할 힘은 더 없어."

"알았어. 너희 집 앞에서 택시 타고 나올게."

엉뚱한 말만 하는 그를 더 이상 상대하고 싶지 않은 지혁은 그대로 차를 출발시켰다. 호텔을 벗어나 달리는가 싶던 차가 한적한 도롯가에 비상등을 켠 채 멈췄다.

"할 말 있으면 얼른 하고 내려."

"그게 그러니까, 나도 안 지 얼마 안 됐어. 창훈이가 얼마 전에 동문회에서 만나 물어보기에 현우에게 바로 전화해 봤더니 맞더라고."

호진은 순식간에 말을 뱉고 지혁의 눈치를 봤다. 별다른 표정 변화가 없었다.

"두 사람이 밴쿠버에서 알게 되었는데, 창훈이네 병원 건물과 정원 설계를 맡게 되었단다. 연락해 볼까 하다가 먼저 상경이에게 연락했더니 상경이도 모르고 있는 것 같아 입도 못 뗐다. 너한테도 덜컥 말하기가 어려웠어."

"말하라고 한 적 없어. 말할 필요도 없고."

"알아, 괘씸한 거. 나도 그래. 그렇게 사라진 것도 괘씸하긴 한데 한국 들어온 게 언제라고 상경이도 몰라. 상경이가 저한테 어떻게 했는데. 그리고 너는 또……."

요점만 말하라는 듯 지혁이 미간을 모으고 그를 쳐다봤다.

"나도 모른 척하고 말려고 했는데, 현우가 연락해 왔어. 지민이 정기 검진 좀 챙겨 달라고."

부탁을 받고 한동안 고민한 듯 아직도 호진의 말투에 난감함이 묻어났다.

"현우 녀석 요즘 병원 쉬고 있잖아."

호진이 슬쩍 고개를 돌려 지혁의 얼굴을 바라보았다.

"지난주에 병원에 왔었어."

"……."

"검사는 꼬박 받아야지. 안 그래? 챙겨 줄 사람 없다고 옛날처럼……."

호진이 다시 힐긋 그의 눈치를 살폈다. 그리고 짧은 한숨을 내쉬었다.

"아무 말도 못 했어. 왜 그렇게 갔냐고도. 연락은 왜 안 했냐는 말도 못 하겠더라고. 시간이 좀 지났어야지. 그동안 몸이 괜찮았냐는 말밖에는 묻지 못했어. 다시 들어갈 생각인지 밴쿠버에서 다니던 병원 기록도 못 받아 왔더라고. 마지막 검사가 6개월 전쯤이라는 걸 보니 들어온 지는 반년쯤 됐겠지."

호진이 계속 지혁을 힐끔거리며 말을 이었다. 듣고 있는 건지 마는 건지 잠자코 있는 모양새로는 쉬이 판단키는 어려웠다.

"독하긴 독해. 돌아와 놓고도 연락 한 번을 안 하고. 가만, 김소진은 알고 있었나?"

누가 알아야 하는 걸까. 지혁은 문득 그런 생각을 했다.

5년이나 되는 세월 동안 연락을 끊었던 사람이 고국에 들어왔다고 누구에게 연락을 할 수 있을까. 한지민이라는 여자가 그럴 만한 사람을 한국에 두었던가.

가정을 꾸리고 둘째 아이까지 낳아 키우며 잘 사는 옛 남자에게 연락을 할 수 있을지. 절대 인정할 수 없다는, 생부 영철에게 연락을 할 수 있을지. 그리고 친구 소진이 알고 있었다면 상경이 모를 리 없었다.

상경은 한 달에 한 번, 태영의 갑상선 기능 항진 복용 약을 받으러 올 때마다 지혁의 연구실을 조심스럽게 들러 간단한 인사를 하고 갔다. 처음엔 애타는 마음에 상경을 기다렸지만 시간이 지날수록 지민과 연관된 상경이 불편했다.

그것도 시간이 더 흐르자 상경에게서 지민을 찾지 않게 되었다. 지민을 통해 알게 된 사람이라기보다 호진과 함께 상경 역시 또 다른 친구인 듯 마음이 흘러갔다. 지혁은 그녀가 이곳으로 다시 돌아오지 않으리라 생각했다.

"말 끝났으면 내려."

"왜 이렇게 차갑게 굴어? 아직도 지민이 이름만 들어도 힘든 거야?"

"힘들 거 없어."

"근데 왜 이렇게 저기압이야?"

"오늘 수술 있었어. 수술 있는 날 다른 스케줄 잡는 거 봤어? 그리고 넌 옛날에 사귀던 여자 상황이 일일이 궁금하던? 그것도 5년이라는 세월이 지나서까지? 너 호들갑 떠는 게 성가셔."

지혁이 시동을 다시 걸었다.

"이모님이 돌아가셨다나 봐."

"……!"

"현우한테 들었어. 밴쿠버에서 나올 때 지민 씨에게 계속 같이 나오자고 했는데도 꿈쩍도 안 하더란다. 그런데 이모님이 갑자기 돌아가신 거 알고, 현우가 병원 일로 계속 불러냈다나 봐."

"내려."

마지못해 호진이 내리자마자 그의 차는 쏜살같이 차도를 달리기 시작했다.

지민이 떠나고 처음엔 실감하지 못했다. 한 며칠 그러다가 나타나겠지, 또 한 몇 주 그러다가 나타나겠지 하며 기다렸다. 처음 있는 일도 아니었고, 아픈 일이 생기면 마음을 닫아 버리

303

고 훌쩍 떠났다가 돌아온다던 상경의 말도 있으니 나타날 거라 믿었다.

그렇게 한 달이 지나고, 두 달이 지났다. 지혁의 일상은 엉망이 되어 갔다. 꼭꼭 숨어 버린 그녀가 어이가 없었다. 이해할 수는 더더욱 없었다.

조잘대며 하루 일상을 잘도 쏟아 내던 여자가 왜 말도 없이 사라진 것인지. 갖가지 해산물을 담은 작은 아이스박스를 들고 와 여행을 가자던 여자는 하루아침에 말도 없이 어디로 사라진 것인지.

그 시간을 돌아보는 지혁의 미간에 절로 주름이 새겨졌다. 여행에서 돌아오는 날 차 안에서 나누었던 대화를 수도 없이 되돌아보았다.

"월요일에 제주도 학회 참석하러 내려가야 해요."

가만히 고개를 끄덕이던 그녀였다.

"같이 안 갈래요?"

저를 돌아다보는 그녀의 눈에 당혹감이 떠올랐다.

"농담이에요."

빠르게 정정을 하고는 아쉬움에 덧붙였다.

"마지막 날 내려오면 하루 정도는 같이 제주도 둘러볼 여유는 있는데."

"잘 다녀와요."

함께해 줄 수 없어 미안하다며 다감하게 웃어 주는 그녀에게 돌아올 날짜도 안 묻는다며 섭섭해했다.

굳이 현관까지 옮겨 주면 된다던 아이스박스를 주방 안쪽 다용도실까지 넣어 주자 지민은 제게 미안하다고 했다. 몇 걸음 차이가 뭐가 미안하냐고 타박을 하자 또 미안하다고 했다.

"이럴 땐 고맙다고 하는 거예요."

아이를 가르치듯 엄하게 이야기했다.

"미안……."

그녀가 제 혀를 살짝 깨물었다. 그 모습이 귀여워 웃음 짓고 한마디 더 붙였다.

"우리, 이제 이런 일로 인사할 사이는 아니지 않나."

그녀와 동시에 얼굴이 붉어졌다. 그런 뜻으로 한 말이 아니었는데도 자연히 그날 밤의 열감이 떠올랐다. 제 눈빛이 달라지는 걸 느꼈는지 지민은 천천히 고개를 가로저었다. 마지막으로 그녀가 한 말도 '미안하다'였다.

돌리는 제 발걸음의 아쉬움을 눈치챈 것이겠거니 여기며 밖으로 나섰다. 그때 벌써 그녀는 그에게 해야 할 사과를 모두 했던 것이었다.

미안하다고 끝날 일이 아니었다.

지혁은 이별에도 예의라는 게 있다는 걸 그때 알았다.

그러고 보면 그녀로 인해 알게 된 게 어디 이별뿐이랴. 걱정과 불안도 사라져 가는 자리엔 원망이 자리 잡았다. 원망이 화로 변하고, 화가 분노로 변할 때쯤 소진이 찾아왔다.

지민이 캐나다로 간 거라고. 그곳에 어릴 때 입양되어 간 이모가 있다고. 집은 벌써부터 내놓았고, 집이 나가는 대로 그 돈은 병원비를 보태 준 상경에게 전달해 달라는 짧은 편지 한 통을 남겼다고 했다. 남은 지면에는 온통 미안하다는 말뿐이었다고.

그 말을 전하며 소진은 미안하다고 했다. 친구를 대신해서 미안하다고. 자신도 이렇게 배신감이 드는데 강 선생님은 더할 거라고. 그래도 어쩌면 그곳이 좋을지도 모른다고. 그녀의 건강을 위해서 마음 편하게 보내 주자고.

그리고 소진은 그의 모친이 그녀를 만났을지 모른다고 전했다. 그러나 꼭 그것 때문은 아니니 너무 아파하지 말라는 말도 덧붙였다.

분노가 자책감으로 바뀌었다. 아들의 성난 얼굴에 희정은 말했다.

"정말 그 애를 행복하게 해 줄 자신이 있니? 이 집안에 들어서 건강을 지켜 줄 자신이 있어? 할아버지와 아버지 앞에서 그 아이를 지켜 줄 수 있냔 말이야. 그렇지 않으면 조용히 마음으로 떠나보내."

차마 아버지처럼 모든 것을 버리면 안 되냐고. 어머니를 위해 모든 것을 버린 아버지처럼 자신도 그 여자를 위해 그렇게 하면 안 되는 거냐고 묻지 못했다.

결국 그녀를 지키지 못한 것은 제 자신이었다. 뒤늦게 어미의 가슴에 못 박을 수는 없었다. 그 후 그는 세상에서 사라졌다.

1년을 넘게 술과 함께했고, 또 1년을 병원 내 모든 수술과 학회를 끌어안았고 병원장이 바뀌면서 병원 경영에도 일부 참여했다.

여전히 숨 쉬는 것조차 갑갑하고 무료해 결국 가방을 꾸려 네팔로 떠났다. 그곳에서 1년간 의료 봉사를 하며 겨우 숨을 쉬었다. 그런 시간들이 지나서야 겨우 그녀가 건강하기를 바랐고, 귓가에 들려오는 그녀의 이름과 관련된 것들을 담담히 받아들이려고 노력했다.

그곳에서 돌아온 아들을 희정은 억지로 청담동 집으로 불러들였다. 그리고 지난해부터 다시 김포로 들어가 살고 있었다. 벌써 주인이 몇 번 바뀌었어도 이상할 게 없는 지민이 살던 아파트 단지를 지나칠 때도 이젠 그녀와 나누었던 이야기로 가슴이 들썩이지 않았다.

이모님이 돌아가셨다고. 사슴 같은 눈망울에서 뚝뚝 떨어졌을 눈물이 회색빛 영상 속에서 선명해졌다.

어느덧 그의 차가 아파트 주차장에 도착했다. 상념을 차단하듯 지혁은 있는 힘껏 문을 닫았다.

두 손에 절로 땀이 배어 왔다. 이마까지 솟아 오는 땀이 곤혹스러워 클러치 백을 열고 손수건을 꺼냈다.

괜찮다고 여겼는데 역시나 긴장이 됐다. 30여 분 전에 현우의 신축 병원 완공 축하 파티에 회사 팀원들과 함께 도착한 지민은 손님맞이로 바쁜 현우와 짧은 인사를 나눈 후 연회장 입구로 모든 신경이 쏠려 있었다.

피할까도 생각해 보았다. 그러나 현우의 병원 건축 설계를 맡게 된 희수의 건축 사무소 주축에 그녀가 있었다.

제 사정을 뻔히 아는 이들에게 집안일을 둘러대기도 어려웠고, 몸이 좋지 않다는 핑계를 댔다가는 희수의 극성에 구미가 당기는 다음 프로젝트에 참석할 수 있을지 장담하기 어려웠다.

3년 전에 자신의 사무소를 낸 희수는 8개월 전에 현우를 처음 만나 병원 신축 설계를 맡게 되면서 하루가 멀다 하고 캐나다로 연락을 취해 왔다.

희수의 끈질긴 설득으로 지민의 한국행이 이루어졌고, 지금 지민은 그녀의 회사에서 일하는 중이었다. 들어오고 보니 희수가 지나치다 싶을 만큼 제 건강을 염려하는 덕에 여간 성가신 게 아니었다. 안색이 조금만 나쁘면 들고 있는 일을 뺏어 버리기 일쑤였다.

파티에 참석할 수밖에 없는 이유를 찾는 스스로가 구차했다. 지민은 고개를 내저으며 마음을 추슬렀다. 그때 현우의 목소리가 들렸다.

"지민 씨, 여기 있었어요?"

그를 향해 몸을 돌리는 순간 지민은 쿵 하고 들려오는 제 심장 소리에 놀라 눈이 커졌다. 현우와 나란히 서 있는 키 큰 남자의 존재를 알아차리며 펌프질하는 심장을 진정시키기 위해 잠시 호흡을 멈췄다.

"서로 인사 나누세요. 강 선배, 이쪽은 저희 병원 가든 설계 디자이너, 한지민 씨. 그리고 지민 씨, 여기는 세진 병원에 있는 대학 선배예요."

지민은 누군가 눈치챌세라 멈췄던 숨을 아주 천천히 그리고 조금씩 뱉어 냈다. 천천히 올려다본 그의 짙고 깊은 눈빛엔 어떤 감정도 담겨 있지 않았다. 그래서인지 긴장을 숨기기 위해 귓가로 당긴 지민의 입꼬리가 조금은 자연스러워졌다.

"오랜만이에요, 강 선생님."

짧은 침묵이 어색할까 지민이 먼저 말문을 열었다. 그러나 그는 알은체도 하지 않았다. 놀라움도, 당황함도 없었다.

이제야 들숨 날숨을 제대로 시작한 그녀의 코끝으로 낯익은 향기가 흘러들었다. 그의 향기였다. 언제나 그에게서 풍기던 청아한 시트러스 느낌과 더불어 관능적인 머스크향이었다.

"어? 지민 씨, 강 선배랑 아는 사이였어요? 뭐야. 두 사람 어떻게 아는 사이예요?"

두 사람이 이미 구면이라는 사실에 정신이 팔린 현우가 지혁의 침묵에 관심을 두지 않아 다행이었다.

"어떻게 된 거예요, 지민 씨?"

"강 선생님께서 제 수술을 집도하셨어요."

"뭐라고요? 그런 말 안 했잖아요."

"세진 병원에서 수술받았다고 했어요."

"아, 그랬지. 그런데 지혁 선배라고는 전혀 생각 못 했네. 하하. 5년 전에 수술받고 캐나다로 왔다고 했죠? 그럼 얼마 만인 거야? 그때 보고 처음 보는 거예요?"

세 사람의 기막힌 우연이 그저 신기한 현우가 연이은 질문을 던졌다. 지민이 작게 고개를 끄덕이다 지혁의 검은 두 눈이 제게로 향하자 그대로 숨을 멈췄다.

"그럼 잠시만 회포들 풀고 계세요. 금방 올게요."

입구 쪽의 몇 사람이 오늘의 주인공인 현우를 찾는지, 그가 잠시 자리를 떴다.

"잘 지내셨어요?"

숨 막히는 공기가 참기 어려워 지민이 또다시 먼저 입을 열었다.

"제가 물어야 할 질문 같습니다만."

천천히 그의 입술이 벌어지며 나직하고 차분한 음성이 흘러나왔다. 오랜만에 듣는 목소리에 멍해 있는 지민의 귓가에 이어 들리는 한마디.

"건강."

"아, 덕분에요."

"다행입니다."

겨울바람의 마른 나뭇가지처럼 그의 대답은 짧고 건조했다. 새까만 눈동자에선 어떤 감정도 읽을 수 없었다. 정말로 오래전에 잠깐 살펴보던 환자를 쳐다보듯 얼굴엔 어떤 표정도 담겨 있지 않았다.

현우가 떠난 지 불과 몇 분. 지민은 그의 침묵이 곤혹스러웠다.

"선배, 여기서 뭐해?"

굵은 웨이브가 어깨로 길게 흘러내린 여자가 다가왔다. 모델이라 해도 손색이 없을 것 같은 늘씬한 여자를 본 순간, 지민은 반보 정도 뒤로 물러섰다.

이곳에 와 있는 대부분이 의사였고, 지혁을 선배라고 부르는 것을 보니 그녀 역시 의사일 확률이 높은데도, 흰 가운을 입기엔 왠지 화려해 보이는 외모였다.

병원에서 처음 만난 그를 두고도 같은 생각을 한 적이 있었다. 여자가 옆에 서자 보통 키는 되는 지민이 순간 난쟁이가 된 듯 마음이 움츠러들었다.

"그만 가지."

"조금만 있어 봐. 다 아는 사람들뿐이라 지겨운데 새로운 인물도 좀 사귀고 가야지. 안녕하세요. 저 이수연이라고 해요. 여기 강지혁 씨 후배고, 소아과의랍니다."

가벼운 목 인사를 끝으로 자리를 뜨려는 그를 잡은 여자는 스타일과 다르게 발랄하고 귀여웠다.

"한지민입니다."

"한지민 씨? 아, 이곳 가든 설계사. 부차드 가든에 계셨다면서요? 전공의 따고 휴가차 가 본 적 있는데, 정말 멋지더라고요. 만나 뵙게 돼서 영광이에요. 병원에 성큰 가든(Sunken Garden)*을 설계할 생각을 하다니, 멋있어요."

"감사합니다."

"그런데 어떻게 아는 사이예요?"

수연이 두 사람을 번갈아 쳐다보았다.

"우리 병원 외래 환자분."

수연이 눈꺼풀을 치켜들며 호기심을 거두어 들 기미가 없자 지혁은 매끄러울 만큼 흔들림 없는 목소리로 답했다.

---

*Sunken Garden:푹락 정원. 도심의 빌딩이나 광장 등의 지하 공간에 채광이나 개방성 등을 확보하기 위해 상부를 개방하여 조성한 공원.

"응? 어디 안 좋은 데 있어요?"

"오래전 일이에요."

"다행이네요. 벌써부터 아프면 안 되죠. 그나저나 정윤이는 아직인가? 별일이야. 결혼 준비도 아니고 약혼 준비가 뭐가 바쁘다고 혼자 안 보여?"

수연이 지혁의 팔짱을 끼며 낯익은 이름을 꺼내자 지민은 순간 가슴이 두근거렸다.

정윤. 그래, 그녀도 있었다.

잊지 못했던 또 하나의 이름.

그를 떠올릴 때면 어김없이 함께하던 이름.

"그럼."

지혁이 몸을 돌렸다.

"선배, 같이 가. 그럼 지민 씨, 나중에 봐요."

지혁이 사라지자 긴장이 풀린 탓인지 지민은 갑작스럽게 몰려오는 피로감을 견딜 수가 없었다.

아직 병원 내부는 인테리어가 완전히 갖추어지지 않았다. 연회장으로 꾸며진 1층의 넓은 건강 검진 센터실을 빠져나와 정원으로 이어지는 바깥 테라스로 향하는 그녀를 발견한 현우가 뒤를 따랐다.

"지민 씨, 피곤해 보여요."

"바람을 좀 쐬고 싶어서요."

"이러고 있으니 밴쿠버에 있을 때가 생각나네요."

현우가 지하를 움푹 파내어 중앙에 큰 원형 홀을 중심으로 만들어진 넓은 정원을 바라보며 지민과 함께했던 캐나다 생활을 떠올렸다.

"그러기엔 나무가 너무 아쉽죠."

"미안하게 생각하고 있어요."

정원을 향해 먼 시선을 보내고 있는 그녀를 향한 그의 목소리가 한없이 부드러웠다.

"건물에 비해 정원을 너무 무리하게 뺀 것 같아 제가 미안해요. 욕심이 많았어요."

"무슨 말입니까. 마음 같아선 정원을 더 크게 빼서 개인 병원 하고 싶은 게 제 바람인걸요."

섬유 업계 중소기업 사장인 현우의 아버지가 사업 확장에 대한 꿈을 접고 현우의 병원 설립에 투자한 것을 지민은 잘 알고 있었다.

사나이로 태어났으면 가업을 잇든지 아니면 큰 종합 병원에 대한 꿈을 꾸든지 양단간에 결론을 내라는 아버지와 오랜 대립 끝에 이 병원이 탄생하게 된 것이었다.

종합 검진 센터, 소화기 내외과, 갑상선 내외과, 소아과, 가정의학과, 산부인과로 이루어진 병원이다. 8층의 본 건물과 산후 조리원 건물을 갖추고 임상 병리 의사를 포함한 의사만 15명이 넘는, 시작이 어마어마한 개인 투자 병원이었다. 일단은 크고 봐야지 수술도 안심하고 맡긴다는 현우 아버지의 배포 큰 결정이 이 병원을 탄생시켰다.

현우는 그의 아버지와 달리 사업에는 관심이 없고, 유순하고 다정한 성격으로 환자의 말에 귀를 잘 기울여 주는 동네 개인 내과의가 딱 어울리는 남자였다. 그는 다니던 대학 병원을 그만두고 회사나 물려받으라는 아버지의 강압을 피해 캐나다 밴쿠버 세인트 폴 종합 병원으로 교환 치료 와 있던 차에 지민을 만나게 되었다.

2년이 지나고서야 지민은 캐나다의 생활에 겨우 적응해 나가기 시작했다. 그러나 말도 잘 통하지 않던 그곳 생활은 단순했고 만나는 사람은 거의 없었다. 그저 위로가 되었던 것은 캐나다의 넓은 대지와 자연과 나무들이었다.

3개월 혹은 6개월에 한 번씩 지민이 검사를 받으러 가면서 알게 된 두 사람은 한국인이 뜸한 그곳에서 서로에게 좋은 친구가 되었다.

처음 지민은 좀처럼 마음을 열지 않았다. 그러던 중 병원 지인들이 휴일에 갈 곳 없는 현우를 구경 시켜 준다며 데려간 곳이 부차드 가든이었고, 그곳에서 자연 봉사자로 일하던 지민을 우연히 만나면서 사적인 만남이 이루어졌다.

현우는 캐나다를 떠나기 전, 건축 일에 밝은 지민에게 자문을 구했다. 그때 그에게 희수를 소개했다. 돌아온 현우는 병원 설계를 맡으면서 정원 설계는 꼭 지민이 해야 한다는 조건을 내걸고 공사를 시작했다.

끝까지 한국으로 오지 않으려던 지민이 한국행을 결심한 것은 이모의 갑작스러운 죽음 때문이기도 했지만, 아무 생각도 하지 않고 오로지 일에 매달릴 수 있도록 길을 터준 현우의 덕이 컸다.

"잘할 거예요. 현우 씨는."

그곳에서 현우가 지민에게 언제나 그래 주었듯 지민이 현우를 위해 따스한 미소를 지으며 격려했다.

"뭐야? 파티 주인공이 이런 곳에서 몰래 데이트?"

두 사람 사이로 수연의 목소리가 끼어들었다. 한 걸음 뒤에 지혁의 모습이 나타났다.

"기껏 여기야? 나름 고생한 두 사람이 회포 풀기엔 너무 공개적이지 않나?"

"어이구, 당신 걱정이나 하세요. 선배, 얘는 어떻게 된 게 점점 뻔뻔해지는 것 같지 않아요? 서른 넘은 지 얼마나 됐다고 도대체 부끄러움이 없어, 아가씨가."

"그러는 선배는. 나이가 몇 살인데 아직도 숫기 없는 총각 행세야?"

"시끄러워. 둘 다 다시 생각해 봐. 같은 병원에 있다간 환자의 심신 안정은 물 건너갈 것 같은데."

지혁이 나무라며 미간을 찌푸렸다.

"그러게. 나 아무래도 다시 생각해야겠어. 선배 병원에 정윤이 빠지고 나면 나 받아 주면 안 될까?"

수연이 지혁을 향해 진지하게 물었다.

"허, 너라면 질색하는 정윤이가 네 말 들으면 결혼 때려치우고 그 병원에 눌러앉아 버릴지 몰라. 그런데 정윤이는 오늘 안 보이네. 역시 신부가 더 바쁜가?"

"다른 일도 좀 있고."

지혁이 대답했다.

"그 팔짱 안 빼?"

수연이 슬쩍 지혁의 팔짱을 다시 끼는 걸 본 현우가 소리를 빽 질렀다.

"제 팔짱 끼는 것도 아닌데 당신이 난리실까? 자꾸 그러면 재미없어."

수연이 지민을 힐긋 쳐다보며 입술을 삐죽였다.

"아, 지민 씨, 미안해요. 수련의 때부터 티격태격하던 게 버릇이 돼서."

가만히 듣고 있던 지민이 정원을 향한 난간에 몸을 살짝 기대자 현우가 얼른 돌아보며 챙겼다.

"괜찮아요. 보기 좋아요."

"보기 좋기는요. 지민 씨, 현우 선배 얼마나 피곤한지 모르죠?"

"그만해, 이수연. 얼마 있으면 네 월급 내가 준다."

"연봉 책정 끝내면 연락해. 우리 병원과 비교해 줄 테니까. 내과의들 배포가 작아서 많이 못 줄 거야."

"강 선배!"

지혁의 한마디에 현우는 울상이 되고, 수연은 좋다고 까르르 넘어갔다. 분위기에 젖어 지민의 입매가 살짝 부드러워졌다. 그것도 잠시, 지혁의 차가운 시선과 마주치자 그녀의 눈빛이 절로 흔들렸다.

그는 시선을 거두고 짧은 인사를 남기며 돌아섰다. 미안함과 반가움, 그리움과 두려움, 복합된 감정이 회오리치는 자신과 달리 지나치게 담담한 얼굴이었다. 지민은 만나는 순간부터 그의 환자였고 입원을 하면서 그의 사람이 되었으며 어느덧 그의 여자가 되었으니 오늘처럼 싸늘하면서도 무심한 얼굴이 낯설었다.

호진을 찾아 연회장으로 들어가는 지혁의 뒤를 따르던 수연이 쪼르르 달려가 그의 팔짱을 다시 꼈다.

"왜 자꾸 안 하던 짓이야?"

지혁이 엄하게 내려다보며 그녀의 팔을 풀었다.

"아까는 가만히 있더니? 뭐야, 한지민 씨 견제용이었어?"

무슨 소리냐는 듯 지혁이 발걸음을 멈췄다.

"예전에 선배하고 썸 있었던 그 여자라며? 동문들 사이에서 얼마나 이슈였는데."

지혁은 틈을 봐서 창훈의 입을 어떻게 해 놓지 않으면 안 되겠다는 생각을 했다.

"현우 선배가 저렇게 들떠 있는 거 처음 봐. 그런데 그 여자 표정은 그게 뭐야. 또 엉뚱한 의사 하나 이상하게 만들어 놓는 거 아냐?"

"쓸데없는 소리 하지 마."

"학교 다닐 때부터 정윤이가 선배 옆에 딱 붙어서 꼭 자기 남자인 척만 하지 않았어도 내가 선배 포기 안 했지. 정윤이도 얄밉지만 저 여자도 마음에 안 들어."

어린 나이에 비해 동문들의 엄마 역할을 하듯 오지랖 넓게 여기저기 간섭하기 좋아하는 수연의 말버릇을 지혁은 더 이상 상대하고 싶지 않았다.

연회장 중앙 홀 앞에 모여 있는 창훈의 무리를 발견하고 그쪽으로 발걸음을 옮기려던 그는 마음을 바꾸어 주차장으로 향했다.

피곤했다. 공식 일정을 마치고 원래라면 지난번에 깨져 버린 모임도 겸할 겸 몇몇 동문들과 한잔 더 할 생각이었다. 싫든 좋든 오랫동안 현우와 그 아버지 사이에 있던 갈등 해소와 병원 번창에 대해 밤늦도록 축하를 해 줄 생각이었다.

그러나 연회장에 도착해 지민을 보는 순간 지난 일주일 동안 자신을 불편하게 했던 체증의 이유가 명확해졌다.

그녀를 보고 싶지 않았다. 여전히 세상에 대한 무상함이 느껴지는 그 여자의 모습. 어떤 희로애락도 드러나지 않을 것 같은 얼굴이 반갑지 않았다.

평화로운 일상이 깨지는 기분이었다. 알 수 없는 짜증으로 지혁은 그대로 차를 몰아 김포로 향했다.

퇴근 무렵이 되자 사무소장 희수가 회식을 제안했다. 회사 근처 한우 집에 도착한 사무소 직원들이 너 나 할 것 없이 먹는 데 정신이 팔리자, 희수는 조용히 지민의 옆으로 자리를 비

집고 앉았다.

"너 솔직히 이야기해 봐."

"뭘?"

"박 선생, 이리로 부르지 않고 따로 만나는 이유."

질문의 뜻을 쉬이 알아차릴 수 없어 지민이 그제야 고개를
돌려 희수를 쳐다보았다.

"박 선생이 둘이서 보자던?"

"둘이서 보자고 안 했어."

"그러니까. 네가 둘이서 보고 싶은 거네?"

"선약이었어. 조용히 만나고 일찍 들어가서 쉬고 싶어."

희수가 지민의 등을 살짝 쳤다.

"솔직히 말해, 이것아!"

"뭘 솔직히 말해?"

잘 구워진 고기 한 점을 들어 희수의 개인 접시 앞에 주던
지민이 따끔한 손길에 인상을 썼다.

"지난번 완공 파티 때 말이야. 박 선생, 좀 달랐어. 그날 너
한테 아주 눈을 못 떼더라고. 무슨 일 있었지?"

"사람들 챙기느라 정신없는 박 선생님이랑 무슨 일 있을 게
뭐 있어?"

"너도 그날 되게 이상했어. 뭔가에 긴장한 사람처럼 계속
쭈뼛거리면서도 약간 홍조 띤 얼굴에. 그날 박현우 선생이 고
백한 거 아니야?"

희수의 억측에 지민이 고개를 가로저었다. 그래도 여전히

그녀의 컨디션을 알아차리는 희수의 촉은 알아 줘야 했다.

"아니라니까. 그리고 하루 이틀 본 사람도 아닌데 박 선생님이 왜 하필 그렇게 정신없는 날 고백을 하겠습니까. 정말 그런 사이 아니라니까요."

"아니야. 촉이 달라, 촉이. 하여튼 한지민, 너 지난번에 약속했다. 무슨 일이든 기승전결 4단계 중에 사건 발생 전은 아니어도 발생 단계엔 무슨 일이든 불어야 해. 특히 컨디션 상태는 꼭. 알겠지?"

"네. 소장님. 어련하시겠습니까. 제 밥줄이신데."

지민이 두 손을 맞붙이며 절을 하는 시늉을 보였다. 그렇지 않아도 그녀는 그날 현우의 깊은 눈빛이 내도록 마음에 걸렸다.

고향을 떠나 먼 이국땅에서 만난 동질감 같은 것이 아니었다. 벌써부터 두 사람을 연결 짓지 못해 안달 난 희수에게 만난 지 3년인데 그런 감정이 생길 것 같으면 이미 생겼을 거라며 그 말을 일축했지만, 내심 병원 공사가 끝나면서 자연히 현우와 거리를 두어야겠다고 여겼다.

그런 현우가 파티가 있던 날로부터 일주일이 지난 오늘 만나자고 연락을 해 온 것이었다. 망설임도 잠시, 오늘은 그가 어떻게 나오든 자신이 확실히 해야겠다고 마음을 먹었다. 어쩌면 혼자 괜히 착각하고 있는 건지도 몰랐다.

혹여나 현우의 입으로 친구 이상의 감정을 듣는다면 그땐 얼굴을 보는 것이 더 어려워질 터였다. 그렇게 잃기엔 그는 너무나 고마운 사람이었다. 캐나다로 돌아가지 않기로 마음을 굳힌 이상 이젠 자신이 갚아야 할 차례였다.

시계를 보니 벌써 7시 반이 다 되어 갔다. 늦었다는 생각에 지민은 자리에서 조용히 가방을 챙기고는 휴대폰을 꺼내 들었다.

11. 이별에 대한 예의

"제가 나갈게요. 아, 보여요? 그 건물 지하예요. 간판이 크게 보일 겁니다. 괜찮아요. 천천히 오세요."

현우가 통화 종료 버튼을 누르길 기다리다가 창훈이 물었다.

"누가 오기로 했어요?"

"어, 지민 씨."

와인 잔을 잡은 호진의 손이 멈칫했다. 힐끔 지혁의 눈치를 봤지만 표정의 변화는 없었다.

그러나 호진은 모처럼 편하게 한잔하려던 자신의 계획이 물 건너갔다 싶었다. 가만, 이러고 있을 때가 아니었다. 호진은 휴대폰을 들고 살짝 일어나 와인 바 입구로 향했다.

"호진 씨."

때마침 안으로 들어오던 차에 먼저 호진을 알아본 지민의 눈이 동그랗게 떠졌다.

"이런 데서 보네요. 어쩐 일……!"

바 안쪽으로 시선을 준 그녀의 얼굴이 순식간에 굳어졌다. 많은 사람들이 자리를 차지하고 있는데도 지민의 눈엔 단 한 사람만이 와 꽂혔다. 현우의 테이블에 지혁이 앉아 있었다.

"그러게. 한 번 보니 자주 보게 되네. 들어가 봐."

호진이 어깨를 으쓱거리며 길을 터주었지만 지민은 그 자리에 우두커니 서 있을 뿐이었다.

"괜찮아. 들어가 봐. 다들 현우 때문에 모인 거야."

어깨를 토닥거리는 그의 손을 신호로 지민은 망설이던 발을 천천히 뗐다.

"아, 지민 씨, 어서 와요. 잘 찾았네요."

현우가 얼른 일어나 옆자리 의자 하나를 권했다. 하필이면 지혁의 맞은편이었다.

"어서 오세요, 지민 씨. 지난번 파티에선 왜 말도 없이 가셨어요. 2차가 더 즐거웠는데."

지민은 반갑게 맞아주는 창훈이 새삼 고마웠다. 현우 혼자일 거라 생각했다. 이곳에 도착하도록 현우는 다른 말이 없었다.

"방해가 되는 건 아닌지 모르겠네요."

현우가 보자고 한 약속이었다. 그럼에도 방해꾼이 된 느낌은 어쩔 수 없었다.

지민은 눈길도 주지 않는 한 남자가 신경 쓰여 괜스레 머리를 쓸어 올리며 아무도 모르게 입술을 잘근 깨물었다. 역시나 그의 향기가 느껴졌다.

"저희들은 지민 씨라면 언제든 환영입니다. 현우 선배가 어쩐지 와인 바로 오자고 그러더니, 주인공은 지민 씨였군요."

한 사람이 본 척하지 않는 것을 느꼈는지 창훈이 애써 그녀를 반기려 노력했다.

"지민 씨하고도 다들 아는 분이라 괜찮지 않을까 했어요. 한국 와서 계속 집과 회사만 오갔잖아요."

현우가 그제야 겸연쩍은 듯 미안해했다.

"맞아요. 사람 속에 섞여 있어야만 엔돌핀도 돌고, 적당한 스트레스가 쌓이고, 그래야 면역력도 생기는 겁니다."

창훈이 직원에게 손가락을 까딱거리며 새 잔을 부탁한 뒤 끊임없이 말을 이었다.

"지민 씬 미디엄바디가 취향이지?"

호진이 자리에 와서 앉으며 뒤따라 나타난 소믈리에에게 와인 하나를 추천하게 했다.

"선배, 그런 것도 알아요?"

현우의 눈이 동그래졌다.

"왜 넌 여태 몰랐냐?"

"도대체 어떤 사이예요? 오늘은 그것도 좀 알아야겠어요."

"뭐야, 너 혹시 지민 씨와 내 관계 파헤치려고 이 자리 마련한 거야?"

"어떻게 아셨어요?"

"미리 말해 두는데, 감당 안 될 것 같으면 묻어 두시지?"

"허, 점점."

현우가 팔짱을 끼고 나름 심각한 표정을 지어 보였다.

"그전에 네가 우리 지민 씨 과거를 파헤칠 자격은 있고?"

"호진 씨."

난처한 지민이 작은 소리로 호진을 말렸다.

"호진 씨? 호칭도 이상하네. 정말 무슨 사이야?"

"그러게요. 무슨 사이예요? 저도 좀 알아야겠네요."

등 뒤에서 여자의 목소리가 끼어들었다.

피곤함이 묻어 있는, 그러나 한껏 날이 선 목소리의 주인공은 정윤이었다.

"이거였어? 금방 일어날 테니 먼저 들어가라는 이유가?"

정윤은 지혁과 호진의 사이에 앉았다. 호진이 고개를 작게 저으며 눈을 질끈 감는 것을 지민은 미처 보지 못했다. 굳게 닫혀 있는 지혁의 입술만이 느껴질 뿐이었다. 합석한 이후 그의 목소리는 단 한마디도 듣지 못했다.

그녀가 나타난 덕에 지혁의 자리가 약간 비켜나 다행히 지민은 눈 둘 곳이 생겼다. 정윤이 빈 잔을 들어 지혁에게 내밀었다. 귀찮은 듯 그의 미간에 주름이 잡혔다.

"한 잔 안 줄 거야?"

"고래 싸움에 끼우지 마."

잔잔히 실내를 감싸는 재즈 선율에 어울리는 목소리로 지혁이 드디어 입을 열었다.

"내가 한 잔 줄게. 지난번 파티에서도 못 보고. 오늘 잘 왔다."

현우가 특유의 선한 웃음을 지으며 분위기를 부드럽게 만들려 했다.

"그러게 말이야. 파티 때도 인사 못 했으니 오늘 잠깐이라도 와서 눈인사라도 하는 게 사람 도리니 어쩌니 하더니, 다 와 간다니까 먼저 들어가라잖아. 어이없어."

정윤이 호진을 향해 눈을 흘겼다. 그리고 팔을 뻗어 잔을 받은 후 몸을 바로 하자 지민과 정윤 두 사람의 시선이 그대로 마주쳤다. 그녀의 눈빛이 출렁거리는 것을 지민은 피하지 않고 바라봤다.

"한지민 씨가 왜 여기 있는 거죠? 어울리지 않는 자리에 있는 건 여전하네요."

"정윤아!"

호진의 목소리였다.

"내 손님이야. 그런 실례되는 말이 어디 있어?"

현우의 목소리가 약간 커졌다.

"무슨 자격으로 온 건데?"

"여기 오는 데 자격이 왜 필요해? 다들 아는 사이고, 지민 씨는 우리 병원의 일등 공신인데."

"그건 지난번 파티일 때나 해당되는 거고. 이 자리, 세진 병원 협력 부탁 겸 모인 것 아냐? 아님, 두 사람 사귀기라도 하는 거야?"

"정윤이 너 그만두지 못하겠어?"

호진이 나무라는 음성이 정윤의 말을 잘랐다. 지민은 저도 모르게 정윤을 바라보는 시선 안에 들어온 지혁의 얼굴을 살폈다. 여전히 표정을 읽을 수 없었다.

"야, 김정윤. 너 왜 이래?"

창훈의 목소리에도 짜증이 묻어났다.

"죄송해요, 정윤 씨. 동문들 오붓한 모임에 제가 훼방꾼이 됐나 보네요. 이왕 온 거 잠깐 함께하면 안 될까요?"

지민의 차분한 목소리가 정윤을 더 발끈하게 했다.

"뻔뻔한 건 여전하네요. 뭐, 언제나 당신 마음이었지. 마음대로 나타나고 사라지고."

"그 뻔뻔함으로 정윤 씨 얼굴 좀 더 볼 수 있으면 고맙고요. 정윤 씨 방금 왔는데 사람이 앉자마자 바로 일어서는 것도 실례잖아요."

"하, 말로 이길 수 없는 사람인 건 알고 있었지만 이건 또 무슨 소리래? 강지혁이 아니라 나랑 한자리에 더 있고 싶다? 예나 지금이나 솔직하지 않은 것도 여전하시네."

지민을 제외한 이들의 표정이 각각의 이유로 일시에 굳어져 버렸다. 지혁의 입매도 아주 잠깐 꿈틀거렸다.

"너 안 되겠다. 먼저 일어나자."

호진이 벌떡 자리를 박차고 일어났다.

"싫어. 내가 왜 일어나? 가고 싶으면 호진 씨나 가."

"그만 해요. 제가 일어날게요."

가방으로 지민이 손을 뻗었다. 자신을 감싸기 위해 애쓰는 호진 때문이 아니었다. 그렇다고 오랫동안 알아 왔던 지인들 사이에서 어찌할 바 모르는 현우 때문도 아니었다.

지민은 좋은 일을 앞둔 정윤이 이제 와 아무런 의미도 없는 자신 때문에 흔들리는 모습이 싫었다. 자신만 아니었으면 벌써 행복한 가정을 이루었을지 모를 그녀였다.

하긴, 지혁과 정윤, 그리고 자신이 한자리에서 술잔을 기울이는 것도 우스운 일이었다.

"가긴 어딜 가요! 또 도망가는 건가요?"

정윤의 새된 소리가 일어나려던 지민을 주춤, 멈추게 했다.

"언제나 나만 나쁜 사람 만들어 놓고 가는군요. 조용한 일상에 멋대로 나타나서 휘저어 놓고 사라지겠죠? 그랬으면 나타나지 말고 잘 살 일이지. 반기는 사람 누가 있다고 나타나? 그래서 캐나다는 언제 돌아갈 거죠?"

반기는 사람? 지민은 반기기는커녕 제 존재가 오늘처럼 방해꾼이 될까 그게 두려웠다. 그래서 같이 걷던 거리를 걸으면서도, 같이 바라보던 하늘을 보면서도 한없이 움츠러들었다.

혹여나 눈에 띌까 봐. 혹여나 자신의 존재가 또 그들을 아프게 할까 봐.

"너, 지민이한테 그게 무슨 말버릇이야? 지민아, 이해해. 얘가 하는 말 진심 아니야. 조금 힘든 일이 있어서 그래."

호진이 전보다 한층 낮아진 목소리로 지민을 다독거렸다.

"말버릇? 뭐야, 지금 나보고 저 여자를 언니 대접이라도 해 주라는 거야?"

"김정윤, 일어나. 여기서 더 떠들면 정말 화낼 거야."

"에이, 오늘 기분 좋게 예복 맞추고 왔다면서 왜 이래? 맺힌 게 있으면 풀고, 오해가 있으면 바로잡고 가야지. 그리고 호진 선배, 사람 좋아 보여도 한번 화나면 무서운 거 너 몰라?"

보다 못한 창훈이 정윤을 말렸다. 지혁을 향해 어떻게 좀 해 보라는 눈치를 보냈지만 그의 꽉 다물어진 입술은 열리지 않았다.

"호진 씨가 뭘 알아? 진심이 아니라고? 그럼 내 마음이 뭔데? 누가 그런 거 생각이나 해 줬어? 그래, 눈에 안 보일 땐 걱정이라도 되더라. 근데 뭐야? 자기 앞가림하면서 잘 사네. 그런 사람을 두고 무슨 걱정이야. 손 한번 잡아 보지 못한 자식도 자식이라고, 다 썩어 가는 허파로 숨도 제대로 못 쉬면서 뭐 하러 그리워해?"

정윤이 말을 잇기 힘든지 제 입술을 잘근 씹었다.

"나한테는 뭘 그렇게 해 줬다고, 죽어 가는 마당에도 한지민 살 궁리를 못해 줘서 안달이냐고."

지민은 온통 알아들을 수 없는 정윤의 울분 섞인 말에 귀가 멍한 느낌이 들었다.

"에두르지 말고 하고 싶은 말 있으면 바로 해요, 정윤 씨."

진작 핏기가 사라진 지민의 입에서 나온 단어들은 또박또박 이어졌지만 마른 잎사귀가 바스락거리듯 부서져 갔다.

"한지민 씨, 그만 일어나요."

지혁이 일어섰다.

"선배는 왜 일어나?"

정윤이 바락 소리를 질렀다.

"그만하지 못해?"

더없이 낮고도 엄한 소리가 테이블을 순식간에 조용히 만들었다. 차가운 그의 눈빛에 지민도 순간 긴장을 했다. 호진의 얼굴에선 안도의 빛이 흐르고 창훈은 옆에 앉아 있는 현우의 안색을 살폈다.

"현우, 넌 술 마셨지?"

이미 의자에서 한 걸음 비켜난 지혁이 현우를 조용히 내려다보았다. 무슨 말을 꺼내려는 듯 실룩거리던 현우의 입매가 가만히 멈췄다.

"그래, 현우는 우리랑 한잔 더 해야지. 지혁이 너 오늘 수술 있어서 피곤했지? 가는 길에 지민 씨 잘 모셔라."

호진이 맥이 풀린 듯 몸을 의자 등받이 깊숙이 편히 놓았다.

"그래요. 현우 선배는 주인공인데 안 되죠. 선배 이름 대고 늦는다고 해도 이제 우리 와이프 콧방귀도 안 뀔 테니까 오늘 제대로 쏴야지. 지민 씨, 아쉽네요. 조심히 가세요."

몇 차례의 환영의 말로 자신을 반기던 창훈까지 인사를 하고 나서니 지민은 한순간에 불청객이 된 기분이었다. 이 자리에 더 있고 싶은 마음도 없었으나 지혁을 따라 일어서는 마음

또한 영 편치 않았다. 힐긋 쳐다본 정윤은 제 입술만 뜯고 있었다.

택시를 타고 가겠다는 지민의 말을 들었는지 못 들었는지 지혁은 직원이 차를 빼 오자 조수석 문을 열어 지민을 올라타게 했다. 친절은 거기까지였을 뿐 내비게이션 검색을 위해 주소를 물은 후 지혁은 침묵으로 일관했다.

지민이 사는 곳이 아파트 단지는 달라도 여전히 예전 그 동네라는 것에 대해서도 아무 말이 없었다. 지혁이 현재 어디에 사는지 알 수 없는 지민은 마음이 더 불편했다. 그가 김포에 살고 있지 않다면 이런 민폐도 없을 것이다.

밤 10시가 다 되어 가는 시간이라 차는 순조롭게 도로 위를 달렸다. 언제나 그와 함께 달리던 가양대교의 조명 빛이 한강에 어우러져 밤 무지개를 보는 듯했다. 병원을 오고 가며 함께 건너던 대교였지만 이런 야경은 처음이었다.

그사이 그의 차는 SUV 차량에서 검정 세단으로 바뀌었다. 여전히 왼손은 핸들의 10시 방향으로 잡고 오른손은 핸들 정중앙 밑을 잡고 있었다. 신호 대기 시에는 왼쪽 검지로 핸들을 까닥거리는 습관도 변하지 않았다.

5년 전, 편안한 길에서 그녀를 챙기기 바빴던 저 오른손은 핸들에 놓일 틈이 없었다. 지민은 제 마음엔 둔했지만 그의 배려엔 늘 가슴이 두근거렸다.

그 설렘이 좋아서 일부러 그를 놀리곤 했다. 쑥스러워하면서도 꿋꿋하게 마음을 드러내는 그가 너무 좋아서 홀로 있는 밤이면 지혁을 생각하며 혼자 웃기도 했다.

이젠 남보다 더 먼 곳에 있는 남자였다. 그리워하던 얼굴을 감히 마주할 수 없어 지민은 조수석 창가에 비친 그의 모습을 물끄러미 바라보았다. 그리고 상념을 지워 버리려는 듯 두 눈을 질끈 감아 버렸다. 다시 눈을 뜨니 차는 어느덧 김포 한강 신도시에 진입해 있었다.

낯익은 거리, 낯익은 간판. 5년 전과 같으면서도 다른 신도시가 눈 안에 펼쳐졌다. 낯익은 듯 낯선 그와 닮았다.

"몇 동입니까?"

아파트 단지에 차가 들어서며 지혁이 물어 왔다. 정면만 주시하는 그의 단호한 얼굴에 질려 그녀는 입구에서 내리겠다는 말을 삼켰다. 조심스럽게 103동 앞에 차가 멈췄다.

"한지민 씨가 이해해요."

지혁의 입에서 흘러나온 생각지도 못한 소리에 차 문으로 향하던 그녀의 손이 멈칫했다. 지민이 천천히 그를 돌아보았다. 여전히 차창 정면을 바라보는 모습에 순간 자신이 잘못 들었나 싶던 찰나, 그의 목소리가 이어졌다.

"정윤이, 우울증 치료를 오래 받아 왔어요."

절로 떨어지던 고개를 지민이 번쩍 들었다.

"그러니 일일이 신경 쓸 것 없어요. 조금 힘이 든다 싶을 땐 모두에게 칼날을 들이대니까."

"……."

"그렇게라도 하는 게 정윤이에겐 오히려 나은 일이고."

그제야 지혁이 동행한 이유를 알 것 같았다.

"저는 괜찮아요."

고개를 돌려 지혁을 바라보는 그녀의 표정이 조심스러웠다.

"정윤 씨가 이제라도 행복했으면 좋겠어요."

진심이었다. 그때 상경을 잃고 마음이 무너져 내린 것처럼, 그녀에게 강지혁이란 남자 또한 그런 존재라는 것을 모르지 않았다.

그 이상의 말은 나오지 않았다. 나온다고 해도 주제넘은 것이었다. 이제라도 모든 게 제자리로 돌아가야 했다. 그런데도 차 문손잡이를 잡고 있던 그녀의 손은 여전히 떨렸다.

"내리죠."

그 말이 끝이었다. 지민 역시 어떤 인사도 없이 내렸다.

그녀가 아파트 건물로 들어서고 5분 뒤, 12층 왼편 베란다에 불빛이 들어오고서야 그의 차는 서서히 단지를 빠져나갔다.

지민은 놀라듯 잠에서 깼다. 별다른 꿈을 꾼 것도 아닌데 화들짝 눈이 떠졌다. 침대 맞은편 시계를 보니 오전 8시였다.

몇 시쯤 잠이 들었을까. 새벽 2시경 라디오를 끄고 수필집 한 권을 꺼내어 들었지만 효과가 없었다. 하는 수 없이 와인 잔을 가득 채워 그대로 마시고 다른 책을 들었을 때가 3시를 조금 넘은 시각이었다.

'엿보고 싶은 아름다운 한옥 스물다섯 집'이라는 책이었다. 대략 열 채 정도의 건축 양식과 재건축 과정을 찬찬히 훑어보았다. 그러다 잠이 들었으니 제대로 잠을 잔 건 서너 시간 정도 될까.

어제만이 아니었다. 한국에 들어와서 생각할 겨를도 없이 병원 신축 공사에 정신을 쏟던 때와 달리 요즘은 잠을 제대로 이룰 수 없었다.

자리를 털고 일어난 지민은 세안을 끝낸 얼굴에 간단한 기초화장을 하고 선크림으로 마무리했다.

침실을 나서며 잠시 망설이던 끝에 편한 점퍼를 하나 더 걸쳤다. 조금 걷다가 땀이 나면 허리에 묶을 생각이었다.

아침저녁이 제법 선선해졌다. 그러고 보니 아빠 기일도 다가오고 있었다. 탁상 달력을 보기 위해 화장대로 향하는 순간, 현관문 벨 소리가 들렸다.

"소진이니?"

며칠 전 5년 만의 상봉으로 밤새 눈물 꽃을 피우고 간 그녀가 아니면 이곳까지 찾아올 사람이 없었다. 냉장고 안을 들여다보며 도대체 먹을 게 하나 없다고 야단을 치더니 집에서 반찬통을 싸 들고 온 게 아닐까 싶었다. 언제나 고맙고도 미안한 그녀였다.

그러나 눈살을 살짝 찌푸린 채 문을 연 지민은 그 자리에 얼어붙듯 서 버렸다.

눈앞에 생각지도 못한 지혁이 서 있었다.

"같이 갈 데가 있어요."

상황 파악이 되지 않은 지민은 그저 그의 얼굴만 올려다보았다.

"준비하고 나와요."

"어딘데요."

"가 보면 압니다."

제 할 말만 던지고 등을 돌리는 그의 모습에 지민이 순간 발끈했다.

"강 선생님 말에 군말 없이 따라나설 이유 없어요."

천천히 돌아서 지민을 바라보는 그의 미간에 주름이 졌다. 그녀의 차림새를 위아래로 훑어 내린 그가 지민의 팔목을 잡고 그대로 엘리베이터 앞으로 나섰다.

"지금 뭐 하는 거예요? 어딜 가는지 말을 하세요!"

엘리베이터 문이 열리자 그가 지민의 손목을 잡은 채 올라탔다. 휴일의 엘리베이터는 1층으로 내려가는 동안 한 번도 열리지 않았다.

떠밀리듯 지혁의 차 조수석에 올라탄 지민은 가 볼 테면 가보라는 듯 입술을 앙다물고 차창 앞만 바라보았다. 차가 고속도로를 올라타자 그때서야 고개를 획 돌려 그를 쳐다보았다.

여전히 고집스럽게 닫혀 있는 그의 입매를 확인하고 다시 의자 깊숙이 몸을 묻었다. 뒤늦게 자신의 낡은 운동화가 눈에 들어왔다. 그 와중에 신발짝이라도 맞추어 신고 나온 게 다행이었다.

한 시간쯤 달렸을까. 춘천 댐 삼거리 표지판을 지나자 차는 외곽으로 달리기 시작했다. 드문드문 보이던 건물의 간판도 사라지고, 점점 산길로 들어서자 지민은 마음 안쪽에서부터 스멀거리며 올라오는 불안감과 함께 메슥거림을 느꼈다.

창문이라도 열까 하던 때였다. 차는 시야가 탁 트인 넓은 길로 들어섰다. 그 길가 양쪽으로 빽빽이 심어진 듯지 넓은 편백나무가 드러나자 지혁이 양쪽 창문을 살짝 내렸다. 코끝에 다가오는 편백나무 향기에 그녀의 숨통이 조금씩 트였다.

그 생각도 잠시, 눈에 보이는 건물의 실체에 심장은 다시 요동치기 시작했다. 건물의 높은 곳에 '가평 행복한 요양 병원'이라는 간판이 걸려 있었다.

"내려요."

지혁의 말에 지민은 미동도 하지 않았다.

"병원장님께서 계신 곳입니다."

지민이 고개를 번쩍 들어 그를 올려다보았다. 울창한 나무 숲에서 일으키는 바람이 쇳소리를 내며 불어왔다. 그 사이를 뚫고 정윤의 목소리가 함께 귓가로 전해졌다.

"나한테는 뭘 그렇게 해 줬다고, 죽어 가는 마당에도 한지민 살 궁리를 못해 줘서 안달이냐고."

"폐암 말기입니다."

쿵, 하고 가슴이 내려앉았다. 그녀의 가슴을 대신한 입술에서 한숨을 닮은 헛웃음이 새어 나왔다.

영철이 폐암 선고받은 지 3년. 자택에서의 기거가 점점 힘들어지자 그는 희정과 정윤의 끈덕진 설득에도 불구하고 평생 일해 온 세진의 호스피스 병동에서 요양하길 거부했다. 하는 수 없이 희정이 서울에서 한 시간 반 정도 떨어진 공기 좋은 요양 병원을 추천했고, 1년 전 이곳에 입원했다.

산속 깊숙이 있는 울창한 나무들에 둘러싸인 덕분인지 처음 자택에서 옮겨 왔을 때보다 그는 기력을 많이 회복한 듯 보였다. 그러나 몇 달 전부터 눈에 띄게 호흡이 가쁘고 대화하는 것도 힘들어했다.

두 달에 한 번 세진 병원으로 가서 정기 검진을 받던 영철이 이젠 그것조차 거부하고 있었다. 스스로 병세가 악화되는 것을 아는 듯했다. 지혁은 정윤과 함께 온 지난번 면회에서 담당 의사로부터 영철이 밤마다 통증이 심해 잠을 이루지 못한다는 말을 들었다.

"그래서요?"

"시간이 얼마 안 남았습니다. 발병하시고 벌써 몇 년이 지났으니까."

"그게 저와 무슨 상관이죠?"

먼저 차에서 내린 지혁이 조수석 문을 열고 지민의 팔을 잡아 차에서 끌어 내리다시피 했다.

"놔요. 이거 오지랖인 거 알아요?"

"익히 알던 거 아니었나? 오지랖 넓은 거."

지혁이 시선을 돌리며 빈정거렸다.

"그러나 이번엔 당신 때문이 아니라 원장님에 대한 정리이자 정윤이에 대한 마지막 배려지."

"그래서 강제로라도 병실로 끌고 들어가시겠다, 그 말씀인가요?"

"아니."

그의 턱선이 꿈틀거리고 눈빛이 짙어졌다. 점점 날카로워지는 표정에 지지 않으려는 듯 지민은 입술을 꾹 누르듯 다물었다.

"당신이 선택해."

피하고 싶은 그녀를 용납하지 않겠다는 듯 지혁이 뚫어질 듯 바라보았다.

"그러나 이것만은 알아 둬. 오늘이 아니면 당신은 영원히 원장님과 이별할 수 없을 거야. 좋든 싫든 평생을 품고 살겠지."

그가 잡고 있던 그녀의 팔목을 풀어 내렸다.

"오래 견뎠어. 이젠 더 못 기다려 주실 거야."

발견했을 당시 이미 수술 시기는 놓쳤다. 영철은 꽤 오래도록 잘 견디고 있었다. 아무도 말은 하지 않았지만 그게 지민을 기다리는 일념으로 인한 극한의 노력이라고 다들 믿고 있었다.

"누굴 기다려요? 나를요? 그래서, 얼마를 기다렸는데요? 길어야 5년?"

지민이 고개를 잘래잘래 흔들었다.

"철이 들기도 전에 가슴에 새긴 이름이에요. 김영철. 손에 늘 술병을 끼고 살던 유령 같은 엄마, 한 남자와 한 여자아이를 지독히도 외롭게 만든 엄마, 그 엄마를 병들게 했던 원망스러운 이름이었다고요."

지민이 이럴 수 없다는 듯 더 크게 머리를 가로저었다.

"세상의 전부였던 아빠가 죽어 간 날, 미칠 것같이 미운 사람의 피가 내 몸에 흐르고 있다는 걸 알았어요. 죽어 버리면, 나조차 죽어 버리면 좋겠다고 생각했어요. 하지만…… 죽어서 아빠를 볼 면목조차 없을까 봐……."

말을 잇지 못하고 지민이 두 손으로 제 얼굴을 쓸어내렸다. 흥분해 가는 그녀를 바라보는 지혁의 얼굴이 점점 흐려졌다.

"그 사실을 15년 동안 견디고 있는데, 5년? 겨우 5년을 견뎌 놓고 이런 모습으로 제 앞에 나타나요? 폐암? 뭐가 그렇게 쉬워요? 뭐가 그렇게 쉬워서 나는 아직 용서도 안 했는데, 만날 준비도 안 했는데! 나더러 못 이기는 척하라고요?"

절규에 가까운 지민의 소리에 그의 눈썹과 입술이 동시에 일그러졌다.

"웃기는군, 한지민."

그의 입에서 흘러나온 차가운 제 이름에 지민의 말이 순식간에 멈췄다.

"원장님이 왜 당신에게 그런 비난을 받아야 하지? 당신의 존재 자체도 몰랐던 분이야. 두 사람이 만나 아무리 서로 좋아했다고 해도 한 사람이 돌아서면 그것으로 끝나는 거야. 누구의 책임도 아니지. 누구보다 당신이 잘 알지 않나?"

여전히 열에 떠 있던 지민의 얼굴이 한순간에 식어 갔다. 그가 하고자 하는 말뜻을 알고 있었다. 두 사람의 사랑으로부터 도망친 이는 엄마였다. 그 엄마보다 더 지독하게 도망간 이는 그녀, 자신이었다.

"두 분 사랑을 더 이상 욕되게 하지 말고, 어리광 그만 부려. 당신만 힘든 거 아니야. 자신의 딸인지도 모른 채 평생을 원망만 받아 왔어. 자기 자식인 줄 아는 순간에 눈앞에서 사라졌지. 죽기 전에 꼭 당신을 만나고 싶은 원장님 마음을 정말 모르겠어?"

창백한 지민의 낯빛이 마음에 걸렸지만 지혁은 멈출 수 없었다.

"당신 찾는다고 원장님은 자신을 비롯해 주변 아무것도 돌아보지 못했어. 정윤이뿐 아니라 자신 역시 병들어 가는 것도 몰랐어. 정윤이, 영원히 안 보고 살 건가?"

다시 나타난 그녀는 어딘가 달라져 있었다. 어제 와인 바에서 신랄한 독설을 퍼붓는 정윤을 바라보는 지민의 눈빛에서 그는 애연함을 엿보았다.

"그 애가 점점 병들어 가고 있다는 것도 의료 사고를 내고야 알아차렸어. 어제 그 말들이 서운하기만 했나? 내 귀에는 왜 이제야 왔냐는 울부짖음으로 들렸는데. 원장님을 이대로 보내 놓고 앞으로 정윤이 볼 자신 있어?"

지민의 입매가 꿈틀거렸다.

"당신. 왜 돌아온 거야?"

한풀 꺾인 그의 목소리는 낮고 차분했다.

"보고 가야 당신이 편해. 그걸 아니까 죽도록 견디고 계신 거야. 돌아온 마음에 단 1%라도 후회가 섞여 있다면 더 늦기 전에 움직여. 그게 자신을 살리는 길이라는 걸 당신이 더 잘 알잖아."

그랬다. 세상에서 제일 힘든 지옥이 자책이었다.

일찍이 후회로 가슴을 파먹어 놓고 또 같은 실수를 저질렀다. 암보다 더 무서운 게 후회이고 자책이라고 경험했다.

아무 말 없이 서 있는 그녀를 두고 지혁은 몸을 돌려 건물 안으로 성큼성큼 들어갔다. 한참을 지나 움직이기 시작하는 그녀의 어려운 발걸음이 병원 입구를 향하고 있었다.

"검사 결과 좋아. 근데 왜 이제 와. 예약은 지난주였잖아."

"이상 있었으면 호진 씨가 벌써 호출했겠죠."

"아주 배짱 좋네."

"이럴 때 좁은 인맥 덕 좀 봐야죠."

"검사 덕은 나쁜 놈, 의사 덕은 아픈 사람만 보는 거야. 그러니 행여나 덕 볼 생각 마. 그래도 캐나다가 나쁘지 않았나 봐."

지민이 아무 대답 없이 호진을 부드럽게 올려다보았다.

"힘들지 않았어?"

"힘들어할 자격이나 있나요? 누가 등 떠밀어 간 것도 아닌데."

이번엔 호진이 지민을 가만히 바라보았다.

달랐다. 마음도 말문도 닫혀 있는 것 같던 지난번 검진 때와 달리 마음을 살며시 비추는 지민의 작은 틈새를 보고서야 호진은 그녀와 미루던 해후를 했다.

"상경인 안 만날 거야?"

"만났어요."

"언제?"

"지난주 신축 파티 다음 날. 소진이랑 잠깐."

현우의 파티에서 지혁을 만난 날, 도저히 잠들 수 없던 지민은 소진에게 연락을 했다. 처음 전화를 받은 소진은 당신 같은 여자 모른다고 전화를 그대로 끊어 버렸다.

섭섭하지 않았다. 당연했다. 스스로가 생각해도 모질었다. 지난번 검사를 위해 세진 병원을 찾는 날까지도 지민은 망설였다.

캐나다로 가야 할지. 캐나다로 다시 돌아간다고 했어도 소진에게는 연락을 해야 했다. 친구이기 이전에 가족 같은 존재였다.

다음 날. 날이 밝는 대로 소진의 회사 앞에서 그녀를 기다렸지만, 지민을 발견한 소진은 그대로 무시하고 사무실로 올라가 버렸다.

　퇴근 무렵 같은 자리에서 기다리고 있는 지민을 보고 소진이 그 자리에서 펑펑 울어 버렸다. 지민도 코까지 훌쩍거리며 함께 울었다.

　"나는 왜 안 불렀어. 이 배신자들."

　"호진 씨 힘들 것 같아서요. 마시면 무조건 달리잖아."

　"아아."

　그러고 보니 그 전날 과하게 달리긴 했다.

　"상경인 어때? 이산가족 상봉 장면 찍었어?"

　"예전의 김상경이 아니었어요. 완전 찬밥 취급하던데."

　"말도 안 되는 소리. 너 떠나고 사흘 걸러 한 번씩 이 병원 들락거렸다. 지금도 태영 씨 약 타러 올 때마다 지혁이 연구실에 올라가 보던데."

　"태영이는 왜?"

　"말 안 해? 둘째 낳고 갑상선에 이상이 와서 계속 관리하고 있어. 약만 꼬박 잘 챙겨 먹으면 돼. 상경이 데리고 사는데 그 정도 스트레스는 있어야지."

　"호진 씨."

　"알아. 내 심술은 여기까지야."

　그만 일어나야 하는데 지민은 일어날 수가 없었다. 달리 꺼낼 말도 없으면서 발걸음이 쉬이 떨어지지 않았다.

　"병원장님 찾아갔었다며."

　"……."

호진은 정윤과 함께 영철의 병원에 들렀다가 담당 간호사로부터 전날 지혁이 다녀간 이야기를 들었다. 서너 시간을 기다렸지만 영철이 의식을 차리지 못해 만나지 못했다는 소리도 전해 들었다.

혼자가 아니라 젊은 여자와 함께였다는 말에 지민이 아닐까 짐작은 했지만 지혁에게 확인은 하지 못했다.

무슨 일인지 그는 며칠째 터지기 직전인 시한폭탄처럼 굴었다.

그 바람에 36병동 수련의와 간호사들이 죽어난다는 소리를 전해 들은 호진은 시간을 버는 중이었다. 그러던 중에 지민이 병원을 방문한 것이었다.

"정윤이 얘기도 들었어?"

"지금은 괜찮은 건가요?"

"많이 나아졌지. 가끔 분노 조절이 잘 안 될 땐 알아서 피해야 해."

호진이 싱긋 웃었다. 웃으면 아래로 처지는 눈꼬리가 보는 사람의 마음을 푸근하게 만드는 얼굴이었다. 지민도 따라 웃었다.

"다른 말은 못 들었어?"

또 뭐가 있냐는 듯 지민이 눈을 동그랗게 뜨자 호진이 소파에서 일어나 책상 서랍에서 작은 봉투를 하나 들고 와 건넸다. 살그머니 열어 본 지민의 눈이 놀라움으로 더 커졌다.

"호진 씨……."

김호진, 김정윤의 이름이 박힌 약혼식 초대장이었다.

"검사 결과 보러 오면 줄려고 했는데, 늦었네. 그러게 진작 오지."

거짓말이었다. 실은 진작 말할까 하다가 지민이 얄미워 부러 뜸을 들였다.

눈치를 보아하니 상경도 아직 말을 안 한 듯했다.

그런데 지혁은⋯⋯. 글쎄, 가평까지 같이 다녀온 것치고는 어째 달라진 게 없는 듯했다.

"뜻밖이에요."

"왜? 현우 파티에서 눈치 못 챘어? 우리 예복 맞추고 온 날이라고 하지 않았어?"

"예복 맞췄다는 소리는 들었지만⋯⋯."

지민은 차마 말을 잇지 못했다.

"상대가 난 줄 몰랐다 그거지? 그럼 누구라고 생각했을까?"

호진이 그녀의 얼굴을 빤히 쳐다보며 빙글거리듯 웃었다.

그러고 보니 그날 정윤에 대한 태도가 달랐다. 평상시 술자리에서의 그는 맺힌 게 있으면 풀고 오해가 있으면 바로 잡으려는 창훈과 별반 다를 게 없는 사람이었다.

"언제부터였어요?"

호진이 소파 팔걸이에 놓인 손에 턱을 괴었다.

"글쎄. 너무 까마득해서 기억이 가물거린다."

"네?"

"지혁이와 정윤이에겐 비밀이야."

눈가에 짙은 주름을 만들어 내는 그의 선한 눈웃음에 요 며칠 복잡했던 지민의 마음이 한순간에 녹아내렸다.

"정윤이가 내과 인턴 돌 때부터인가. 아니다, 그땐 이 정도까지는 아니었고. 따박따박 말은 잘해서 야무진가 했더니 실수도 잦아서 귀여웠어. 어쩌다 의사가 됐는지 모르지만 워낙 감성적이라 이 직업이랑은 안 맞았어. 선배들에게 많이 깨졌지."

호진이 말을 멈추고 조용히 그녀를 바라보았다. 무안한 듯 지민이 소파 뒤로 약간 몸을 물렸다.

"너랑 닮은 점이 많아."

지민의 두 속눈썹이 파닥거렸다. 호진이 그녀의 갸름한 얼굴선과 속 쌍꺼풀진 눈매에 시선을 주었다. 지민과 정윤, 두 사람의 학창 시절을 지켜본 호진이었다. 처음 정윤을 만났을 때 낯설지 않았던 이유를 이제야 알 것 같았다.

"구박하다가 정이 들었어. 그런데 알고 보니 지혁이 껌딱지더라고. 그래서 딱 거기까지라고 여겼는데."

호진이 잠시 말을 끊었다 입을 열었다.

"너 사라지고 좀 이상해졌어. 생전 병원에 지각이라고 안 하던 애가 진료도 빼먹기 일쑤이고, 잔잔한 사고를 많이 냈지. 지혁인 지혁이대로 미쳐 있었고, 원장님은 너 찾는다고 사방으로 뛰어다니고. 어느 순간 나밖에 없더라고."

절로 낯빛이 흐려지는 지민을 다독이듯 호진이 싱긋 웃어 보였다.

"그러다 보니 코가 꿰였지. 그때 봤지? 와인 바에서. 서방 말을 어찌나 무시하는지. 내가 그러고 산다."

지민의 눈가가 조금씩 붉어졌다. 그런 그녀의 얼굴을 보고 있는 호진의 마음에도 물기가 젖어 들었다.

"지민아. 모든 건 지나가기 마련이야. 그러니 일부러 모른 척도, 버리려고도 하지 마. 억지로 버린 마음은 결국은 가슴에 칼침을 박을 뿐이야."

"고마워요, 호진 씨."

"뭐가?"

호진이 과장된 큰 목소리로 물었다.

"그냥, 전부 다."

"뭐?"

호진이 호탕한 웃음소리를 거두고 자리에서 일어섰다.

"일어나, 점심 같이 하자."

손목에 둘러진 시계를 보며 그가 앞장서서 진료실을 나갔다. 지민은 점심 생각이 없었었지만 1층 로비에서 적당히 둘러댈 생각으로 앞장서는 호진을 따라나섰다.

"저 녀석, 생각보다 일찍 들어오네."

로비 한 가운데서 걸음을 멈추는 호진의 뒤에서 지민도 발걸음을 멈췄다. 동시에 숨도 멎었다. 맞은편에서 걸어오는 익숙한 걸음걸이의 주인은 지혁이었다. 가평에서 돌아오고 처음이었다. 말끔한 슈트 차림이 어디 다른 일을 본 후 오는 모양이었다.

"벌써 다녀온 거야?"

호진을 향해 짧은 목 인사를 보인 후 스쳐 가는 지혁은 그녀를 향해선 알은체도 하지 않았다.

"강 선생, 점심 해야지. 같이 가."

로비가 떠나가라 그를 불러 세웠지만 지혁은 그대로 엘리베이터를 올라타 버렸다.

"이해해. 저게 바로 차인 남자의 전형적인 모습이니까."

지민은 아무 말도 못 한 채 그가 사라진 곳을 바라보며 우두커니 서 있을 뿐이었다.

12. 마지막 인사

연구실로 들어선 지혁은 겉옷도 벗지 않은 채 소파 깊숙이 몸을 묻었다.

나흘 전 지민을 억지로 영철이 있는 곳으로 데려갔지만, 그는 세 시간이 지나도 의식을 회복하지 못했다. 견딜 수 없는 통증으로 밤을 지새우다가 결국 이른 아침에 모르핀 주사를 맞고 잠이 들어 깨어나지 못한 것이었다.

간밤의 사정을 듣고 언제 어떻게 될지 모를 불안함에 날이 밝는 대로 그녀의 집으로 향했지만 결국 노력은 헛수고가 되어 버렸다.

그런데 오늘 아침, 희정이 지혁을 불러 영철에게 서류 하나를 전달해 줄 수 있냐고 물었다. 이틀 전 영철이 전화로 부탁한 것이라 했다.

오늘의 영철은 많이 안정되어 보였다. 보아하니 다음 날 방문한 호진에게 지민의 소식을 들은 듯했지만 아무 말도 없었다. 그가 있는 곳까지 그녀가 다녀간 사실은 알지 못하는 듯했다.

영철을 만나고 서울로 돌아오는 지혁의 마음은 편치 않았다. 언제 또 코마 상태가 될지 알 수 없어 불안하고 마음이 더욱 조급해졌다.

그녀를 끌고 가평으로 향했던 날, 잠에서 깨지 못하는 영철을 기다리며 병원 매점에서 간단한 요기를 위해 마주 앉았을 때뿐 아니라 집으로 향하는 차 안에서도 지혁은 그녀와 한마디도 나누지 않았다. 아니, 못 했다.

파리한 얼굴을 보고 병원 주차장에서 그녀를 지나치게 몰아붙인 것을 후회했다.

그렇게까지 억지로 영철에게 데려갈 건 아니었나 싶기도 했다. 그러나 자신의 감정이 어떻든 그 일은 제 일이라고 생각했다.

힘들게 아버지를 지켜보고 있는 정윤에게 그 일까지 시키는 것은 잔인한 일이었다.

무엇보다 그날 요양원을 찾은 일은 지민을 위해서였다. 그러나 자신의 방법이 옳지 않았다는 것을 알기에 요 며칠 아무 것도 손에 잡히지 않았다.

지혁이 긴 호흡 끝에 마른 얼굴을 쓸어내릴 때 데스크 위 인터폰이 울렸다.

"네."

—선생님, 1층 카페에 손님 한 분이 기다리십니다.

"손님이요?"

—네. 이름은 따로 안 밝히셨습니다.

더 묻지도 않고 지혁은 옷걸이에 걸린 가운을 챙겨 연구실을 나섰다.

번잡한 생각을 떨치고 싶었다.

옥외 정원은 여전히 아름다웠다. 갖가지 새들과 잠자리 떼 그리고 꿩을 닮은 비둘기들이 낯설지 않았다.

아찔했던 밤꽃 냄새가 사라져 가는 계절. 그때도 이와 같은 계절이었다.

지금처럼 여름 끝에 들어와서 가을을 보내고 나갔다. 그리고 겨울을 들며 정윤과 마지막 대화를 나누었다.

그녀의 아프고도 원망스러운 눈길을 잊을 수 없었다. 그러나 시간이란 건 큰일도 별일 아닌 것으로, 깊은 상처의 골은 낮은 둔덕으로 만드는 재주가 있었다.

낯선 이국인들의 얼굴과 언어 속에서 떠오르는 건 그녀의 원망스러운 눈이 아니라 보조개 피는 미소였다.

아침에 잘 다녀오겠다고 인사를 하고 헤어진 이모, 유진이 운명의 장난인지 유경과 마찬가지로 교통사고로 세상을 떠난 후, 지민은 정윤을 생각하는 횟수가 늘어났다.

유경이 세상을 떴을 땐 너무 어려서 죽음이 뭔지 잘 몰랐다. 그러나 유진은 달랐다. 그녀를 통해 처음으로 모성의 따뜻함을 받아 보았다.

엄마의 정이 이런 것이라는 걸 느꼈다. 겨우 캐나다 생활에 적응하여 모녀처럼, 자매처럼 알콩달콩 마음을 나누려 할 때, 유진은 덜컥 세상을 떠나 버렸다.

그 이별을 혼자 치르느라 몇 계절이나 몸을 혹사했다. 밤하늘에 별이 뜨도록 부차드 가든에서 나무를 다듬고 흙을 팠다. 제 일이 끝나면 남의 일도 도맡아 했다. 주말엔 인근 호스피스 병원에 나가 자원봉사를 했다.

혼자 있는 밤이 되면 잊었다 생각한 지혁을 떠올렸다. 제대로 인사도 못 하고 보낸 이모의 사진을 끌어안고 우는 밤이면 자신이 그에게 얼마나 못 할 짓을 해 놓고 떠나온 건지 새삼 깨달았다.

그에게 마지막을 정리해 주지 못한 자신의 이기심이 괴로웠다. 시간이 지나면 지날수록, 세월이 흐르면 흐를수록 뚜렷해지는 기억이 있다는 것을, 잊히기는커녕 깊이도 알 수 없는 그리움이 쌓여 가는 이별이 있다는 것을 미처 몰랐다.

"차여도 그냥 차였냐? 어린애들도 아끼는 장난감이 안 보이면 몸살이 나도록 울고 보채는데, 하물며 그렇게 노심초사하며 마음 쏟은 사람이 하루아침에 사라졌잖아."

구내식당에서 호진이 한 말이 지민의 귓가에서 사라지지 않고 맴돌았다.

"몇 년을 사람 같지 않았어. 네팔로 의료 봉사를 다녀오고도 여전히 맥 빠진 사람 같았지. 뭘 그렇게 유난 떠느냐고 몇 대 치기도 했다. 수술실에서 사고 일으킬까 봐 겁도 났고."

지민이 긴 호흡을 뱉으며 눈을 떴다. 제 아픔에만 빠져 있었다. 뒤늦게 그의 아픔을 가늠하는 제 자신이 황망하여 견딜 수 없었다.

그러나 할 수 있는 것은 아무것도 없었다. 열두 번이라도 달려가 미안하다고 말하고 싶었지만 그때 못한 이별을 이제 와 해 줄 수 없는 노릇이었다.

한두 해 흐른 세월이 아니었다. 별 무리 없이 흘러가고 있을 그의 일상을 다시 흩어 놓을 수는 없었다. 그러니 그저 그의 서늘한 눈빛을 견뎌야 했다. 그러면서 이 자리에서 그를 기다리는 이유를 알 수가 없다.

지민은 가슴 중앙으로부터 퍼져 오는 알싸한 통증을 이기기 위해 웅크렸던 가슴을 폈다.

언제 왔는지 지혁이 눈앞에 서 있었다. 아무 말도 없이 내려다보고 있는 그의 짙은 눈빛엔 아무 감정도 실려 있지 않았다

"바쁜데 불러낸 건가요?"

"무슨 일입니까."

"30분만 주세요."

여전히 서 있는 그를 향한 지민의 목소리는 차분했다. 막상 그의 얼굴을 보니 30분이나 되는 시간 동안 무얼 말해야 할지 알 수 없었다.

지혁이 앉고도 잠시의 침묵이 흘렀다. 알은체하며 다가온 직원에게 음료는 필요 없다는 손 사인을 해 보인 그가 그녀의 앞엔 놓인 커피 잔을 바라보았다. 잔에서 풍겨 오는 헤이즐넛 향이 지혁의 코끝까지 와 닿았다.

입에 잘 대지 않는 커피까지 마시며 하고자 하는 이야기가 무엇인지 가만히 기다리는 그의 귀엔 아직 어떤 소리도 들리지 않았다.

"30분도 길면 10분으로 하죠."

지혁의 낮은 목소리가 흘러나왔다.

"······사과하고 싶었어요."

담담하던 그의 눈빛이 싸늘해졌다.

"적어도 그렇게 연락을 끊는 건 아니었어요."

몸을 의자 뒤로 느긋이 기대는 지혁이 길게 들이마신 호흡을 단숨에 뱉어 냈다.

"미안해요."

"그 말을 하고 또 듣기에 시간이 너무 흐른 것 같은데."

"떠날 수밖에 없다고 여겼어요."

"이젠 그 절박한 사정에서 해방된 건가? 이렇게 다시 마주하고 있는 걸 보면?"

조용한 그의 말투는 지극히 차가웠다. 지난번 영철의 병원에서의 거친 분위기와는 달랐다. 그의 마음이 전혀 느껴지지 않는 공간이 버거워 지민은 잠시 할 말을 잃었다.

도저히 그대로 병원을 뜰 수가 없었다. 귓가에 울리는 호진의 말에 더욱 자책이 되어 저도 모르게 간호사에게 호출을 부탁했다. 다시 볼 일이 있을지는 알 수가 없지만 그런 모습으로 마지막을 기억하고 싶지는 않았다.

각오는 했지만 조금의 틈도 보이지 않는 그의 태도가 당황스러웠다. 그러나 다시 이런 용기를 낼 자신은 없었다.

"그게 최선이라 생각했어요."

"당신이란 여자는 여전히 내가 우스운가 보지."

그의 한쪽 입꼬리가 비릿하게 말려 올랐다.

"언제나 그랬지. 한참 웅크리고 앉아 무엇을 생각하는가 싶다가도 혼자 행동으로 옮겨 버릴 땐 여지를 두지 않았지."

고저 없는 목소리가 건조하게 흘러나왔다.

"침묵으로 일관한 채 사람을 답답하게 만들다가 뱉는 말은 언제나 상대를 당황하게 만들었고."

새까만 그의 눈빛이 오롯이 제게 와 닿자 숨을 제대로 쉬기가 어려워졌다.

"당신 주변에 있는 사람들은 도대체 뭐지? 제 우물에 빠져 혼자 멋대로 내린 결론에 모두 휘둘려야 하나? 이번엔 뭐야? 5년이란 시간 동안 감쪽같이 사라졌다가 다시 나타나서 미안하다, 최선이었다? 무엇을 위한 최선이었는지 모르지만, 제발 날 위해서라는 노래 가사 같은 변명은 거뒀으면 좋겠군."

칠흑같은 눈빛이 더없이 냉랭해졌다. 굳게 다문 입매 끝의 날 선 턱선이 그녀로 하여금 더는 다가오지 말라고 명하는 것 같았다.

"사과는 마지막 그날, 당신 아파트에서 수도 없이 들었어. 그러나 굳이 이렇게라도 해서 마음이 편해진다면야."

다시 못 들어줄 것도 없다는 듯 지혁이 어깨를 으쓱해 보였다. 그 무심함에 지민은 한순간 온몸으로 한기가 들었다. 명치 끝으로 알싸한 통증이 느껴졌다. 그의 말처럼 제 마음이 편하기 위한 이기심이었다.

그때나 지금이나 제자리를 지키며 잘 사는 그를 바람처럼 건드리다 말뿐이었다.

바보 같은 한지민. 이미 끝난 일을 꼭 이렇게 확인해야 하다니.

"그저 지혁 씨를 먼저 만나야 될 것 같았어요. 그래야 정윤 씨도 만나질 것 같아서……."

정윤의 이름을 뱉어 놓고도 이것 역시 제 이기심인 것 같아 지민이 아랫입술을 살짝 씹었다.

"헤어짐에도 예의가 있다는 것을 너무 늦게 깨달았어요. 지혁 씨 말처럼 나는 끝까지 이기적이었어요. 나란 사람은 언제나 주변 사람들의 삶에 훼방만 놓고 있네요. 본의 아니게."

지민의 마지막 말에 지혁의 가슴 한 구석이 싸해 왔다. 영철이 있는 병원에서 그녀에게 부모님의 사랑을 욕되게 할 자격이 없다고 몰아붙였지만, 그녀가 오랫동안 품어 왔던 아픔을 이해 못 하는 것은 아니었다.

그러나 이제 와서 그녀의 생각을 바로잡아 줄 수 없었다. 그가 팔목에 찬 손목시계를 보았다.

"먼저 일어나죠."

어느새 덤덤해진 그의 말투에 지민이 시선을 들었다. 카페에 걸린 벽시계를 보니 정확히 30분이 흘러 있었다. 지혁이 카페를 나간 후에도 지민은 그 자리를 한참 지키고 있었다.

"친구 자리는 유효할까요?"

저녁을 함께하자는 현우의 전화를 받고 나왔다.

지민은 자리에 앉자마자 간단히 차만 한잔하자고 어렵게 입을 열었다. 평소와 다른 그녀의 태도에 현우는 오랫동안 입안에 맴돌던 말을 단숨에 뱉었다.

자신의 고백 앞에서 열릴 듯 말 듯 떨리는 그녀의 입술이 애처로워 현우는 답을 알아들었다고 했다. 지민의 침묵이 아니더라도 얼마 전 와인 바에서의 묘한 분위기로 이미 그 답을 짐작했다는 말도 덧붙였다.

또 잠시의 침묵이 흐른 후인 지금 현우가 친구라는 단어로 입을 열었다.

"제가 묻고 싶은 말이에요."

지민의 눈동자에 안타까움이 어렸다.

"지민 씨가 없었으면 벤쿠버에서의 절 생각할 수 없어요."

"저 역시 현우 씨가 없었으면 이곳에서 다시 시작하고 있는 나를 생각지도 못했어요."

"서울과 벤쿠버. 견우와 직녀 같네요."

무거운 짐을 벗은 듯 현우의 가벼운 웃음소리가 어색했던 공간의 분위기를 바꾸어 놓았다.

"그냥 하는 말이 아니라 다시 일할 수 있게 해 주셔서 진심으로 고맙게 생각해요."

"저 역시 그저 하는 말이 아닙니다."

현우는 의료 체계가 많이 다르고 말도 잘 통하지 않는 그곳 생활이 힘들었지만 한국으로 돌아올 결심을 굳히지 못해 방황했다. 그런 현우에게 지민과의 만남은 단비와 같은 존재였다.

"친구로서 한 가지 물어도 될까요?"

지민이 가볍게 고개를 끄덕였다.

"강 선배, 지민 씨에게 아직 의미 있는 사람입니까?"

조용히 현우를 바라보던 그녀의 눈썹이 파르르 떨렸다.

"……괜한 질문을 했나 보네요."

"아니에요."

미안해하는 현우를 향해 성급히 대답하고도 지민은 다음 말이 쉬어 떨어지지 않았다.

"박 선생님이 묻는 뜻을 잘 모르겠지만, 아마 제가 누군가의 옆에 설 수 있다면 그분 덕이 아닐까 싶어요. 강 선생님이 없었다면 그런 삶을 꿈꿀 수도 없었을 거예요."

유년 시절과 20대를 버틸 수 있었던 게 상경이라는 태양 때문이었다면, 큰 수술을 받고 다시 일어선 이후의 생은 모두 지혁이 있었기에 가능했다.

이후 다른 누군가와 남은 생을 함께 누리고 산다고 하더라도 그가 다시 피운 생명의 씨앗이 자라 나무를 이룬 것이었다.

지민은 늘 그리 생각하고 살았다.

신비롭고 아름다운 묘목들을 무수히 받아들이던 부차드 가든에서 그녀는 그 묘목들이 새로운 환경과 손길에서 잘 자랄 수 있도록 무던히 노력했다. 그러나 정성에도 불구하고 죽어가는 묘목들이 많았다.

그런 작은 종들이 가드너의 손에 넘겨지면 언제 그랬나 싶게 다시 잎을 피우고 꽃을 피우며 그곳이 자기 자리였던 듯 쑥쑥 커 갔다. 그녀가 세진 병원에서 지혁의 손길에 다시 살아난 것처럼.

"어느 한 남자의 불행을 막기 위해서라도 지민 씨와 강 선생님의 해피엔딩을 빌어야겠네요."

"네? 역시 제 표현이 좀……."

"아닙니다. 충분히 알아들었습니다. 또 지민 씨를 힘들게 했군요."

쉽게 말하면 남은 인생을 누구와 살더라도 그 삶은 지혁 때문이라는 말이었다. 그러리라 생각했지만 그녀의 인생에 그가 그렇게 뿌리 깊게 박혀 있을 줄이야.

입안이 껄끄러워 잔을 들어 물 한 모금을 마시던 현우의 손이 멈칫거렸다.

오늘만은 보고 싶지 않은 남자가 그의 눈앞으로 걸어 들어오고 있었다. 앞장서는 직원을 뒤따라 들어오던 지혁도 현우를 발견했다.

"선배, 여긴 어쩐 일이에요?"

현우가 자리에서 일어서 먼저 알은체를 했다.

"약속이 있어서."

인사를 건네는 지혁의 눈에 맞은편에 앉은 여자의 모습이 들어왔다. 뒤태만으로 알아차리지 못한 여자가 지민인 것에 조금 놀란 듯 그의 눈썹이 짧은 순간 꿈틀거렸다.

어딘가 달라져 보인다 했더니 한결같이 묶고 있던 머리를 넘실거리도록 풀은 채였다. 앞서 걷던 레스토랑 직원이 두 사람의 대각선 앞 테이블에 멈췄다.

그곳에 미리 와 기다리고 있던 여자가 지혁을 알아보고 일어섰다. 현우도 안면이 있는 여자였다.

"그럼, 손님이 기다리셔서."

짧은 목 인사를 끝으로 돌아서는 그의 뒷모습에 지민의 시선이 저도 모르게 따라갔다.

"……장녀인 것 같은데."

정신이 뺏긴 지민에게 현우의 말이 미끄러져 나갔다.

"선배가 만나고 있는 분이 청운대 한방 병원장 딸인 것 같다는 말을 했어요."

지혁이 현우의 어깨 너머로 앉아 있었다. 시선 둘 곳이 없는 그녀의 눈이 절로 떨어졌다.

"맞선인가? 별일이네."

"병원 분위기는 어때요? 홍보 효과는 좀 있어요?"

혼잣말로 읊조리는 그의 말에 지민이 화제를 돌렸다.

"아. 소아과는 이 선생이 알아서……, 기억나죠? 그때 파티에서 만난."

"네."

"이 선생이 이전에 근무한 병원 환자들이 많이 찾고 있어요. 제 환자도 있고. 그럭저럭 환자 뺏어 오는 것부터 시작하고 있어요."

지민은 정작 자신이 던진 화제에 집중할 수 없었다. 어깨 너머로 언뜻 보이는 그는 병원 카페에서 본 차갑던 모습이 아니었다.

의식하고 싶지 않아도 절로 신경이 쓰이는 그곳에 이제 그녀를 향해서 웃지 않는 지혁의 미소가 보였다.

—너 왜 이렇게 연락이 안 돼?

집으로 들어서자 울리기 시작하는 전화선 너머 목소리의 주인공은 희정이었다.

"배터리가 나갔나 봐요."

―일부러 꺼 놓은 건 아니고?

그랬을지 모른다. 휴대폰은 병원을 나서기 전에 벌써 배터리가 깜빡였다. 약속이 이루어진 직후에 그 생명이 다하지 않았다면, 사후 보고를 받기 위한 모친의 득달같은 연락을 차단하기 위해서라도 꺼 놓았을지 알 수 없었다.

―그래서?

"그래서라뇨?"

―어땠냐고, 그 아가씨. 일부러 디너 예약을 해 놓았는데 차만 마시고 헤어졌다며?

"……."

―강지혁.

가타부타 말이 없는 아들을 향해 희정의 목소리가 순식간에 높아졌다. 저녁 내도록 전화 연결이 안 돼서 속이 타던 참이었다.

"듣고 있어요."

―만나 본 느낌이 어땠냐고 묻고 있잖아.

"뭐가 궁금하십니까. 어떤 아가씨인지는 어머니가 더 잘 아시잖아요."

넥타이를 푸는 그의 피곤한 손길이 한없이 피곤해 보였다.

―너 정말 이래야겠니?

"말씀드렸잖아요. 제 일은 제가 알아서 할 테니 어머니 마음대로 약속 잡지 말라고."

―뭘 네가 알아서 해? 지금껏 기다려 줄 만큼 기다려 줬어.

"이런 식으로 사람 만나고 싶지 않습니다."

희정이 긴 한숨을 내뱉었다. 그리고 어느 정도 감정을 다잡고 다시 입을 열었다.

—잊고 있나 본데, 나도 연애 지상주의자야. 벌써부터 고리타분한 어미 취급 마. 그런데 네 나이가 몇인 줄은 알고나 있니?

"어머니 체면 생각해서 나가는 일은 오늘 한 번입니다. 앞으로는 그런 일방적인 약속에 나가는 일 없을 겁니다. 좀 씻어야겠습니다."

—지혁아, 잠깐만.

전화를 먼저 끊으려는 지혁을 희정이 급히 불렀다.

—너 혹시……. 아니다. 일단 끊자. 그리고 일방적으로 약속 잡는 일 없게 하려면 네가 어떻게 해야 할지 잘 알 거라 믿어.

"끊습니다."

지혁이 희정의 부탁으로 영철을 만나고 온 날 그에게 영철이 전하던 말이 없더냐고 물어왔다.

그는 생사의 고비를 넘긴 영철이 다시 깨어나자마자 모친에게 부탁한 서류가 무엇인지, 그로부터 모친이 듣고 싶은 답변이 무엇인지 짐작했지만 굳이 아는 티를 내지 않았다.

얼마 전 희정은 정윤이 어머니로부터 물려받은 세진 병원의 지분을 모두 매입했다.

희정의 권유를 오래 고민하던 정윤은 결혼을 앞두고 지분을 매각한 자금으로 소아 병원 개설을 준비했다.

애초에 지혁과 정윤이 결혼을 하며 모일 것이라 생각한 계획에 차질이 생기자, 희정은 영철이 지닌 지분을 거두어들이기 위해 고심하고 있었다.

아픈 사람에게 입이 떨어지지 않았지만 확실하게 해 두고 싶었던 그녀가 몇 달 전 영철에게 지분 매각에 대해 은근히 말을 꺼내 놓았다.

아직 아무 말도 없던 영철이 며칠 전에 전화를 걸어 와서 매각에 대해선 가타부타 말없이 자신의 보유 지분 관련 서류 증명서를 부탁했던 것이었다.

희정이 지분 매입 자금을 마련하기 위해 남편 태진을 매일 설득하고 있는 것도 지혁은 알고 있었다.

그러나 웬일인지 병원의 실소유주라 할 수 있는 태진 역시 영철과 무슨 말이라도 오고 갔는지 선뜻 희정의 뜻을 따르지 않았다. 그녀는 속이 타들어 가고 있었다.

평생을 홀로 고생하면서 자신의 위치를 이룬 영철의 결론이 무엇일지 지혁 역시 궁금하긴 했다.

만약 정윤의 모친이 살아 있고, 영철과 별 탈 없이 결혼 생활을 끝까지 유지했다면 당연히 정윤에게 모든 것이 돌아갔을 것이었다. 그것은 정윤의 외조부가 바란 일이기도 했다.

하지만 자신이 가지고 있던 것까지 처분한 정윤은 영철의 뜻에 그다지 관심이 없었다.

그렇다고 영철의 재산을 바라는 다른 친척도 없는 마당이라 어찌 보면 희정의 뜻을 따르는 것이 평생을 일해 온 세진을 위해서도 나은 일일지 몰랐다.

그때 모친이 전화를 걸어왔을 땐 영철에 관한 용무가 다인 줄 알았다. 그러나 전화를 끊기 직전 맞선 자리가 잡혔다며 시간을 일러둔 뒤 일방적으로 전화를 끊어 버렸다.

지혁은 잊고 있던 그 일을 오늘 아침 이사장 비서실로부터 다시 연락을 받았다. 정작 희정과는 이사회 소집으로 연락이 되지 않았다. 어쩔 수 없이 얼굴만 비추고 돌아오는 길이었다.

이때껏 조심스럽게 제 의사만 타진해 왔던 희정이었다. 무슨 심경의 변화로 저리 앞뒤 없이 몰아붙이는지 지혁은 모친의 모습이 새삼 낯설었다.

전화기를 내려놓고 그제야 상의를 벗는 지혁의 이맛살이 절로 찌푸려졌다. 호주머니 속에 있던 휴대폰을 꺼내어 충전 선을 연결한 뒤 전원 버튼을 눌렀다.

드르르륵. 겹겹이 쌓인 부재중 통화와 메시지들이 액정 화면 위로 쏟아져 나왔다. 한 시간 전에 도착한 호진의 문자가 가장 최근이었다.

〈불금인데 어디 있냐. 전화도 안 받고. 별일 없으면 와라. 얼굴이나 보자.〉

휴대폰을 한구석으로 밀어 버리고 넥타이를 풀어 협탁 위에 아무렇게나 던져 놓은 채 그대로 침대에 몸을 뉘었다.

피곤한 하루였다. 지난밤 수술 환자의 상태가 좋지 않아 새벽에 병원으로 다시 들어갔다.

간암 클리닉 협의회와 의료 협진을 맺고 있는 2차 병원장들과의 미팅이 이어졌다. 그가 일방적으로 약속을 취소할 것을 염려한 희정은 상대의 이름만 비서를 통해 알려 왔을 뿐 연락처도 주지 않았다.

평소답지 않게 잔머리까지 써 가며 애를 태우는 모친의 모습에 지혁은 마음이 알싸해졌다. 심드렁하게 차를 몰아 도착하니 벌써 약속 시간에 10분이나 늦어 있었다.

그곳에서 우연히 만난 지민을 떠올렸다. 현우와 함께 있는 그녀는 순간 알아보지 못할 만큼 정성을 다한 차림이었다.

어깨를 덮고도 남을 머리카락은 긴 웨이브를 지며 굽실거리고 있었다. 계절과 어울리는 톤 낮은 버건디 컬러의 원피스는 레스토랑의 실내 조명을 받아 성숙한 분위기를 한층 자아냈다.

자신의 눈을 피해 힘없이 처져 있던 속눈썹은 현우를 향한 웃음으로 생기가 흘렀다.

호진의 말에 의하면 현우가 한국에 오기로 결심한 게 그녀 때문이라고 했다. 그녀와의 미래를 꿈꾸기 위해 부친의 뜻을 따르기로 했다고 하니, 한순간의 호감이 아닌 것은 확실했다.

참을 수 없는 갈증으로 벌떡 일어난 지혁이 정수기에서 얼음을 받았다. 지난번에 들이닥친 호진이 혼자서 마시다가 남겨 놓은 조니 워커를 컵 가득 부어서 그대로 들이켰다.

그날 카페에서 한껏 흔들리던 눈동자로 그녀가 진정 하려던 말은 무엇일까. 이제 와 사과가 무슨 소용이냐고 덧정 없이 잘라 놓고는 결국 제 원망을 그대로 드러내고 와 버렸다.

소파 뒤로 풀썩 몸을 묻고 머리를 기댔다. 여전히 그 여자 앞에서만 통제되지 않는 이성이 못마땅했다. 눈을 감고도 지워지지 않는 얼굴 때문에 미간에 주름이 깊이 새겨졌다.

맹랑할 만큼 당당했던 그녀가 죄인처럼 의기소침해 있는 모습이라니. 하루아침에 지민을 놓아야 했던 제 감정이 힘들긴 했지만, 죽도록 화가 나고 원망이 들긴 했지만 결코 그런 모습을 원한 게 아니었다.

돌이켜 보면 그녀가 할 수 있었던 일이 없었다는 걸 모르지 않았다. 그런 상황을 만들어 버린 것은 자신일지 몰랐다. 비워 버린 컵을 다시 채우려 일어나는 순간 요란한 벨 소리가 정적을 깼다.

무의식적으로 집 전화로 향하던 지혁이 다시 벨 소리의 방향을 알고 몸을 틀었다. 어느새 휴대폰은 충전이 끝나 있었다.

—너 어디야.

호진이었다.

"집."

—그런데 왜 안 나와?

"피곤해."

—겨우 한 시간 만에 자리를 떠 놓고 뭐가 피곤하다고.

호진의 말을 선뜻 알아듣지 못한 지혁이 이내 눈살을 찌푸렸다.

"파파라치라도 붙였어?"

―궁금하거든 나와라.

"끊어."

　―나오라니까.

　나갈 생각이 없었지만 무의식적으로 시계를 확인했다.

"벌써 10시야. 늦었어."

　―그래서 우리가 넘어왔지.

"어딜 넘어와. 그리고 우리라니?"

　―여기 너희 동네라고. 그리고 황 여사님 가게는 사절이다. 장소는 도착하는 대로 문자 보낼게.

　호진이 오면 으레 찾던 곳이 황 여사의 가게였다. 1년 전 다시 김포로 들어오고 보니 예전에 포장마차를 하던 황 여사가 건물을 세워 그 1층에 곱창집을 냈다.

　지난번에 방문했을 때 지나치게 마신 호진은 그녀에게 또 실없는 소리를 하여 한참을 야단맞았다. 그러니 사절이 아니라 부끄러워서 당분간 그곳으로 못 간다고 해야 바른 말일 것이다.

　―그리고 군이 안 내려오시겠다면 집으로 가마.

　금요일. 오늘 같은 날 녀석에게 걸리면 몸을 건사하기 힘들 텐데, 어느 운 없는 이가 걸려들어 이곳까지 끌려온 건지.

　하루의 길이가 평소의 몇 배는 되는 것 같았다.

　드르륵.

　아직 내려놓지도 않은 휴대폰에 벌써 문자가 들어왔다. 결국 그의 그물에 걸려들었다.

언뜻 현관문 벨 소리가 들려왔다. 안방 욕실에서 샤워를 마치고 나온 지민이 열린 문틈으로 현관 쪽에 시선을 주었다. 잘못 들었는지 이어지는 소리는 없었다.

드라이기를 흔들어 대던 지민의 손이 공중에서 움찔했다. 분명 쿵쾅거리는 소리가 났다.

"문 열어."

놀란 그녀가 빠르게 방문 바깥쪽을 향해 고개를 돌리자 문 소리는 잠잠했다. 자정이 지나고 있었다.

쾅쾅쾅. 놀란 지민이 어떻게 해 볼 사이도 없이 다시 들려오는 소리에 한밤의 정적이 깨졌다.

"문 열어, 한지민."

귀에 익은 목소리에 지민은 한걸음에 방을 나섰다. 막상 현관문 앞에 섰지만 선뜻 말이 나오지 않았다.

"문 여시지, 한지민 씨."

문 앞에 서 있는 그녀가 보이는 듯 지혁의 목소리가 조금은 차분해졌다. 망설일 수 없었다. 한밤중 잠 깬 아파트 사람들이 다 들이닥칠지 모를 일이었다.

삐리리릭.

"여기 있었네. 정말 문이 열리고."

당황한 그녀의 입에선 아무 소리도 나오지 않았다.

"비밀번호는 왜 바꿨지?"

비밀번호라니. 가을밤의 선선한 바람과 함께 알코올 냄새가 훅하고 집 안으로 스며들었다.

"술 마셨어요?"

"술? 그래, 마셨어. 당신의 보디가드들과."

호진이 끌고 온 사람은 다름 아닌 상경이었다. 지금쯤 호진은 상경에게 부축을 받아 택시를 탔을 것이다.

"도대체 얼마나 마셨기에……. 돌아가요. 맑은 정신으로 다시 오세요."

"다시 와? 그때 또 당신이 있다고 누가 보장하지? 그리고 난 지금 어느 때보다 맑은 정신이야."

흔들림 없는 새까만 눈동자가 그녀를 똑바로 바라보고 있었다.

"말해 봐. 내일도 모레도 문을 두드리면 이 자리에 언제든 서 있을 거냐고."

그녀의 집 문 앞에 서면 지혁은 자신도 모르게 불안해졌다. 지난번 영철의 병원에 데리고 가기 위해 찾았던 날 아침도, 그리고 오늘도. 초인종을 두 번 눌러도 답이 없자 그 불안이 자신도 모르게 문을 두드리게 만들어 버렸다.

"가세요. 취했어요."

그렇지 않고서야 이럴 리가 없는 남자였다. 비록 자신의 앞에서 언제나 웃음을 만들어 주기 위해 가벼운 모습을 자처했지만 지혁은 누구보다 자기 관리가 철저했다.

취한 모습을 여러 번 보인 자신과 달리 단 한 번도 흐트러진 모습을 보이지 않던 그였다. 그런 남자가 이 시간에 큰 소리로 문을 두드리며 다른 사람들에게 폐를 끼치다니. 있을 수 없는 일이었다.

"취했지. 그렇지 않고서 어떻게 또 이 자리에 같은 모습으로 서 있겠어. 하지만 한밤중에 술 취한 불한당과 마주 하고 싶지 않았다면 돌아오지 말았어야지. 아니면 문이 부서져라 두드려도 열어 주지 말던가."

그녀의 낯빛이 점차 흐려졌다.

"내가 이 문을 얼마나 두드렸는지 당신이 알기나 해?"

지민이 제 아랫입술을 깨물었다. 그의 말과 함께 안방 문을 두드리며 울던 어린 날의 제 모습이 뇌리를 스치자 눈이 뻑뻑해져 왔다.

그 순간 지혁이 비틀거리며 앞으로 쓰러질 듯 몸을 휘청거렸다.

지민의 손이 저도 모르게 그의 가슴을 받쳤다. 심장이 마구 펌프질을 해 댔다. 금세 지혁이 자세를 바로 세웠다. 흐릿해져 가던 그의 눈빛이 또렷해졌다. 그럼에도 돌아갈 마음은 없는지 눈길은 지민에게서 떨어지지 않았다.

"옆집 분들 잠 깨요. 커피 한 잔 드릴 테니 마시고 가세요."

"그 사이 용감해졌나. 술 취한 남자를 집으로 들일 생각도 하고 말이지."

조금 전과 달리 신발을 벗고 들어오는 그의 모습에선 흐트러짐을 찾아볼 수 없었다.

지민은 소진이 사다 두고 간 머신으로 커피를 내리며 금빛 테두리의 컵을 준비했다. 그녀의 모든 신경 세포는 등 뒤 소파에 앉아 자신을 바라보는 그를 향해 있었다.

"왜 그렇게 달아난 거지?"

커피를 따르는 그녀의 손이 멈칫했다. 조심스레 몸을 돌렸다. 그가 앉은 3인용 소파가 너무 협소해 보였다. 그와 둘이 있기엔 스물대여섯 평의 실내 공간이 지독히 갑갑하게만 느껴졌다. 하긴, 두 배는 넓은 지혁의 아파트 역시 마찬가지긴 했다.

"그렇게 달아날 거면서 왜 마음은 다 주고 간 걸까."

소파 앞 탁자에 컵을 천천히 내려놓은 지민은 이어지는 그의 말에 앉지도 서지도 못했다.

"아닌가. 몸을 줬다고 마음까지 다 준 건?"

읊조리듯 흘러나오는 말에 지민의 얼굴이 새하얗게 변했다.

"술에 취했다고 아무 여자나 예뻐 보이지 않아. 불안해하지 말고 앉아. 여기 당신 집이야."

그녀의 입매가 꿈틀거렸다. 그것을 놓치지 않은 그의 얼굴에 비릿한 미소가 언뜻 비쳤다.

"제대로 듣지 못한 30분 다시 줄 테니 말해 봐."

"하고 싶은 말 다 했어요."

"그럼 이쪽이 듣고 싶은 말을 해 보는 건?"

지민의 두 눈동자가 떨렸다. 낯선 그의 모습을 마주하기 점점 두려워졌다.

"무슨 말이 듣고 싶은 건가요."

"당신이 말하던 최선. 그건 누구를 위한 것인지."

지민이 마른침을 삼켰다. 어떤 말을 어떻게 해야 할지 알수 없었다.

"왜 나를 받아 주고, 왜 갑자기 내친 건지."

지민의 속눈썹이 빠르게 치고 올랐지만 마주하는 그의 눈빛은 조금씩 차분해져 있었다.

"당신이란 여자, 단칼에 사람 마음을 베어 낼 수 없겠거니 여겼어. 그런데 그게 아니었나 봐."

긴 호흡을 동반한 그의 말이 칼날이 되어 지민의 가슴을 아프게 했다.

"아니면 아무것도 못 해 보고 사랑하는 남자를 눈앞에서 뺏긴 전적이 있으니 이번엔 마음 가는 대로 해 보자 했던 건가? 그게 운 좋게도 나였던 거고."

흔들렸던 그의 눈빛이 고요해졌다. 자조하듯 말하는 그의 눈빛이 아파 보이는 건 자신의 착각일까.

지민은 뭐라고 입을 떼야 한다는 걸 알면서도 어떤 말도 할수 없었다.

"그것도 아니면 내가 당신을 지키지 못할까 봐 줄행랑친 거야? 어떻게 사람을 바보로 만들어 놓고 사라질 수가 있어."

그의 눈이 기어코 스르르 감겼다. 그렇게 한 남자가 쓰러져 갔다.

지민은 떨리는 입술을 앙다물었다. 꿈에서조차 힘이 드는지 그의 가느다란 속눈썹이 파르르 떨리고 있었다. 코끝에 손을 대 보니 규칙적이고 옅은 숨소리가 새어 나왔다. 구겨진 그의 미간을 가만히 만지자 조심스레 펴졌다.

"……당신이 못 미더워 떠난 게 아니에요. 제 자신을 믿을 수 없었어요. 혹여나 당신에게 민폐가 될까 봐 겁이 났어요. 미안해요, 지혁 씨."

어느새 지혁의 눈썹도 가지런히 제자리를 찾았다. 지민은 그가 여전히 아파하고 있을 거라 생각도 못 했다.

벌써 털어 버렸을 거라 믿었다. 하동은 함께 가지 말았어야 했다. 제게 선물처럼 준 추억이 남겨진 사람에겐 더 큰 상처가 될 것이라는 걸 돌아보지 못했다.

자신이라는 여자는 언제나 사랑을 제대로 주는 법도, 받는 법도 모르는 사람이었다.

전화 벨 소리에 눈을 떴다. 흐릿한 의식에 소리의 진원지가 명확하지 않았다.

지민은 더듬더듬 본능적으로 팔을 뻗어 휴대폰을 손에 넣었다. 상경이었다.

—자고 있었어?

"음."

—무슨 낮잠을 그렇게 깊이 자. 혹시 밤에 못 자?

"전화 많이 했어? 무슨 일이야?"

—조금 있으면 강지혁 씨 그리로 갈 거야. 이제 막 병원에서

네 집으로 출발했어. 전화번호 모른다고 연락 좀 해 달라고.

오늘 새벽에 일어나 보니 소파 위엔 깔끔하게 정돈된 이불뿐이었다. 나가는 것을 보지는 못했지만 아침에 헤어진 사람이 왜?

지민의 마음속에 알 수 없는 불안함이 피어올랐다.

―가평 병원에서 연락이 왔대. 가족들 모이라고. 마음의 준비를…… 해야 할 것 같다.

마음의 준비라니. 순식간에 가슴이 싸늘해졌다.

―괜찮아?

"……."

―지민아.

"내가 괜찮지 않을 이유가……. 끊을게. 좀 씻어야겠어."

호흡이 힘들었다. 지민은 종료 버튼을 누르는 것조차 잊어버리고 손에서 휴대폰을 스르르 놓쳐 버렸다.

언젠가 들려올 소식이었다. 그러나 수없이 해 본 상상과 달랐다. 이 순간을 위해서 무수히 해 보았던 어떤 가정에도 포함되지 않는 것이었다.

멍한 정신을 들어 침대 맞은편 벽시계를 바라보았다. 상경과의 통화가 끝나고 40분이 흘러 있었다.

긴 머리만 다시 빗어 목덜미 즈음에서 하나로 묶었다. 화장대 거울 앞에 낯선 여자가 눈물을 흘리고 앉아 있었다.

"하……."

픽하고 새어 나온 웃음이 점차 자조적으로 변해 갔다.

지민은 손등으로 아무렇게나 볼을 훔쳤다. 이렇게 보낼 수는 없었다.

가서 따져야지. 도대체 내 인생에 왜 끼어들어서 이제 정신 좀 차리고 살아 보겠다는데, 이렇게 휘두르는 거냐고.

벌떡 일어나 호기롭게 방을 나서다가 그 자리에 얼어붙은 듯 서 버렸다. 열린 방문 앞에 지혁이 서 있었다. 그와 두 눈이 마주치자 한순간에 전의가 사라졌다.

본능적으로 그를 따라나서면 오래도록 애증의 틈새에 쓸린 채 닳아 가던 제 심장도 이제 끝이라는 생각이 들었다.

방을 나와 몇 걸음 떼던 지민이 소파로 다가가 털썩 주저앉았다. 반사적으로 그녀를 잡으려고 뻗어 나가던 그의 손이 공중에서 멈췄다.

"출발합시다."

집 앞에 도착한 지혁이 아무리 벨을 눌러도 안에서는 답이 없었다. 상경에게 다시 걸어 확인을 해 보니 30분 전에 통화를 했다고 했다.

다시 벨을 눌렀다. 설마 또 피했으리라고는 생각지 않았지만 원체 전적이 많은 여자다 보니 습관적으로 화가 나기 시작했다.

문을 두드렸다. 역시 집 안에서는 아무 소리도 들리지 않았다. 뭔지 모를 불안감이 올라왔다.

그때 상경 역시 불안한 마음에 소진에게 물었다며 전화로 현관 비밀번호를 알려 왔다.

집 안으로 들어서는 순간, 공허하게 울려 퍼지는 여자의 웃음소리를 들었다.

흠칫 놀라 그 자리에 우뚝 서 버렸다. 끊어졌다 이어지는 메마른 웃음은 듣는 것만으로도 숨이 가쁘고 힘들었다.

웃음은 곧 흐느낌으로 이어졌다. 차마 발걸음이 떨어지지 않았다. 혼자 견뎌야 하는 것들이었다. 누구도 대신해 줄 수 없는 것들이 세상에 있기 마련이었다. 피붙이를 보내야 하는 비통함이 그중 하나일 터였다. 그저 비통함으로 끝나면 나으련만.

"일어나요."

"가고 싶지 않아요."

"이럴 시간 없어. 차 막히기 전에 출발해야 해."

"혼자 가세요."

"정말 이럴 거야?"

그가 그녀의 두 팔을 움켜쥐어 지민을 억지로 일으켜 세웠다.

"갈 수 없어요. 지금 가면 끝이라면서요. 그렇게는 안 돼요. 더 기다리라고 해요. 제가 갈 때까지, 지금까지 기다린 것처럼 더 기다리라고 당신이……."

지민은 떨고 있었다. 새하얀 얼굴은 화장기가 아니었다. 핏기가 가신 얼굴의 눈동자는 초점을 잃고 끊임없이 흔들리고 있었다. 무언지 모를 공포가 그녀를 덮치고 있었다. 벌써 핏방울이 맺혀 있는 입술은 쉬지 않고 바르르 떨렸다.

"인사는 드려야지."

지혁이 그녀의 팔을 부드럽게 쓸어내리며 달랬다.

"다녀왔다는 인사말인가요?"

그의 눈빛도 따라 흔들렸다.

"아니면, 잘 가라는 인사?"

"둘 다 하면 돼."

"늦었지만, 늦은 거 알지만…… 하나씩 할래요."

말을 잇는 그녀의 입술이 끊임없이 파르르 떨렸다.

"얼른 가야지 하나라도 할 수 있어. 기다리고 계셔. 죽을힘을 다해서. 그러니 당신도 죽을힘을 다해서 달려가야지. 무섭다고 피하지 말고."

"용서가 안 돼요. 어떻게 이렇게 갈 수가 있어. 용서할 수……."

딸꾹. 지민의 입에서 딸꾹질이 새어 나왔다.

지혁이 얼른 품으로 그녀를 끌어당겼다. 한 손으로 그녀를 품에 안고 다른 한 손으로 지민의 뒷머리로부터 목덜미까지 쓰다듬어 내려갔다.

"용서 안 해도 돼. 용서할 필요 없어. 당신 얼굴 한번 보여주면 그것으로 편안하게 가실 거야."

팔을 풀어 그녀의 눈을 바라보았다. 아랫입술이 여전히 떨리고 있었다. 천천히 내려온 그의 입술이 지민의 입술을 덮었다. 촉촉이 젖은 혀가 그녀의 입술을 뚫고 부드럽게 파고들었다.

입안을 쓸어내리는 따뜻한 기운에 지민은 나른한 듯 눈을 감았다.

그의 격려와 위로가 그대로 느껴져 왔다. 입술이 떨어져 나간 순간, 지민이 쓰러지듯 어깨에 머리를 묻었다. 그녀의 등 뒤를 지혁이 가만히 쓸어내렸다.

"괜찮으실 거야. 웃으며 당신을 기다리고 계실 거야."

손끝에 느껴지는 그녀의 흐느낌이 애달팠다.

문 앞쪽에 서 있는 지민을 향해 영철이 천천히 손을 뻗었다. 힘이 드는지 몇 번을 침대 위로 툭툭 떨어지다 겨우 그녀를 향했다. 다시 들 힘도 없는 그의 손은 엄지와 중지만 겨우 꿈틀거렸다.

그런 모습을 지켜보고 섰을 뿐 지민은 꼼짝도 하지 않았다. 보다 못한 정윤이 몸을 돌려 지민의 팔을 잡아 끌어와 영철의 손에 그녀의 손을 쥐어 주었다.

"와 주었……구나. 고맙다. 건강은……."

영철의 말 한마디에 쌕쌕거리는 숨소리가 끊임없이 새어 나와 보는 이도 힘이 들었다. 지민이 말 대신 고개만 작게 끄덕였다.

"죄 많은 사람이 네 엄……마, 아버지를 만날 수 있겠냐마는 혹여나 만나……면 무릎을 꿇고 용서를 비마. 그러니 그만 용서해. 지민아, 아픈…… 것들은 내가 다 안고 갈…… 테니 넌 이제 건강하고 행복해졌으면 한……다."

그녀의 눈가에 위태롭게 고였던 눈물이 툭, 하고 떨어졌다.

"네 엄마…… 보내는 날, 밥 한……끼 한 게 다구나. 미안하
다……."

말 없는 그녀의 볼 위로 물줄기가 흘렀다. 영철이 기억할
거라고는 생각지도 못했다. 유경의 장례식 때 나타난 그는 그
다지 넓지 않은 빈소 테이블에 혼자 앉아 있었다.

의례적으로 차려진 국과 밥에 영철은 손을 대지 않았다. 무
슨 일인지 용우는 싫다는 지민을 억지로 영철의 앞에 앉게 했
고, 손님들 오시기 전에 요기라도 해야 된다며 같이 밥을 뜨게
했다. 처음이자 마지막 부녀간의 식사였다는 걸 그땐 몰랐다.

"염치없지만 우리 정윤이 부탁하마. 착한 아이야……. 너
그렇게 보내고 많……이 아파했어."

터진 입술 사이로 눈물이 스며들자 찢어진 상처가 따끔거려
절로 입이 벌어졌다. 그 틈을 타서 비집고 나오는 흐느낌을 이
젠 지민도 어쩔 수 없었다.

영철의 눈이 병실 구석에 서 있는 지혁을 찾았다. 그가 영
철의 앞으로 한발 다가섰다.

"부탁하네. 우리 지민이, 이해하고 용……서해."

영철이 바로 곁에 있는 정윤에게 팔을 내밀었다.

"내 딸……. 정윤아, 약혼식 못 봐서……, 많이 안……아 주
지 못해 미안하구나."

곁에 있던 정윤이 영철을 안듯 그 품으로 무너졌다.

그녀의 볼을 타고 쉴 새 없이 흐르는 눈물이 새하얀 환자복을 적셨다.

"그만 쉬어야겠다. 말……을 많이 했더니 피곤해. 다들…… 올라가서 쉬어."

평화로운 미소를 끝으로 영철이 스르르 눈을 감았다.

며칠 전에 지혁이 다녀가고 변호사가 다녀갔다고 전했다. 그 후 영철은 다시 혼수상태에 빠지고 사흘 만에 깨어난 것이 어제였다.

밤사이 심장 박동수와 혈압 산소 수치가 급격하게 떨어졌다. 오전에 혈압 상승제와 심박 상승제를 맞은 영철은 근육 경련을 일으켰다. 병원 측으로부터 연락을 받고 정윤과 호진이 달려왔다.

급하게 세진 병원으로 옮길 준비를 하는 정윤의 팔을 잡으며 만류한 것은 영철이었다. 자신의 눈을 가만히 바라보며 고개를 젓는 영철을 보고 정윤은 그 자리에 주저앉아 울어 버렸다.

지민과 지혁을 기다리는 동안 호진은 끊이지 않고 이야기를 했다. 가끔 미소를 지어 보이던 영철이 까무룩 잠이 들려고 하면 호진이 다시금 그의 이름을 불렀다.

호진은 태어나 그렇게 애가 타 보기는 처음이었다.

죽음을 눈앞에 둔 남자의 간절함을 꼭 이루어 주고 싶었다. 또한 생부의 손 한 번 제대로 잡아 보지 못했을 지민의 한을 모른 척할 수가 없었다.

무엇보다 두 사람의 오래된 응어리가 조금이라도 풀어져서 정윤에게 하나 남은 핏줄을 찾아 주고 싶었다.

잘 견뎌 오던 영철이 두어 번 불러도 대답이 없었다. 가슴이 덜컥했다. 때마침 두 사람이 병실로 들어왔고, 호진이 부르는 지민의 이름이 영철을 다시 깨웠던 것이다.

깊이 잠이 든 영철이 언제 다시 깨어날지 아무도 알 수 없었다. 정윤과 호진을 남겨 두고 두 사람이 서울로 향한 것은 자정이 다 되어서였다.

지혁이 호진으로부터 다시 전화를 받은 것은 다음 날 오전 9시를 넘길 무렵이었다.

13. 가슴에 남은 말

장례식장은 고즈넉했다. 서울 수도권의 알아주는 대형 종합 병원장을 지냈던 이의 장례치고는 지극히 쓸쓸했다.

평생을 일해 왔던 세진 병원이 아니라 영철의 부탁대로 마지막을 보낸 작은 병원의 장례식장에 빈소를 차렸다.

호진은 그의 유지를 받아 이사장 내외에게 평소 가까웠던 동료 몇에게만 부고를 알리도록 전했다. 고아인 영철이 가는 길은 그의 바람대로 조용했다.

정윤은 딸이 상주를 설 수 없는 사실이 서럽고 어이없었지만, 그 역할을 잘해 주고 있는 호진이 고마운 듯 담담한 태도로 모든 결정을 따랐다.

조문객을 맞으랴 상조회 직원들을 상대하랴 가장 바쁜 사람은 지혁이었다. 그와 달리 지민은 호진과 정윤이 영정 사진 앞에서 곡을 할 때마다 빈소 어느 곳에도 자신의 자리는 없는 듯 낯설고 불편했다.

마주 앉은 상경과 소진이 없었다면 당장이고 이 자리를 박차고 나갔을지도 몰랐다.

곡소리가 끝나갈 무렵 한 무리의 조문객이 들이닥쳤다. 항상 영철을 따라다니던 비서실장의 얼굴이 보이는 걸 보니 세진 병원 사람들인 듯했다.

무어라 묻는 소진의 말에 고개를 돌리려는 순간, 지민이 자리에서 천천히 일어났다. 지혁의 모친, 희정이 들어온 것이다. 신발을 벗고 조용히 안으로 올라오던 그녀가 시선을 느꼈는지 지민을 쳐다보았다.

언뜻 놀라움이 비치던 희정의 눈빛은 다시 평온을 찾으며 담담한 표정으로 지민을 향해 작은 예의를 갖추듯 묵례를 했다. 지민도 고개를 숙였다.

어느 틈에 병원 식구들 앞에 나타난 지혁이 그들에게 짧은 인사를 건네는 것을 지켜보며 지민은 살며시 밖으로 나왔다.

숲속이라 그런지 바람이 찼다. 낮엔 아직도 병원을 드나드는 방문객의 차림에 간혹 반팔이 눈이 띄었지만 밤기운은 완연히 달랐다. 오한을 느낀 지민은 양팔로 몸을 감싼 뒤 깊은숨을 마시며 밤하늘을 올려다보았다.

별을 따라가던 지민의 눈이 순간 반짝거렸다. 그녀의 눈에 안드로메다자리가 들어왔다.

가을바람이 불어오는 밤이면 아빠는 어김없이 어린 제 손을 잡고 나가 별자리를 알려 주었다.

비운의 공주 안드로메다는 엄마 카시오페이아의 허영 때문에 바다 괴물에게 제물로 바쳐졌다. 바위에 쇠사슬로 묶인 채 괴물 고래에게 잡아먹힐 무서운 숙명으로부터 구해 줄 페르세우스를 찾아야 했다.

안드로메다가 불쌍하다고 훌쩍이는 그녀에게 용우는 말했다.

"안드로메다는 세상에서 가장 행복한 공주야. 멋진 왕자님이 나타나 그녀를 살려 주고 아내로 맞거든. 그리고 두 사람은 밤하늘의 부부 별이 돼. 그래서 가을이 되면 언제나 우리들 곁에 함께 찾아온단다."

언제나 가을밤이면 머리 위에서 빛나고 있던 그들을 오랫동안 잊고 있었다. 지민이 손가락으로 부지런히 별을 그려 나갔다. 저건 카시오페이아와 케페우스. 그녀가 눈살을 찌푸렸다. 페르세우스가 쉽사리 보이지 않았다.

"저기 있네. 페르세우스."

귀에 익은 목소리를 따라온 낯선 손가락에 지민은 놀라 돌아보았다.

"안드로메다와 페르세우스."

인기척도 느끼지 못한 그의 손이 밤하늘의 페르세우스를 그려 나갔다.

"……보이나 봐요. 찾기 어려운데."

"그들의 사랑을 아는 이에게만 보이지. 저건 여왕 카시오페이아, 왕 케페세스. 안드로메다. 거기에 사위까지. 가족이 오롯이 모여 있네."

지혁이 밤하늘에 두던 시선을 거두어 그녀를 돌아보았다.

"안드로메다는…… 카시오페이아를 용서했을까요?"

그녀가 시선을 피하며 말했다.

"가만 보면 미워했던 엄마 때문에 페르세우스를 만났으니까."

"그래요. 옆에 있는 게 나을 수도 있겠어요. 미워할 수 있으니까. 옆에 없어서 괜히 그리워지면 어떡해요. 억울하게."

코맹맹이 소리였다. 지혁이 돌아보니 그녀의 눈가와 코끝이 빨갰다.

"오늘 같은 날도 눈물을 참아야 하나?"

"강 선생님."

그의 말을 끝으로 누군가 지혁을 급하게 불렀다. 두 사람이 동시에 소리가 나는 곳을 돌아보았다. 장례식장 입구에서 소진이 다급한 목소리를 그를 찾으며 달려왔다.

"무슨 일입니까."

"그게, 좀 들어가 보셔야 될 것 같아요. 정윤 씨가……."

지혁과 지민이 뛰어 들어갔다. 하루 종일 담담하고 의연하게 문상객을 맞이하던 정윤이 입관을 앞두고 무너졌다.

정윤은 사시나무 떨듯이 떨고 있었다. 애끓는 소리로 고이 누워 있는 영철의 삼베를 부여잡고 울고 있었다. 장례 지도사가 그녀를 물리려 할수록 더욱 놓지 않으려 했다.

"정윤아, 원장님 편하게 못 가. 이리 와. 어서 보내 드려야지."

호진은 그녀의 몸을 감싸며 끌어냈다. 잠깐 떨어지는 것 같던 정윤은 장례사가 영철의 얼굴에 삼베를 씌우려 하자 다시 달려들었다.

"안 돼. 이대로는 못 가! 아직 못 한 말도 있는데, 이렇게 못 보내! 아빠. 흐으윽, 흑!"

숨이 끊어질 것 같은 울음소리가 주변으로 울려 퍼졌다. 호진이 정윤을 다시 말리며 몸을 끌어당기려 했다.

"놔. 이대로 못 보낸단 말이야."

"놔 줘요, 호진 씨."

지민이 호진의 팔을 잡았다.

"잠깐만요. 죄송한데 잠깐만 기다려 주세요."

그녀가 장례사의 바쁜 손을 멈추게 했다.

"울지만 말고 지금이라도 말씀드려. 우는 건 혼자 있을 때라도 언제든 할 수 있어. 지금 아니면 안 되는, 지금 아니면 못 전하는 말, 원장님께 해 드려. 얼른."

지민의 입에서 흘러나온 엄하고도 단호한 목소리에 아무도 입을 떼지 못했다.

"흑, 흐읍……."

겨우 울음을 그친 정윤이 영철 앞으로 얌전히 다가가 그의 가슴에 두 손을 올리고 바닥에 무릎을 꿇었다.

"미안해. 미안해요, 아빠. 미안했어요. 다음 생엔 행복한 사랑……해요. 이곳의 일들 모두 잊고 행복하게…… 지내요. 나는 잘 지낼 테니까. 지금부터 행복할 테니까. 그럴 수 있으니까. 흐윽……. 아빠도 꼭 한 번 행복하게 살아 봐요."

입관 절차가 모두 끝났다. 관에 못을 박는 것은 호진이 대신했다.

짐승같이 울던 정윤은 호진에게 쓰러지듯 기대어 영안실을 나섰다. 그 뒷모습을 바라보는 지민의 눈꺼풀 역시 모든 힘을 잃은 듯 내려왔다.

미워했다. 미워만 했다.

그 미움으로 잠을 이루지 못한 다음 날은 어김없이 세진 병원으로 달려갔다. 로비에서 그가 나타나기만을 기다렸다. 나타나기만 하면 당장이라도 달려가 무슨 말이라도 퍼부어 주리라 다짐했다.

자신의 존재를 알고나 있냐고. 당신이 무슨 짓을 저질렀는지 알고나 있냐고. 왜 엄마를 떠났냐고 묻고 싶었다. 가슴에서 일어나던 불길이 기어코 스스로를 삼킬 때면 밥을 먹다가도, 잠을 자다가도 달려갔다.

그렇게 몇 년을 보냈다. 그 미움으로, 그 몸부림으로 자신의 아버지 용우를 잊어 갔다.

빠르게 다가온 지혁의 손이 그녀를 붙잡았다. 새까맣게 변한 그녀의 큰 눈동자에서 깊은 회한을 엿본 그의 마음이 먹먹해져 왔다. 꾹 다문 그녀의 입매가 미세하게 떨리고 있었다.

지혁으로부터 몸을 돌린 지민이 한 걸음 앞서 걸었다.

결국은 이렇게 보냈다.

단 한 번도 해 보지 못한 말.

염치가 없었던지 한 번의 요구도 없었던 단어, 아버지.

밀려오는 현기증에 지민은 결국 눈을 감아 버렸다.

✤　　　✤　　　✤

"말도 안 되는……."

희정의 입술 사이로 탄식과 같은 말이 튀어나왔다. 정윤은 아무 말이 없었다. 세진의 고문 변호사이자 영철의 친구이기도 한 박 변호사가 전하는 유언 내용을 듣고 토를 다는 이는 아무도 없었다.

문제의 중심에 서 있는 지민은 아직 변호사의 말뜻을 제대로 이해하지 못하고 있었다.

지민은 어제 오후 영철의 유언장 개봉에 참석하라는 변호사의 연락을 받았다. 그 뜻을 거절했지만 그녀가 함께하지 않는 한 유언장 개봉은 이루어지지 않는다는 말에 어쩔 수 없이 집을 나섰다.

정원이 넓게 딸린 2층의 담 높은 양옥집에 도착한 지민은 대문 앞에서 한참 동안 벨을 누르지 못하고 서 있었다.

처음이었지만, 처음이 아닌 집이었다. 멀찌감치 서서 출퇴근하는 영철을 지켜본 적이 있었다. 그땐 자신이 이 집 대문을 두드릴 일이 있을 거라고 상상도 하지 못했다.

팔을 뻗어 벨을 누르려던 손을 다시 움켜쥐려는 순간, 낯익은 차 한 대가 천천히 다가와 눈앞에 멈춰 섰다.

지민은 지혁의 모습도 뜻밖이었지만 함께 내린 희정을 발견하고 더 당황했다. 그런 그녀와 달리 희정은 벌써 예상한 듯 표정의 변화가 없었다.

다만, 그녀의 눈빛엔 앞선 두 번의 만남에서 볼 수 없었던 서늘함이 깔려 있었다. 집으로 들어가니 정윤과 호진은 벌써 자리하고 있었다. 듣자 하니 영철이 가평으로 옮기면서 정윤이 이곳으로 거처를 옮겨 집을 돌보고 있다 했다.

영철은 정윤에게 집을 포함한 자신의 모든 개인 사유 재산과 아내 진숙에게 받은 빌딩을 남겼다. 지민에게는 세진 병원의 지분과 영철이 뿌려진 파주 일대의 과수원을 남겼다.

그 과수원 일대는 영철과 지민의 부모가 함께 자랐던 보육원이었다. 지민은 어린 날 용우와 함께 방문했던 그곳의 모습이 눈에 어른거려 가슴이 저려 오는 통에 앞서 변호사가 전한 내용을 알아듣지 못했다.

"그러니까, 지민 씨가 상속을 포기하는 순간 세진 병원의 지분은 모두 사회로 환원된다. 그 말인 거군요."

희정이 박 변호사에게 물으며 다시 정리해 나갔다.

"네."

"양도도 매각도 할 수 없고?"

"지민 씨가 가정을 이룬 후 5년이 지나면 그녀에게 의사 결정권이 주어집니다. 그전엔 불가합니다."

능구렁이 같은 인간 같으니라고. 희정은 새어 나오는 울분을 겨우 입으로 삼켰다.

"어떻게 이렇게까지……."

희정은 정윤의 모친인 진숙의 친구이긴 했지만 영철의 외롭고 고단한 삶을 잘 알던 터라 원망보다는 이해로 그를 바라보려 했다.

환갑이 넘어서야 존재를 알아차린 자식.

더욱이 만나고 보니 몹쓸 병까지 들어 있는 자식.

죽음 앞에서야 그 자식의 손을 잡아 보았다고 하니 영철의 애환을 이해 못 할 것도 없었다. 모든 재산을 물려준다고 한들 입을 뗄 일이 아니었다.

그러나 이것은 다른 문제였다. 몇 대가 걸쳐 공을 들인 세진 병원이었다. 이 유언이 무엇을 뜻하는 건지 모르는 사람은 없을 것이다. 정작 저기 소파 끄트머리에 앉아 남의 잔치에 와 있는 듯 의식을 딴 곳에 두고 있는 당사자를 제외하곤 말이다.

세진 병원 지분을 매각하라던 말을 듣고도 못 들은 척한 심중에 이런 의도가 숨어 있었다니.

희정은 혹시나 했다. 하지만 그렇다 해도 일부일 거라 생각했다. 아무리 그래도 원래 정윤의 외가의 지분이었다. 그 모든 지분을 지민에게 넘기다니, 도저히 받아들일 수가 없었다.

"정윤이 너는 알고 있었던 거니?"

"⋯⋯아니요."

그렇지 않을까, 정윤은 짐작만 하고 있었다. 영철이 언젠가 휠체어를 끌어 주던 그녀에게 넌지시 물어왔었다. 세진에 욕심이 나느냐고.

처음엔 그 뜻을 알아차리지 못했다. 그런 큰 병원 욕심내면 자기 것이 될 수 있겠냐고 했더니 그럼 네가 욕심낼 수 있는 크기가 얼마냐고 물어왔다. 내 딸 병원을 지어 주겠다고.

정윤은 웃고 말았다. 그러자 또 물어왔다. 호진은 세진에 욕심을 낼 인물이냐고. 그때서야 그 뜻을 이해하고, 원하는 대로 하시라고 답했다.

"섭섭하지 않은 거야?"

"이미 내 나이에 너무 많은 것을 가져서 세상이 우습게 보일까 걱정이에요."

정윤의 대답이 기특한지 말없이 앉아 있던 호진의 입꼬리가 조금씩 귓가로 움직이다 제자리를 찾았다. 그렇지 않아도 심사가 편치 않을 이사장 눈에 띄어서 좋을 것은 없었다.

호진과 달리 지혁의 표정은 이 집을 들어서던 때와 달라진 게 없었다.

"이대로 괜찮겠어? 세진은 너에게 남다른 의미가 있는 곳이 잖니. 네 외할아버지⋯⋯."

"세진이 의미 있었던 게 아니라, 그곳에 있던 사람들이 의미 있었던 거예요. 그분들도 다 떠난 마당에 무슨 의미가 있겠어요."

정윤이 단호하게 말을 끊었다.

"그렇구나. 아무리 부모들이 뼈 깎는 고통으로 쌓아 놓아도 자식들에겐 그 의미가 다르구나."

희정의 표정이 씁쓸하다 못해 쓸쓸해 보였다.

"그럼, 지민 씨는 어쩔 생각인가요? 상속 포기할 용기 있나요?"

지민을 부르는 희정의 목소리에 날이 서 있었다.

"어머니."

쭉 침묵을 지키고 있던 지혁이 날이 한껏 서 있는 모친의 목소리에 제동을 걸었다. 지혁은 영철이 자신까지 이 자리에 불러 놓은 이유를 알 것 같았다.

"넌 가만히 있어. 세진 병원 지분의 25%라는 게 무엇을 뜻하는지 몰라서 그러니? 제대로 알지 못하는 한지민 씨가 무슨 판단을 할지 누가 알아. 사회 환원이라니. 그렇게 되면 우린 실 소유 지분의 40%도 채 못 가지게 돼."

정윤에게 사들인 지분이라고 해야 겨우 8% 정도에 지나지 않았다.

암 병동을 비롯해 한방 병원까지 병원 확장을 위해 많은 지분을 곳곳에 팔아 가며 병원 확장에 주력을 해 왔다. 이제 내실을 탄탄히 다져 뿔뿔이 흩어져 있는 지분을 모을 생각이었다.

희정은 그렇게 해서 작은 왕국을 아들에게 물려줄 생각을 했다. 아들에게는 그 작은 왕국을 거대한 왕국으로 키울 능력이 있었다. 조부 눈치나 보며 비위를 맞추는 사촌들과 달라야 했다.

영철은 그런 그녀의 마음을 꿰뚫어 본 것이었다. 그가 가지고 있던 지분으로 희정을 시험하고자 하는 것이었다.

희정은 그가 괘씸했다. 차라리 자신을 찾아왔어야 했다. 지혁을 탐냈던 것이라면 아무리 그가 지닌 시간이 얼마 남지 않았다 하더라도 자신의 마음을 달래는 게 옳았다.

"지민 씨가 생부에 대해 풀어지지 않은 감정의 실타래로 오기라도 부리면 어떡하나, 걱정하는 내 마음을 이해할 수 있나요?"

"그 말씀은 제가 이대로 원장님의 유언을 따랐으면 한다는 말씀인가요?"

"김 원장이 왜 이 자리에 날 불렀을까요. 지민 양이 혹여나 부릴지 모를 고집을 막으라는 뜻이겠죠. 팔아서 현금으로 주었으면 정윤이 말처럼 세상이 쉬워 보이진 않더라도 돈으로 고생하는 일은 없었을 텐데."

희정이 제 일이 아닌 듯 무심히 앉아 있는 정윤을 향해 눈길을 주었다. 딸처럼 여겨 왔고 꼭 세진의 앞날 때문이 아니라 언젠가 제 가족이 될 아이라 여겼다.

데면데면한 아들보다야 정윤에게 호진이 더 나은 짝인 걸 모르지 않았다. 그러나 상황이 이렇게 되고 보니 다시 한번 어긋나 버린 인연이 아쉽기 그지없었다.

짧은 숨을 토해 낸 희정이 다시 지민을 돌아보았다. 씁쓸함을 삼킨 그녀의 말투는 조금 전보다 더욱 딱딱해졌다.

"지민 씨에겐 돈보다는 사람을 남겨 주고 싶었던가 보군요. 그러나 분에 넘치는 것을 지니고 있으면 오히려 화가 된다는 걸 김 원장이 왜 몰랐을까요. 그 많은 지분 때문에 누가 지민 씨의 가치를 제대로 볼 수 있겠어요?"

"어머니. 그만하세요."

지혁이 나직하지만 힘 있는 목소리로 말을 가로막으며 자리에서 일어섰다.

"내게 뭘 원하는지 묻고 싶은 거라면 간단해요. 얼른 좋은 사람 만나서 결혼해요, 그래서 5년이라는 세월을 보내고 날 찾아와 주면 고맙겠군요."

조용히 자기 할 말을 마친 희정이 자리에서 일어섰다. 지혁은 집을 나서며 희정이 굳이 그의 차로 함께 오겠다고 한 뜻을 알아차렸다. 이 자리에 지혁을 두고 나오고 싶지 않았던 것이다.

지난번처럼 무턱대고 약속을 잡진 않았지만 최근 들어 사흘이 멀다 하고 알 만한 집안의 여식 사진을 들고 오는 이유가 이제야 짐작이 되었다.

지혁은 타인에 대한 다정함이라면 모친을 따를 사람이 없을 거라 여기며 살았다. 없는 사람, 아픈 사람에 대한 배려는 타고난 것이었다.

희정은 재벌가 며느리들과 함께하는 봉사 단체 '우리회' 뿐 아니라 학창 시절부터 다니던 보육원이며 양로원에 여전히 경제적 지원을 아끼지 않고 있었다.

시간만 나면 가서 몸으로 도왔다. 여력이 안 될 땐 지혁을 대신 보내기도 했다. 또한 그 보육원 출신의 의사도 세진에 여럿이었다.

사람을 선입견 없이 객관적이고 공정한 시선으로 대하려 노력하는 희정이었다.

그런 모친이 자신 때문에 지민을 경계한다고 생각하니 입안이 껄끄러워지고 침이 쉬이 삼켜지지 않았다.

지혁에겐 조부인 CH 그룹 강 회장과 그의 친지들, 또한 부친 태진의 마음은 문제 되지 않았다.

그러나 희정은 달랐다. 그녀가 가슴으로 품은 자식을 감싸기 위해 시댁이라는 거대한 조직 안에서 혼자 표류하며 견뎌온 세월이 어떠했는지, 또한 살림만 하던 그녀가 병원의 이사자리에 앉아 지금의 입지를 만들어 내기까지 보낸 인고의 세월이 누구 때문인지 너무나 잘 알고 있었다.

자신의 감정을 직시하는 일이 모친에게 또 하나의 상처를 남기게 되는 일이라면……

운전대를 잡은 지혁의 손마디 마디가 불끈 도드라져 올랐다. 식도를 타고 오르는 신물 때문인지 가슴 한편이 쓰라려 왔다.

❖ ✦ ❖

"하루아침에 부자 된 기분이 어때?"

"나 원래 부자였는데."

"그래, 그래. 사는 집은 월세가 아니라 전세고, 타는 차는 희수 선배에게 얻었지만 5년이 채 안 됐고, 대기업은 아니라도 직장 있겠다, 기술 있겠다, 게다가 사흘이 멀다 하고 밑반찬 바리바리 싸서 냉장고 채워 주는 친구에. 부자지, 부자야. 그런 부자께서 세진 병원 반주인이 되셨으니 부자도 그냥 부자냐고."

식초 물에 넣어 놓았던 사과를 꺼내어 흐르는 물에 헹구던 지민이 소진을 향해 얇은 인상을 썼다.

"주인은 무슨. 그리고 아직 결정 난 일도 아니야."

"뭐야? 안 받겠다는 거야? 증여세 해결하라고 김정윤이 땅도 내놓았다며? 나 완전 걔 다시 봤어. 너는 어떻게 언니라는 게."

개수대 수돗물을 잠그자 소진의 혀 차는 소리가 더 크게 들려왔다.

"너 같으면 받을 수 있겠니?"

정윤까지 그렇게 나오니 지민은 염치없는 마음에 또 어디론가 숨어 버리고 심정이었다.

"왜 못 받아? 김정윤만 자식이야? 너도 자식이잖아. 낳아만 놓고 아무것도 못 해 준 자식. 그러니 그것보다 더한 것도 받아도 돼."

"그렇게 치면 나는 아무것도 못 해 준 자식이야. 아니, 해 준 거 있네. 죽어라 미워했던 마음, 죽어라 퍼부었던 모진 말들."

"그게 어떻게 네 탓이야?"

"아무것도 못 해 준 게 원장님 탓도 아니잖아."

소진이 갑자기 입을 다물었다.

"……왜?"

"너 혹시."

"혹시, 뭘?"

무슨 생각을 하는지 모르지만 지민은 제 속을 뚫을 듯 바라보는 소진의 시선을 피해 사과 하나를 집어 들어 깎기 시작했다.

"원장님 탓도 아니면 그게 네 탓이야? 세상천지에 부모 입장 이해해 주면서 불쌍한 꼴 고스란히 당하는 자식이 어디 있어? 알았든 몰랐든, 상처를 줬으면 그건 부모 책임이고 부모 죄야. 그런데 너 또 죽어라 원장님 원망한 마음까지 부여잡고 자책하고 있는 거 아니지?"

꾹 다문 입술에서 원하는 대답이 나오지 않자 소진이 자리에서 벌떡 일어났다.

"안 되겠다. 한지민, 너 당장 일어나."

"왜 그래, 소진아."

지민이 자신의 안방으로 성큼 걸어 들어가는 친구를 멍하게 바라보다 따라 일어났다. 소진은 옷장 문을 열어젖히고는 주섬주섬 가방을 싸고 있었다.

"나랑 우리 집에 가자. 당분간 같이 있어. 웬일로 회사도 잠시 쉰다고 하기에 장하다 싶었더니, 또 혼자 스스로를 좀먹고 있으려고? 내가 와 보길 잘했지."

"아니야. 안 그럴게. 이제 그러지 않을 거야."

지민이 가방 안의 물건들을 꺼내어 제자리에 놓았다.

"눈썹 하나 까닥 안 하고 전날까지 통화해 놓고선 감쪽같이 야반도주한 주제에. 내가 그런 널 어떻게 믿어?"

소민이 다시 지민의 옷을 가방 안으로 밀어 넣으며 쏘아 댔다.

"······이젠 가고 싶어도 못 가."

조용히 읊조리는 지민의 목소리에 바삐 움직이던 소진의 손이 절로 멈췄다.

"진짜 혼자라는 게 어떤 건지, 얼마나 힘든 건지 너무 잘 알아 버렸어. 그러니 걱정 마, 소진아."

담담히 제 눈을 바라보고 있는 지민을 향해 소진이 단호한 말투로 입을 열었다.

"한지민. 건강은 물론이고, 다른 것도 챙긴다고 약속해."

"그래. 약속할게. 뭘 챙기면 되는데?"

"네 욕심."

"알았어. 병원 지분 받으면 돼? 못 나눠 주는 거 알지?"

지민이 소진을 향해 해사하게 웃어 보였다.

"그리고 네 사랑도."

"알았어. 너보다 꼭 먼저 찾을게."

"찾긴 뭘 찾아. 옆에 있는 사람이나 제대로 잡으란 말이야."

지민의 열린 입이 가만히 닫혔다. 그 말에 바로 흔들리고 마는 제 눈빛을 보이기 싫은 그녀가 마주하는 소진의 시선을 외면했다.

"장례식 때 보니까, 지혁 씨 마음은 그대로인 것 같더라."

"그건……."

"좀 전에 약속했잖아."

소진이 들을 가치도 없다는 듯 말을 끊어 냈다.

"원장님 뜻이 뭐겠어? 네가 병원에 대해 뭘 안다고 김정윤이 아니라, 네 이름을 올려놓고 가셨겠어? 그리고 말은 몰랐다고 하지만 김정윤이 수긍했으니까 가능하지. 상속 재산 앞에서는 형제고 뭐고 할 것 없이 머리끄덩이도 잡는다던데, 게다가 그 병원이 원래는……!"

소진이 아무 반론 없이 입술을 묻히고 지민의 눈치를 힐긋 보았다.

"하여튼 너도 쿨하게 받아들여야 언젠가는 피붙이하고 얼굴도 보고 살지. 김정윤도 다 그런 뜻 아니겠니? 너 원장님 뜻 거스른다는 소리는 걔하고도 완전 끝이라는 뜻인 거 알지?"

처음엔 알지 못했다. 변호사가 말하는 그 뜻을 알아차릴 정신이 없었다.

혼자가 되고도 며칠이 지나서야 영철이 정윤이 아닌 자신에게 병원의 지분을 맡긴 이유를 어렴풋이 짐작했다.

그날 이후로 지혁은 보지 못했다.

장례식 동안 그는 자신이 조금이라도 힘든 기색을 보이면 어느새 곁에 있어 주었다. 그의 눈엔 담겨 있던 서늘함은 이미 사라지고 없었다.

저를 바라보는 지혁의 눈빛에 다시 설레어 오는 마음을 어쩔 수 없었다.

그래도 어떻게……. 지민이 염치없는 제 마음을 지우려는 듯 고개를 흔들며 그를 떠올리는 생각을 지워 냈다.

영철을 보내고 열흘 만이었다.

지혁은 장례식을 치르는 동안 미뤄 두었던 병원 일이 많아 정신이 없었다. 설립 계획 중인 병원 부지 시찰을 위해 희정과 함께 며칠간 지방에 다녀왔다.

낮의 일정과 상관없이 퇴근길엔 어김없이 지민의 아파트 앞에 차를 세우고 잠시 머물다 갔다.

밝았던 집 안이 조용히 소등하는 것을 봐야 안심이 되었다. 당장이라도 엘리베이터에 몸을 싣고 올라가 현관문을 두드리고 싶었다. 그녀의 심연에 깔려 있을 상실감과 고독감을 나누고 싶은 마음을 애써 참고 있는 중이었다.

1층부터 한 층 한 층 세어 올라가다가 착시 현상으로 층에 혼란이 일어날 즈음에 있는 곳, 12층 거실 불빛이 보이지 않았다.

벌써 3일째였다. 안방도 마찬가지였다. 지난밤은 잠들기엔 이른 시간이었지만 힘든 일을 겪은 후다 보니 그럴 수 있겠거니 했다.

급기야 엘리베이터에 몸을 싣고 층수를 알리는 버튼 불빛을 조급한 마음으로 바라보던 그의 미간에 깊은 주름이 새겨졌다. 아무래도 그녀가 심어 놓은 트라우마를 벗어나는 일이 쉽지 않을 것 같았다.

엘리베이터 문이 열리기 무섭게 초인종을 눌렀다.

밤 9시가 좀 넘은 시각. 아직 잠들 시간이 아니었다. 다시 한번 깊숙이 벨을 누르는 그의 손끝에 힘이 들어갔다. 여전히 답이 없었다. 자신도 모르게 질끈 깨문 어금니에 힘이 들어갔다.

상의 호주머니에서 휴대폰을 꺼내어 들고 잠시 현관문 옆 벽에 몸을 기대었다. 스스로를 믿을 수 없어서 일부러 저장해 놓지 않은 전화번호가 어딘가 있을 터였다.

손에 밴 땀으로 인해 액정 화면이 잘 넘겨지지 않자 또다시 미간이 찌푸려졌다.

그 찰나 발밑에 떨어져 있는 분홍색 포스트잇 한 장이 눈에 들어왔다.

아버지들 만나러 가요. 혹시나 또 옆집 잠을 깨울까 봐.
—지민.

"하. 걱정되는 게 고작 옆집 사람들 잠뿐이라는 말이지?"

안도감과 심술이 한순간에 몰려든 그의 입에서 짧은 헛웃음이 새어 나왔다.

잠시 그 자리에 그대로 앉고 보니 옛 생각이 절로 났다.

그녀가 김포에 없다는 생각을 하니 안도감은 금방 또 다른 상실감을 불러일으켜 숨이 갑갑해졌다.

지혁은 지체 없이 몸을 움직여 엘리베이터에 탔다. 자신의 마음을 확인한 이상 한시도 머뭇거릴 수 없었다.

김포를 빠져나간 그의 차가 본가에 도착한 시간은 밤 10시가 다 되어서였다.

"무슨 일이야? 이 밤에."

"아버지는 안 계십니까."

"동문회 모임 있다고 가셨다. 어디서 오는 길이니? 저녁은 먹었어?"

"드릴 말씀이 있습니다."

"식사 전이면 늦었지만 조금이라도 들어야지."

희정은 어딘가 평소와 분위기가 다른 아들이 낯설었다.

"며칠 병원을 비워야겠습니다."

자리에서 걸어 들어가려던 그녀의 발걸음이 제자리에 멈췄다. 천천히 돌아본 아들의 눈빛은 언젠가 한 번 본 적이 있던 것이었다.

지혁이 스무 살이 되던 해였다. 가방 하나를 들고 집을 나가 한 달여 만에 초췌한 몰골로 돌아온 아들은 송연한 눈길로 물었다.

자신은 누구냐고. 오래전 일이지만 결코 잊을 수 없는 기억이었다.

그녀가 그의 앞에 조심스럽게 앉았다.

"어디에 다녀올 건지 물어도 되겠니?"

"가 봐야 압니다. 그러나 돌아올 땐 혼자가 아닐 겁니다."

불안함이 현실이 되어 나타났다. 희정은 이대로 물러설 수 없었다.

"혼자가 아니라니, 듣던 중 반가운 소리구나. 이왕이면 인사를 시키고 같이 여행하지 그러니?"

"어머니."

자신을 부르는 아들의 나직한 목소리에 간절함이 묻어 있었다. 아직은 승산이 있었다.

"이번엔 안 됩니다."

"뭐가 안 되는지 모르겠지만, 혹여나 지민 씨를 두고 하는 말이라면 나도 안 된다. 그러니 이 집에 둘이 나타날 생각은 않는 게 좋을 거야."

"둘이 안 된다면 저 혼자서도 올 수 없습니다."

"무슨 소리니? 그 말은 내가 반대하면 이 집에 발걸음을 하지 않겠다는 소리냐?"

침묵으로 답을 대신하는 그를 향한 희정의 목소리가 단번에 날카로워졌다.

"보아하니 또 숨어 버린 게로구나. 그래서 안 된다는 거야.

그런 강단으로 어떻게 너를 잡아? 어떻게 너를 곁에 둘 생각을 해."

"숨은 게 아닙니다. 이젠 제가 단 며칠도 더 기다릴 수 없는 겁니다."

"그 아이가 될 것 같았으면 5년 전에 그리 보내지도 않았어. 그리고 너 또한 그 시간들을 그리 보내지 말았어야 했어."

"그러게 말입니다. 이렇게 될 줄 알았으면, 끝까지 놓지 못할 줄 알았으면 지구 끝까지라도 쫓아갈 걸 그랬습니다. 결국은 그 사람을 위한다는 게 시간만 낭비했습니다. 그래서 이젠 무슨 일이 있어도 놓치지 않을 생각입니다."

제 눈을 똑바로 바라보는 아들의 흔들리지 않는 눈빛에 희정이 망연해졌다.

"무슨 일이 있어도? 끝까지 반대하면 나하고 연이라도 끊겠다는 말인 거니?"

"부모 자식 간의 연은 끊는다고 끊어지는 게 아닙니다."

힘을 잃은 희정과 달리, 그의 목소리는 침착하면서도 단호했다.

"허, 네가 이렇게 말을 잘하는 녀석인 줄은 오늘 처음 아는구나. 끊는다고 끊어지는 연은 아니지만 안 보겠다고 마음먹자면 못할 것도 없다는 소리 아니니? 그러니 네 얼굴 보고 살고 싶거든 그 아이를 받아들여라?"

"좋은 여자입니다."

"네가 말하지 않아도 알고 있어. 그렇지 않았으면 더한 말로 상처를 줬을 거야."

진심이었다. 그렇지 않았다면 희정은 자신의 치부를 무기 삼아 지민을 만나지 않았을 것이다.

"어머니께서 무엇을 걱정하시는지 잘 압니다."

"안다고? 네가 뭘 알아? 결국은 그 아이가 견디지 못할 거야."

"강한 사람입니다. 그리고 아버지가 그랬던 것처럼 저도 그 여자를 지켜 내겠습니다."

"하!"

희정이 의미를 알 수 없는 웃음을 터트리자 지혁은 당황했다.

"지켜? 어떻게? 너도 네 아버지처럼 부모에게 등을 돌릴 거냐? 끝까지 반대하면 모든 것을 버리겠다며 이 집을 나가기라도 할 거냐고. 강지혁, 정신 차려. 그런 너를 바라보는 그 아이 심정은? 이 거대한 조직에 들어와서 갈수록 움츠러들 그 아이 마음은 생각해 봤니?"

웃음을 거둔 그녀의 눈빛이 더없이 공허해 보였다. 낯선 모친의 모습에 지혁의 눈동자가 흔들렸다.

"하루 24시간 중에 사랑이라는 이름으로 부부가 몇 시간이나 붙어 있을 거라고 생각해? 잠자는 시간 빼고 많아 봐야 서너 시간이야. 그 시간으로 이 집안에서 혼자 견뎌 내는 시간을 네가 어떻게 지켜 줄 건데?"

입꼬리에 설핏 새어 나오는 그녀의 자조적인 웃음이 지혁의 마음을 아프게 했다. 지나왔던 어머니의 아픔이 그에게도 그대로 전해져 왔다.

"그렇겠지. 네 말처럼 좋은 아이고, 착한 아이이니 내색도 못 하겠지. 그저 맑은 웃음으로 괜찮은 척하겠지. 속은 문드러지다 못해 자신을 잃어 가면서 말이다."

"그렇게 힘드셨습니까?"

지혁의 반문에 순간 희정은 말을 잃었다.

"저는 그래도 어머니가 행복한 분이라고 생각했습니다. 할아버지가 무시하셔도, 큰어머니와 작은어머니들이 눈빛에 묘한 느낌을 숨기지 않아도, 한결같은 시선으로 저를 보시는 어머니가 계셔서 저는 행복했습니다. 그 한결같은 시선을 담은 어머니의 마음 또한 저와 같으리라 생각했습니다."

담담해진 그의 눈빛과 달리, 희정의 눈이 흔들리기 시작하고 꼭 다문 입술이 조금씩 떨려 왔다.

"어머니가 아프셨다고 해서, 때론 자신을 잃으시며 비틀거렸다고 해서 저희도 그러리라 여기지 말았으면 합니다. 제가 안 되면, 혹여나 모진 세월에 이 마음이 흔들릴 땐 그때 어머니가 회초리라도 휘두르며 잡아 주시면 안 되겠습니까. 그녀를 지켜 주시면…… 안 되겠습니까."

"네 사랑 하나 믿고 살아갈 아이에게 아무리 좋은 소리라도 달게 들리겠니? 네 아버지를 닮은 줄만 알았더니, 꼭 그런 것도 아닌 것 같구나. 듣기 좋은 소리를 할 수 있는 녀석이라는 것 또한 오늘 처음 알았어. 이러니 아들 키워 봤자 소용없는 거라고 하겠지. 그래서, 기어코 내가 반대해도 네 고집을 꺾지 않겠다는 말인 거야?"

굳게 다문 그의 입술에서 굳은 의지가 보였다.

"오래 살고 볼 일이로구나. 그렇게 욕을 하던 이들의 입장이 이해가 되니 말이다. 굳이 이 어미를 버리고서라도 그 여자를 선택하겠다는 거니?"

미세하게 씰룩거리던 그의 턱 근육이 강한 의지를 나타내듯 뻣뻣하게 굳어 갔다. 더 이상 마주할 힘이 없는 희정의 목소리가 날카롭게 터져 나왔다.

"왜 대답을 못 해?!"

"어머니께서 원하시는 것이 그런 거라면 어쩔 수 없습니다."

희정은 눈을 질끈 감았다. 자신의 시어머니가 떠올랐다.

며느리였던 제게 갖은 모욕을 던지는 대신 아들 앞에서 저와 같은 질문을 거둘 수 있었을까.

그녀가 끝까지 시어머니 앞에서 무너지지 않았던 이유는 제 부족한 덕성과 교양에 밀리지 않겠다는 자존심 때문이었다. 아마 시어머니가 마지막까지 온화한 성품으로 찾아와 말렸다면 희정은 어쩌면 남편을 포기했을지도 모를 일이었다.

그런 자신이 한참의 세월 후엔 시어머니보다 더 유치하고 모자란 사람이 되어 아들 앞에 서 있었다.

자신의 오만이었다.

그래도 지혁이 자신을 선택할 거라고 믿었나 보다. 배 아파

낳은 자식이 아니었기에, 가슴으로 낳은 자식이었기에 그 유대감이 더 끈끈할 거라 믿었다.

생각해 보면 포장에 지나지 않았다. 어찌 보면 그 사실로 자신을 버리지 못하도록 횡포를 부린 건지도 모른다. 그때였다.

찰싹!

별안간 날카롭게 울려 퍼지는 마찰음에 놀라 희정이 화들짝 눈을 떴다. 언제 들어온 건지, 태진이 가차 없이 지혁의 뺨을 날린 후였다.

"여보……!"

희정이 한 손으로 놀란 제 입을 막으며 자리에서 급하게 일어나 남편의 곁으로 다가갔다.

"당장 나가거라! 네가 연을 끊고 말고 할 것도 없다. 당장 이 집을 나가서 발걸음 붙일 생각 말아라."

"당신, 왜 그래요? 모자지간에 오고 가는 대화에 왜 당신이 나서서 안 하던 손찌검까지 하고 그래요?"

"그럼 아버지가 어떤 일에 손을 대나. 여자 하나 때문에 부모를 버리겠다는 싹수없는 녀석, 더 두고 봐야 뭐 하겠어. 그러니 당신도 미련 버리고 마음 아파하지 마."

태진이 더 들을 이야기도 없다는 듯 그대로 서재로 향했다.

희정은 당황해 어찌할 바를 몰랐다. 늘 이성적인 남편이 나이가 서른을 넘긴 지 한참인 아들 얼굴에 손을 대다니, 어처구니가 없었다.

어찌 보면 아들이 아니라 자신을 향한 서운함일지도 모른다는 생각에 더 몸 둘 바를 몰랐다.

도대체 언제, 어디서부터 들었던 것일까. 희정은 자신을 향한 남편의 사랑을 모르지 않았다. 넘치도록 받은 사랑에 자격지심을 느낀 것은 제 그릇이 작기 때문이었다.

지혁의 말처럼 지민이 자신처럼 되리라는 보장은 없었다. 그 자격지심에 아들을 외롭게 만든 것 또한. 서재를 바라보던 희정은 마음이 먹먹해졌다.

"들어가 봐라. 너한테 화내시는 게 아닌 것 같다. 나하고의 이야기는 어떻게 되었든 간에 아버지께 사과드려."

지혁이 서재 문을 열고 들어가니 태진은 그가 들어올 것을 짐작한 듯 데스크 앞 의자가 아니라 소파에 몸을 기대어 앉아 있었다. 지혁이 말없이 다가가 마주하고 앉았다.

"죄송합니다."

"진심이냐? 반대하면 부모와 연을 끊겠다고?"

"……."

"그것밖에 안 되는 감정이었더냐? 네 여자에 대한 사랑이?"

지혁은 대꾸할 말을 찾지 못했다. 사랑을 위해 모든 것을 버린 그가 하는 말이었다.

"넌 이 아버지가 네 어머니를 위해서 모든 것을 포기했다고 생각하고 있겠지만 그 반대야."

희정의 이야기를 꺼내는 그의 목소리는 어느덧 차분해져 있었다.

"네 어머니가 모든 것을 포기한 거지. 아나운서였던 자신의 꿈도, 심지어 그 호기롭고 대쪽 같았던 성품도 집안 어른 앞에서 모두 꺾였지. 난 사랑이라는 이유로 네 어머니의 날개를 꺾어 그저 내 곁에 두려고 했던 것뿐인지도 몰라. 어쩌면 그때 네 어머니를 놔 주었어야 했을지도 모르겠구나."

회한이 묻어 있는 태진의 말에 당황한 지혁의 두 눈썹이 위로 산을 그렸다.

"그렇다고 후회하는 건 아니니까 그런 눈으로 보지 말거라. 내가 아무리 뭐라고 한들 이제 와 네가 그 아이를 포기할 수 없는 것처럼 나도 그랬다. 사랑이란 결국 이기적인 거니까. 자신의 마음을 채우기에 바쁠 뿐이야. 네 엄마는 그것을 잘 알고 있는 거고 말이다."

무슨 말인지 조금은 알 것 같았다.

"내가 포기한 거라고 해 봐야 네 할아버지 자회사 하나 정도겠지. 만약 그때 네 엄마 손을 놓았다면 난 제대로 일어서도 못했을 거야. 그러니 포기라는 말 자체가 우스워. 그런데도 네 엄마는 그런 내게 못 견디도록 미안해했지. 그 미안함이 결국 자신을 잃게 했어. 무너져 가는 모습을 지켜보는 게 쉽지 않았어."

지혁이 고개를 들어 태진을 바라보았다. 제 상처는 견뎌 내면서 싸워 이기기라도 하면 되지, 제 사람의 상처는 그저 지켜볼 수밖에 없었다.

바라보기만 해야 하는 고통이 말로 할 수 없이 힘들다는 것을 그 역시 지민을 통해 알았다.

"네 말대로 부모와 연을 끊고 그 아이를 얻는다 한들 네 여자가 과연 행복할까, 생각해 보려무나. 왜 그렇게 생각이 짧아. 네가 이렇게 달려와 네 어머니를 협박하듯 허락을 받아 내는 게 그 아이를 위하는 건지 잘 생각해 봐."

협박이라는 말에 그의 한쪽 입술이 꿈틀거리는 것을 태진은 놓치지 않았다.

"그럼 그게 협박이지 아니냐? 자식 이기는 부모 없다는 말이 모든 것을 해결해 줄 것 같더냐?"

퉁명스러운 태진의 면박에 지혁은 달리 할 말이 없었다.

"혼자서 모든 것을 해결하고 책임지려고만 하는 게 사랑인 거냐? 이런 갈등을 겪으면서까지 네 엄마에게 허락을 얻어 내기만 하면, 너희들 사랑은 무탈한 게야?"

지혁의 짙은 눈동자가 흔들렸다. 태진은 아들의 얼굴을 찬찬히 살폈다. 좀체 감정을 드러내는 일이 없던 얼굴이 방을 들어설 때보다 더 굳어져 있었다.

다시 입을 여는 그의 목소리가 다소 누그러졌다.

"사랑은 둘이서 함께 노력해야 하는 거야. 네 어머니는 그 아이에게 맡기고 함께 부딪혀 나가도록 해. 이번에도 그 아이가 네 손을 놓는다면 그건 너에 대한 그 아이의 사랑이 그것밖에 안 되는 거야."

지혁의 고개가 천천히 아래로 떨어졌다. 급한 마음에 이곳으로 달려온 것이 후회스러웠다.

"때론 과감하게 버릴 줄 아는 용기도 필요해. 아름다운 새의 날개를 꺾어 곁에 둬 본들 병만 들 뿐이야."

스스로가 폐가 될지 몰라 떠났다는 그녀에게 지금의 제 진심을 먼저 전하는 것이 우선이었다.

"강지혁, 이번엔 너희들의 사랑이 꼭 이루어지기를, 이 아빈 그 누구보다 바라고 있다."

휨 없이 올곧게 뻗어 있던 지혁의 눈썹이 꿈틀거렸다.

태진이 그를 향해 천천히 고개를 끄덕여 보였다. 너를 믿는다고, 그렇게 말하고 있었다.

"……감사합니다."

고마움과 부끄러움이 동시에 가슴을 치고 올라왔다.

집안사람들의 조소와 냉대에도 굴하지 않고 한결같은 마음으로 저를 품어 준 모친을 사랑했다. 그리고 어떤 바람에도 흔들리지 않는 거목이 되어 저와 제 모친을 지켜 주고 있는 제 부친을 존경했다.

지혁이 고개를 들어 태진의 얼굴을 제대로 바라보았다. 언젠가 제 생부의 사진을 건네주며 했던 말을 떠올렸다.

"부모 자식은 당연히 닮기 마련이야. 그런데 어떤 연고도 없는 너와 내가 이렇게 꼭 닮은 모습으로 만나 부모 자식의 연을 맺었어. 우리의 인연은 특별한 운명인 거지."

어릴 땐 정윤네 식구와 늘 함께했다. 그게 여의치 않은 후에도 그는 아들에게 많은 체험 학습을 위해 시간을 내어 주고 노력하는 아버지였다.

그러나 지혁이 고등학교에 들어가 학업에 쫓기고 태진도 사업 확장으로 바빠지면서 부자간에 대화가 오고 갈 기회가 없었다.

지혁이 군의관 시절, 태진이 장성한 아들을 만나기 위해 딱 한 번 면회를 왔을 때였다.

"네가 먼저 날 발견해 주었지. 네 아빠가 아닌 걸 알고 넌 미련 없이 돌아서 갔지만 난 그런 널 쉽게 떨쳐 낼 수 없었어. 신의 뜻이라고 생각했어. 그러니 지혁아, 널 바라보는 주변의 어떤 시선에도 흔들릴 필요가 없어. 넌 하늘이 맺어 준 내 아들이야."

그리고 잘 보관된 생부 사진 한 장을 건네어 왔다. 낡은 사진은 조금이라도 덜 손상되도록 금박 봉투와 고이 접은 한지 속에 들어 있었다.

자신을 향한 부친의 깊은 사랑이 느껴졌다. 한참을 가슴이 먹먹해져 아무 말도 못하고 앉아 있었다. 처음 본 생부의 모습이 아니라 먼 곳까지 달려와 절 좀먹게 하던 세상으로부터의 소외감을 한 방에 날려 준 부친에 대한 고마움 때문이었다.

태진이 스카프를 휘날리는 멋진 공군 차림의 사진 속 남자를 힐긋 쳐다본 뒤 멋쩍게 남긴 말 또한 잊지 않았다.

"네가 날 너무 닮은 바람에 네 엄마에게 오해받았잖아. 어쩔 수 없이 그 사진 살짝 보여 준다고 들고 있던 게 너무 오래 갖고 있었다. 잘 간직해. 그리고 이 아버진 귀신도 물리친다는 해병대였다. 공군보다 더 멋있다고, 인마."

좋은 부모를 만나 원 없는 사랑을 받았다. 지혁은 고개를 들 수 없었다. 이런 귀한 인연을 만들어 준 부친에게 단 한 번도 제대로 된 마음을 전하지 못한 것이, 이 나이가 되도록 부모의 마음을 헤아리지 못한 것이 더없이 죄송했다.

"어찌 보면 모든 게 내 탓인 것 같다. 네 엄마를 위한답시고 난 무엇이든 감추려고만 했어. 그러니 넌 그 아이와 함께 천천히 이겨 나가도록 해. 네 엄마, 누구보다 마음이 따뜻한 사람인 거 네가 잘 알잖아."

"걱정 끼쳐 죄송합니다."

"오늘 내 여자를 아프게 한 값은 달리 받을 거야. 마음 단단히 먹고 있거라."

"각오하고 있겠습니다."

서재 바깥에서 가만히 귀를 기울이고 있던 희정의 눈에 어렸던 물방울이 툭 하고 떨어졌다.

한편으론 다 큰 아들 녀석 때문에 도둑고양이처럼 서 있는 자신이 우습기도 했다. 또한 아들 둔 어미가, 며느리를 둔 시어머니가 아무리 교양을 떨어 봐야 거기서 거기라는 생각에 한숨이 나기도 했다.

그러나 그 아들 덕분에 태진의 진심을 듣게 되어 고마웠다.

자신 앞에서 언제나 과묵함을 연출하던 부자였다. 저 부자가 원래 저렇게 말주변이 좋았다니 한평생 속고 산 기분이었다.

그렇지만 도둑고양이의 정체를 밝힐 수 없으니, 따져 물을 수도 없었다.

14. 바람만이 아는 대답

손가락으로 세어 본 가을과는 달랐다.

숲길을 향해 한 걸음씩 내디딜 때마다 계절의 깊이가 느껴졌다. 붉게 타오르다 못해 이미 낙하한 단풍 한 잎, 흙내, 발아래 밟혀 오는 건조한 잡풀들과 미처 소진되지 못한 지난해의 낙엽들까지.

다행히 대낮의 햇살은 얇게 입은 운동복 차림에도 거부감 없이 따스했지만, 길게 뻗은 울창한 가지가 겹쳐진 그늘엔 서늘함이 깔려 있어 지민은 마음이 바빴다.

처음 오르고 4년 만이었다. 녹음이 생기고 진달래가 피기 시작하던 초봄과 산세가 완연히 달라 있었다. 산세라고 하기엔 게스트 하우스 뒤편 언덕에서 둔덕까지 불과 한 시간 좀 넘는 거리의 짧은 산책에 본 풍경에 불과했다.

이리저리 고개를 둘러보아도 나무와 새 소리뿐인 숲길.

곧 올해의 낙엽이 쌓일 터였다. 지민은 언젠가 소복이 쌓인 낙엽 밟던 소리를 기억해 냈다.

사그락, 사그락. 뒤꿈치가 바닥에 닿을 때 나던 음률은 넓은 보폭마다 리듬을 타고 울려 퍼졌다. 그 소리가 듣기 좋아 그녀는 빠른 길을 두고 아파트 가로수 길가 낙엽이 쌓인 곳으로 지혁을 이끌곤 했다. 그 시절 그의 낙엽 밟는 소리를 들으며 흔하지 않은 행복을 만났었다.

옛 생각을 몰아내듯 갑자기 시야를 가리던 나무가 비켜나며 눈앞으로 전망이 탁 트였다. 맑은 하늘을 향해 한 줄기 가느다란 연기가 솟아올랐다. 숲길 바로 아래 게스트 하우스 '다락'에서 무언가 태우고 있는지 바람을 타고 이곳까지 그리운 냄새가 올라왔다.

은지의 남편 승민이 이른 아침부터 땅을 갈아엎더니 아마 주변에 있는 나뭇가지나 잡풀들을 태우고 있는 모양이었다. 멀리 바라보는 시선 끝에 다랑이 논두렁과 바다가 있었다.

은지가 달콤한 신혼 생활도 저버리며 고생하면서 지은 하동의 펜션을 떠나 이곳, 남해로 온다고 했을 때 지민은 무던히 말렸다.

겨우 하동 생활에 적응하고 펜션 이름이 알려진 그때 다시 남해 생활을 꿈꾸는 그들이 불안할 수밖에 없었다. 그러나 이곳에 오고 보니 두 사람의 마음을 짐작하고 남았다.

은빛 섬진강을 끼고 도는 산세를 바라보면 유유자적을 넘어선 적요와 쓸쓸함, 그리고 굽이진 물결마다 세월의 애잔함이 느껴졌다. 하지만 이곳 남해 홍현 바다를 바라보는 마음엔 활력과 아기자기함이 있었다.

그리고 논두렁마다 밭을 매는 등이 굽은 아낙들이 도란도란 나누는 대화에서 삶에 대한 애착과 일상의 편안함이 느껴졌다.

길가에 드문드문 걸어가는 배낭을 짊어진 젊은이들에게서 삶의 모험이 보이고, 여름이면 이곳을 찾는 도시인들에게서 활기를 얻을 것이었다.

젊은 그들이 게스트 하우스를 하고 살아가기엔 더할 나위 없는 곳이었다.

잠시 쉬었던 지민은 몸을 돌려 다시 10여 분 더 걸어 올랐다.

분명 여기 어딘가…… 아, 드디어 만났구나.

아주 얇았던 몸체가 몇 겹의 나이테를 더 둘러 기둥이 제법 두꺼워졌다. 나뭇결을 천천히 쓸던 그녀가 팔을 둘러 은행나무를 끌어안았다. 그리고 가만히 속삭였다.

"아빠, 잘 있었어? 이제 와서 미안해."

지민이 캐나다행을 결심하고 가장 마음에 걸리던 것이 아버지 용우였다. 상경이 매년 그를 찾아가 인사를 할 것을 믿었지만 언제 돌아올지 모르는 그녀로서는 도저히 그냥 떠날 수 없었다.

그리고 생각해 낸 것이 이곳이었다. 겨울에 캐나다로 떠났던 그녀는 다음 해 봄에 이곳에 잠시 들러 나무 한 그루를 심고 떠났다.

나무 아래 용우를 묻었고, 친구 부부가 산책 삼아 오르며 그를 만났다. 유경은 용우가 섬진강에 뿌렸다. 자신도 같은 곳에 뿌려 달라던 부친의 말을 그녀는 차마 따를 수가 없었다.

강물 따라 바람 따라 그렇게 아빠를 떠나보낼 수는 없었다. 이기심인 것은 알지만 그것만은 양보할 수 없었다.

자신이 없던 봄마다 꽃눈 같은 작은 싹을 틔우고, 가을이면 노랑 옷으로 갈아입기를 몇 차례나 했을까. 암나무라는 소리는 들었다. 열매나 맺을까 하고 여겨졌던 작은 나무였다.

은행은 암수가 나란히 있어야 열매를 맺는데, 어딘가 지척에 수나무가 있는지 알알이 맺혀 있는 작은 은행들을 바라보는 지민의 눈에 물기가 맺혔다.

"그곳에서 다들 만났어?"

지민의 입에서 나지막한 목소리가 흘러나왔다.

이곳으로 향하기 전 그녀는 영철이 잠든 파주에 위치한 작은 과수원에 들러 미뤘던 마지막 인사를 했다.

나누어 가진 것 하나 없다고 생각했건만 그가 묻힌 곳이라 그런 것일까. 과수원 초입부터 그곳을 벗어나기까지 온통 영철에 대한 기억뿐이었다.

함께한 처음이자 마지막 식사였던 엄마의 장례식장에서 입이 말랐던 그녀는 방울토마토만 계속 집어 먹었다. 뭐라도 오물거리고 있어야 그 어색함이 덜할 듯했다.

앞에 앉은 이가 밥을 뜨는지 마는지 관심이 없었다. 그 입으로 무언가가 들어간다는 것 자체가 용납이 안 되었기에 밥 수저라도 들면 뭐라고 대거리를 할 것도 같았다.

씩씩거리던 마음을 알아챘을까. 갑자기 영철이 자리에서 일어났을 때 작은 긴장감을 느꼈다. 다시 돌아온 그의 손에 방울토마토가 담긴 접시가 있는 것을 보고 지민은 속으로 피식 웃었다. 제 마음의 비웃음을, 원망을 모르는 눈앞의 어른이 같잖다고 여긴 그 마음은 쑥스러움이었다.

수술 전후, 꿈결에 익숙하고도 낯선 체취를 느꼈다. 나무 향이 섞여 있는 중후한 느낌의 옅은 향이 자신의 곁을 떠나지 않았다. 희미하게 담배 냄새도 섞인 듯했다.

주사에 취해 잠들던 며칠 밤 내내 곁을 맴도는 향을 맡을 때면 서늘한 손에 따스한 기운이 느껴졌다. 그 체취의 주인공이 영철이었다는 것은 정윤이 병실에 들이닥친 날 알게 되었다. 정윤을 말리기 위해 나타난 영철은 바람과 함께 기억 속의 나무 향을 동반했다.

지나간 바람은 춥지 않다고 했다. 서운함, 원망, 그런 것들은 모두 한순간으로 지나가 버리기 마련이고, 기억에 남는 건 함께했던 따스한 것들뿐이라고. 지민은 지난날 자신을 휘몰아치던 물결들이 잠잠해짐을 느꼈다.

"화해는 했어? 당신들 딸 이야기도 좀 하고 그래?"

누군가의 체취를 맡으려는 듯 그녀가 숨을 깊이 들이마시는 순간이었다. 등 뒤로 나는 바스락 소리에 지민은 화들짝 놀라 뒤를 돌아보았다.

"지혁 씨가 여긴 어떻게……."

"곤란한데. 찾아오라는 메시지 아니었어?"

"……."

"어쩌지. 많이 놀란 것 같은데."

여전히 다물어지지 않는 그녀의 입과 동그랗게 떠진 눈 위로 깊게 새겨진 쌍꺼풀을 보고 그의 얼굴에 난감한 미소가 퍼졌다.

"일단 놀란 입부터 수습하고 아버님께 인사부터 시키지?"

그가 은행나무 앞에 걸려 있는 작은 팻말에 시선을 두고 말했다. 지혁은 두 손을 얌전히 앞으로 모으고 눈을 감으며 고개를 깊이 숙였다.

그것을 바라보는 그녀의 속눈썹이 흔들렸다. 많은 감정이 일시에 쏟아지며 마음을 헤집었다. 한동안 그대로 있던 지혁이 고개를 들고 천천히 그녀를 향했다.

"그렇게 뜻밖이야?"

여전히 말이 없는 지민을 향해 그가 한쪽 입꼬리를 천천히 올리며 고개를 갸웃했다.

"찾아올 거라고 생각도 못 했어요. 어떻게……."

"뭐야. 아버지들 만나러 가니까 괜히 주변 사람 잠 깨우지 말고 빨리 오라고 한 사람이."

지혁이 호주머니에서 분홍빛 메모지를 꺼내어 그녀 앞에 흔들어 보였다. 지민은 어이없는 듯 살짝 웃음을 흘렸다.

"그래서 다행히 옆집 잠은 안 깨웠나요?"

"몇 초 전이었지."

마주 선 두 사람의 굳게 닫힌 입매는 이내 작은 호를 그리며 부드러워졌다.

짹짹. 째짹. 지저귀는 새소리가 유난하게 들렸다. 그녀의 머릿결이 뒤에서 불어오는 바람 따라 흔들리며 얼굴을 가렸다.

그가 손에 들고 있던 얇은 겉옷을 그녀의 어깨에 걸쳐 주며 눈앞을 가리는 머리 한 가닥을 귀 뒤로 넘겨 주었다.

"여긴 어떻게 알았어요?"

"은지 씨가 여기 있을 거라고 하더군."

어느새 통성명까지 했나 보다.

"남해는 어떻게 알고……."

"하동으로 갔더니 안 왔다기에 혹시나 이곳 전화번호를 물었지."

"하동까지 다녀왔다고요?"

"파주도 갔었어."

지민이 이마에 살짝 주름을 그렸다.

"왜, 뭐가 불만일까?"

"부처님 손바닥 안인 것 같아서요."

"이제 알았나 보네. 술래를 한두 번 서 봤어야지. 내려가면 엎어 놓고 엉덩이를 원 없이 때려 줄 거니까 각오해."

꿈틀거리는 입매가 농담 같지 않았다. 살짝 굳는 그녀의 얼굴을 보며 지혁이 말했다.

"뭐, 다른 쪽을 상납하겠다면야 엉덩이는 양보해 주는 걸로."

뒤늦게 말뜻을 알아차린 지민이 눈을 흘기며 그를 보았다. 지혁은 그 눈길을 보고도 못 본 척, 그녀의 팔을 잡아끌며 앞장섰다.

"내려가. 해가 넘어가면 쌀쌀해."

열흘은 넘었을 것이다. 지민은 그를 보지 못한 날을 헤아리는 스스로가 우스워 잊어버리려 했다.

그러나 다시 만난 지혁의 얼굴에서 저를 향한 미소를 보았다. 그 미소에 다정함이 묻어 있었다. 한 번 잃어 본 것이라 그 값어치는 여느 것과 비교도 되지 않았다.

까칠하고 대쪽 같던 남자였다. 그 남자가 열어 보여 주던 마음을 거칠게 닫아 버린 건 자신이었다. 상처 입은 남자가 다시 보이는 다정함에 그녀는 몸 둘 바를 몰랐다.

이 남자의 손을 잡을 자격이 내게 있을까.

지민은 마음이 먹먹해졌다.

"우리 지민이가 왜 좋아요?"

식사를 마치고 차나 한잔하자고 둘러앉은 것이 어쩌다 보니 술자리가 되었다.

은지와 그의 남편 승민, 친구였던 두 사람이 어떻게 결혼까지 하게 되었는지 풀 스토리를 끝으로 은지가 지혁에게 물었다.

그녀는 두 사람의 관계에 대해 조금은 들어 알고 있었다. 말없이 캐나다로 떠나 버린 친구가 파리해진 얼굴로 연락도 없이 자신의 게스트 하우스 앞에 서 있는 것을 보고 그녀는 그 자리에 그대로 주저앉을 뻔했다.

무려 5년 만이었다. 그 세월을 모른 척하고 다시 친구 앞에 있는 남자의 진심이 궁금했다.

"예쁘잖아요. 저 역시 외모 지상주의는 아니지만."

은지는 제 키보다 작았던 못생긴 남자와의 소개팅을 끝으로 승민의 하숙방에 쳐들어가 고백 아닌 고백을 했다. 그녀는 그 말을 하는 내내 자신이 외모 지상주의는 아니라고 울상이었다.

"네?"

진중해 보이는 지혁의 어이없는 대답에 은지의 턱이 절로 떨어졌다.

"얼굴만큼 마음도 예뻐서 아픈 사람을 보고 그냥 못 지나쳤죠. 한발 물러서 있을 때가 많지만 아니다 싶을 땐 똑 부러지게 표현할 줄 아는 성격도 좋고."

놀린 게 미안한지 지혁이 은지를 향해 작은 눈웃음을 보였다.

"참한 듯 앉아 있지만 작정하고 절 놀릴 때면 가끔 짓궂으면서도 유머를 아는 여자이기도 하고요. 아, 그러고 보니 은지

426

씨와 닮은 점도 있어요. 고민은 한참 하면서 해치울 때 주변 사람 난감할 만큼 재지 않고 덤비는 점. 그것까지 앞으로 좋아해 줘야 할진 고민 좀 해 봐야겠네요."

연신 못마땅한 듯 자신을 채점하고 있는 은지를 향해 지혁이 곧은 입매를 올리며 미소 지어 보였다. 그러나 은지는 여전히 석연치 않은 표정으로 물었다.

"하나만 더 묻죠."

"네."

"똑 부러져 보이는 지민이가 알고 보면 물러 터지고 덤벙거리기 일쑤라 옆에서 잘 챙겨야 되는 것 알아요?"

지혁이 가만히 지민을 바라보았다. 순간 은지는 그를 일부러 난감하게 할 필요가 없음을 바로 깨달았다. 지민을 향하는 그의 표정은 저를 향해 날리는 기계적인 미소와 확연히 달랐다.

부드러운 눈빛은 바라보는 이의 마음을 저릿하게 할 만큼 애틋함이 담겨 있었다. 긴 호흡을 하던 그가 짧게 숨을 터트리고 다시 한번 함박웃음을 보였다.

"압니다. 누구보다 덤벙거리는 거. 엘리베이터를 타면 어김없이 말하죠. 휴대폰이 없다고. 시동을 걸면 이야기해요. 잠시 다시 올라갔다 오겠다고. 아마 가스 불을 안 끄고 나왔겠죠. 그냥 모른 척합니다. 잠시 기다려 주면 지민 씨 마음이 편할 테니까."

아. 지민의 입이 살짝 벌어졌다. 그를 향한 어이없음이 아니었다. 돌아보니 번번이 그의 시동을 두 번씩 걸게 한 기억이

새록 떠올랐다. 그럼에도 지혁은 단 한 번도 내색하지 않았다.

"같이 걷다가 보면 한 번씩 지민 씨가 안 보입니다. 풀썩풀썩 넘어져서 사라져 버리니 핑계 대지 않고 손잡을 수 있고. 무엇보다 늘 가던 커피숍을 가다가 갑자기 길이 헷갈리는 듯 멍하게 절 쳐다봐요. 그럴 때 제가 중요한 사람처럼 느껴져서 뿌듯합니다."

제가 없으면 안 될 것 같던 여자가 먼 나라에서 혼자 잘 살아 왔다고 생각하니 지혁은 기분이 씁쓰레했다.

"그런데 제가 정말 지민 씨를 좋아하는 이유는 따로 있는데……."

그가 말끝을 흐렸다.

"뭔데요?"

은지가 눈을 초롱거렸다.

"그게 진짜 이유이긴 한데, 그 이유를 잘 모르겠어요."

늘 다니던 거리에서 어느 날, 느닷없는 작은 사고로 만난 낯선 그녀에게 절로 향하는 눈길을 어쩔 수 없었다. 생면부지의 그녀와 눈이 마주칠 때면 알 수 없는 기억 저편의 향수가 떠오르듯 아득해져 오는 마음에 주먹을 그러쥔 것이 한두 번이 아니었다.

지혁이 쑥스러움에 고개를 숙이고 있는 그녀를 물끄러미 바라보았다.

"그저 태초부터 제 사람이라고 정해져 있지 않았나 싶어요."

428

진심이 느껴지는 그의 낮은 음성에 카페 안에 조용히 녹아들었다. 은지가 벌어지는 제 입술을 닫으며 자리에서 일어났다.

"안 되겠다. 이 저녁에 와이프 두고 먼저 뻗어 버린 한 남자와 제 여자에게 아주 푹 빠져 있는 다른 한 남자 때문에 여기더 있다간 아무래도 일낼 것 같아. 아침에 정리하면 되니까, 그대로 두고 올라가."

카페를 나가던 은지가 발을 잠깐 멈추고 지혁을 돌아보았다.

"2층 지민이 맞은편 방에 보일러 넣어 놓았어요. 이왕이면 청소하는 수고 좀 덜어 주면 좋고요."

"저야 고맙죠."

벌써 알아듣고 답을 하는 그와 달리, 지민은 그녀가 나가고 나서야 말의 의미를 파악했다. 자연스레 얼굴이 붉어졌다.

두 사람이 사라진 작은 카페엔 승민이 즐겨 듣는 옛 팝송만이 잔잔히 울려 퍼졌다.

하동 카페의 반밖에 되지 않는 작은 공간이었다. 작은 창사이로 보이던 다랑논과 홍현 바다는 어둠에 묻힌 지 오래였다.

들려오는 소리라고는 잔잔한 노랫소리와 작은 테이블 하나를 사이에 두고 앉아 있는 지혁의 숨소리뿐이었다. 뚫어져라쳐다보는 그와 달리 지민은 어디에 시선을 두어야 할지 난감했다.

"뭐가 진실이야?"

서로 상대가 먼저 절 짝사랑했다고 우기고 일어선 은지와 승민, 두 사람의 이야기였다.

"저도 알 수 없어요. 조금 전과 다를 바 없는 이야기만 리플 레이해서 계속 듣고 있거든요. 제발 오늘 그 결론이 나길 바라 는 사람 중 하나죠."

지민이 사랑스러운 친구를 생각하는지 맑은 눈을 빛냈다.

"결국 승민이 하숙방으로 먼저 달려간 건 은지가 맞지만, 은지가 그 소개팅남이랑 캠퍼스라도 거닐고 다녔다면 승민이 가 은지 손을 먼저 잡아챘을지도 모를 일이에요."

두 사람과 함께했던 시절을 이야기하는 그녀의 입매가 곱게 미소 짓고 있었다.

"남녀 간에 사랑의 불이 켜지는 것은 한순간일 테니까. 성 냥개비 획을 어떻게 긋느냐에 따라서. 칙!"

지민이 성냥개비를 긋는 시늉을 작게 해 보였다. 그리고 어 깨를 으쓱해 보이고 말을 이었다.

"그 획을 그은 사람이 자신이었다는 것이 은지는 억울한 거 겠죠. 그런데 아무 종이에 긋는다고 불이 붙는 게 아니잖아요. 빳빳한 종이에 붉은인이 듬뿍 묻어 있지 않았다면 가능했겠 어요? 그으면 불이 붙을 만한 종이라는 걸 본능적으로 알았겠 죠."

그녀의 입에서 나온 의외의 표현에 지혁의 눈썹이 미세하게 움직였다. 저를 바라보는 눈빛이 점점 짙어지자 지민은 자신도 모르게 얼굴에 열감을 느꼈다.

"당신도 그래? 그래서 내게 성냥을 그은 거야?"

빠르게 치켜 올라간 속눈썹 아래 지민의 눈동자가 반짝 빛났다.

"무슨 소리예요? 지혁 씨가 먼저 그었잖아요. 그것도 한순간에 휙! 하고."

"정말 그렇게 생각하고 있었던 거야? 내가 당신 마음에 불을 지폈다고? 난 아니었는데."

"말도 안 돼. 아파서 병원 들어간 사람을 어떻게 보고……."

"당신이야말로 의사를 뭐로 보고. 당신이 짠! 하고 여전사처럼 나타나 병원 로비에서 나를 구했잖아. 마음이 없으면 그게 가능해?"

지혁이 작게 고개를 흔들었다.

"어이없어. 먼저 키스한 게 누군데!"

"이제 와 이러면 곤란한데. 그날 밤에 누가 먼저 손을 잡았을까?"

"아, 알았어요. 제가 그랬어요. 히포크라테스 정신 철저한 의사 선생님 가슴에 함부로 성냥을 그어서 죄송하게 됐네요. 그럼 피곤해서 먼저 올라갈게요."

토라진 듯 빠르게 말을 뱉어 낸 지민이 자리에서 일어났다. 문고리에 손이 채 닿기도 전에 그에게 붙잡혀 돌려 세워졌다.

"삐진 거, 처음 보는데."

"삐지지 않았어요."

빙글거리며 웃는 그의 모습에 지민은 정말 삐질 것만 같았다.

"그럼 도망가는 거야?"

"도망가는 거 싫어하잖아요."

"싫어하는 정도가 아니지."

흐려지는 그의 인상을 보며 지민은 괜한 이야기를 했다 싶었다.

"당신 말대로 아무 성냥에나 불꽃을 일으키는 종이가 아냐. 너무 거친 나머지 웬만한 성냥개비는 부러뜨리고 마는, 단 한 줄로 만들어진 사포지. 불꽃을 일으킬 기회가 단 한 번뿐인."

눈동자에 일직선으로 꽂히는 한 점 흐트러짐 없는 눈빛에 지민은 당혹감을 느꼈다.

"어디에도 쓸모없게 만들어 놓고, 또 한 번 도망가 보시지."

말 그대로 잡아먹을 것 같은 눈빛을 뿌리고 있는 그의 모습에 지민은 주뼛거렸다. 잡힌 팔목에 통증이 느껴져 자신도 모르게 나머지 한 손으로 그의 셔츠 자락을 살며시 거머쥐었다.

얇은 옷자락 사이로 꿈틀거리는 지민의 손가락을 느낀 지혁이 흠칫거렸다.

더 이상 그의 시선을 견딜 수 없던 지민이 고개를 돌렸다. 그의 손이 턱을 붙잡아 자신을 향하게 했다. 천천히 다가오는 얼굴 앞에서 지민은 눈을 감았다.

마른 입술에 닿은 입술은 촉촉했다. 까칠하고 냉정하게 재회한 지혁의 입술은 더없이 따뜻했다.

"아……!"

전기에 감전된 듯 잠깐 꿈틀거리던 입술이 도톰한 아랫입술을 질끈 깨물어 오자 지민이 통증으로 작은 탄성을 내뱉었다.

그 틈을 이용해 쑥 들어온 혀가 그녀의 입안을 함락했다. 조금 전까지 서늘한 실내 공기에 한기를 느끼던 지민은 등을 타고 내려가는 그의 손이 너무 뜨거워 데일 것 같았다.

깊숙이 함몰해 오는 그를 받아 내기 위해 있는 힘껏 버텼다. 먼저 쓰러질 수 없었다. 지난 세월 그토록 힘들게 한 그를 먼저 밀어낼 수 없어 지민은 넘어가려는 숨을 죽도록 참았다.

더 이상은 안 되겠는지 지혁이 먼저 떨어져 나갔다. 작은 몸에 기댄 그의 심장이 미친 듯이 펌프질을 해 댔다.

"다신 그러지 마. 더 이상 여기가, 참지 못할 거야."

지혁이 잡고 있던 그녀의 손을 제 왼쪽 가슴에 가져다 댔다. 낮고도 애절한 목소리에 지민은 명치끝이 저려 와 그만 그의 가슴에 얼굴을 묻어 버렸다.

어떻게 카페를 나와 숙소로 올랐는지 두 사람 모두 기억에 없었다. 어느 순간 보니 침대에 누워 있었다.

부드럽고도 탐욕스러운 키스를 끝낸 지혁의 입술이 쇄골을 타고 내려와 봉곳한 가슴에 와 닿자 지민이 훅, 숨을 들이마셨다.

자꾸 움츠러드는 그녀의 양어깨를 누르며 그가 상체를 일으켰다. 지민은 이토록 강렬한 그의 눈빛을 본 적 없었다. 욕망과 절제가 번뇌를 일으키는 눈이 간절하게 저를 내려다보고 있었다. 마치 허락을 구하는 듯했다.

팔을 뻗어 그의 강인한 턱선을 쓸어내리던 지민이 엄지로 매끈한 아랫입술을 자극했다. 무언의 대답이었다. 그러자 풀썩, 그녀의 품으로 쓰러진 지혁이 정신없이 지민을 파고들었다.

몽글몽글함이 피어올랐던 그의 품이 아니었다. 지혁은 더욱 강인한 남자가 되어 있었다.

지민은 미동도 없는 지혁의 머리카락 속으로 손을 넣어 가만히 매만졌다. 그녀의 체취를 깊숙이 들이마시려는 듯 몇 번이고 숨을 들이마셨다 뱉어 내는 그의 입김에 가슴골이 간질거렸다.

잃어버렸던 물건의 상처라도 찾아내려는 듯 그의 두 손이 그녀의 몸 어느 한구석도 놓치지 않고 부드럽게 훑어 내렸다. 마치 잊지 않고 있던 그녀를 찾으려는 듯.

소중했던 손길을 그대로 기억하고 있는 지민의 몸은 수줍음을 조금씩 떨쳐 버리며 그를 거리낌 없이 받아들였다.

무섭도록 저를 탐하는 그에게서 도망가지 않기 위해 안간힘을 쓰는 그녀의 신음 소리가 공기를 더욱 후끈하게 만들었다.

마침내 그의 고른 숨소리를 듣고서 지민도 잠이 들었다.

"잘 걷는데."

쌔액. 쌕. 숨 가쁜 소리가 새어 나왔지만 한 걸음 한 걸음

내딛는 지민의 발 모양새가 다부져 보였다.

지민은 아쉬움에 손을 잡고 늘어지는 은지의 어린 딸 연두를 뒤로하고 이른 시간 게스트 하우스를 나섰다. 온 김에 금산 보리암을 꼭 올라 보고 싶었다.

가능하겠냐는 듯 불안해하는 지혁의 시선을 모른 척하고 등산길로 발길을 재촉했다. 출발하기 전 대략 두 시간이 걸릴 거라는 소리를 들었는데 지금 속도면 무난할 듯했다.

"이래 보여도 한때 산악 동아리였어요."

응당 있어야 할 반응이 없었다.

"안 믿어져요?"

"아니."

"그런데요?"

"뭐, 그냥."

그의 반응이 영 시원치 않았다.

"무슨 생각 해요?"

"꼭 말해야 해?"

"마음대로 해요, 나도 그럴 테니까."

"뭘?"

지민이 새초롬한 모양새로 입술을 꼭 다물었다. 어이없다는 듯 그가 웃었다.

"못 당하겠네. 꼭 못난 모습을 확인하겠다면야."

그가 어깨를 으쓱거리며 할 수 없다는 듯 말을 이었다.

"남자가 많았어? 여자가 많았어?"

"뭐가요?"

"동아리 말이야. 남자 회원이 더 많았냐고."

말뜻을 이해한 지민이 풋 하고 웃음을 터트렸다.

"다행히 아줌마 회원뿐이었네요. 그래서 그만 나와 버렸지 만."

"남자 회원이 없어서 나와 버렸다고?"

"네."

있는 힘껏 인상을 쓰는 그의 솔직한 모습이 귀여워 지민은 또 웃었다.

"몰랐네. 남자에게 별 관심 없이 지낸 줄 알았더니."

"남자에게 관심 없는 여자가 어디 있어요? 그런데 보지도 못한 남자를 자꾸 갖다 대는 건 싫었어요."

반보 앞서 걷던 그가 지민을 돌아보았다.

"사흘 걸러 남자를 소개해 주겠다는 아주머니들 때문에 도 저히 견딜 수가 없었어요."

"김상경이 가만히 있었을 리가 없었을 텐데."

"당연히 몰랐죠. 그런 이야기를 뭐 하러 해요."

"한지민."

"걱정 말아요. 앞으로 절대 갈 일 없을 테니까."

지민은 생긋 웃으며 그의 말을 막았다.

"그만 얼굴 좀 펴요. 좋은 공기 마시면서 표정이 왜 그래 요?"

"산악 동아리뿐 아니라, 회사 동호회도 안 돼."

"설마, 진심으로 하는 말 아니죠?"

"왜 아니야. 그리고 바깥에서 있었던 일은 무엇이든 보고하는 걸로."

꿈틀거리고 있는 그녀의 입술을 보며 지혁이 쐐기를 박았다.

"잠시 쉬었다 가."

지혁이 평평한 바위를 찾아 자신의 겉옷을 깔고 손으로 톡톡 치며 앉기를 권했다. 지민은 살며시 긴장한 몸을 앉히며 위를 올려다보았다.

오늘 같은 하늘이면 바다와 자그마한 섬들을 감상할 수 있을 것 같았다. 땀구멍을 뚫고 올라온 비지땀을 식히기에 딱 적당한 바람이 산들산들 불어 왔다.

"스리파다……."

그녀가 낮은 목소리로 낯선 단어를 읊조렸다. 조용히 그녀를 돌아보는 그의 시선이 뜻을 물었다.

"스리랑카의 성지, 스리파다 알아요?"

"들어는 봤어. 그곳은 왜?"

"거기에 있는 수천수만의 계단을 밤새워 오르면 신이 남긴 왼쪽 발자국을 볼 수 있다고 해요."

지민이 나무 사이로 보이는 먼 바다에 시선을 두었다.

"어디선가 그 이야기를 듣고, 할 수만 있다면 생애 한 번쯤은 살아서 신을 만나 보고 싶었어요."

그녀의 머리가 바람에 날려 얼굴을 가렸다. 지혁이 팔을 뻗어 귀 뒤로 지민의 머리를 넘겨 주었다.

"그런데 그곳에 가면 절대 깨뜨려선 안 될 금기가 하나 있다고 해요. 무슨 일이 있어도 입 밖에 꺼내면 안 될 말."

궁금한 그의 눈이 가만히 그녀의 말을 기다렸다.

"얼마나 더 가면 되나요."

어느덧 그녀의 이마에 맺힌 땀방울이 말라 있었다.

"'얼마나 가야 신이 남긴 발자국을 볼 수 있나요?' 라는 말이래요. 그 말 듣고 자신이 없어져 버렸어요."

생긋 웃어 보인 그녀가 하늘을 올려다보며 긴 숨을 들이마셨다. 하, 하고 다시 짧은 숨을 뱉으며 그를 바라보았다.

"나란 인간은 내 안에 있는 인내력을 조금만 발휘하려고 힘을 쓰면 금방 푸념이 튀어나와요. 간절히 바라던 마음은 감쪽같이 사라져 버리고."

얼마나 많은 길을 오면서 얼마나 많은 종류의 사랑 앞에서 해서는 안 될 말을 해 버렸을까.

"생각해 보면 난 인간에게 금지된 말만 하고 살아온 것 같아요. 그 금지된 말을 입에 담기 바빠서 정작 하고 살았어야 할 꼭 필요한 말 한마디를 잃어버렸어요. 이제는…… 그러고 싶지 않아요."

그녀가 천천히 그를 돌아보았다. 그리고 온 얼굴로 활짝 웃음을 만들었다.

"사랑해요."

갑작스러운 고백에 매끈하게 잘빠진 그의 턱이 긴장으로 꿈틀거렸다. 잔잔한 바람을 타고 귓가에 흘러들어 온 그 말.

제대로 들은 걸까. 담담했던 그의 눈동자가 마구 흔들렸다.

"사랑해요, 지혁 씨. 어디에 있든 어딜 가든, 그 마음 꼭 쥐고 다닐 거니까 불안해 말아요."

바람에 날아가지 않도록 또박또박 말하는 그녀의 홍채가 햇살을 만나 붉게 변했다. 흔들렸던 그의 눈동자가 고요해지자 그 눈빛은 바다를 담은 듯 짙어졌다.

"또 이렇게 선수를 빼앗길 수 없어. 이제 내 곁이 아닌 어떤 곳으로도 갈 수 없을 테니까 웬만하면 고백은 취소하지."

단호히 고개를 가로젓는 그녀의 입술이 귓가로 부드럽게 휘어 올랐다.

"하."

하늘을 올려다보며 지혁이 짧은 탄성을 터트렸다. 눈가에 맺힌 한 방울 물기가 햇살 아래에서 반짝이며 빛났다. 길게 뻗어 나온 그의 팔이 그녀의 두 어깨를 감쌌다. 천천히 내려간 입술이 새하얀 목덜미에 머물렀다.

"사랑해. 늦어서 미안해."

낮고 감미로운 목소리에 그녀는 현기증이 일었다.

작은 나뭇가지에 앉아 있던 새 한 마리가 파드닥거리며 날아올랐다. 어디선가 휘파람 소리도 들려왔다. 지민을 내려다보는 그의 얼굴이 가을 햇살을 그대로 받아 빛이 났다.

슬그머니 그녀의 손을 잡으며 자리에서 일어서려는 순간, 지혁은 저 밑에서 올라오는 나이 지긋한 부부와 눈이 마주쳐 자신도 모르게 꾸벅 인사를 드렸다.

"선남선녀일세. 보기 좋아. 방해해서 미안하네."

"이 양반이 주책이야, 아이고. 죄송해요."

아주머니가 무안해하며 허허거리는 남편의 팔을 잡아 이끌었다.

"더 좋은 그림 하나 만들고 올라갈까?"

"정말 주책인 사람 여기 있네요. 혼자 올라와요."

그녀의 등 뒤로 싱긋한 웃음이 보였다. 새빨갛게 물든 그녀의 얼굴이 다락 앞마당에 걸려 있던 잘 익은 홍시처럼 달콤해 보였다.

정상에 오르도록 누구도 금기된 말을 뱉어 내지 않았다. 그저 꼭 잡은 두 손을 산길의 넓이에 따라 불편하지 않도록 서로를 위해 쥐거니 펴거니 맞춰 줄 뿐이었다.

"섬진강에 누워 있는 엄마도, 파주에 잠든 원장님도 바람 따라 이곳으로 오실까요? 아빠가 있는 이곳, 남해로."

여러 번 올랐지만 태양 아래서 물결치는 바다를 처음 본 지민이었다. 그 햇살 덕분에 엄마 손을 꼭 잡은 아이처럼 큰 섬 아래 올망졸망 나란히 붙어 있는 작은 섬들마저 존재감을 드러냈다.

"그건 바람만이 아는 대답이겠는데?"

지민의 시선이 바람을 맞는 그의 옆얼굴에서 떨어지지 않았다.

"그러나 당신 마음은 영원히 내 곁에 고여 있을 거야. 방파

제를 세워 단단히 막아 놓을 거거든."

"치, 시인 다 되셨어."

두 사람의 기분 좋은 웃음소리가 금산 자락을 타고 시원스레 바다로 향했다.

그런 두 사람을 갈라놓지 못한 바람이 그들을 한 바퀴 에워 감싼 후 먼 바다로 날아갔다.

에필로그 1.
서열 정리

"결혼 축하해요. 오늘 정말 예뻐요."

"그럼 예쁘지, 안 예뻐요? 신부가?"

정윤은 지민의 예쁘다는 말에 입술을 샐쭉거리며 톡 쏘듯 말했다.

"미운 신부도 봤어요."

그녀는 여전히 맑은 미소로 저를 바라보는 지민의 눈빛을 모른 척 고개를 돌렸다.

"족보 정리 좀 확실히 해야 하는 거 아니야? 어떻게 손아래 가 말이 더 짧아."

소진이 두 사람의 대화를 듣다못해 한 소리 하며 끼어들었 다

"그쪽 사는 동네는 동생이 언니에게 꼬박꼬박 말 높이는가

보죠? 우리 동네에선 남에게만 그래요, 김소진 씨."

"뭐? 그쪽? 김소진 씨? 정말 미운 신부 여기 있네. 여왕처럼 우아하게 면사포 쓰고 있으면 뭐 해? 저 앵두 같은 입술에서 나오는 소리가 저런데."

"그럼 뭐라고 불러요? 이쯤이면 말 꺾을 만도 한데 만날 때마다 꼬박꼬박 정중하게 건네는 누구 덕분에 아직 언니라는 말도 못 해 봤는데, 설마 김소진 씨가 먼저 듣고 싶은 건 아니죠?"

정윤은 소진에게 말하고 있지만 확실히 지민에 대한 섭섭함을 드러내고 있었다.

그걸 모르는 소진이 아니었다.

"그래, 한지민! 네가 문제야, 네가. 한 번만 더 요 앞에 앉아 계신, 오늘 너보다 먼저 어른이 되는 동생분이 나한테까지 어른 행세하게 하면 넌!"

소진은 주먹을 힘껏 쥐어 지민에게 들어 보이며 휙 돌아서 먼저 나가 버렸다.

한 사람이 줄어들었을 뿐인 협소한 신부 대기실이 지민은 더없이 넓게 느껴졌다.

영철의 죽음 이후, 정윤을 서너 번 볼 일이 있었지만 그 자리엔 언제나 호진이든 지혁이 함께였다. 이렇게 단둘이 있어 보기는 처음이었다.

원래는 약혼식이 준비되어 있었지만 영철을 보낸 정윤의 허전함을 걱정한 호진이 바로 결혼 발표를 해 버렸다.

"······와 줘서 고마워요."

작은 침묵을 깨고 정윤이 말문을 먼저 열었다.

"당연히 와야 하는 자리 아닌가요?"

"호진 선배 때문에?"

"동생 결혼식에 안 오는 언니도 있나?"

정윤이 고개를 들어 지민을 바라보았다. 따뜻한 그녀의 눈빛이 기다리고 있었다.

"호진 선배 하객들에게 기죽게 할 수 없어서 없는 내 인맥도 다 끌어 왔는데······."

정윤의 눈가에 어느새 투명한 눈물이 맺혔다.

"오늘 같은 날 눈물 한 방울이라도 떨어뜨리면 평생 후회할 걸. 요즘 카메라 성능이 좋아서 얼룩이 그대로 찍힐 테니까."

"울긴 누가 울어요!"

정윤이 코를 훌쩍 들이마시며 말했다.

"그리고 말이 편하지 않은 건 이해해. 동생이라는 걸 한평생 가져 봤어야지."

"누군 날 때부터 언니가 있었나."

"그리고 미안해서."

"사람이 정말 왜 그래요?"

정윤이 벌떡 일어났다. 가지런히 모으고 있던 두 손이 양옆으로 벌어지는 바람에 부케 일부분이 웨딩드레스 치맛자락을 물었다.

지민이 당황해하며 얼른 몸을 숙이고 치맛자락을 바로 펴

주려고 하자 정윤이 웨딩드레스를 털어 내며 그녀의 손을 잡았다.

"괜찮아요."

무안해진 지민이 손에서 벗어나려 하자 정윤이 부러 더 꽉 쥐었다.

"뭐가 미안해요? 미안한 걸로 치면 내가 더하지. 꼭 내 입에서 그런 말 듣고 싶어서 그래요?"

"정윤 씨가 미안할 게 뭐 있어요."

"제발 이름 뒤에 붙은 '씨'는 빼면 안 돼요? 말 그대로 여기 온 사람들, 모두 손님이에요. 오롯이 나 혼자인 것 같은 느낌, 들게 하고 싶어요?"

제 눈을 빤히 쳐다보며 빠르게 쏘아 대는 정윤을 향해 지민이 저도 모르게 세찬 고갯짓을 했다.

"가족이 참석한 결혼식을 하게 해 줘서 고마워요. 그리고 여행 다녀와서 볼 땐 정말 이름만 불러 줘요."

이번엔 지민의 눈가에 물방울이 맺혔다.

정윤이 하얀 장갑을 낀 손을 들어 지민의 눈가를 콕콕 눌러 주었다.

"내가 먼저 가서 미안해요. 호진 씨네 부모님께서 순서 바꾼 결혼해서 미안하다고 전해 달래요. 제 마음도 그렇고요."

"말도 안 되는 소리를……."

"며칠 전에 이사장님 뵈었어요. 마음은 벌써 기운 것 같은데, 지혁 선배가 원체 과묵하니 문제예요. 가서 자꾸 보채지 않으니 덜컥 하라는 소리가 안 나오시는 거죠. 언니가 좀 더 찾아봬요."

지민이 고개를 작게 끄덕거렸다.

"뭐야. 우리 신부 다리 아프게 왜 서 있어? 오늘은 우아하게 좀 앉아 있지?"

신부 대기실 문이 벌컥 열리며 목소리가 먼저 들어왔다.

까만 턱시도가 잘 어울리는 호진이 말 그대로 양쪽으로 입을 찢어질 듯 귀에 걸어 놓고 있었다.

"신랑이 신부 대기실에 이렇게 함부로 들어와도 돼요?"

지민이 부드러운 소리로 나무랐다.

"왜 안 돼? 내 신부 내가 보러 오는데. 그렇지?"

"주책 좀 그만 떨어요. 갈수록 더하다니까. 그리고 벌어진 그 입 좀 제발 어떻게 해. 없어 보여."

"그래?"

정윤이 눈을 한 번 흘기고 자리에 앉자 호진은 귓가에 걸린 입술을 제자리에 얼른 두었다.

그러나 반달 같은 눈웃음은 여전했다.

"실없는 녀석. 앞으로 넌 공처가 신세 면하려고 노력하지 말고 내 인생이려니 하고 살아라, 인마."

뒤따라 들어온 지혁이 그런 호진을 나무랐다.

"사돈 남 말 하고 있네. 연애 한 번 하면 세진 병원 전체를 떠들썩거리게 하는 놈이. 너 요즘 병원에 제대로 붙어 있지도 않다며? 간호사들 동동거리며 너 찾게 만든다며?"

호진이 어이없다는 듯 지혁을 향해 말을 뱉었다.

"말버릇부터 고쳐. 너라니. 앞으로 형님이라고 불러. 이 집 안에 어른이 없는 게 애석하다. 아니면 호되게 야단을 쳐 놓으셨을 텐데."

"허. 형님? 정윤이 너 왜 가만히 있어? 서방님이 당하는데 보고만 있을 거야? 이거 너 때문에 당하는 일 아냐?"

"지혁 선배 말이 맞는데, 뭘? 이제부터 호칭 신경 써."

한마디로 서열 정리를 끝내 버리는 정윤을 향해 호진의 턱이 아래로 툭 떨어졌다.

"그게 말이 돼? 20년 지기였다고. 거기 대고 형님이라니."

"그렇게 하기 싫으면 이 결혼 무르든가."

"김정윤! 야, 한지민, 안 되겠다. 너라도 어떻게 좀 해 봐."

"제부께서 오늘같이 좋은 날 왜 그러실까. 이런 예쁜 신부님 맞이하면 당연히 따르는 고충은 감수해야지. 아니면 정말이 결혼 무르든지."

"한지민! 너까지……!"

"처형."

지혁이 옆에서 쐐기를 박듯 호진의 말을 정정했다. 신부 대기실에서 흘러나오는 웃음소리를 밖에서 듣고 있던 소진의 눈이 붉어졌다.

이젠 정말 친구의 행복을 지켜볼 수 있을까.

지민에게 20여 년 해 왔던 언니 역할을 내려놓고 앞으론 친구에게 응석도 좀 부려 볼 수 있을까.

먼저 식장으로 들어서는 소진의 얼굴에 친구를 향한 안도감과 끈끈한 가족애에 버금가는 사랑의 꽃이 한가득 피어 있었다.

에필로그 2.
인연의 시작

　태진과 희정은 대학 시절 봉사 동아리에서 만났다.

　위로 형과 누나들을 두고 막내로 태어난 태진은 겉으로는 무뚝뚝했지만 정이 많은 남자였다.

　엄하기만 했던 조부모님, 그리고 사업으로 바빴던 부모님과 함께할 시간이 없던 태진은 봉사 활동을 하며 자신의 온기를 나누려 했다. 결혼하고도 대학 때 연을 맺은 보육원을 한 달에 한 번은 희정과 함께 방문했다.

　결혼하고 4년 정도 지날 무렵이었다. 끊임없는 채근에도 불구하고 아이가 잘 들어서지 않자 그의 모친은 희정을 들볶을 심산인지 주말이면 본가로 불러들였다. 그 가운데서 난감해하던 그는 답답한 마음을 풀 겸 혼자라도 보육원을 찾곤 했다.

　그러던 어느 날, 한 아이가 눈에 들어왔다. 네다섯 살 정도

의 아이는 놀이에도 동참하지 않은 채 그저 그를 바라보기만
했다.

그날뿐이 아니었다. 그다음 방문에도 마찬가지였다. 다가와
서 함께 놀지 않고 왜 그렇게 자기만 쳐다보는지 묻자 아이가
도리어 물어 왔다.

"우리 아빠 아닌가요?"

황당해하는 그에게 남자아이는 작은 사진을 한 장 내밀었
다. 사진 안에 공군 제복을 입은, 자기와 꼭 닮은 한 사람이 수
줍은 미소의 여자와 나란히 서 있었다. 자신이 봐도 놀랄 만큼
닮아 있었으니 아이의 눈에 어떻게 비추었을지 짐작이 갔다.

보육원 실장을 만나 확인해 보니 남자아이의 아버지는 공군
사관 학교 출신의 소령이라고 했다. 훈련 비행 사고로 죽었다
고. 그때 아이의 나이는 불과 세 살이었다. 슬픔을 견디지 못
한 아이의 엄마도 1년 뒤에 따라가는 바람에 친척 집을 오가던
아이가 이곳에 들어온 지 2년이 되었다고 했다.

태진이 아빠가 아니라고 말하자 아이는 미련 없이 시선을
거두었지만, 그 후 보육원을 방문하는 태진의 눈엔 그 아이만
들어왔다. 아이의 이름은 지혁이라고 했다.

그러고 보니 아이도 자신을 많이 닮아 있었다. 여섯 살이
되던 해에 태진은 지혁을 입양하기로 결정했다. 희정도 선뜻
찬성했다. 입양을 한 후로도 2년 정도 희정과 함께 지혁을 데
리고 그 보육원을 방문했다.

갑작스러운 환경의 변화가 좋지 않다고 여긴 희정의 뜻이기

도 했지만 아이가 그것을 원했다. 집에 가서 살아도 되겠냐는 그의 말에 대신 한 달에 한두 번 꼭 보육원에 같이 와 줄 수 있냐고 했기 때문이었다.

2년 정도 그 약속은 잘 지켜졌지만 태진의 사업체가 확장되면서 중국에서 1년 정도 머무르게 되었다. 자연히 지혁이 어린 날 지냈던 보육원과 연이 끊어지게 되었다. 훗날 찾아보니 원장이 죽으면서 보육원 전체가 다른 곳으로 이사를 갔다는 소식만 접했다.

마지막으로 보육원을 방문하던 날, 지혁은 유독 말이 없었다. 선생님들과 친구들에게 마지막 인사를 한 지혁이 주변을 두리번거리며 누군가를 한없이 찾아다니는 걸 알았지만, 태진은 그게 누구인지 알지 못했다.

원장실을 나와 친구들 속에 있는 지혁의 손을 잡고 차로 향하는 동안 그는 끈질기게 따라붙는 한 여자아이의 시선을 무시하지 못해 다가갔다. 더딘 발걸음으로 자꾸만 뒤를 힐끔거리는 지혁의 시선도 한몫했다.

"왜? 오빠랑 헤어지게 돼서 섭섭해?"

"오빠 아니에요."

"오빠 아니야? 우리 지혁이가 꼬마 아가씨보다 나이가 많아 보이는데?"

"친구예요."

"친구?"

여자아이가 가만히 고개를 끄덕였다.

"친구 되어 준다고 했어요. 그래서 친구 하기로 했어요."

"그래?"

그가 흐뭇하게 웃으며 옆에 서 있는 지혁을 쳐다보았다. 지혁은 부끄러운지 고개를 돌린 채 발로 땅만 차고 있었다.

"그래, 친구와 헤어지게 돼서 섭섭해?"

"아빠가 영원한 이별이 아닐 땐 섭섭해하는 게 아니랬어요. 그냥 행복하게 지내라고 인사하는 거라고 했어요. 그러면 또 만날 수 있는 거라고."

"하하. 그래, 맞아. 당연히 또 만날 거야."

"근데…… 우리 아빠가 슬퍼서, 너무 슬퍼서 노래만 듣고 있을 때는 누가 지민이랑 놀아 줄 지 그게 고민이에요. 나는 아기가 아니라서 누가 놀아 주지 않아도 되는데, 아빠가 슬플 때는 나도 슬퍼져서, 그러면 눈물이 나서. 그런데 내가 울면 아빠가 속상해하니까……."

아이의 커다란 눈에 어느덧 물방울이 맺혔다.

"바보야, 아저씨가 하늘 보면서 흑인 아저씨 노래 들을 땐 그냥 울어도 된다고 했잖아. 그래야 아저씨도 안 슬퍼한다고 가르쳐 줬잖아."

지혁이 여자아이의 곁으로 달려가서 큰 소리로 나무랐다. 둘을 바라보는 태진의 마음이 저릿했다.

"지민아, 미안해. 아저씨가 멀리 이사를 가게 돼서. 조만간 돌아올 거야. 꼭 다시 여기로 올게. 그리고 아빠 말처럼 한 번 친구는 영원한 친구니까 꼭 만날 수 있을 거야. 그때까지 씩씩하게 있어. 알았지?"

"……네."

돌아서 다시 걷던 지혁이 여자아이에게로 다다다 달려갔다. 그러곤 볼에 입을 맞추고 태진에게로 달려와 손을 잡았다.

"약속해요. 다음에 꼭 다시 오기로."

"알았다, 인마."

태진이 지혁의 머리를 크게 쓰다듬었다.

✢   ✢   ✢

옛일을 회상하는 태진의 마음이 짠해졌다. 인연이라는 놈이 참으로 질겼다. 아니, 그냥 인연이라 하기엔 과했다.

그때 보육원의 젊은 실장 이름이 '한용우'라는 것을 그는 잊지 않았다. 결혼하고 다시 찾은 보육원은 원장이 너무 노쇠해서 그 밑에 보육원 실장이 대부분의 실무를 보고 있었다.

비슷한 또래의 젊은 남자가 아이들을 바라보는 눈빛이 어찌나 따뜻하던지. 그가 보육원에 후원을 결심한 큰 이유이기도 했다. 그 여자아이가 한 실장의 딸이라는 것을, 지혁이 동생처럼 잘 돌봐주고 있었다는 것을 마지막으로 찾았던 날에 알았다.

세월이 얼마나 흘렀을까. 그는 병원에서 우연히 용우를 만났다.

15년이 훌쩍 지났지만 서로를 알아보았고, 그때 용우는 내과의 영철을 만나러 오는 길이라 했다. 영철 역시 보육원 출신이라는 것을 희정을 통해 알고 있던 그는 두 사람의 인연을 대충 짐작했다.

어느 날 술자리에서 오고 가던 대화를 영철이 기억하고 있을 줄은 태진은 짐작도 하지 못했다. 용우처럼 좋은 사람을 친구로 가진 그가 부럽다고 한 말에 영철은 그저 웃기만 했었다.

죽음을 앞에 둔 영철이 태진에게 연락해 왔다. 한용우를 기억하냐고. 그의 딸 지민을 기억하냐고. 그저 지켜봐 줄 수 없겠냐고. 죽어 가는 이의 소원을 들어줄 수 없겠냐고 부탁했다.

자신도 허물이 많은 남자였다. 그런 자신이 누군가의 간절한 소망을 거스를 자격이나 있겠는가.

부모의 반대를 끝까지 물리치며 쟁취한 사랑으로 얻은 여자에게 상처를 줬던 못난 남자였다.

그런 자신이 어떻게 희정의 마음을 또 거스를 수가 있을까. 그러나 어쩌면 운명인지 모를 두 아이의 오랜 인연을, 사랑을 가로막을 자격은 더더욱 없다고 여겼다.

두 사람을 바라보는 태진의 눈에 애잔함이 깔렸다. 태진은 앞에 앉은 지민을 향해 천천히 입을 열었다.

"그래, 지민아. 며칠 전에 다녀가 놓고선 이렇게 또 와. 저 녀석이 자꾸 가서 결혼시켜 달라 보채라고 힘들게 하는 거야?"

"아니에요. 오히려 혼자 심심하다고 못 가게 해서 힘들어요."

태진과 지혁의 눈썹이 동시에 꿈틀거렸다. 쿡. 소리 내서 웃지 말라고 지혁에게 한 소리 들었지만 똑같이 생긴 두 사람이 다른 이유로 같은 표정을 짓고 있으니, 지민은 새어 나오는 웃음을 어쩔 수 없었다.

"어이없어서 정말. 이것 보세요. 당신 아들이 저래요. 내가 저럴 줄 알았다니까. 딱 두 번 찾아와서 협박 아닌 협박으로 결혼 허락해 달라고 하고는 코빼기도 안 보인다고 했을 때, 당신 뭐라고 그랬어요."

거실 테이블에 쾅 하는 소리와 함께 과일 접시를 내려놓은 희정이 앉지도 않은 채 소리를 높였다.

"지민 씨가 불편한 이 집에 드나드는 게 지혁이가 다 시킨 일이라고요? 잘도 그랬겠다. 혹여나 잡아먹힐까 겁나 못 가게 하지 않을까 했더니. 아니나 다를까, 뭐? 혼자 있기 심심하다고 못 가게 해?"

"혼자 가면 심심하다는 말이 제가 혼자 있으면 심심하다는 말이 아니라, 지민 씨 혼자 여기 있으면 심심하니까 시간 나면 같이 가자는 말이었죠."

이번엔 지민이 눈썹이 꿈틀거렸다. 어이없다는 듯 지혁을 흘긋 쳐다보자 지혁이 한쪽 눈을 깜박이며 도움을 요청했다.

"죄송해요, 어머니. 제가 어머님 아들 험담은 안 하려고 했는데, 여기 올 때도 본인 혼자 김포에 있으면 심심하다고 어쩔 수 없이 따라온 거면서 저렇게 저를 이상한 사람 만드니, 어쩌죠? 남자들의 사랑은 참 이기적인가 봐요. 가서 점수 많이 따고 와야 한다고 해 놓고 본인 입장 난처해지니까 정작 저를 이상한 사람 만들어요."

"그러게 말이다. 남자들의 사랑이란 하나같이 이기적인 거지. 지혁이 아버지도 그랬어. 예전에 지혁이 할머니가 일주일에 한 번 날 불러들이는데 가운데서 불편하니까 본인은 어딘가로 봉사 활동 가 버리곤 했지. 어휴, 꼭 그런 것만 닮아 가지고 말이야."

두 사람의 대화를 듣고 있던 태진이 턱짓으로 지혁을 불러 일으키고는 서재로 들어갔다.

"인마, 너는 처신을 어떻게 하기에 나까지 욕을 먹게 해."

"아니, 아버지가 왜 애초에 절 이 집에 결혼 보채러 보낸 사람 취급을 하셔서 이런 사달을 만들어요?"

"시끄러워. 말이 바른 말이지, 바쁘다는 핑계 대고 왜 지민이만 뻔질나게 방문하게 하는 거야. 사내 녀석이 마음을 먹었으면 단칼에 해결하지 않고."

"아버지도 평생 못 해 온 걸 제가 무슨 수로 단칼에 어머니를 이깁니까."

"너는 나보다 더 큰 무기가 있잖아."

태진이 갑자기 목소리를 낮추었다.

"애 하나 덜컥 임신해 오면 되잖아."

지혁이 제게 밀착해 있는 부친에게서 떨어져 나가며 목소리를 높였다.

"아버지!"

"며칠 전에 묻더라. 지민이 예전에 큰 수술을 받았는데 그래도 애 낳는 데는 문제 없겠냐고. 그게 무슨 뜻이겠어? 네가 말해 봐. 전혀 문제없지?"

"지민 씨 지금 건강합니다."

마음이 놓인 듯 태진이 데스크 의자로 가서 앉았다.

"됐다. 그럼. 네 나이도 나이지만 나도 손자 보는 재미 좀 보자. 친구들 사이에서도 한참을 늦었어. 왜 그러고 섰어? 소스 줬으면 빨리 가지 않고. 네 어머니도 오늘 식장 다녀와서 피곤하다. 얼른 지민이 데리고 가서 네 사명이나 사수해."

지혁은 뭐라고 해야 할지 몰랐다. 거실에서는 무슨 말을 하는지 지민과 희정의 대화가 끊이지 않았다. 그들의 모습을 보는 것만으로도 지혁은 모처럼 마음이 편해졌다.

그런 아들을 바라보는 태진의 입가에도 따뜻한 미소가 번졌다.

에필로그 3.
안녕, 강한별

"아악!"

귀를 찢는 소리가 산부인과 복도를 가로지르고 있었다.

밖에서 기다리는 정윤은 발만 동동 구르고 소진은 두 손을 모으고 모든 신에게 기도하는 중이었다.

벌써 열네 시간째 찢어지는 산통이 이어지고 있었다.

"괜찮은 거지? 응? 호진 씨, 괜찮은 거겠지?"

"나 참. 김정윤, 너 의사라는 애가 왜 그래? 네가 그러니까 옆에 있는 소진 씨 더 불안해하잖아."

소진은 송아지같이 동그랗게 뜬 눈으로 두 사람의 이야기에 귀를 기울이고 있었다.

"괜찮을 거예요, 소진 언니. 의사고 뭐고 나도 아이를 안 낳아 봐서 기다리기 지치다 보니까……."

소진을 안심시킨 정윤이 호진의 옆으로 바싹 다가가서 조용히 물었다.

"저 안에 있는 산부인과의 실력 있는 거 맞지? 왜 산부인과 최 과장이 안 보고?"

"또, 또. 지혁이도 너도 도대체 가족 일 앞에선 공부한 의학 지식 다 날아가는 거야? 지민이가 남자 의사 싫어해서잖아. 이 선생도 애 잘 받아."

"아니, 지금 애 못 받을까 봐 그래? 임신 중독 증세까지 보였으니까 걱정하는 거지. 그리고 지혁 선배가 남자 의사 싫어한 거 아냐?"

"강지혁, 저놈이 누굴 믿고 지민이를 맡기겠어? 저 하나만 믿는 놈인데. 너무 걱정하지 마. 저 안에서 있는 걱정 없는 걱정 다 하면서도 거뜬히 아이 안고 나올 테니까."

세 시간 간격으로 있던 산통이 30분 간격으로 오자 지혁은 아예 분만실로 들어가 산통을 함께 겪었다. 들어간 지 네 시간째였다. 산통을 겪는 당사자야 그 고통을 말로 할 수 없겠지만 지켜보는 이의 애간장도 다 녹아내릴 판이었다.

"야, 약속해, 지혁 씨."

"그래, 그래. 모두 약속해."

"산도 감염 안 되게."

"알았다니까."

"나는 신경 안 써도 되니까 아기부터 챙겨."

벌써 몇 번째 같은 말인지 모른다. 한 시간 전에 왜 당신을

신경 안 써도 되냐고 나무라자 지민이 고통 속에서도 숨넘어
갈 듯 우는 바람에 지혁은 그녀가 원하는 대답으로 달래고 있
었다. 그리고 이 일은 나중에 꼭 다시 짚고 넘어가리라고 생각
했다.

지혁은 이 와중에도 지민의 말이 섭섭하고 화가 났다. 그럴
리 없겠지만 혹여나 그녀가 잘못되면 자신은 어떡하라고. 태
어나지도 않은 아이에게 벌써부터 밀리는 기분이었다.

"태어나면 24시간 이내에 감염 예방 주사랑 면역 글로불린
맞혀야 되는 거 잊지 말고. 나한테 정신 팔려서 잊어버렸다고
하면……!"

지민은 말을 끝내기도 전에 고통으로 비명을 질렀다.

"괜찮아? 조금만 힘내. 그러게 무통 하자니까 고집은. 벌써
몇 시간째야."

보다 못한 지혁의 입에서 걱정이 지나친 큰 소리가 나왔다.

"강 선생님, 아이 머리가 보여요. 흥분하지 말고, 조금만 참
으세요."

그녀의 벌린 다리를 잡고 있던 산부인과 이 선생이 속으로
혀를 차며 마침내 고개를 들었다.

어디 녹음이라도 해서 약점으로 잡으면 돈이 될 만하겠다고
생각하는 자신이 어이없어 속으로 피식 웃었다.

지혁은 세진 병원의 대표적인 냉혈남이었다. 게다가 모두가
흥분하는 일 앞에서 딱 한마디 뱉으면 그것으로 끝인 사람이
었다.

저렇게 이성을 다 내려놓을 수 있는 남자라니. 오늘은 의사 면허 자격증을 박탈당해도 할 말이 없을 만큼 의학적 상식도, 냉정함도, 까칠함도 날려 버린 그였다.

"산모분, 조금만 더 힘줘 봐요."

"아아악!"

귀를 찢는 소리가 분만실 밖으로 날아갔다. 그녀의 입에서 나온 어느 소리보다 컸고 고통스러웠다.

이내 아이의 울음소리가 세진 병원을 우렁차게 휘어 감았다. 사내아이였다. 아이의 얼굴을 확인한 지민은 그대로 정신을 잃었다. 시트를 끌어 그녀의 목까지 덮어 주는 그의 얼굴엔 흔히 볼 수 없었던 눈물이 흘러내렸다.

아이는 열다섯 시간의 산고를 치르고 태어났다. 이름은 강한별이었다. 여자아이였으면 샛별이 되었을 것이다. 오랜 산고를 같이 치러 낸 수희가 고개를 잘래잘래 흔들었다.

다른 산모에게는 아이의 성별을 잘 알려 주지 않지만, 그들에게 무슨 심술인지 불쑥 내뱉고 싶어 무던히도 참았다.

강한별, 요 녀석. 아빠를 닮아 사람 힘들게 하는 능력이 있구나.

다시 한번 고개를 잘래잘래 흔들고 있는 그녀에게 지혁이 그제야 어깨를 툭툭 두드리며 감사를 표했다.

"최 샘, 글로불린 준비해요."

수희가 분만을 돕던 최 간호사에게 예방 주사를 부탁했다. 순간 지혁의 표정이 '아!' 하고 멈칫했다. 그런 그를 보고 수희가 또 한 번 고개를 작게 흔들었다.

"노처녀 배 아파서 도저히 안 되겠어요. 이번 주는 죽어라 싫다고 했던 선이라도 보러 나가든지 해야지."

수희가 분만실 문을 열고 나오자 만만치 않은 인물이 또 득달같이 달려들었다. 호진이었다.

"김 선생님, 나 기운 없어요. 산모보다 아기 아빠에게 더 시달렸거든. 강 선생님한테 물어. 심술 나서 왕자님인지 공주님인지 말하기 싫어."

산부인과의 수희가 그대로 가 버리자 기다리고 있던 세 사람이 동시에 분만실로 달려 들어갔다.

수희가 두 걸음도 미처 떼기 전에 복도 끝에서부터 요란한 구두 소리가 들려왔다. 그녀의 고개가 벌써 네 번째 흔들리고 있었다.

이사장이라는 신분도 다 내려놓고 희정이 옷자락을 날리며 큰 키로 뛰어오고 있었다. 이번에는 어쩔 수 없었다.

"왕자님이에요, 이사장님."

말없이 고개를 끄덕이는 희정의 눈에도 투명한 물빛이 고였다. 수희가 스쳐 지나기 무섭게 다시 요란한 구두 소리를 내며 빠른 걸음을 달리는 그녀의 볼 위로 기어이 눈물이 흘러내렸다.

태진과 희정의 집에, 지혁과 지민의 집에 처음으로 아기 소리가 울릴 것이다.

한 번도 품어 본 적이 없는 갓난아이를 품어 볼 것이고, 그 아이의 꿈과 함께 가족의 새로운 꿈이 커 갈 것이다.

조금만 더 늦었으면 너의 잉태 소식을 듣고 마지못해 부모의 사랑을 허락한 못난 할머니가 될 뻔했구나.

할머니.

그 낯설고 겸연쩍은 이름이 더없이 고마웠다. 부모가 할머니로부터 사랑의 허락을 받고 얼마 안 되어 찾아온 착한 아이였다.

분만실 앞에 도착하자 산모는 벌써 병실로 향하고 있었고, 한별은 베이비 바구니에 실려 나오고 있었다. 희정이 아이를 향해 낮게 속삭였다.

"할아버지를, 아빠를 쏙 빼닮았구나. 환영한다, 강한별."

—fin

작가 후기

　지민과 지혁을 처음 만나며 글이라는 것을 쓰게 되었습니다. 처음인 만큼 설레고, 처음인 만큼 즐겁게 독자들을 만났습니다. 독자들의 마음은 아랑곳하지 않고 제가 재미있고 즐거웠던 시간이었습니다.

　다음 주인공들을 만나고 새로운 이야기를 써 가며 참 겁 없이, 부끄러움도 모르고 글을 쓰겠다고 덤볐다는 걸 알았습니다. 그럼에도 첫 마음을 떨칠 수 없는 이기심으로 지민과 지혁을 다시 여러분 앞에 내놓았습니다. 부족했던 글을 사랑해 주셨던 님들에게 다시 한번 감사의 말씀드립니다.

　〈바람만이 아는 대답〉 쓰면서 지녔던 초심을 잊지 않으려고 노력하겠습니다. 감사합니다.

—2019년 12월,

안정원 드림.